HENRIK IBSEN
EIN PUPPENHEIM

STÜCK, VORARBEITEN, MATERIALIEN

HERAUSGEGEBEN UND ÜBERSETZT
VON ANGELIKA GUNDLACH

INSEL VERLAG

Die Herausgeberin dankt für freundliche Unterstützung
Herrn Førstebibliotekar a. D. Øyvind Anker
sowie Herrn Avdelingsbibliotekar Sverri Flugsrud,
Universitäts-Bibliothek Oslo

Druck: Buchdruckerei Georg Wagner, Nördlingen
Printed in Germany

INHALT

STÜCK

VORARBEITEN

MATERIALIEN

ANHANG

STÜCK

Die Personen

Advokat Helmer
Nora, seine Frau
Doktor Rank
Frau Linde
Rechtsanwalt Krogstad
Helmers drei kleine Kinder
Anne-Marie, Kindermädchen bei Helmers
Hausmädchen bei Helmers
Ein Dienstbote

Ort der Handlung ist
Helmers Wohnung

ERSTER AKT

Ein gemütlich und geschmackvoll, aber nicht kostbar eingerichtetes Wohnzimmer. Eine Tür rechts im Hintergrund führt ins Vorzimmer, eine andere Tür links im Hintergrund führt in **Helmers** *Arbeitszimmer. Zwischen beiden Türen ein Klavier. Mitten in der Wand links eine Tür und weiter vorn ein Fenster. Nahe beim Fenster ein runder Tisch mit Lehnstühlen und einem kleinen Sofa. In der Seitenwand rechts, etwas zurück, eine Tür und an derselben Wand, mehr im Vordergrund, ein Kachelofen mit ein paar Lehnstühlen und einem Schaukelstuhl davor. Zwischen dem Ofen und der Seitentür ein kleiner Tisch. Kupferstiche an den Wänden. Eine Etagère mit Porzellan- und anderen kleinen Kunstgegenständen; ein kleiner Bücherschrank mit Büchern in Prachteinbänden; ein Teppich auf dem Fußboden; Feuer im Ofen; ein Wintertag.*

Es klingelt im Vorzimmer, kurz darauf hört man, daß geöffnet wird. **Nora** *kommt vergnügt summend ins Zimmer; sie ist in Überkleidern und trägt eine Menge Pakete, die sie auf dem Tisch rechts ablegt. Sie läßt die Tür zum Vorzimmer hinter sich offenstehen, und man sieht draußen einen* **Dienstboten,** *der einen Weihnachtsbaum und einen Korb trägt; beides übergibt er dem* **Hausmädchen,** *das ihnen geöffnet hat.*

Nora Versteck den Weihnachtsbaum gut, Helene. Die Kinder dürfen ihn auf keinen Fall vor heute abend sehen, wenn er geschmückt ist. *Zum Boten, nimmt das Portemonnaie heraus:* Wieviel?

Der Dienstbote Fünfzig Öre.

Nora Da ist eine Krone. Nein, behalten Sie das Ganze. *Der Bote dankt und geht.* **Nora** *schließt die Tür. Sie* *lacht weiter stillvergnügt, während sie die Überkleider ablegt.*

Nora *nimmt eine Tüte mit Makronen aus der Tasche und ißt ein paar, darauf geht sie vorsichtig zur Tür ihres Mannes und lauscht:* Doch, er ist zu Hause. *Summt wieder, wobei sie zum Tisch rechts geht.*

Helmer *in seinem Zimmer:* Ist das die Lerche, die da draußen zwitschert?

Nora *im Begriff, einige der Pakete zu öffnen:* Ja, das ist sie.

Helmer Ist es das Eichhörnchen, das da rumort?

Nora Ja!

Helmer Wann ist das Eichhörnchen denn nach Hause gekommen?

Nora Grad eben. *Steckt die Makronentüte in die Tasche und wischt sich über den Mund:* Komm raus, Torvald, und schau dir an, was ich gekauft habe.

Helmer Nicht stören! *Kurz darauf öffnet er die Tür und sieht herein, mit der Feder in der Hand:* Gekauft, sagst du? Das alles? Ist mein lockeres Vögelchen wieder draußen gewesen und hat mit Geld um sich geworfen?

Nora Aber Torvald, dies Jahr müssen wir uns doch wirklich ein bißchen was erlauben. Es ist doch das erste Mal, daß wir Weihnachten nicht sparen müssen.

Helmer Also, weißt du, verschwenden können wir nicht.

Nora Doch, Torvald, ein bißchen können wir jetzt schon verschwenden. Nicht wahr? Nur ein winziges kleines bißchen. Jetzt bekommst du doch ein großes Gehalt und wirst bald viel, viel Geld verdienen.

Helmer Ja, ab Neujahr, aber dann vergeht noch ein ganzes Vierteljahr, bevor das Gehalt fällig ist.

Nora Pah, so lange können wir ja borgen.

Helmer Nora! *Geht zu ihr und nimmt sie scherzhaft am Ohr:* Geht jetzt der Leichtsinn wieder mit dir durch? Angenommen, ich borge heute tausend Kronen und du bringst sie in der Weihnachtswoche durch und dann kriege ich Silvester einen Ziegelstein auf den Kopf und liege da –

Nora *legt ihm die Hand auf den Mund:* Pfui, sag' nicht so was Häßliches.

Helmer Nimm mal an, daß so was passieren würde – was dann?

Nora Wenn so was Scheußliches passieren würde, wäre es mir völlig egal, ob ich Schulden hätte oder nicht.

Helmer Und die Leute, von denen ich geborgt hätte?

Nora Die? Was gehen uns die an? Das sind doch Fremde.

Helmer Nora, Nora, du bist ein Weib! Nein, aber im Ernst, Nora, du weißt, wie ich in diesem Punkt denke. Keine Schulden! Niemals borgen! Es kommt etwas Unfreies und also auch etwas Unschönes über das Heim, das auf Borgen und Schulden gegründet ist. Wir beide haben nun bis heute tapfer ausgehalten, und das wollen wir auch weiter tun – es ist ja nur noch für kurze Zeit.

Nora *geht zum Ofen:* Ja, ja, wie du willst, Torvald.

Helmer *folgt ihr:* Aber, aber, die kleine Singlerche wird doch jetzt nicht die Flügel hängen lassen. Wie? Steht das Eichhörnchen da und mault. *Nimmt das Portemonnaie heraus:* Nora, was glaubst du, was ich hier habe?

Nora *dreht sich rasch um:* Geld!

Helmer Da. *Reicht ihr einige Scheine:* Herrgott, ich weiß doch, daß zu Weihnachten im Haushalt eine ganze Menge draufgeht.

Nora *zählt:* Zehn, zwanzig, dreißig, vierzig. Oh, danke, danke, Torvald, damit werd' ich mir lange helfen.

Helmer Das mußt du aber wirklich.

Nora Ja, ja, das werd' ich auch. Aber jetzt komm auch und schau, was ich alles gekauft habe. Und so billig! Sieh mal, hier sind neue Kleider für Ivar – und ein Säbel. Hier ein Pferd und eine Trompete für Bob. Und hier eine Puppe und ein Puppenbett für Emmy, ganz einfach, aber sie macht es ja doch gleich kaputt. Und hier habe ich Kleiderstoffe und Tücher für die Mädchen, die alte Anne-Marie müßte eigentlich viel mehr bekommen.

Helmer Und was ist in dem Paket da?

Nora *schreit auf:* Nein, Torvald, das darfst du vor heute abend nicht sehen.

Helmer Na gut. Aber sag mir jetzt, du kleine Verschwenderin, für dich selbst – an was hast du denn da gedacht?

Nora Ach was, für mich? Das ist doch nicht so wichtig.

Helmer Aber natürlich ist es das. Sag mir jetzt, was dir am meisten Spaß machen würde. Es muß natürlich im Rahmen bleiben.

Nora Nein, ich weiß wirklich nicht. Das heißt, Torvald –

Helmer Nun?

Nora *fingert an ihren Knöpfen, ohne ihn anzusehen:* Wenn du mir etwas schenken willst, könntest du doch – du könntest –

Helmer Na, na, heraus damit.

Nora *schnell:* Du könntest mir Geld geben, Torvald, Nur soviel, wie du glaubst, entbehren zu können, dann werd' ich mir später die Tage was dafür kaufen.

Helmer Aber Nora!

Nora Ach doch, tu das doch, lieber Torvald, ich bitte dich so sehr darum. Dann würde ich das Geld in einem hübschen goldenen Umschlag an den Weihnachtsbaum hängen. Wär' das nicht amüsant?

Helmer Wie nennt man doch noch die Leute, die immer mit Geld um sich werfen?

Nora Ja, ja, lockere Vögel, ich weiß schon. Aber laß es uns doch so machen, wie ich sage, Torvald, dann hab' ich auch Zeit zu überlegen, was ich am dringendsten brauche. Das ist doch sehr vernünftig. Oder?

Helmer Doch, sicher, das heißt, wenn du wirklich das

Geld zusammenhalten könntest, das ich dir gebe, und wenn du wirklich etwas für dich selbst davon kaufen würdest. Aber so geht es drauf für den Haushalt und dies und das und allerlei nutzloses Zeug und dann bin ich wieder dran.

Nora Ach, Torvald –

Helmer Ist nicht zu leugnen, meine liebe kleine Nora. *Legt den Arm um sie:* Mein Vögelchen ist süß, aber es braucht sehr viel Geld. Es ist unglaublich, wie kostspielig es für einen Mann ist, sich so ein Vögelchen zu halten.

Nora Pfui, wie kannst du nur sowas sagen. Ich spare doch wirklich, wo ich nur kann.

Helmer *lacht:* Ja, das ist ein wahres Wort. Wo du nur kannst. Aber du kannst eben nicht.

Nora *summt und lächelt stillvergnügt:* Hm, wenn du wüßtest, was für Ausgaben wir Lerchen und Eichhörnchen haben, Torvald.

Helmer Du bist ein komisches kleines Ding. Ganz wie dein Vater. Du nimmst jede Gelegenheit wahr, um zu Geld zu kommen, aber sobald du es hast, zerrinnt es dir gleichsam unter den Händen, du weißt nie, was du damit gemacht hast. Nun, man muß dich nehmen, wie du bist. Das liegt im Blut. Doch, doch, doch, Nora, sowas ist erblich.

Nora Ach, ich wünschte, ich hätte viele von Papas Eigenschaften geerbt.

Helmer Und ich wünsche dich nicht anders als genau so, wie du bist, meine süße kleine Singlerche. Aber hör mal, da ist etwas –. Du siehst heute so – so – wie soll ich mich ausdrücken? – so verdächtig aus.

Nora So?

Helmer Ja, wirklich. Sieh mir mal in die Augen.

Nora *sieht ihn an:* Nun?

Helmer *droht mit dem Finger:* Das Leckermäulchen

sollte doch wohl nicht etwa heute in der Stadt über die Stränge geschlagen haben?

Nora Nein, wie kommst du denn darauf.

Helmer Hat das Leckermäulchen wirklich keinen Abstecher in die Konditorei gemacht?

Nora Nein, ich versichere dir, Torvald –

Helmer Nicht ein bißchen Kompott genascht?

Nora Nein, überhaupt nicht.

Helmer Nicht einmal eine Makrone geknabbert oder zwei?

Nora Nein, Torvald, ich versichere dir wirklich –

Helmer Na, na, na, natürlich war das nur ein Scherz.

Nora *geht zum Tisch rechts:* Es würde mir nie einfallen, dir zuwiderzuhandeln.

Helmer Nein, ich weiß doch, und du hast mir ja dein Wort gegeben – *geht zu ihr:* Nun, behalte deine kleinen Weihnachtsgeheimnisse nur für dich, meine liebe Nora. Heute abend, wenn der Weihnachtsbaum brennt, werden sie schon noch ans Licht kommen.

Nora Hast du daran gedacht, Doktor Rank einzuladen?

Helmer Nein. Aber das ist doch auch nicht nötig, es versteht sich doch von selbst, daß er mit uns ißt. Ich werde ihn aber noch einladen, wenn er heute vormittag herkommt. Guten Wein habe ich besorgt. Nora, du kannst dir nicht vorstellen, wie ich mich auf heute abend freue.

Nora Ich auch. Und wie die Kinder erst jubeln werden, Torvald!

Helmer Ach, es ist doch herrlich, wenn man daran denkt, daß man endlich eine sichere Stellung hat, daß man sein rundes Auskommen hat. Nicht wahr, der Gedanke ist ein großer Genuß?

Nora Oh, es ist wunderbar!

Helmer Erinnerst du dich an voriges Jahr? Schon drei Wochen vor Weihnachten hast du dich jeden Abend bis lange nach Mitternacht eingeschlossen, um Sterne für den Weihnachtsbaum herzurichten und all die andern Herrlichkeiten, mit denen du uns überraschen wolltest. Uh, das war die langweiligste Zeit, die ich je erlebt habe.

Nora Ich hab mich da kein bißchen gelangweilt.

Helmer *lächelnd:* Aber es ist dann doch alles ziemlich dürftig ausgefallen, Nora.

Nora Fängst du jetzt wieder an, mich damit aufzuziehen. Was konnte ich denn dafür, daß die Katze reinkam und alles kaputt gemacht hat?

Helmer Selbstverständlich konntest du nichts dafür, meine arme kleine Nora. Du hattest die beste Absicht, uns allen eine Freude zu machen, und das ist die Hauptsache. Aber es ist doch gut, daß die knappen Zeiten vorbei sind.

Nora Ja, das ist wirklich wunderbar.

Helmer Jetzt habe ich es nicht mehr nötig, hier allein herumzusitzen und mich zu langweilen, und du hast es nicht mehr nötig, deine lieben Augen und deine kleinen, zarten feinen Hände zu plagen –

Nora *klatscht in die Hände:* Nein, nicht wahr, das ist nicht mehr nötig? Ach, es ist so wunderschön, das zu hören! *Hakt sich bei ihm ein:* Jetzt will ich dir mal sagen, wie ich mir gedacht hatte, daß wir uns einrichten sollten, Torvald. Sobald Weihnachten vorbei ist –

Es klingelt im Vorzimmer.

Oh, es klingelt. *Räumt im Zimmer etwas auf:* Jetzt kommt sicher jemand. Schade.

Helmer Für Besuch bin ich nicht zu Hause, denk dran.

Das Hausmädchen *in der Tür zum Entrée:* Gnädige Frau, da ist eine fremde Dame –

Nora Laß sie reinkommen.

Das Hausmädchen *zu Helmer:* Und der Herr Doktor ist auch da.

Helmer Ist er gleich in mein Zimmer gegangen?

Das Hausmädchen Ja.

Helmer *geht in sein Zimmer. Das Mädchen führt* **Frau Linde**, *die in Reisekleidung ist, ins Wohnzimmer und schließt die Tür hinter ihr.*

Frau Linde *zaghaft und ein wenig zögernd:* Guten Tag, Nora.

Nora *unsicher:* Guten Tag. –

Frau Linde Du erkennst mich wohl nicht.

Nora Ich weiß nicht –, doch, sicher, ich glaube schon – *Ausbrechend:* Was! Kristine! Bist du's wirklich?

Frau Linde Ja, ich bin es.

Nora Kristine! Und ich, ich hab' dich nicht wiedererkannt! Aber wie sollt' ich auch – *Leise:* Wie du dich verändert hast, Kristine!

Frau Linde Ja, ich habe mich verändert. In neun oder zehn langen Jahren –

Nora Ist es so lange her, daß wir uns das letzte Mal gesehen haben? Ja, doch. Ach, die letzten acht Jahre waren eine so glückliche Zeit, weißt du. Und jetzt bist du also zu uns in die Stadt gekommen? Hast im Winter die lange Reise gemacht. Das ist tapfer.

Frau Linde Ich bin heute morgen mit dem Dampfschiff angekommen.

Nora Um dich über Weihnachten zu amüsieren, natürlich. Ach, das ist schön. Ja, amüsieren werden wir uns wirklich. Aber leg doch ab. Du frierst doch wohl nicht? *Hilft ihr:* So, jetzt machen wir es uns hier am Ofen gemütlich. Nein, setz dich in den Lehnstuhl, im Schaukelstuhl will ich sitzen. *Ergreift ihre Hände:* Ja, nun hast du doch dein altes Gesicht wieder, nur im ersten Augenblick –. Ein wenig blasser bist du aber doch geworden – und vielleicht auch ein wenig magerer.

Frau Linde Und viel, viel älter, Nora.

Nora Ja, vielleicht ein bißchen älter, ein ganz kleines bißchen, gar nicht viel. *Hält plötzlich inne, ernst:* Aber was bin ich doch für ein gedankenloser Mensch, sitze da und schwatze. Allerliebste Kristine, kannst du mir verzeihen?

Frau Linde Was meinst du, Nora?

Nora *leise:* Arme Kristine, du bist doch Witwe geworden.

Frau Linde Ja, vor drei Jahren.

Nora Ach, ich hab' das wohl gewußt, ich hab's doch in der Zeitung gelesen. Kristine, du mußt mir glauben, ich hatte damals oft vor, dir zu schreiben, aber ich hab' es immer wieder aufgeschoben, und immer kam etwas dazwischen.

Frau Linde Liebe Nora, das kann ich so gut verstehen.

Nora Nein, das war häßlich von mir, Kristine. Ach, du Arme, was mußt du alles durchgemacht haben – und er hat dir ja nichts hinterlassen, wovon du leben kannst?

Frau Linde Nein.

Nora Und keine Kinder?

Frau Linde Nein.

Nora Also gar nichts?

Frau Linde Nicht einmal einen Schmerz oder eine Sehnsucht, wovon ich zehren könnte.

Nora *sieht sie ungläubig an:* Aber Kristine, wie ist denn das möglich?

Frau Linde *lächelt schwermütig und streicht ihr übers Haar:* Das kommt manchmal vor, Nora.

Nora So ganz allein. Das muß entsetzlich schwer für dich sein. Ich habe drei reizende Kinder. Ja, im Moment kannst du sie nicht sehen, sie sind mit dem Mädchen draußen. Aber jetzt mußt du mir alles erzählen –

Frau Linde Nein, nein, nein, erzähl du lieber.

Nora Nein, du sollst anfangen. Heut will ich nicht egoistisch sein. Heute will ich nur an dich denken. Aber eines muß ich dir doch noch sagen. Hast du schon von dem großen Glück gehört, das uns dieser Tage geschehen ist?

Frau Linde Nein, was denn?

Nora Stell dir vor, mein Mann ist Direktor der Aktienbank geworden!

Frau Linde Dein Mann? Oh, was für ein Glück –!

Nora Ein unwahrscheinliches Glück. Vom Advokatenberuf zu leben, ist doch so unsicher, besonders, wenn man sich mit keinen anderen Geschäften befassen will als mit den feinen und anständigen. Und nur die kamen natürlich für Torvald in Frage, und da bin ich mit ihm auch ganz einer Meinung. Du kannst dir vorstellen, wie wir uns freuen! Er soll schon zum Neuen Jahr in der Bank anfangen, und dann kriegt er ein großes Gehalt und viele Prozente. Von jetzt an können wir ganz anders leben als früher, – ganz, wie wir wollen. Ach, Kristine, ich fühle mich so leicht und glücklich! Es ist einfach schön, tüchtig viel Geld zu haben und sich keine Sorgen machen zu müssen. Nicht wahr?

Frau Linde Doch, jedenfalls muß es schön sein, das Notwendige zu haben.

Nora Nein, nicht bloß das Notwendige, sondern tüchtig, tüchtig viel Geld!

Frau Linde *lächelt:* Nora, Nora, bist du noch nicht vernünftig geworden? Während unserer Schulzeit warst du eine große Verschwenderin.

Nora *lacht still:* Ja, das sagt Torvald heute noch. *Droht mit dem Finger:* Aber »Nora, Nora« ist nicht so verrückt, wie ihr denkt. Wir hatten es wirklich nicht so, daß ich hätte verschwenden können. Wir haben beide arbeiten müssen.

Frau Linde Du auch?

Nora Ja, Kleinigkeiten, Handarbeiten, Häkeln und Stikken und so was – *Wegwerfend:* und auch noch andere Sachen. Du weißt wohl, daß Torvald aus dem Ministerium wegging, als wir geheiratet haben? Es gab dort keine Aussicht auf Beförderung, und er mußte ja auch mehr Geld verdienen als vorher. Aber im ersten Jahr hat er sich ganz entsetzlich überanstrengt. Er mußte sich nämlich alle möglichen Nebenverdienste suchen, weißt du, und Tag und Nacht arbeiten. Das hielt er aber nicht aus, und da wurde er wirklich todkrank. Die Ärzte erklärten es dann für notwendig, daß er in den Süden käme.

Frau Linde Richtig, ihr habt euch ja ein ganzes Jahr in Italien aufgehalten?

Nora Ja. Es war gar nicht so leicht, fortzukommen, das kannst du mir glauben. Ivar war damals gerade geboren. Aber fort mußten wir natürlich. Ach, es war eine wunderschöne Reise. Und sie rettete Torvald das Leben. Aber sie hat sehr viel Geld gekostet, Kristine.

Frau Linde Das kann ich mir denken.

Nora Zwölfhundert Spezies hat sie gekostet. Viertausendachthundert Kronen. Das ist viel Geld, du.

Frau Linde Immerhin ist es in solchen Fällen ein großes Glück, wenn man es hat.

Nora Weißt du, wir haben es von Papa bekommen.

Frau Linde Ach so. Zu der Zeit starb dein Vater doch gerade, glaub' ich.

Nora Ja, Kristine, gerade damals. Und stell dir vor, ich konnte nicht zu ihm fahren und ihn pflegen. Ich saß ja hier und wartete täglich darauf, daß Klein-Ivar auf die Welt kommen würde. Und dann mußte ich mich ja auch um meinen armen todkranken Torvald kümmern. Mein lieber, lieber Papa! Ich habe ihn nie wiedergesehen, Kristine! Ach, das ist das Schwerste, was ich erlebt habe, seit ich verheiratet bin.

Frau Linde Ich weiß, du hast ihn sehr lieb gehabt. Und dann seid ihr also nach Italien gefahren?

Nora Ja, dann hatten wir ja das Geld, und die Ärzte haben uns gedrängt. Da sind wir einen Monat später abgereist.

Frau Linde Und dein Mann kam völlig geheilt zurück?

Nora Frisch wie ein Fisch!

Frau Linde Aber – der Doktor?

Nora Wieso?

Frau Linde Ich meine, das Mädchen hätte gesagt, es war der Doktor, der Herr, der gleichzeitig mit mir gekommen ist.

Nora Ja, das war Doktor Rank, aber er kommt nicht auf Krankenbesuch, er ist unser engster Freund, und er schaut mindestens einmal am Tag herein. Nein, Torvald ist seitdem nicht eine Stunde krank gewesen, und die Kinder sind frisch und gesund und ich auch. *Springt auf und klatscht in die Hände:* Ach Gott, ach Gott, Kristine, es ist doch wunderschön zu leben und glücklich zu sein! – Aber das ist doch wirklich abscheulich von mir –, ich rede ja nur von mir! *Setzt sich auf einen Schemel dicht neben Frau Linde und legt die Arme auf deren Knie:* Du darfst mir nicht böse sein! – Sag mal, ist das wirklich wahr, daß du deinen Mann nicht geliebt hast? Warum hast du ihn dann genommen?

Frau Linde Meine Mutter lebte noch, und sie war bettlägerig und hilflos. Und dann mußte ich auch für meine beiden jüngeren Brüder sorgen. Ich glaubte, es nicht verantworten zu können, sein Angebot zurückzuweisen.

Nora Nein, nein, da könntest du recht haben. Er war damals also reich?

Frau Linde Er war ganz wohlhabend, glaub' ich. Aber das waren unsichere Geschäfte, Nora. Als er starb, brach das Ganze zusammen, und es blieb nichts übrig.

Nora Und dann –?

Frau Linde Ja, dann mußte ich mich mit einem kleinen Geschäft durchschlagen und einer kleinen Schule und was ich sonst noch finden konnte. Die letzten drei Jahre waren für mich wie ein einziger langer ruheloser Arbeitstag. Jetzt ist er zu Ende, Nora. Meine arme Mutter braucht mich nicht mehr, sie ist von uns gegangen, und die Jungen auch nicht, sie haben jetzt eine Stellung und können selber für sich sorgen.

Nora Wie leicht du dich fühlen mußt –

Frau Linde Nein, du, nur unsagbar leer. Niemand mehr, für den ich leben kann. *Steht unruhig auf:* Darum hab' ich es auch da in dem kleinen Nest nicht mehr ausgehalten. Hier muß es doch leichter sein, etwas zu finden, daß man etwas zu tun hat und daß man abgelenkt ist. Hätte ich nur das Glück, eine feste Stellung zu bekommen, irgendwelche Büroarbeit –

Nora Aber, Kristine, das ist doch so schrecklich anstrengend, und du siehst sowieso schon so angestrengt aus. Es wäre viel besser für dich, wenn du in ein Bad reisen könntest.

Frau Linde *geht zum Fenster:* Ich habe keinen Papa, der mir das Reisegeld verehren könnte, Nora.

Nora *steht auf:* Oh, sei mir nicht böse.

Frau Linde *geht zu ihr:* Liebe Nora, sei du mir nicht böse. Das ist das Schlimmste an einer Situation wie meiner, daß sie in einem so viel Bitterkeit zurückläßt. Man hat niemand, für den man arbeiten kann, und doch ist man gezwungen, jede Gelegenheit wahrzunehmen. Leben muß man ja, und so wird man egoistisch. Als du mir von der glücklichen Veränderung in euren Verhältnissen erzählt hast – kannst du dir das vorstellen? –, habe ich mich nicht so sehr deinetwegen gefreut wie meinetwegen.

Nora Wieso? Ach, ich versteh' dich. Du meinst, Torvald könnte vielleicht etwas für dich tun.

Frau Linde Ja, das dachte ich.

Nora Das soll er auch, Kristine. Überlaß das nur mir, ich werde das einfädeln – so fein, so fein –, werd' mir etwas Liebenswürdiges einfallen lassen, das ihm richtig gut gefällt. Ach, ich will dir so furchtbar gern helfen.

Frau Linde Das ist schön von dir, Nora, daß du dich

meiner Sache so eifrig annimmst, doppelt schön von dir, die du selbst den Ernst des Lebens doch gar nicht so richtig kennengelernt hast.

Nora Ich? Ich kenne nicht richtig –?

Frau Linde *lächelnd:* Na, Herrgott, die kleinen Handarbeiten und so was –. Du bist ein Kind, Nora.

Nora *wirft den Kopf in den Nacken und geht durchs Zimmer:* Das solltest du nicht so überlegen sagen.

Frau Linde So?

Nora Du bist genau wie die andern. Ihr glaubt alle, daß ich zu etwas richtig Ernstem nicht tauge –

Frau Linde Na, na, –

Nora – daß ich in dieser schwierigen Welt noch nichts geleistet habe.

Frau Linde Liebe Nora, du hast mir doch gerade all deine Probleme erzählt.

Nora Pah, diese Kleinigkeiten. *Leise:* Das Große hab' ich dir nicht erzählt.

Frau Linde Das Große? Was meinst du damit?

Nora Du siehst eben nur auf mich herab, Kristine, aber das solltest du nicht. Du bist stolz darauf, daß du so schwer und so lange für deine Mutter gearbeitet hast.

Frau Linde Ich seh' ganz bestimmt auf niemand herab. Aber das ist wahr: Ich bin stolz und froh, wenn ich daran denke, daß es mir vergönnt war, meiner Mutter in ihren letzten Jahren ein einigermaßen sorgloses Leben zu ermöglichen.

Nora Und du bist auch stolz, wenn du daran denkst, was du für deine Brüder getan hast.

Frau Linde Dazu hab' ich auch ein Recht, finde ich.

Nora Das finde ich auch. Aber jetzt will ich dir mal was sagen, Kristine. Ich habe auch etwas, worauf ich stolz sein kann und was mich froh macht.

Frau Linde Daran zweifle ich nicht. Aber wie meinst du das?

Nora Sprich leise. Stell dir vor, wenn Torvald das hört. Er darf um keinen Preis der Welt –, niemand darf es erfahren, Kristine, niemand außer dir.

Frau Linde Aber was denn nur?

Nora Komm her. *Zieht sie neben sich aufs Sofa:* Ja, du, ich habe auch etwas, worauf ich stolz sein kann und was mich froh macht. Ich habe Torvald das Leben gerettet.

Frau Linde Gerettet –? Wieso gerettet?

Nora Ich hab dir doch von der Reise nach Italien erzählt. Torvald hätte es nicht überstanden, wenn er nicht dorthin gekommen wäre –

Frau Linde Na ja, dein Vater hat euch doch das Geld gegeben.

Nora Ja, das glauben Torvald und alle andern, aber –

Frau Linde Aber –?

Nora Papa hat uns nicht einen Heller gegeben. Ich habe das Geld beschafft.

Frau Linde Du? Die ganze große Summe?

Nora Zwölfhundert Spezies. Viertausendachthundert Kronen. Was sagst du dazu?

Frau Linde Aber, Nora, wie war denn das möglich? Hattest du vielleicht in der Lotterie gewonnen?

Nora *verächtlich:* In der Lotterie? *Wegwerfend:* Was für eine Kunst wäre das wohl gewesen!

Frau Linde Aber woher hast du es dann bekommen?

Nora *summt und lächelt geheimnisvoll:* Hm, tra la la la.

Frau Linde Borgen konntest du es ja schließlich nicht.

Nora So? Warum denn nicht?

Frau Linde Eine Frau kann doch ohne die Zustimmung ihres Mannes nicht borgen.

Nora *wirft den Kopf in den Nacken:* Wenn es eine Frau ist, die ein bißchen Geschäftstüchtigkeit besitzt, eine Frau, die sich ein wenig klug zu benehmen versteht, dann –

Frau Linde Nora, ich begreif' überhaupt nichts.

Nora Das brauchst du ja auch nicht. Es ist ja gar nicht gesagt, daß ich das Geld geborgt habe. Ich kann es ja auf andere Weise bekommen haben. *Wirft sich im Sofa zurück:* Ich kann es ja von dem einen oder anderen Verehrer bekommen haben. Wenn man einigermaßen attraktiv aussieht wie ich –

Frau Linde Du bist ja verrückt.

Nora Jetzt bist du sicher unwahrscheinlich neugierig, Kristine.

Frau Linde Ja, hör mal, liebe Nora, hast du da nicht unbesonnen gehandelt?

Nora *sitzt wieder aufrecht:* Ist es unbesonnen, seinem Mann das Leben zu retten?

Frau Linde Ich mein', es ist unbesonnen, wenn du ohne sein Wissen –

Nora Aber er durfte doch nichts wissen! Herrgott, verstehst du das denn nicht? Er durfte nicht mal wissen, wie schlimm es um ihn stand. Zu mir sind die Ärzte gekommen und haben gesagt, daß sein Leben in Gefahr wäre, daß ihn nichts anderes retten könnte, als ein Aufenthalt im Süden. Glaubst du denn, ich hätte es nicht zuerst auf allen möglichen Umwegen versucht? Ich sprach davon, wie hübsch es für mich wäre, ins Ausland zu reisen, wie andere junge Frauen; ich habe geweint und gefleht; ich sagte, er solle bitte daran denken, in welchen Umständen ich sei, und daß er so lieb sein und mir den Gefallen tun müsse, und dann deutete ich an, daß er ja auch gern ein Darlehen aufnehmen könnte. Aber da wurde er beinah böse, Kristine. Er sagte, ich sei leichtsinnig, und es sei seine Pflicht als Ehemann, mir in meinen Launen und Kapricen – ja, ich glaub', so nannte er es – nicht nachzugeben. Ja, ja, dacht' ich, gerettet werden mußt du ja nun mal, und so hab' ich eben einen Ausweg gefunden –

Frau Linde Und hat dein Mann nicht von deinem Vater erfahren, daß das Geld nicht von ihm kam?

Nora Nein, nie. Papa starb ja in diesen Tagen. Ich hatte vor, ihn in die Sache einzuweihen und ihn zu bitten, nichts zu verraten. Aber weil er so krank war –. Leider war es nicht mehr nötig.

Frau Linde Und hast du dich deinem Mann seitdem nie anvertraut?

Nora Um Himmels willen, wo denkst du hin? Er, der in dieser Beziehung so streng ist! Und außerdem – Torvald mit seinem männlichen Selbstgefühl – wie peinlich und demütigend wäre es für ihn zu wissen, daß er mir etwas verdankt. Das würde unser Verhältnis völlig durcheinanderbringen, unser schönes, glückliches Heim wäre nicht mehr das, was es jetzt ist.

Frau Linde Willst du es ihm nie sagen?

Nora *nachdenklich, mit halbem Lächeln:* Doch, – vielleicht später mal, – in vielen Jahren, wenn ich nicht mehr so hübsch bin wie jetzt. Du darfst mich nicht auslachen! Ich meine natürlich: Wenn Torvald mich nicht mehr so gern hat wie jetzt, wenn er keinen Spaß mehr daran hat, daß ich für ihn tanze und mich verkleide und deklamiere. Dann ist es vielleicht ganz gut, etwas in der Hinterhand zu haben –

abbrechend: Unsinn, Unsinn, Unsinn! Die Zeit kommt nie. – Nun, was sagst du zu meinem großen Geheimnis, Kristine? Tauge ich nicht auch zu etwas? – Du kannst mir übrigens glauben, die Sache hat mir viel Kummer gemacht. Es war wirklich nicht leicht für mich, meine Verpflichtungen rechtzeitig zu erfüllen. Du mußt wissen, in der Geschäftswelt gibt es etwas, das Abtragung und Quartalszinsen heißt, und die sind immer so furchtbar schwer aufzutreiben. Ich habe überall, wo ich eben konnte, ein bißchen sparen müssen, weißt du. Vom Haushaltsgeld konnte ich ja nicht viel abzweigen, Torvald mußte ja gut leben. Die Kinder konnt' ich doch auch nicht schlecht gekleidet gehen lassen; ich fand, was ich für sie bekam, mußt' ich auch alles für sie ausgeben. Die süßen lieben Kleinen!

Frau Linde Dann mußten wohl deine eigenen Bedürfnisse herhalten, arme Nora?

Nora Natürlich. Mich ging's ja auch am meisten an. Jedesmal, wenn Torvald mir Geld gab für neue Kleider und sowas, hab ich nie mehr als die Hälfte verbraucht und immer die einfachsten und billigsten Sachen gekauft. Gott sei Dank steht mir alles so gut, daß Torvald es nicht gemerkt hat. Aber manchmal ist es mir doch schwergefallen, Kristine, denn es ist doch schön, fein angezogen zu sein. Nicht wahr?

Frau Linde Doch, gewiß.

Nora Dann hatte ich aber auch noch andere Einnahmequellen. Letzten Winter hatte ich das Glück, eine ganze Menge Schreibarbeiten zu bekommen. Da hab' ich mich eingeschlossen und jeden Abend dagesessen und bis spät in die Nacht geschrieben. Ach, ich war manchmal so müde, so müde. Aber es war trotzdem ungeheuer amüsant, so zu sitzen und zu arbeiten und Geld zu verdienen. Es war fast so, als ob ich ein Mann wäre.

Frau Linde Aber wieviel hast du denn auf diese Weise abbezahlen können?

Nora Ja, das kann ich nicht so genau sagen. Bei solchen Geschäften, verstehst du, ist es sehr schwer, den Überblick zu behalten. Ich weiß nur, daß ich alles bezahlt hab', was ich zusammenkratzen konnte. Manchmal wußt' ich weder aus noch ein. *Lächelt:* Dann hab' ich dagesessen und mir vorgestellt, daß sich ein alter reicher Herr in mich verliebt hatte –

Frau Linde Was! Was für ein Herr?

Nora Ach, Blödsinn! – und daß er jetzt gestorben war; und als man sein Testament öffnete, da stand darin mit großen Buchstaben: »Mein ganzes Geld soll die liebenswürdige Frau Nora Helmer sofort in bar ausgezahlt erhalten.«

Frau Linde Aber liebe Nora, was war das für ein Herr?

Nora Herrgott, verstehst du das denn nicht? Den alten Herrn gab's doch gar nicht, ich hab mir das nur immer wieder vorgestellt, wenn ich nicht mehr wußte, wie ich das Geld auftreiben sollte. Aber das kann mir jetzt auch egal sein; der alte langweilige Mensch kann meinetwegen bleiben, wo er ist, ich scher' mich weder um ihn noch um sein Testament, denn jetzt bin ich die Sorgen los. *Springt auf:* Ach Gott, ist das schön, Kristine! Wenn ich daran denke – Sorglos! Sorglos sein können, ganz sorglos, mit den Kindern spielen und toben, ein hübsches, nettes Zuhause haben, alles so, wie Torvald Wert darauf legt! Und denk nur, dann kommt bald der Frühling wieder, und der Himmel ist hoch und blau. Dann können wir vielleicht ein wenig reisen. Ich kann vielleicht das Meer wiedersehen. Ach ja, ja, es ist wirklich wunderbar zu leben und glücklich zu sein.

Man hört die Klingel im Vorzimmer.

Frau Linde *steht auf:* Es klingelt, vielleicht geh' ich am besten.

Nora Nein, bleib du, hierher kommt sicher niemand; es ist wohl für Torvald –

Das Hausmädchen *in der Vorzimmertür:* Verzeihung, gnädige Frau, da ist ein Herr, der möchte den Herrn Advokaten sprechen.

Nora Den Herrn Bankdirektor, meinst du.

Das Hausmädchen Ja, den Herrn Bankdirektor – aber ich wußte nicht – nachdem doch der Herr Doktor drin ist –

Nora Wer ist der Herr?

Rechtsanwalt Krogstad *in der Vorzimmertür:* Ich bin es, gnädige Frau.

Frau Linde *stutzt, fährt zusammen und wendet sich zum Fenster.*

Nora *geht ihm einen Schritt entgegen, gespannt, mit halber Stimme:* Sie? Was bedeutet das? Worüber wollen Sie mit meinem Mann sprechen?

Krogstad Bankangelegenheiten – gewissermaßen. Ich habe einen kleinen Posten in der Aktienbank, und Ihr Mann soll ja jetzt unser Chef werden, höre ich –

Nora Also –

Krogstad Nur langweilige Geschäfte, gnädige Frau, sonst gar nichts.

Nora Ja, wollen Sie dann so gut sein und die Bürotür benutzen. *Grüßt gleichgültig, wobei sie die Tür zum Vorzimmer schließt; dann geht sie zum Ofen und sieht nach dem Feuer.*

Frau Linde Nora, – wer war der Mann?

Nora Ein gewisser Rechtsanwalt Krogstad.

Frau Linde Er war es also wirklich.

Nora Kennst du diesen Menschen?

Frau Linde Ich habe ihn gekannt – vor Jahren. Er war eine Zeitlang Anwaltsgehilfe in unserer Gegend.

Nora Ah ja, stimmt.

Frau Linde Wie verändert er ist.

Nora Er war auch sehr unglücklich verheiratet.

Frau Linde Jetzt ist er doch Witwer?

Nora Mit vielen Kindern. So, jetzt brennt's. *Sie schließt die Ofentür und schiebt den Schaukelstuhl etwas zur Seite.*

Frau Linde Er soll ja alle möglichen Geschäfte treiben?

Nora So? Ja, das kann schon sein, ich weiß gar nicht – – Aber laß uns nicht an Geschäfte denken, das ist so langweilig.

Doktor Rank *kommt aus Helmers Zimmer.*

Rank *noch in der Tür:* Nein, nein, du, ich will nicht stören, ich geh' lieber einen Moment zu deiner Frau hinein. *Schließt die Tür und bemerkt* **Frau Linde***:* Oh, Verzeihung, hier störe ich wohl auch.

Nora Nein, durchaus nicht. *Stellt vor:* Doktor Rank, Frau Linde.

Rank Na so was. Ein Name, den man in diesem Haus oft hört. Ich glaube, ich habe die gnädige Frau auf der Treppe überholt, als ich kam.

Frau Linde Ja, ich bin beim Treppensteigen sehr langsam, ich kann es nicht gut vertragen.

Rank Aha, ein kleines bißchen angefault innerlich?

Frau Linde Eigentlich mehr überanstrengt.

Rank Sonst nichts? Dann sind Sie wohl hier in die Stadt gekommen, um sich auf all den Gesellschaften zu erholen?

Frau Linde Ich bin hierhergekommen, um Arbeit zu suchen.

Rank Soll das ein probates Mittel gegen Überanstrengung sein?

Frau Linde Man muß leben, Herr Doktor.

Rank Ja, das ist so eine weitverbreitete Ansicht, daß das so notwendig sein soll.

Nora Also, wissen Sie, Doktor Rank, Sie wollen ja wahrhaftig auch gern leben.

Rank Ja, wahrhaftig, das will ich. So elend ich auch bin, will ich mich doch gern so lange wie möglich weiterpeinigen lassen. Allen meinen Patienten geht es genauso. Und mit den moralisch Angegriffenen ist es dasselbe. Da drin bei Helmer ist im Moment so ein moralischer Fall für's Krankenhaus –

Frau Linde *gedämpft:* Ah!

Nora Wen meinen Sie?

Rank Ach, einen gewissen Rechtsanwalt Krogstad, ein Mensch, den Sie nicht kennen. Er ist verdorben bis in die Charakterwurzeln, gnädige Frau. Aber selbst der begann davon zu sprechen, wie von etwas außerordentlich Wichtigem, das er leben müsse.

Nora So? Worüber wollte er denn mit Torvald sprechen?

Rank Weiß ich wirklich nicht, ich hab' bloß gehört, daß es irgendwas mit der Aktienbank war.

Nora Ich wußte gar nicht, daß Krog- daß dieser Rechtsanwalt Krogstad etwas mit der Aktienbank zu tun hat.

Rank Doch, er hat dort eine Art Anstellung. *Zu* **Frau Linde**: Ich weiß nicht, ob man auch bei Ihnen in der Gegend diese Sorte Menschen findet, die überall atemlos herumrennen, um moralische Fäulnis aufzustöbern, und um dann die Betreffenden zwecks Observation in der einen oder anderen vorteilhaften Stellung unterzubringen. Die Gesunden haben sich hübsch damit abzufinden, draußen zu bleiben.

Frau Linde Die Kranken haben es doch wohl auch am nötigsten, daß man sie einläßt.

Rank *zuckt die Schultern:* Ja, da haben wir's. Das ist die Betrachtungsweise, die die Gesellschaft zu einem Krankenhaus macht.

Nora *in eigene Gedanken versunken, bricht in halblautes Gelächter aus und klatscht in die Hände.*

Rank Was gibt's denn da zu lachen? Wissen Sie eigentlich, was die Gesellschaft ist?

Nora Was geht mich die langweilige Gesellschaft an? Ich lach' über was ganz anderes – etwas ungeheuer Amüsantes. – Sagen Sie mal, Doktor Rank – alle Angestellten der Aktienbank sind also ab jetzt von Torvald abhängig?

Rank Das finden Sie so ungeheuer amüsant?

Nora *lächelt und summt:* Lassen Sie mich nur! Lassen Sie mich nur! *Spaziert im Zimmer umher:* Ja, das ist wirklich ein unwahrscheinlich erfreulicher Gedanke, daß wir – daß Torvald jetzt soviel Einfluß auf so viele Leute hat. *Nimmt die Tüte aus der Tasche:* Doktor Rank, wie wär's mit einer kleinen Makrone.

Rank Sieh an, Makronen. Ich dachte, die sind hier verboten.

Nora Ja, aber die hat mir Kristine mitgebracht.

Frau Linde Was? Ich –?

Nora Na, na, na, krieg doch nicht gleich einen Schreck. Du konntest ja nicht wissen, daß Torvald das verboten hat. Es ist nämlich so, er hat Angst, ich krieg' davon häßliche Zähne. – Ach was – ausnahmsweise –! Nicht wahr, Doktor Rank? Bitte schön! *Steckt ihm eine Makrone in den Mund:* Und du auch, Kristine. Und ich werd' auch eine essen; nur eine kleine, oder höchstens zwei. *Spaziert wieder umher:* Ja, jetzt bin ich wirklich unwahrscheinlich glücklich. Jetzt gibt's nur noch eins, wozu ich ganz unwahrscheinliche Lust hätte.

Rank Nun? Und das wäre?

Nora Ich hätte unwahrscheinliche Lust, was Bestimmtes zu sagen, so daß Torvald es hört.

Rank Und warum sagen Sie es nicht?

Nora Ich trau' mich nicht, es ist so häßlich.

Frau Linde Häßlich?

Rank Ja, dann ist es nicht ratsam. Aber zu uns können Sie doch wohl –. Wozu haben Sie denn solche Lust, was wollen Sie denn so gern sagen, daß Helmer es hört?

Nora Ich möcht' so unwahrscheinlich gern sagen: Verflucht nochmal.

Rank Sind Sie verrückt?

Frau Linde Aber ich bitte dich, Nora –!

Rank Sagen Sie es. Da ist er.

Nora *versteckt die Makronentüte:* Pst, pst, pst.

Helmer, *mit dem Überzieher über dem Arm und dem Hut in der Hand, kommt aus seinem Zimmer.*

Nora *geht ihm entgegen:* Nun, lieber Torvald, bist du ihn losgeworden?

Helmer Ja, er ist eben gegangen.

Nora Darf ich dir vorstellen –, das ist Kristine, die in die Stadt gekommen ist.

Helmer Kristine –? Verzeihung, aber ich weiß nicht –

Nora Frau Linde, lieber Torvald, Frau Kristine Linde.

Helmer Ah so. Vermutlich eine Schulfreundin meiner Frau?

Frau Linde Ja, wir kennen uns von früher.

Nora Und denk dir, jetzt hat sie die lange Reise gemacht, nur um mit dir zu sprechen.

Helmer Was soll das heißen?

Frau Linde Ja, nicht eigentlich –

Nora Kristine ist nämlich so unwahrscheinlich geschickt in Büroarbeiten, und da hat sie so ungeheure Lust, unter der Leitung eines tüchtigen Mannes zu arbeiten und noch mehr zu lernen, als sie schon kann.

Helmer Sehr vernünftig, gnädige Frau.

Nora Und als sie jetzt gehört hat, daß du Bankdirektor geworden bist – es kam da ein Telegramm mit der Nachricht –, da ist sie so schnell sie konnte hierhergefahren – und – Nicht wahr, Torvald, du kannst doch etwas für Kristine tun? Meinetwegen?

Helmer Das ist gar nicht unmöglich. Die gnädige Frau ist vermutlich Witwe?

Frau Linde Ja.

Helmer Und hat Übung in Büroarbeiten?

Frau Linde Ja, so ziemlich.

Helmer Nun, dann kann ich Ihnen höchstwahrscheinlich eine Anstellung verschaffen.

Nora *klatscht in die Hände:* Siehst du, siehst du.

Helmer Sie sind in einem günstigen Augenblick gekommen, gnädige Frau –

Frau Linde Oh, wie soll ich Ihnen danken –

Helmer Ist gar nicht nötig. *Zieht den Überzieher an:* Aber für heute müssen Sie mich entschuldigen –

Rank Warte, ich komm' mit.

Holt seinen Pelz aus dem Entrée und wärmt ihn am Ofen.

Nora Bleib nicht lange weg, lieber Torvald.

Helmer Höchstens eine Stunde.

Nora Gehst du auch, Kristine?

Frau Linde *zieht ihre Überkleider an:* Ja, ich muß jetzt los und mich nach einem Zimmer umsehen.

Helmer Dann gehen wir vielleicht ein Stück zusammen.

Nora *hilft ihr:* Wie ärgerlich, daß wir so beschränkt wohnen, aber es ist uns wirklich unmöglich, daß –

Frau Linde Wo denkst du hin! Auf Wiedersehen, liebe Nora, und Danke für alles.

Nora Auf Wiedersehen, bis bald. Heute abend kommst du natürlich wieder. Und Sie auch, Doktor Rank. Wie? Wenn Sie sich wohl genug fühlen? Doch, doch, das werden Sie schon, packen Sie sich nur gut ein.

Man geht unter allgemeinem Gespräch ins Entrée. Draußen auf der Treppe sind Kinderstimmen zu hören.

Nora Da sind sie! Da sind sie!

Sie läuft zur Tür und öffnet. Das Kindermädchen **Anne-Marie** *kommt mit den Kindern.*

Nora Kommt rein, kommt rein! *Beugt sich hinunter und küßt sie:* Ach, meine süßen lieben –! Siehst du sie, Kristine? Sind sic nicht reizend?

Rank Keine Schwätzchen halten hier in der Zugluft!

Helmer Kommen Sie, Frau Linde, hier ist es jetzt gleich nur noch für Mütter erträglich.

Doktor Rank, Helmer *und* **Frau Linde** *gehen die Treppe hinunter. Das* **Kindermädchen** *kommt mit den Kindern ins Wohnzimmer.* **Nora** *ebenfalls, wobei sie die Tür zum Vorzimmer schließt.*

Nora Wie frisch und munter ihr ausseht! Nein, was ihr für rote Backen bekommen habt! Wie Äpfel und Rosen. *Die Kinder reden während des Folgenden mit ihr durcheinander:* Habt ihr euch so gut amüsiert? Das ist ja prächtig. Sowas, du hast Emmy und Bob auf dem Schlitten gezogen? Nein, stell dir vor, auf einmal! Du bist ein geschickter Kerl, Ivar. Ach, laß sie mich einen

Moment halten, Anne-Marie. Mein süßes kleines Puppenkind! *Nimmt die Kleinste dem Kindermädchen ab und tanzt mit ihr herum:* Ja, ja, Mama wird auch mit Bob tanzen. Wie? Ihr habt eine Schneeballschlacht gemacht? Ach, da hätt' ich dabeisein sollen. Nein, nicht, ich will sie selbst ausziehen, Anne-Marie. Doch, erlaub's mir doch, das macht soviel Spaß. Geh schon mal rein, du siehst ganz verfroren aus. Auf dem Ofen steht heißer Kaffee für dich.

Das **Kindermädchen** *geht ins Zimmer links.* **Nora** *zieht den Kindern die Überkleider aus und wirft sie umher, während sie die Kinder durcheinander erzählen läßt.*

Ja, und dann? Dann ist euch ein großer Hund nachgelaufen? Aber er hat nicht gebissen? Nein, Hunde beißen kleine niedliche Puppenkinder nicht. Nicht in die Pakete gucken, Ivar! Was drin ist? Wenn ihr das wüßtet. Nein, nein, da ist ganz was Scheußliches drin. Wie? Wir sollen spielen? Was sollen wir spielen? Verstecken. Ja, laßt uns Verstecken spielen. Bob soll sich zuerst verstecken. Ich soll? Gut, dann versteck' ich mich zuerst.

Sie und die Kinder spielen unter Lachen und Jubel im Wohnzimmer und im anschließenden Zimmer rechts. Zuletzt versteckt sich **Nora** *unter dem Tisch, die Kinder stürmen herein, suchen, können sie aber nicht finden, hören ihr unterdrücktes Lachen, stürzen zum Tisch, heben die Tischdecke hoch, sehen sie. Stürmischer Jubel. Sie kriecht hervor, als ob sie sie erschrecken wolle. Neuer Jubel. In der Zwischenzeit hat es an der Eingangstür geklopft, niemand hat es bemerkt. Jetzt wird die Tür halb göffnet, und* **Rechtsanwalt Krogstad** *wird sichtbar, er wartet ein wenig, das Spiel wird fortgesetzt.*

Krogstad Verzeihung, Frau Helmer –

Nora *mit einem unterdrückten Schrei, dreht sich um und springt halb empor:* Ah! Was wollen Sie?

Krogstad Entschuldigen Sie, die Wohnungstür war angelehnt, es muß jemand vergessen haben, sie zu schließen –

Nora *steht auf:* Mein Mann ist nicht zu Hause, Herr Krogstad.

Krogstad Das weiß ich.

Nora Ja – was wollen Sie dann hier?

Krogstad Ein paar Worte mit Ihnen reden.

Nora Mit –? *Zu den Kindern, leise:* Geht zu Anne-Marie. Wie? Nein, der fremde Mann will Mama nichts Böses tun. Wenn er gegangen ist, spielen wir weiter. *Sie führt die Kinder ins Zimmer links und schließt die Tür hinter ihnen.*

Nora *unruhig, gespannt:* Sie wollen mit mir reden?

Krogstad Ja, das will ich.

Nora Heute –? Aber wir haben doch noch nicht den Ersten!

Krogstad Nein, wir haben Heiligabend. Ob es ein frohes Weihnachtsfest wird, hängt von Ihnen selbst ab.

Nora Was wollen Sie? Ich kann heute überhaupt nicht –

Krogstad Davon werden wir bis auf weiteres nicht reden. Es geht um etwas anderes. Sie haben doch wohl einen Augenblick Zeit?

Nora Oh ja, ja gewiß, Zeit hab' ich schon, obwohl –

Krogstad Gut. Ich saß drüben in Olsens Restaurant und sah Ihren Mann die Straße hinuntergehen –

Nora Ja, und?

Krogstad – mit einer Dame.

Nora Und was weiter?

Krogstad Darf ich mir die Frage erlauben: War die Dame nicht eine gewisse Frau Linde?

Nora Ja.

Krogstad Gerade in die Stadt gekommen?

Nora Ja, heute.

Krogstad Sie ist doch eine gute Freundin von Ihnen?

Nora Doch, das ist sie. Aber ich sehe nicht ein –

Krogstad Ich hab' sie auch einmal gekannt.

Nora Ich weiß.

Krogstad So? Sie wissen Bescheid über die Sache. Das dachte ich mir. Darf ich Sie dann kurz und bündig fragen: Wird Frau Linde eine Anstellung in der Aktienbank bekommen?

Nora Wie können Sie sich erlauben, mich auszufragen, Herr Krogstad, Sie, einer der Untergebenen meines Mannes? Aber wenn Sie schon fragen, sollen Sie's ruhig wissen: Ja, Frau Linde wird eine Anstellung bekommen. Und ich bin es, die sich für ihre Sache eingesetzt hat. Jetzt wissen Sie's.

Krogstad Ich hatte also richtig kombiniert.

Nora *geht im Zimmer auf und ab:* Oh, man hat doch wohl immer sein kleines bißchen Einfluß, möcht' ich meinen. Nur weil man eine Frau ist, ist deshalb gar nicht gesagt, daß –. Wenn man sich in untergeordneter Stellung befindet, Herr Krogstad, sollte man sich wirklich davor hüten, jemandem zu nahe zu treten, der – hm –

Krogstad – der Einfluß hat?

Nora Ja, genau.

Krogstad *in verändertem Ton:* Frau Helmer, wollen Sie die Güte haben, Ihren Einfluß zu meinen Gunsten zu verwenden?

Nora Wie? Was meinen Sie?

Krogstad Wollen Sie so gut sein und dafür sorgen, daß ich meine untergeordnete Stellung in der Bank behalte.

Nora Was soll das heißen? Wer denkt daran, Ihnen Ihre Stellung wegzunehmen?

Krogstad Sie brauchen mir gegenüber nicht die Unwissende zu spielen. Ich kann gut verstehen, daß es Ihrer Freundin nicht angenehm ist, sich einem Zusammentreffen mit mir auszusetzen, und ich versteh' jetzt auch, wem ich es zu verdanken habe, daß ich weggejagt werde.

Nora Aber ich versichere Ihnen –

Krogstad Ja, ja, kurz und gut: Noch ist Zeit, und ich rate Ihnen, Ihren Einfluß zu verwenden, um das zu verhindern.

Nora Aber Herr Krogstad, ich habe überhaupt keinen Einfluß.

Krogstad Nicht? Mir schien, Sie sagten vorhin selbst –

Nora Das war natürlich nicht so zu verstehen. Ich! Wie können Sie annehmen, daß ich einen solchen Einfluß auf meinen Mann habe?

Krogstad Oh, ich kenne Ihren Mann aus unserer Studienzeit. Ich denke nicht, daß der Herr Bankdirektor standhafter ist als andere Ehemänner.

Nora Wenn Sie geringschätzig von meinem Mann reden, weise ich Ihnen die Tür.

Krogstad Die gnädige Frau ist mutig.

Nora Ich habe keine Angst mehr vor Ihnen. Wenn Neujahr vorbei ist, werd' ich bald aus der ganzen Sache raus sein.

Krogstad *beherrschter:* Hören Sie mir jetzt zu, gnädige Frau. Wenn es sein muß, dann werd' ich kämpfen wie um mein Leben, damit ich meinen kleinen Posten in der Bank behalte.

Nora Ja, es sieht wirklich so aus.

Krogstad Es ist nicht nur wegen des Geldes, darum ist es mir sogar am wenigsten zu tun. Aber da ist was anderes –. Na, ja, heraus damit. Es geht um Folgendes, verstehen Sie. Sie wissen natürlich ebensogut wie alle anderen, daß ich mir vor Jahren einmal eine Unbesonnenheit habe zuschulden kommen lassen.

Nora Ich glaub', ich hab' sowas gehört.

Krogstad Die Sache kam nicht vor Gericht, aber alle Wege waren mir auf einmal wie versperrt. Da verlegte ich mich auf die Geschäfte, die Sie ja kennen. Irgendwas mußt' ich ja anfangen, und ich darf wohl sagen, daß ich nicht einer von den Schlimmsten war. Aber aus all dem muß ich jetzt raus. Meine Söhne wachsen heran, ihretwegen muß ich versuchen, mir wieder so viel bürgerliche Achtung zu verschaffen wie möglich. Dieser Posten in der Bank war gewissermaßen die erste Stufe für mich. Und jetzt will Ihr Mann mich mit einem Fußtritt von der Treppe stoßen, daß ich wieder im Dreck lande.

Nora Um Gottes willen, Herr Krogstad, es steht überhaupt nicht in meiner Macht, Ihnen zu helfen.

Krogstad Weil Sie nicht wollen, aber ich habe Mittel, Sie zu zwingen.

Nora Sie wollen doch wohl meinem Mann nicht erzählen, daß ich Ihnen Geld schulde?

Krogstad Hm, wenn ich's ihm nun erzählen würde?

Nora Das wär' schändlich von Ihnen. *Den Tränen nahe:* Dieses Geheimnis, das meine Freude und mein Stolz ist, das sollte er auf so häßliche und plumpe Weise erfahren, – von Ihnen erfahren. Sie würden mich den fürchterlichsten Unannehmlichkeiten aussetzen.

Krogstad Nur Unannehmlichkeiten?

Nora *heftig:* Aber tun Sie's nur, das hat für Sie die schlimmsten Folgen, dann sieht mein Mann nämlich erstmal richtig, was für ein schlechter Mensch Sie sind, und dann werden Sie Ihren Posten erst recht nicht behalten.

Krogstad Ich habe gefragt, ob Sie nur häusliche Unannehmlichkeiten befürchten.

Nora Wenn mein Mann es erfährt, wird er natürlich sofort den Rest bezahlen, und dann haben wir nichts mehr mit Ihnen zu schaffen.

Krogstad *einen Schritt näher:* Hören Sie, Frau Helmer – entweder haben Sie kein gutes Gedächtnis oder Sie haben nicht viel Ahnung von Geschäften. Ich muß Ihnen die Sache also etwas gründlicher auseinandersetzen.

Nora Wieso?

Krogstad Als Ihr Mann krank war, kamen Sie zu mir, um zwölfhundert Spezies zu borgen.

Nora Ich wußte niemand anders.

Krogstad Ich versprach, Ihnen den Betrag zu beschaffen –

Nora Sie haben ihn doch auch beschafft.

Krogstad Ich versprach, Ihnen den Betrag zu beschaffen unter bestimmten Bedingungen. Sie waren damals so von der Krankheit Ihres Mannes in Anspruch genommen und so eifrig dabei, ans Reisegeld zu kommen, daß Sie, glaub' ich, an die Begleitumstände nicht weiter gedacht haben. Darum ist es nicht abwegig, wenn ich Sie daran erinnere. Also: Ich versprach, Ihnen das Geld zu beschaffen gegen einen Schuldschein, den ich aufsetzte.

Nora Ja, und den ich unterschrieb.

Krogstad Gut, aber unten fügte ich einige Zeilen hinzu, die Ihr Vater unterschreiben sollte als Bürge für Ihre Schuld.

Nora Sollte –? Er hat ja unterschrieben.

Krogstad Ich hatte das Datum offengelassen, das heißt, Ihr Vater sollte selbst den Tag angeben, an dem er das Papier unterschrieb. Erinnert sich die gnädige Frau daran?

Nora Ja, ich glaube schon –

Krogstad Ich übergab Ihnen dann den Schuldschein, Sie sollten ihn ja per Post an Ihren Vater schicken. War es nicht so?

Nora Doch.

Krogstad Und das haben Sie natürlich auch sofort getan, denn schon fünf, sechs Tage später brachten Sie mir den Schein mit der Unterschrift Ihres Vaters. Dann bekamen Sie den Betrag ausbezahlt.

Nora Nun ja. Hab' ich nicht ordentlich abbezahlt?

Krogstad So ziemlich, doch. Aber – um auf das zurückzukommen, wovon wir sprachen – das war wohl damals eine schwere Zeit für Sie, gnädige Frau?

Nora Ja, allerdings.

Krogstad Ihr Vater war ja wohl sehr krank, glaub' ich.

Nora Er lag im Sterben.

Krogstad Starb wohl auch kurz darauf?

Nora Ja.

Krogstad Sagen Sie, Frau Helmer, erinnern Sie sich zufällig an den Todestag Ihres Vaters? An das Datum, mein' ich.

Nora Papa starb am 29. September.

Krogstad Das ist ganz richtig, ich habe mich danach erkundigt. Und deshalb – *zieht ein Papier aus der Tasche:* kann ich mir einen sonderbaren Umstand einfach nicht erklären.

Nora Was für einen sonderbaren Umstand? Ich weiß nicht –

Krogstad Den sonderbaren Umstand, gnädige Frau, daß Ihr Vater diesen Schuldschein drei Tage nach seinem Tod unterschrieben hat.

Nora Wie? Ich versteh' nicht –

Krogstad Ihr Vater starb am 29. September. Aber sehen Sie hier. Hier hat Ihr Vater seine Unterschrift mit dem 2. Oktober datiert. Ist das nicht sonderbar, gnädige Frau?

Nora *schweigt.*

Krogstad Können Sie mir das erklären?

Nora *schweigt weiter.*

Krogstad Auffällig ist auch, daß die Wörter »2. Oktober« und die Jahreszahl nicht in der Handschrift Ihres Vaters geschrieben sind, sondern in einer Handschrift, die mir bekannt vorkommt. Na, das läßt sich ja erklären; Ihr Vater kann vergessen haben, seine Unterschrift zu datieren, und dann hat es irgend jemand aufs Geratewohl getan, noch ehe man etwas von dem Todesfall wußte. Daran ist gar nichts Schlimmes. Auf die Unterschrift, auf die kommt es an. Und die ist doch echt, Frau Helmer? Es war doch wirklich Ihr Vater, der hier unterschrieben hat?

Nora *nach kurzem Schweigen; wirft den Kopf zurück und sieht ihn trotzig an:* Nein, er war es nicht. Ich habe Papas Namen geschrieben.

Krogstad Hören Sie, gnädige Frau, – wissen Sie auch, daß das ein gefährliches Geständnis ist?

Nora Warum? Sie werden Ihr Geld bald bekommen.

Krogstad Darf ich Ihnen eine Frage stellen, – warum haben Sie das Papier nicht an Ihren Vater geschickt?

Nora Das war unmöglich. Papa war doch krank. Wenn ich ihn um seine Unterschrift gebeten hätte, dann hätt' ich ihm doch sagen müssen, wozu ich das Geld brauchte. Aber ich konnte ihm doch nicht sagen, so krank wie er war, daß das Leben meines Mannes auf dem Spiel stand. Das war doch unmöglich.

Krogstad Dann wär es besser für Sie gewesen, Sie hätten die Auslandsreise aufgegeben.

Nora Nein, das war unmöglich. Die Reise sollte ja meinem Mann das Leben retten. Die konnt' ich nicht aufgeben.

Krogstad Aber haben Sie sich denn nicht überlegt, daß es eine Betrügerei war gegen mich –?

Nora Darauf konnt' ich überhaupt keine Rücksicht nehmen. Um Sie hab' ich mich gar nicht gekümmert. Ich konnte Sie nicht ausstehen, weil Sie so kalt waren und Schwierigkeiten machten, obwohl Sie wußten, wie gefährlich der Zustand meines Mannes war.

Krogstad Frau Helmer, Sie haben offenbar keine klare

Vorstellung davon, wessen Sie sich eigentlich schuldig gemacht haben. Aber ich kann Ihnen sagen, was ich damals getan habe, war nichts Größeres und nichts Schlimmeres, und es hat meine ganze bürgerliche Existenz vernichtet.

Nora Sie? Wollen Sie mir einreden, Sie hätten etwas Mutiges unternommen, um Ihrer Frau das Leben zu retten?

Krogstad Die Gesetze fragen nicht nach Beweggründen.

Nora Dann müssen das sehr schlechte Gesetze sein.

Krogstad Schlecht oder nicht – lege ich dieses Papier dem Gericht vor, dann werden Sie nach den Gesetzen verurteilt.

Nora Das glaub' ich überhaupt nicht. Eine Tochter sollte nicht das Recht haben, ihren alten todkranken Vater vor Kummer und Sorge zu bewahren? Eine Frau sollte nicht das Recht haben, ihrem Mann das Leben zu retten? Ich kenn' die Gesetze nicht so genau, aber ich bin sicher, irgendwo muß da stehen, daß sowas erlaubt ist. Und darüber wissen Sie nicht Bescheid, Sie, als Rechtsanwalt? Sie müssen ein schlechter Jurist sein, Herr Krogstad.

Krogstad Mag sein. Aber daß ich mich auf Geschäfte verstehe – solche Geschäfte, wie wir zwei miteinander haben –, das glauben Sie doch wohl? Gut. Machen Sie, was Sie wollen. Aber das sag' ich Ihnen: Werd' ich zum zweiten Mal ausgestoßen, dann sollen Sie mir Gesellschaft leisten. *Er grüßt und geht durchs Vorzimmer hinaus.*

Nora *eine Weile nachdenklich, dann wirft sie den Kopf in den Nacken:* Ach was! – Mir Angst machen wollen! So einfältig bin ich doch nicht. *Fängt an, die Sachen der Kinder zusammenzulegen, hört bald auf:* Aber –? Nein, das ist doch unmöglich! – Ich hab' es ja aus Liebe getan.

Die Kinder *in der Tür links:* Mama, eben ist der fremde Mann weggegangen.

Nora Ja, ja, ich weiß. Aber erzählt niemand etwas von dem fremden Mann. Hört ihr? Auch Papa nicht!

Die Kinder Nein, Mama, aber spielst du dann wieder mit uns?

Nora Nein, nein, jetzt nicht.

Die Kinder Ach Mama, du hast es doch versprochen.

Nora Ja, aber ich kann jetzt nicht. Geht zu Anne-Marie, ich hab' soviel zu tun. Geht, geht rein, ihr lieben süßen Kinder. *Sie nötigt die Kinder behutsam ins Zimmer und schließt die Tür hinter ihnen.*

Nora *setzt sich aufs Sofa, nimmt eine Stickerei und macht ein paar Stiche, hält aber bald inne:* Nein! *Wirft die Stickerei weg, steht auf, geht zum Vorzimmer und ruft hinaus:* Helene! Bring den Baum rein! *Geht zum Tisch links, öffnet die Tischlade, bleibt wieder stehen:* Nein, das ist doch völlig unmöglich!

Das Hausmädchen *mit dem Tannenbaum:* Wo soll ich ihn hinstellen, gnädige Frau?

Nora Dahin, mitten ins Zimmer.

Das Hausmädchen Soll ich sonst noch was holen?

Nora Nein, danke, ich habe, was ich brauche. *Das* **Hausmädchen** *hat den Baum hingestellt und geht.*

Nora *fängt an, den Weihnachtsbaum zu schmücken.* Hier eine Kerze – und hier ein Stern –. Der abscheuliche Mensch! – Blödsinn, Blödsinn, Blödsinn. Es ist alles in Ordnung. Schön wird der Weihnachtsbaum. Ich will alles tun, was dir Freude macht, Torvald, ich werd' singen für dich, tanzen für dich –

Helmer, *mit einem Stoß Papieren unter dem Arm, kommt von draußen.*

Nora Ah. – Bist du schon wieder da?

Helmer Ja. Ist jemand hiergewesen?

Nora Hier? Nein.

Helmer Merkwürdig. Ich sah Krogstad unten rausgehen.

Nora So? Ach ja, das stimmt, Krogstad war einen Augenblick hier.

Helmer Nora, ich seh dir an, er war hier und hat dich gebeten, ein gutes Wort für ihn einzulegen.

Nora Ja.

Helmer Und das solltest du gewissermaßen aus eigenem Antrieb tun? Du solltest mir verschweigen, daß er hier war? Hat er dich nicht auch darum gebeten?

Nora Doch, Torvald, aber –

Helmer Nora, Nora, und darauf konntest du dich einlassen! Mit einem solchen Menschen Gespräche zu führen und ihm auch noch Versprechungen zu machen! Und mir obendrein eine Unwahrheit zu sagen!

Nora Eine Unwahrheit –?

Helmer Hast du nicht gesagt, niemand war hier? *Droht mit dem Finger:* Das darf mein Singvögelchen nie wieder tun. Ein Singvogel muß den Schnabel rein halten zum Zwitschern, keine falschen Töne! *Legt den Arm um sie:* So soll es doch sein? Na also, ich wußt' es doch. *Läßt sie gehen:* Und nun Schluß damit. *Setzt sich vor den Ofen:* Ah, hier ist es so mollig und gemütlich. *Blättert etwas in seinen Papieren.*

Nora *mit dem Weihnachtsbaum beschäftigt, nach einer kurzen Pause:* Torvald!

Helmer Ja.

Nora Ich freu' mich so unwahrscheinlich auf den Kostümball bei Stenborgs übermorgen.

Helmer Und ich bin unwahrscheinlich neugierig, womit du mich überraschen wirst.

Nora Ach, der dumme Einfall.

Helmer Nanu?!

Nora Mir fällt nichts Passendes ein; alles kommt mir so albern vor, so nichtssagend.

Helmer Ist Noralein zu der Erkenntnis gekommen?

Nora *hinter seinem Stuhl, mit den Armen auf der Stuhllehne:* Bist du sehr beschäftigt, Torvald?

Helmer Ach –

Nora Was sind das für Papiere?

Helmer Bankangelegenheiten.

Nora Schon?

Helmer Ich hab' mir von der ausscheidenden Geschäftsleitung eine Vollmacht geben lassen, die nötigen Veränderungen im Personal und in der Organisation vorzunehmen. Dazu muß ich die Weihnachtswoche verwenden. Ich will bis Neujahr alles in Ordnung haben.

Nora Deswegen ist also dieser arme Krogstad –

Helmer Hm.

Nora *immer noch auf die Stuhllehne gelehnt, fährt ihm langsam durchs Nackenhaar:* Wenn du nicht so beschäftigt wärst, hätt' ich dich um einen unwahrscheinlich großen Gefallen gebeten, Torvald.

Helmer Laß hören. Was denn?

Nora Es hat doch niemand einen so feinen Geschmack wie du. Und ich möcht' doch so gern auf dem Kostümball gut aussehen. Torvald, könntest du dich nicht meiner annehmen und bestimmen, als was ich gehen und wie mein Kostüm gemacht werden soll?

Helmer Aha, ist der kleine Eigensinn am Ende und sucht einen Retter?

Nora Ja, Torvald, ohne deine Hilfe komm' ich nicht weiter.

Helmer Gut, gut, ich werd' darüber nachdenken, uns wird schon was einfallen.

Nora Ach, das ist lieb von dir. *Geht wieder zum Weihnachtsbaum. Pause*: Wie hübsch sich die roten Sterne machen. – Sag mal, ist das wirklich so schlimm, was sich dieser Krogstad hat zuschulden kommen lassen?

Helmer Unterschriften gefälscht. Hast du eine Ahnung, was das heißt?

Nora Kann er es nicht aus Not getan haben?

Helmer Doch, oder, wie so viele, aus Unbesonnenheit. Ich bin nicht so herzlos, daß ich einen Mann wegen so einer einzelnen Tat unbedingt verurteilen würde.

Nora Nein, nicht wahr, Torvald!

Helmer Manch einer kann sich moralisch wieder aufrichten, wenn er seine Schuld offen bekennt und seine Strafe durchsteht.

Nora Strafe –?

Helmer Aber diesen Weg ist Krogstad nicht gegangen, er half sich mit Kniffen und Kunstgriffen durch – und das ist es, was ihn moralisch zerrüttet hat.

Nora Glaubst du, daß –?

Helmer Überleg dir bloß mal, wie so ein schuldbewußter Mensch lügen und heucheln und sich nach allen Seiten verstellen muß; seinen Allernächsten, ja, sogar seiner eigenen Frau und seinen eigenen Kindern gegenüber muß er eine Maske tragen. Und das mit den Kindern, das ist dabei das Schrecklichste, Nora.

Nora Warum?

Helmer Weil ein solcher Dunstkreis von Lügen Anstekkung und Krankheitsstoffe in das ganze Familienleben bringt. Jeder Atemzug, den die Kinder in so einem Haus tun, ist angefüllt mit Keimen zu etwas Häßlichem.

Nora *näher hinter ihm:* Weißt du das genau?

Helmer Meine Liebe, das hab' ich als Advokat oft genug erfahren. Fast alle früh gestrauchelten Menschen haben lügenhafte Mütter gehabt.

Nora Warum gerade – Mütter?

Helmer Am häufigsten stammt es von den Müttern, aber von Vätern kann natürlich dieselbe Wirkung ausgehen, das weiß jeder Rechtsanwalt sehr gut. Und doch hat dieser Krogstad daheim jahrelang seine eigenen Kinder durch Lüge und Verstellung vergiftet, und deswegen nenne ich ihn moralisch verkommen. *Streckt die Hände* *nach ihr aus:* Und darum wird mir meine süße kleine Nora versprechen, ihm nicht das Wort zu reden. Deine Hand darauf. Na, na, was ist denn? Reich mir die Hand. Siehst du. Also abgemacht. Ich versichere dir, es wäre mir unmöglich gewesen, mit ihm zusammenzuarbeiten, ich empfinde buchstäblich körperliche Übelkeit in der Nähe solcher Menschen.

Nora *zieht ihre Hand zurück und geht auf die andere Seite des Weihnachtsbaumes:* Wie warm es hier ist. Und ich hab' so viel zu tun.

Helmer *steht auf und sammelt seine Papiere zusammen:* Ja, ich muß auch sehen, daß ich vor Tisch noch ein bißchen davon durchgelesen kriege. An dein Kostüm werd' ich auch noch denken. Und vielleicht hab' ich auch noch was in Bereitschaft, das man in Goldpapier an den Weihnachtsbaum hängen kann. *Legt die Hand auf ihren Kopf:* Ach du, mein liebes Singvögelchen. *Er geht in sein Zimmer und schließt die Tür hinter sich.*

Nora *leise, nach kurzer Stille:* Ach was. Das ist nicht so. Das ist unmöglich. Das muß unmöglich sein.

Das Kindermädchen *in der Tür links:* Die Kleinen bitten so hübsch, ob sie nicht zur Mama hereinkommen dürfen.

Nora Nein, nein, nein, laß sie nicht zu mir. Bleib du bei ihnen, Anne-Marie.

Das Kindermädchen Ja, ja, gnädige Frau. *Schließt die Tür.*

Nora *bleich vor Schreck:* Meine kleinen Kinder verderben –! Mein Heim vergiften! *Kurze Pause, sie hebt den Kopf:* Das ist nicht wahr. Das ist nie und nimmer wahr.

ZWEITER AKT

Dasselbe Wohnzimmer. Hinten in der Ecke beim Klavier steht der Weihnachtsbaum, geplündert, zerzaust und mit heruntergebrannten Kerzen. **Noras** *Überkleider liegen auf dem Sofa.*

Nora, *allein im Zimmer, geht unruhig umher; schließlich steht sie am Sofa und nimmt ihren Mantel.*

Nora *läßt den Mantel wieder fallen:* Da kommt jemand. *Geht zur Tür und lauscht:* Nein, – niemand. Natürlich, – heut kommt auch keiner, – am ersten Weihnachtstag, – und morgen auch nicht. – Aber vielleicht – *öffnet die Tür und sieht hinaus:* Nein, nichts im Briefkasten, ganz leer. *Kommt nach vorn:* Ach, dummes Zeug. Er meint es natürlich nicht ernst. Sowas k a n n ja nicht sein. Das ist unmöglich. Ich hab' ja drei kleine Kinder.

Das **Kindermädchen** *kommt mit einer großen Pappschachtel aus dem Zimmer links.*

Das Kindermädchen So, endlich hab' ich die Schachtel mit den Sachen für den Maskenball gefunden.

Nora Danke, stell sie auf den Tisch.

Das Kindermädchen *tut es:* Aber sie sind ganz arg in Unordnung.

Nora Wenn ich sie nur in hunderttausend Fetzen reißen könnte!

Das Kindermädchen Gott bewahre, die kann man doch leicht wieder herrichten, nur ein bißchen Geduld.

Nora Ich will gehen und Frau Linde holen, daß sie mir hilft.

Das Kindermädchen Schon wieder raus? Bei dem häßlichen Wetter? Frau Nora wird sich erkälten, – krankwerden.

Nora Ach, das wär' nicht das Schlimmste. – Was machen die Kinder?

Das Kindermädchen Die armen kleinen Würmer spielen mit den Weihnachtsgeschenken, aber –

Nora Fragen sie manchmal nach mir?

Das Kindermädchen Sie sind doch so daran gewöhnt, die Mama um sich zu hab'n.

Nora Ja, Anne-Marie, aber ich kann von jetzt an nicht mehr so viel mit ihnen zusammensein wie bisher.

Das Kindermädchen Nun, kleine Kinder gewöhnen sich an alles.

Nora Glaubst du? Glaubst du, sie würden ihre Mama vergessen, wenn sie ganz fort wäre?

Das Kindermädchen Gott bewahre, – ganz fort!

Nora Du, sag mal, Anne-Marie, – darüber hab' ich so oft nachgedacht –, wie konntest du es übers Herz bringen, dein Kind fremden Leuten auszuliefern?

Das Kindermädchen Aber das mußt' ich doch, wo ich Klein-Noras Amme werden sollte!

Nora Ja, aber daß du es wolltest?

Das Kindermädchen Wo ich eine so gute Stelle kriegen konnte? Ein armes Mädchen, das ins Unglück gekommen ist, muß froh darüber sein. Und dieser schlechte Mensch hat doch nichts für mich getan.

Nora Aber deine Tochter hat dich dann bestimmt vergessen.

Das Kindermädchen Oh nein, das hat sie nicht. Sie hat nämlich an mich geschrieben, als sie zur Konfirmation ging und auch, als sie geheiratet hat.

Nora *legt ihr den Arm um den Hals:* Ach du, alte Anne-Marie, du warst eine gute Mutter für mich, als ich klein war.

Das Kindermädchen Klein-Nora, die Ärmste, hatte ja auch keine andere Mutter als mich.

Nora Und wenn die Kleinen keine andere hätten, weiß

ich auch, daß du –. Unsinn, Unsinn, Unsinn. *Öffnet die Schachtel:* Geh jetzt zu ihnen. – Jetzt muß ich –. Morgen sollst du mal sehen, wie schön ich darin aussehe.

Das Kindermädchen Ja, auf dem ganzen Ball wird bestimmt keine so schön sein wie Frau Nora. *Sie geht ins Zimmer links.*

Nora *fängt an, die Schachtel auszupacken, wirft das Ganze aber bald hin:* Wenn ich mich nur trauen würde, wegzugehen. Wenn nur niemand kommt. Wenn nur inzwischen hier zu Hause nichts passiert. – So ein Unsinn, da wird niemand kommen. Nur nicht denken. Den Muff abbürsten. Schöne Handschuhe, schöne Handschuhe. Gar nicht drum kümmern, gar nicht drum kümmern. Eins, zwei, drei, vier, fünf, sechs – *Schreit auf:* Ah, da kommen sie – *Will zur Tür, bleibt aber unentschlossen stehen.*

Frau Linde *kommt aus dem Vorzimmer, wo sie die Überkleider abgelegt hat.*

Nora Ach, du bist's, Kristine. Sonst ist wohl niemand draußen? Wie gut, daß du da bist.

Frau Linde Wie ich höre, warst du bei mir und hast nach mir gefragt.

Nora Ja, ich kam grade vorbei. Du mußt mir unbedingt helfen. Komm, wir setzen uns hier aufs Sofa. Also: Morgen abend findet oben bei Konsul Stenborg ein Kostümball statt, und da will Torvald, daß ich als neapolitanisches Fischermädchen gehe und Tarantella tanze; das hab' ich nämlich auf Capri gelernt.

Frau Linde Sieh mal an, du sollst also eine richtige Vorstellung geben.

Nora Ja, Torvald will es so. Schau, das ist das Kostüm, das hat Torvald da unten für mich nähen lassen; aber jetzt ist es überall so zerrissen, daß ich gar nicht weiß –

Frau Linde Ach, das kriegen wir schon wieder hin. Da ist doch nur der Besatz hier und da ein bißchen losgegangen. Nadel und Faden? Na, da haben wir doch, was wir brauchen.

Nora Wie lieb von dir.

Frau Linde *näht:* Dann wirst du dich morgen also verkleiden, Nora? Weißt du was, da komme ich einen Augenblick her und schau dich an in deinem Kostüm. – Aber ich hab' ja völlig vergessen, dir für den gemütlichen Abend gestern zu danken.

Nora *steht auf und geht durchs Zimmer:* Ach, gestern fand ich's hier gar nicht so gemütlich wie sonst. – Du hättest etwas früher in die Stadt kommen sollen, Kristine. – Ja, Torvald versteht es wirklich, unser Heim fein und angenehm zu machen.

Frau Linde Du nicht weniger, denk' ich, du bist doch wohl nicht umsonst die Tochter deines Vaters. Aber sag mal, ist Doktor Rank immer in so gedrückter Stimmung wie gestern?

Nora Nein, gestern war es besonders auffallend. Aber er leidet auch an einer sehr gefährlichen Krankheit. Er hat Rückenmarkschwindsucht, der Ärmste. Du mußt wissen, sein Vater war ein widerlicher Mensch, der sich Geliebte hielt und sowas, und deshalb war der Sohn von klein auf kränklich, verstehst du.

Frau Linde *läßt das Nähzeug sinken:* Aber liebste, beste Nora, woher weißt du denn solche Sachen?

Nora *spaziert umher:* Och, – wenn man drei Kinder hat, dann bekommt man manchmal Besuch von – von Frauen, die so halbwegs was von Medizin verstehen, und die erzählen ja so einiges.

Frau Linde *näht weiter, kurze Pause:* Kommt Doktor Rank jeden Tag her?

Nora Jeden Tag. Er ist doch Torvalds bester Jugendfreund und auch mein guter Freund. Doktor Rank gehört gewissermaßen zur Familie.

Frau Linde Du, sag mal: Ist der Mann völlig aufrichtig? Ich mein', sagt er den Leuten nicht gern Schmeicheleien?

Nora Im Gegenteil. Wie kommst du darauf?

Frau Linde Als du mich ihm gestern vorgestellt hast, versicherte er, er hätte meinen Namen hier im Haus oft gehört; dann hab' ich aber gemerkt, daß dein Mann gar keine Ahnung hatte, wer ich eigentlich bin. Wie konnte also Doktor Rank –

Nora Doch, das ist ganz richtig, Kristine. Torvald liebt mich ja so unbeschreiblich, und darum will er mich ganz allein besitzen, wie er sagt. In der ersten Zeit wurde er direkt eifersüchtig, wenn ich einen von den lieben Menschen von zu Hause nur erwähnte. Da hab' ich es natürlich gelassen. Aber mit Doktor Rank red' ich manchmal darüber, er hört da auch gern zu, weißt du.

Frau Linde Hör zu, Nora, du bist in vielen Dingen noch wie ein Kind; ich bin ja bedeutend älter als du und hab' ein bißchen mehr Erfahrung. Ich will dir etwas sagen: Du solltest versuchen, aus dieser Sache da mit Doktor Rank rauszukommen.

Nora Wo sollte ich versuchen rauszukommen?

Frau Linde Sowohl aus dem einen wie aus dem andern, mein' ich. Gestern hast du irgendwas von einem reichen Verehrer erzählt, der dir Geld beschaffen sollte –

Nora Ja, den es nicht gibt – leider. Und weiter?

Frau Linde Hat Doktor Rank Vermögen?

Nora Ja.

Frau Linde Und für niemand zu sorgen?

Nora Nein, niemand, aber –

Frau Linde Und er kommt jeden Tag her?

Nora Ja, das hörst du doch.

Frau Linde Wie kann dieser feine Mann nur so aufdringlich sein!

Nora Ich versteh' überhaupt nichts.

Frau Linde Verstell dich doch nicht, Nora. Glaubst du, ich durchschau' nicht, von wem du die zwölfhundert Spezies geborgt hat?

Nora Bist du nicht ganz bei Trost? Du hast Ideen! Ein Freund von uns, der hier jeden Tag ein und aus geht! Was für eine fürchterlich peinliche Situation wär' das!?

Frau Linde Also wirklich nicht er?

Nora Nein, ich schwör's dir. Nicht einen Augenblick ist mir eingefallen –. Damals hatte er auch kein Geld zum Verleihen, er hat erst später geerbt.

Frau Linde Na, das war glaub' ich ein Glück für dich, meine liebe Nora.

Nora Es wär mir doch nie eingefallen, Doktor Rank zu bitten. Übrigens weiß ich ganz genau, wenn ich ihn darum bitten würde –

Frau Linde Aber das tust du natürlich nicht.

Nora Natürlich nicht. Ich kann mir, glaub' ich, nicht vorstellen, daß es nötig sein wird. Aber ich bin ganz sicher, wenn ich mit Doktor Rank darüber sprechen würde –

Frau Linde Hinter dem Rücken deines Mannes?

Nora Ich muß aus der andern Sache raus, und die ist auch hinter seinem Rücken. Ich muß da raus.

Frau Linde Ja, ja, das hab' ich gestern auch gesagt, aber –

Nora *geht auf und ab:* Ein Mann kann so was viel besser regeln als ein Frauenzimmer –

Frau Linde Ihr eigner Mann, ja.

Nora Unsinn. *Bleibt stehen:* Wenn einer alles bezahlt hat, was er schuldig ist, dann bekommt er doch seinen Schuldschein zurück?

Frau Linde Selbstverständlich.

Nora Und kann ihn in hunderttausend Fetzen reißen und verbrennen – das eklige, beschissene Papier!

Frau Linde *sieht sie starr an, legt das Nähzeug weg und steht langsam auf:* Nora, du verheimlichst mir was.

Nora Siehst du mir das an?

Frau Linde Seit gestern morgen ist mit dir was passiert. Nora, was hast du?

Nora *geht zu ihr:* Kristine! *Lauscht:* Pst! Torvald kommt nach Hause. Setz dich solange zu den Kindern ins Zimmer. Torvald kann Schneiderei nicht ausstehen. Laß dir von Anne-Marie helfen.

Frau Linde *sucht einen Teil der Sachen zusammen:* Ja, aber ich geh' hier nicht weg, bevor wir nicht offen miteinander geredet haben.

Sie geht nach links ins Zimmer, im selben Augenblick kommt **Helmer** *aus dem Vorzimmer.*

Nora *geht ihm entgegen:* Ich hab' schon so auf dich gewartet, lieber Torvald.

Helmer War das das Nähmädchen?

Nora Nein, das war Kristine; sie hilft mir, mein Kostüm in Ordnung zu bringen. Du wirst sehen, ich werde mich schon machen.

Helmer Das war doch ein ganz glücklicher Einfall von mir?

Nora Ein prächtiger Einfall! Aber ist es nicht auch nett von mir, daß ich dir nachgebe?

Helmer *faßt sie am Kinn:* Nett – daß du deinem Mann nachgibst? Na, na, du kleine Närrin, ich weiß ja, du hast es nicht so gemeint. Aber ich will dich nicht stören, du wirst wohl anprobieren müssen, nehm' ich an.

Nora Und du wohl arbeiten?

Helmer Ja. *Zeigt ihr einen Stoß Papiere:* Schau her. Ich war in der Bank. *Will in sein Zimmer gehen.*

Nora Torvald.

Helmer *bleibt stehen:* Ja.

Nora Wenn dich nun dein Eichhörnchen so richtig von Herzen um etwas bitten würde –?

Helmer Was dann?

Nora Würdest du es dann tun?

Helmer Zuerst muß ich natürlich wissen, was es ist.

Nora Das Eichhörnchen würde herumtollen und Kunststücke machen, wenn du lieb und nachgiebig wärst.

Helmer Also heraus damit.

Nora Die Lerche würde in allen Zimmern herumzwitschern, laut und leise –

Helmer Ach was, das tut die Lerche ja sowieso.

Nora Ich würde Elfe spielen und im Mondschein für dich tanzen, Torvald.

Helmer Nora, – es geht doch wohl nicht etwa um die Sache, von der du schon heute morgen angefangen hast?

Nora *näher:* Doch, Torvald, ich bitte dich so flehentlich.

Helmer Und du hast wirklich den Mut, das Thema nochmal aufzurühren?

Nora Ja, du muß t mir nachgeben. Du muß t Krogstad seinen Posten in der Bank behalten lassen.

Helmer Meine liebe Nora, seinen Posten habe ich für Frau Linde bestimmt.

Nora Das ist auch unwahrscheinlich lieb von dir, aber du kannst doch statt Krogstad einfach irgendeinen andern aus dem Büro entlassen.

Helmer Das ist doch ein unglaublicher Eigensinn! Bloß weil du ein unbesonnenes Versprechen gibst, dich für ihn einzusetzen, sollte ich –

Nora Nicht deswegen, Torvald. Um deiner selbst willen. Dieser Mensch schreibt doch in den gräßlichsten Zeitungen, das hast du selbst gesagt. Er kann dir so unsagbar viel Böses tun. Ich hab so eine tödliche Angst vor ihm –

Helmer Aha, ich verstehe, alte Erinnerungen jagen dir so einen Schreck ein.

Nora Was meinst du?

Helmer Du denkst natürlich an deinen Vater.

Nora Ja, ja, genau. Erinner' dich nur, wie boshafte Menschen über Papa in den Zeitungen geschrieben und ihn so gräßlich verleumdet haben. Ich glaub', die hätten es auch noch geschafft, ihn abzusetzen, wenn nicht das Ministerium dich hingeschickt hätte, um nach dem Rechten zu sehen, und wenn du ihm gegenüber nicht so wohlwollend und so hilfsbereit gewesen wärst.

Helmer Meine kleine Nora, zwischen deinem Vater und mir gibt es einen erheblichen Unterschied. Dein Vater war als Beamter nicht unangreifbar. Aber ich bin es, und das hoffe ich auch zu bleiben, solange ich in meiner Stellung bin.

Nora Oh, man kann nie wissen, auf was für Ideen böse Menschen kommen. Wir könnten es jetzt so gut haben, so ruhig und glücklich hier in unserm friedlichen, sorglosen Heim, – du und ich und die Kinder, Torvald! Deshalb bitte ich dich so inständig –

Helmer Und gerade dadurch, daß du für ihn Fürbitte einlegst, machst du es mir unmöglich, ihn zu behalten. Es ist in der Bank schon bekannt, daß ich Krogstad entlassen will. Soll es jetzt vielleicht heißen, der neue Bankdirektor habe sich von seiner Frau umstimmen lassen –

Nora Ja, und?

Helmer Natürlich, wenn nur der kleine Eigensinn seinen Willen kriegt. Ich soll mich vor dem ganzen Personal lächerlich machen –, die Leute auf den Gedanken bringen, ich wär' von allen möglichen fremden Einflüssen abhängig? Die Folgen würd' ich bald zu spüren bekommen, das kannst du mir glauben! Und außerdem – es gibt da noch etwas, was Krogstad für die Bank völlig unmöglich macht, solange ich dort Direktor bin.

Nora Was?

Helmer Seine moralischen Mängel hätt' ich vielleicht im Notfall übersehen können –

Nora Ja, nicht wahr, Torvald?

Helmer Und wie ich höre, soll er auch ganz brauchbar sein. Er ist aber eine Jugendbekanntschaft von mir. Eine von diesen übereilten Bekanntschaften, die einen im späteren Leben oft so lästig werden. Ich kann es dir ja auch ebensogut sagen: Wir duzen uns. Und dieser taktlose Mensch macht da gar kein Hehl draus, wenn andere dabei sind. Im Gegenteil: Er glaubt, das berechtige ihn mir gegenüber zu einem familiären Ton, und da trumpft er jeden Augenblick auf mit seinem: Du, du, Helmer. Ich versichere dir, das Ganze ist äußerst peinlich. Er würde mir meine Stellung in der Bank unerträglich machen.

Nora Torvald, das meinst du doch alles nicht so.

Helmer Ach ja? Warum nicht?

Nora Das sind doch alles nur kleinliche Rücksichten.

Helmer Was sagst du da? Kleinlich? Du hältst mich also für kleinlich!

Nora Nein, im Gegenteil, lieber Torvald, und eben deshalb –

Helmer Wie auch immer, du nennst meine Beweggründe kleinlich, dann muß ich es wohl auch sein. Kleinlich! Also sowas! Na, dem soll ein Ende gemacht werden, verlaß dich drauf. *Geht zur Vorzimmertür und ruft:* Helene!

Nora Was willst du?

Helmer *sucht zwischen seinen Papieren:* Eine Entscheidung.

Das **Hausmädchen** *kommt herein.*

Helmer Da, nimm diesen Brief, geh sofort runter, sieh zu, daß du einen Boten findest, und laß den Brief besorgen. Aber schnell. Die Adresse steht drauf. Hier ist Geld.

Das Hausmädchen Ist recht. *Sie geht mit dem Brief.*

Helmer *legt die Papiere zusammen:* So, meine kleine Frau Trotzkopf.

Nora *atemlos:* Torvald, – was war das für ein Brief?

Helmer Krogstads Kündigung.

Nora Hol ihn zurück, Torvald! Noch ist Zeit. Ach, Torvald, hol ihn zurück! Tu's meinetwegen, deinetwegen, der Kinder wegen! Hörst du, Torvald, tu das! Du weißt nicht, was das über uns alle bringen kann.

Helmer Zu spät.

Nora Ja, zu spät.

Helmer Liebe Nora, ich verzeihe dir die Angst, die dich jetzt bewegt, obwohl sie im Grunde eine Beleidigung für mich ist. Doch, das ist sie! Oder ist es vielleicht keine Beleidigung, anzunehmen, ich hätte Angst vor der Rache eines verkommenen Winkelschreibers? Aber ich verzeihe dir trotzdem, weil sie auf so schöne Weise deine große Liebe zu mir bezeugt. *Nimmt sie in die Arme:* So muß es sein, meine einzig geliebte Nora. Mag da kommen, was will. Wenn es richtig drauf ankommt, glaub' mir, habe ich Mut und Kraft. Du wirst sehen, ich bin Manns genug, alles auf mich zu nehmen.

Nora *schreckensstarr:* Was meinst du damit?

Helmer Alles, sag' ich –

Nora *gefaßt:* Das sollst du nie und nimmer.

Helmer Gut, dann teilen wir, Nora, – wie Mann und Frau. Genauso soll es sein. *Liebkost sie:* Bist du nun zufrieden? Aber, – aber, – aber, nicht diese verschreckten Taubenaugen. Das sind doch alles nur leere Einbildungen. – Du solltest jetzt die Tarantella durchspielen und mit dem Tambourin üben. Ich setz' mich nach hinten ins Büro und mach die Zwischentür zu, dann hör' ich nichts, und du kannst soviel Lärm machen, wie du willst. *Dreht sich in der Tür um:* Und wenn Rank kommt, sag' ihm, wo er mich findet. *Er nickt ihr zu, geht mit seinen Papieren in sein Zimmer und schließt die Tür hinter sich.*

Nora *verstört vor Angst, steht wie angewurzelt, flüstert:* Er ist imstande, es zu tun. Er tut es. Er tut es, der ganzen Welt zum Trotz. – Nein, nie und nimmer, nur das nicht! Eher alles andere! Rettung! Ein Ausweg –!

Es klingelt im Vorzimmer: Doktor Rank –! Eher alles andere! Alles, was es auch sein mag!

Sie streicht sich übers Gesicht, faßt sich, geht zur Tür zum Vorzimmer und öffnet sie. **Doktor Rank** *steht draußen und hängt seinen Pelzmantel auf. Während des Folgenden beginnt es dunkel zu werden.*

Nora Guten Tag, Doktor Rank. Ich hab Sie am Klingeln erkannt. Gehen Sie jetzt nicht zu Torvald hinein, ich glaub', er hat zu tun.

Rank Und Sie?

Nora *während er ins Zimmer geht und sie die Tür hinter ihm schließt:* Ach, Sie wissen doch, für Sie hab' ich immer ein Stündchen übrig.

Rank Ich danke Ihnen. Davon werde ich Gebrauch machen, solange ich kann.

Nora Was meinen Sie damit? Solange Sie können?

Rank Ja. Erschreckt Sie das?

Nora Na ja, das ist so ein komischer Ausdruck. Sollte denn da was dazwischenkommen?

Rank Dazwischenkommen wird das, worauf ich schon lange vorbereitet bin. Ich habe allerdings nicht geglaubt, daß es so bald eintreffen würde.

Nora *ergreift seinen Arm:* Was haben Sie erfahren? Doktor Rank, Sie müssen es mir sagen!

Rank *setzt sich neben den Ofen:* Mit mir geht's bergab. Es ist nichts dran zu machen.

Nora *atmet erleichtert:* Sie reden von sich –?

Rank Von wem sonst? Es nützt nichts, sich selbst zu belügen. Ich bin der Miserabelste von allen meinen Patienten, Frau Helmer. In diesen Tagen habe ich eine Generaluntersuchung meines inneren Status vorgenommen. Bankrott. Noch einen Monat, und ich lieg' vielleicht schon auf dem Friedhof und verwese.

Nora Pfui, wie häßlich Sie reden.

Rank Die Sache ist auch verflucht häßlich. Aber das Schlimmste ist, daß dem so viel andere Häßlichkeit vorausgehen wird. Eine einzige Untersuchung steht jetzt noch aus; wenn ich damit fertig bin, weiß ich so ungefähr, wann die Auflösung beginnt. Dazu will ich Ihnen noch etwas sagen. Helmer mit seiner feinen Natur hat einen so ausgeprägten Widerwillen gegen alles Häßliche. Ich will ihn in meinem Krankenzimmer nicht haben.

Nora Aber Doktor Rank –

Rank Ich will ihn da nicht haben. Auf keinen Fall. Ich verschließe ihm meine Tür. – Sobald ich volle Gewißheit über das Schlimmste habe, schicke ich Ihnen meine Visitenkarte mit einem schwarzen Kreuz drauf, und dann wissen Sie, daß die Widerwärtigkeiten der Zersetzung begonnen haben.

Nora Nein, Sie sind heut aber wirklich ungenießbar. Und ich, ich hätt' Sie grad heut so gern in richtig guter Laune gehabt.

Rank Mit dem Tod vor Augen? – Und so für die Schuld eines anderen zu büßen. Ist da irgendeine Gerechtigkeit drin? Und in jeder einzigen Familie herrscht auf diese oder jene Weise so eine unerbittliche Vergeltung –

Nora *hält sich die Ohren zu:* Unsinn! Lustig, lustig!

Rank Ja, weiß Gott, eigentlich ist es auch nur zum Lachen, das Ganze. Mein armes, unschuldiges Rückgrat hat unter dem lustigen Leutnantsleben meines Vaters zu leiden.

Nora *am Tisch links:* Er war ja wohl so versessen auf Spargel und Gänseleberpastete. War es nicht so?

Rank Ja, und auf Trüffeln.

Nora Ach ja, Trüffeln. Und auch auf Austern, glaub' ich?

Rank Ja, Austern, Austern, das versteht sich.

Nora Und dann all der Portwein und Champagner dazu. Es ist traurig, daß all diese leckeren Sachen sich so auf die Knochen schlagen.

Rank Besonders, wenn sie sich auf irgendwelche unglücklichen Knochen schlagen, die nicht das Geringste davon hatten.

Nora Tja, das ist dabei das Allertraurigste.

Rank *sieht sie forschend an:* Hm –

Nora *kurz darauf:* Warum haben Sie gelächelt?

Rank Nein, Sie haben gelacht.

Nora Nein, Sie haben gelächelt, Doktor Rank.

Rank *steht auf:* Sie sind ein noch größerer Schelm, als ich dachte.

Nora Mir ist heut so nach irgendwas Verrücktem zumute.

Rank Scheint mir auch so.

Nora *mit beiden Händen auf seinen Schultern:* Lieber, lieber Doktor Rank, Sie dürfen Torvald und mir nicht so wegsterben.

Rank Oh, den Schmerz werden Sie leicht verwinden. Wer fortgeht, ist bald vergessen.

Nora *sieht ihn ängstlich an:* Glauben Sie?

Rank Man knüpft neue Verbindungen, und dann –

Nora Wer knüpft neue Verbindungen?

Rank Sie und Helmer, wenn ich weg bin. Sie selbst sind ja schon auf dem besten Wege dazu. Was sollte diese Frau Linde gestern abend hier?

Nora Aha. – Sie sind doch wohl nicht etwa eifersüchtig auf die arme Kristine?

Rank Doch, bin ich. Sie wird hier im Haus meine Nachfolgerin werden. Wenn ich abgeschrieben bin, wird vielleicht dieses Frauenzimmer –

Nora Pst, sprechen Sie nicht so laut, sie ist da drin.

Rank Heute auch? Na, sehen Sie.

Nora Nur um an meinem Kostüm zu nähen. Herrgott, sind Sie ungenießbar. *Setzt sich aufs Sofa:* Seien Sie jetzt lieb, Doktor Rank; morgen werden Sie auch sehen, wie hübsch ich tanze; und dann müssen Sie sich vorstellen, daß ich es nur für Sie tue –, ja, und natürlich auch für Torvald, – versteht sich. *Nimmt verschiedene Sachen aus der Schachtel:* Doktor Rank, setzen Sie sich mal her, ich will Ihnen was zeigen.

Rank *setzt sich:* Was denn?

Nora Hier! Sehen Sie!

Rank Seidenstrümpfe.

Nora Fleischfarbene. Sind die nicht schön? Na ja, jetzt ist es hier so dunkel, aber morgen –. Nein, nein, nein, Sie dürfen nur die Füße sehen. Na gut, meinetwegen können Sie auch den oberen Teil sehen.

Rank Hm –

Nora Warum machen Sie so ein kritisches Gesicht? Glauben Sie vielleicht, die passen mir nicht?

Rank Darüber kann ich unmöglich eine begründete Meinung haben.

Nora *sieht ihn einen Augenblick an:* Pfui, schämen Sie sich. *Schlägt ihn mit den Strümpfen leicht aufs Ohr:* So, das haben Sie davon. *Packt sie wieder zusammen.*

Rank Und was krieg ich sonst noch für Herrlichkeiten zu sehen?

Nora Sie kriegen gar nichts mehr zu sehen, Sie sind unanständig. *Sie summt ein wenig und kramt zwischen den Sachen.*

Rank *nach kurzer Pause:* Wenn ich hier so ganz vertraulich mit Ihnen zusammensitze, dann begreife ich nicht – nein, ich fasse es nicht, was aus mir geworden wäre, wenn ich dies Haus nie betreten hätte.

Nora *lächelt:* Ja, ich glaub', im Grunde fühlen Sie sich bei uns ganz wohl.

Rank *leiser, sieht vor sich hin:* Und nun von all dem fortgehen zu müssen –

Nora Unsinn, Sie gehen nicht fort.

Rank *wie vorher:* – und nicht einmal ein armseliges Zeichen des Dankes hinterlassen zu können, kaum ein flüchtiges Vermissen, nichts weiter als ein leerer Platz, den der erste beste ausfüllen kann.

Nora Und wenn ich Sie nun bitten würde um –? Nein –

Rank Um was?

Nora Um einen großen Beweis Ihrer Freundschaft –

Rank Ja, ja?

Nora Nein, ich mein' – um einen unwahrscheinlich großen Dienst –

Rank Wollen Sie mich wirklich ein einziges Mal so glücklich machen?

Nora Ach, Sie wissen ja gar nicht, was es ist.

Rank Nun gut, dann sagen Sie's.

Nora Nein, ich kann nicht, Doktor Rank, es ist so unerhört viel – ein Rat und eine Hilfe und ein Dienst –

Rank Je mehr, desto besser. Ich kann mir gar nicht denken, was Sie meinen könnten. Aber so reden Sie doch. Hab' ich denn nicht Ihr Vertrauen?

Nora Doch, wie kein anderer. Sie sind mein treuester und bester Freund, das weiß ich wohl. Darum will ich es Ihnen auch sagen. Also gut, Doktor Rank. Sie müssen mir helfen, etwas zu verhindern. Sie wissen, wie innig, wie unbeschreiblich mich Torvald liebt, – nicht einen Augenblick würde er zögern, sein Leben für mich hinzugeben.

Rank *beugt sich zu ihr:* Nora, – glauben Sie denn, er ist der einzige –?

Nora *mit einem leichten Ruck:* Der –?

Rank Der freudig sein Leben für Sie hingeben würde.

Nora *schwer:* Ach so.

Rank Ich habe mir geschworen, daß Sie es wissen sollen,

ehe ich fortgehe. Eine bessere Gelegenheit finde ich nie mehr. – Ja, Nora, jetzt wissen Sie's. Und jetzt wissen Sie auch, daß Sie sich mir anvertrauen können wie keinem andern.

Nora *steht auf, einfach und ruhig:* Lassen Sie mich durch.

Rank *macht ihr Platz, bleibt aber sitzen:* Nora –

Nora *in der Tür zum Vorzimmer:* Helene, bring die Lampe rein. *Geht zum Ofen:* Ach, lieber Doktor Rank, das war wirklich häßlich von Ihnen.

Rank *steht auf:* Daß ich Sie ebenso innig geliebt habe wie jemand anders? Das war häßlich?

Nora Nein, aber daß Sie es mir sagen mußten. Das war doch gar nicht nötig –

Rank Was meinen Sie? Haben Sie denn gewußt –?

Das **Hausmädchen** *kommt mit der Lampe, stellt sie auf den Tisch und geht wieder.*

Rank Nora, – Frau Helmer –, ich frage Sie, haben Sie etwas gewußt?

Nora Ach, was weiß ich, was ich gewußt oder nicht gewußt habe. Ich kann Ihnen wirklich nicht sagen –. Daß Sie so ungehobelt sein konnten, Doktor Rank! Es war gerade alles so schön.

Rank Jedenfalls haben Sie jetzt die Gewißheit, daß ich Ihnen mit Leib und Seele zur Verfügung stehe. Und jetzt raus mit der Sprache.

Nora *sieht ihn an:* Jetzt noch?

Rank Ich bitte Sie, sagen Sie mir, worum's geht.

Nora Jetzt kann ich Ihnen nichts mehr sagen.

Rank Doch, doch. So dürfen Sie mich nicht bestrafen. Erlauben Sie mir, alles für Sie zu tun, was in menschlicher Macht steht.

Nora Jetzt können Sie nichts mehr für mich tun. – Übrigens brauch' ich bestimmt auch gar keine Hilfe. Sie werden sehen, es ist alles nur Einbildung. Ja, genau das. Natürlich. *Setzt sich in den Schaukelstuhl, sieht ihn an,* *lächelt.* Sie sind mir wirklich ein netter Herr, Doktor Rank. Schämen Sie sich eigentlich nicht, jetzt, wo die Lampe da steht?

Rank Nein, eigentlich nicht! Aber ich soll vielleicht gehen – für immer?

Nora Nein, das sollen Sie nun wirklich nicht. Sie sollen natürlich nach wie vor herkommen. Sie wissen doch gut, daß Torvald Sie nicht entbehren kann.

Rank Ja, aber Sie?

Nora Oh, – ich finde, es wird hier immer so ungeheuer lustig, wenn Sie kommen.

Rank Genau das hat mich auf die falsche Spur gelockt. Sie sind mir ein Rätsel. Manchmal kam es mir so vor, als wären Sie mit mir fast genauso gern zusammen wie mit Helmer.

Nora Ja, sehen Sie, es gibt doch Menschen, die man am meisten liebt, und andere Menschen, mit denen man fast am liebsten zusammen sein mag.

Rank Oh ja, da ist was dran.

Nora Als ich noch zu Hause war, liebte ich natürlich Papa am meisten. Aber ich fand es immer unwahrscheinlich amüsant, wenn ich mich runter in die Mädchenkammer stehlen konnte, denn die machten mir keine Vorschriften, und dann erzählten sie sich immer so viele lustige Sachen.

Rank Aha, die sind es also, die ich abgelöst habe.

Nora *springt auf und geht zu ihm:* Lieber, guter Doktor Rank, so hab' ich das doch gar nicht gemeint. Aber Sie verstehen wohl, daß es mit Torvald irgendwie so ist wie mit Papa –

Das **Hausmädchen** *kommt aus dem Vorzimmer.*

Das Hausmädchen Gnädige Frau! *Flüstert und reicht ihr eine Karte.*

Nora *wirft einen Blick auf die Karte.* Ah! *Steckt sie in die Tasche.*

Rank Irgendwas Unangenehmes?

Nora Nein, nein, durchaus nicht; es ist nur wegen – wegen meines neuen Kostüms.

Rank Wieso? Da liegt doch Ihr Kostüm.

Nora Ach ja, das, aber es gibt noch eins, ich hab' es bestellt, Torvald darf es nicht wissen –

Rank Aha, da haben wir also das große Geheimnis.

Nora Ja, ja, gehen Sie nur zu ihm, er sitzt hinten im Zimmer, halten Sie ihn solange auf –

Rank Keine Sorge; er wird mir nicht entkommen. *Er geht in Helmers Zimmer.*

Nora *zum Mädchen:* Und er steht in der Küche und wartet?

Das Hausmädchen Ja, er ist die Hintertreppe raufgekommen –

Nora Hast du ihm denn nicht gesagt, daß jemand bei mir ist?

Das Hausmädchen Doch, aber es half nichts.

Nora Er wollte nicht wieder gehen?

Das Hausmädchen Nein, er geht nicht, bevor er nicht mit der gnädigen Frau gesprochen hat.

Nora Dann laß ihn reinkommen, aber leise. Helene, du darfst es niemand erzählen, es ist eine Überraschung für meinen Mann.

Das Hausmädchen Ja, ja, ich versteh' schon – *Sie geht hinaus.*

Nora Das Entsetzliche geschieht. Es kommt trotz allem. Nein, nein, nein, es kann nicht geschehen, es wird nicht geschehen. *Sie geht zu Helmers Tür und schiebt den Riegel davor.*

Das **Hausmädchen** *öffnet die Vorzimmertür für* **Rechtsanwalt Krogstad** *und schließt sie hinter ihm. Er trägt Reisepelz, Winterstiefel und eine Pelzmütze.*

Nora *geht ihm entgegen:* Sprechen Sie leise, mein Mann ist zu Hause.

Krogstad Na, soll er doch.

Nora Was wollen Sie von mir?

Krogstad Mir einen Bescheid holen.

Nora Dann beeilen Sie sich. Was ist los?

Krogstad Sie wissen wohl, daß ich meine Entlassung bekommen habe.

Nora Ich konnte es nicht verhindern, Herr Krogstad. Ich habe für Ihre Sache bis zum äußersten gekämpft, aber es half nichts.

Krogstad Hat Ihr Mann so wenig Liebe für Sie? Er weiß, was ich gegen Sie unternehmen kann, und trotzdem wagt er –

Nora Wie können Sie annehmen, daß er es erfahren hat?

Krogstad Ach, eigentlich hab' ich es auch gar nicht angenommen. Es sähe meinem guten Torvald Helmer gar nicht ähnlich, soviel Mannesmut zu zeigen.

Nora Herr Krogstad, ich verlange Achtung vor meinem Mann.

Krogstad Gott bewahre, alle schuldige Achtung. Aber nachdem die gnädige Frau die ganze Sache so ängstlich geheimhält, darf ich wohl vermuten, daß auch Sie inzwischen etwas besser darüber aufgeklärt sind, was Sie eigentlich getan haben.

Nora Besser, als Sie's mir jemals beibringen könnten.

Krogstad Tja, solch ein schlechter Jurist wie ich –

Nora Was wollen Sie also von mir?

Krogstad Nur sehen, wie es Ihnen geht, Frau Helmer. Ich hab' den ganzen Tag an Sie denken müssen. Ein Wechseleintreiber, ein Winkelschreiber, ein – na ja, einer wie ich hat auch ein bißchen sowas wie Herz, wissen Sie.

Nora Dann beweisen Sie es, denken Sie an meine kleinen Kinder.

Krogstad Haben Sie und Ihr Mann an meine gedacht? Aber das ist jetzt auch egal. Ich wollte Ihnen nur sagen, Sie brauchen die Sache nicht allzu ernst zu nehmen.

Fürs erste wird von meiner Seite keine Anzeige erfolgen.

Nora Nein, nicht wahr, das wußt' ich doch.

Krogstad Das Ganze läßt sich ja in aller Güte regeln, es braucht gar nicht unter die Leute zu kommen, es bleibt nur unter uns dreien.

Nora Mein Mann darf niemals etwas davon erfahren.

Krogstad Wie wollen Sie das verhindern? Können Sie vielleicht den Rest bezahlen?

Nora Nein, nicht sofort.

Krogstad Oder haben Sie vielleicht eine Möglichkeit, das Geld in den nächsten Tagen aufzutreiben?

Nora Keine Möglichkeit, von der ich Gebrauch machen will.

Krogstad Das hätte Ihnen auch nichts genützt. Und wenn Sie hier jetzt noch so viel Geld bar auf der Hand hätten, Ihren Schuldschein würden Sie doch nicht zurückkriegen.

Nora Dann sagen Sie mir, was Sie damit anfangen wollen.

Krogstad Ich will ihn nur behalten, – ihn in meiner Verwahrung haben. Kein Unbefugter erfährt was davon. Wenn Sie sich also mit irgendeinem verzweifelten Entschluß tragen sollten –

Nora Das tue ich!

Krogstad – wenn Sie die Absicht haben sollten, von zu Hause wegzulaufen –

Nora Das tue ich!

Krogstad – oder das beabsichtigen sollten, was schlimmer ist –

Nora Woher wissen Sie das?

Krogstad – unterlassen Sie dergleichen.

Nora Woher wissen Sie, daß ich daran denke?

Krogstad Die meisten von uns denken am Anfang daran. Ich hab' auch daran gedacht, aber ich hatte weiß Gott nicht den Mut –

Nora *tonlos:* Ich auch nicht.

Krogstad *erleichtert:* Nein, nicht wahr. Sie haben nicht den Mut dazu. Sie auch nicht?

Nora Ich hab' ihn nicht, ich hab' ihn nicht.

Krogstad Das wäre auch eine große Dummheit. Wenn mal der erste häusliche Sturm vorüber ist. – Ich hab' hier in der Tasche einen Brief an Ihren Mann –

Nora Und da steht alles drin?

Krogstad So schonend wie möglich ausgedrückt.

Nora *schnell:* Den Brief darf er nicht bekommen. Zerreißen Sie ihn. Ich werde das Geld doch irgendwie besorgen.

Krogstad Verzeihung, gnädige Frau, aber ich glaube, ich sagte Ihnen schon –

Nora Ich spreche nicht von dem Geld, das ich Ihnen schulde. Sagen Sie mir, wie groß die Summe ist, die Sie von meinem Mann fordern, dann werde ich das Geld beschaffen.

Krogstad Ich fordere kein Geld von Ihrem Mann.

Nora Was fordern Sie denn?

Krogstad Das will ich Ihnen sagen. Ich will wieder auf die Beine, gnädige Frau, ich will nach oben, und dabei soll Ihr Mann mir helfen. Anderthalb Jahre lang habe ich mir nichts Unehrenhaftes zuschulden kommen lassen, in der ganzen Zeit habe ich mit den drückendsten Verhältnissen gekämpft, ich war damit zufrieden, mich Schritt für Schritt nach oben zu arbeiten. Jetzt werd' ich weggejagt, und da begnüge ich mich nicht damit, nur in Gnaden wieder aufgenommen zu werden. Ich will nach oben, sag' ich Ihnen. Ich will wieder in die Bank, eine höhere Stellung haben. Ihr Mann soll einen Posten für mich einrichten –

Nora Das tut er nie!

Krogstad Er tut's, ich kenne ihn, er wagt nicht zu mucksen. Und wenn ich erstmal drin bin, zusammen mit ihm, dann sollen Sie mal sehen! Innerhalb von einem Jahr bin ich die rechte Hand des Direktors. Nils Krogstad und nicht Torvald Helmer wird dann die Aktienbank leiten.

Nora Das werden Sie nie erleben!

Krogstad Wollen Sie vielleicht –?

Nora Jetzt hab' ich den Mut dazu.

Krogstad Oh, Sie machen mir keine Angst. Eine feine, verwöhnte Dame wie Sie –

Nora Sie werden sehen, Sie werden sehen!

Krogstad Unters Eis vielleicht? Ins kalte pechschwarze Wasser? Und dann im Frühling ans Ufer treiben, häßlich, unkenntlich, mit ausgefallenen Haaren –

Nora Sie machen mir keine Angst.

Krogstad Sie machen mir auch keine Angst. Sowas tut man nicht, Frau Helmer. Was würde es außerdem nützen? Ich hab' ihn ja trotzdem in der Tasche.

Nora Dann auch noch? Wenn ich nicht mehr –?

Krogstad Vergessen Sie, daß dann Ihr guter Ruf von mir abhängt?

Nora *steht sprachlos da und sieht ihn an.*

Krogstad Ja, jetzt habe ich Sie vorbereitet. Machen Sie also keine Dummheiten. Wenn Helmer meinen Brief bekommt, erwarte ich Nachricht von ihm. Und vergessen Sie ja nicht, daß Ihr Mann selbst mich gezwungen hat, wieder Wege dieser Art zu gehen. Das werde ich ihm nie verzeihen. Auf Wiedersehen, gnädige Frau. *Er geht durchs Vorzimmer hinaus.*

Nora *geht zur Vorzimmertür, öffnet sie einen Spalt und lauscht:* Geht. Gibt den Brief nicht ab. Nein, nein, das wär' ja unmöglich. *Öffnet die Tür immer weiter:* Was ist das? Er steht vor der Tür. Geht nicht die Treppe runter. Überlegt er's sich? Sollte er –?

Ein Brief fällt in den Briefkasten, darauf hört man **Krogstads** *Schritte, die sich unten auf der Treppe verlieren.*

Nora *mit einem unterdrückten Schrei; läuft durchs Zimmer und zum Sofatisch; kurze Pause:* Im Briefkasten. *Schleicht sich scheu an die Vorzimmertür:* Da liegt er. – Torvald, Torvald, – jetzt sind wir verloren.

Frau Linde *kommt mit dem Kostüm aus dem Zimmer links:* Also weiter wüßt' ich nichts dran zu richten. Wollen wir vielleicht mal probieren –?

Nora *heiser und leise:* Kristine, komm her.

Frau Linde *wirft das Kleid aufs Sofa:* Was fehlt dir? Du siehst ja ganz verstört aus.

Nora Komm her. Siehst du diesen Brief? Dort, sieh hin, durch die Scheibe im Briefkasten.

Frau Linde Ja, ja, ich seh' ihn.

Nora Der Brief ist von Krogstad.

Frau Linde Nora, – Krogstad hat dir das Geld geliehen!

Nora Ja, und jetzt wird Torvald alles erfahren.

Frau Linde Glaub mir, Nora, das ist das beste für euch beide.

Nora Du weißt noch nicht alles. Ich hab' eine Unterschrift gefälscht. –

Frau Linde Um Himmels willen –?

Nora Eins will ich dir jetzt nur sagen, Kristine, daß du mein Zeuge bist.

Frau Linde Wieso Zeuge? Was soll ich –?

Nora Falls ich den Verstand verliere –, und das könnte ja leicht passieren –

Frau Linde Nora!

Nora Oder daß mir sonst was zustößt, so daß ich nicht dabei sein könnte –

Frau Linde Nora, Nora, du bist ja völlig außer dir!

Nora Sollte da also irgend jemand alles auf sich nehmen wollen, die ganze Schuld, verstehst du –

Frau Linde Ja, ja, aber wie kannst du annehmen –

Nora Dann sollst du bezeugen, daß es nicht wahr ist, Kristine. Ich bin gar nicht außer mir, ich hab' jetzt meinen vollen Verstand, und ich sage dir: Kein anderer hat etwas davon gewußt, ich allein habe alles getan. Vergiß das nicht.

Frau Linde Ich vergeß es nicht. Aber ich versteh das alles nicht.

Nora Wie solltest du das auch verstehen! Es wird ja jetzt das Wunderbare geschehen.

Frau Linde Das Wunderbare?

Nora Ja, das Wunderbare. Aber es ist so entsetzlich, Kristine, es darf nicht geschehen, um keinen Preis der Welt.

Frau Linde Ich werd' gleich zu Krogstad gehen und mit ihm reden.

Nora Geh nicht zu ihm, er wird dir was Böses tun.

Frau Linde Es gab eine Zeit, wo er gern alles für mich getan hätte.

Nora Er?

Frau Linde Wo wohnt er?

Nora Ach, was weiß ich – Doch. *Greift in die Tasche:* Hier ist seine Karte. Aber der Brief, der Brief –!

Helmer *in seinem Zimmer, klopft an die Tür:* Nora!

Nora *schreit voller Angst auf:* Was ist? Was willst du von mir?

Helmer Na, na, krieg nur nicht so einen Schreck. Wir kommen ja nicht, du hast doch die Tür verriegelt, probierst du vielleicht an?

Nora Ja, ja, ich probiere an. Hübsch werd' ich, Torvald.

Frau Linde *die die Karte gelesen hat:* Er wohnt ja gleich hier um die Ecke.

Nora Ja, aber es nützt doch nichts. Wir sind verloren. Der Brief liegt doch im Kasten.

Frau Linde Und dein Mann hat den Schlüssel?

Nora Ja, immer.

Frau Linde Krogstad muß seinen Brief ungelesen zurückverlangen, er muß einen Vorwand finden –

Nora Aber grad um diese Zeit pflegt Torvald –

Frau Linde Halt ihn auf, geh solange zu ihm. Ich komm zurück, so schnell ich kann. *Sie geht eilig durchs Vorzimmer hinaus.*

Nora *geht zu Helmers Tür, öffnet sie und schaut hinein:* Torvald!

Helmer *im Hinterzimmer:* Na, darf man endlich wieder sein eigenes Wohnzimmer betreten? Komm, Rank, jetzt wollen wir mal sehen – *in der Tür:* Was ist denn das?

Nora Was denn, lieber Torvald?

Helmer Rank hat mich auf eine großartige Verkleidungsszene vorbereitet.

Rank *in der Tür:* Ich hab' es so verstanden, aber offenbar hab' ich mich geirrt.

Nora Ja, vor morgen darf mich auch keiner in meiner Pracht bewundern.

Helmer Liebe Nora, du siehst so angegriffen aus. Hast du zuviel geübt?

Nora Nein, ich hab' noch gar nicht geübt.

Helmer Das wird aber doch nötig sein.

Nora Das wird allerdings nötig sein, Torvald. Aber ohne deine Hilfe komm ich nicht weiter, ich hab' alles miteinander völlig vergessen.

Helmer Oh, das werden wir bald wieder auffrischen.

Nora Ja, nimm dich doch meiner an, Torvald. Willst du mir das versprechen? – Ach, ich bin so ängstlich. Die große Gesellschaft – Heute abend mußt du dich ganz für mich opfern. Kein bißchen Geschäfte, keine Feder in die Hand. Wie? Nicht wahr, lieber Torvald?

Helmer Das versprech ich dir, heut abend steh ich ganz und gar zu deiner Verfügung. – Du kleines hilfloses Ding. – Hm, das heißt, zuerst will ich doch noch. – *Geht zur Vorzimmertür.*

Nora Was willst du da draußen?

Helmer Nur sehen, ob nicht vielleicht Briefe gekommen sind.

Nora Nein, nein, tu das nicht, Torvald.

Helmer Nanu?

Nora Torvald, ich bitte dich, es sind keine da.

Helmer Laß mich doch nachsehen. *Will gehen.*

Nora *am Klavier, schlägt die ersten Takte der Tarantella an.*

Helmer *an der Tür, bleibt stehen:* Aha!

Nora Ich kann morgen nicht tanzen, wenn ich nicht vorher mit dir probiert habe.

Helmer *geht zu ihr:* Hast du wirklich solche Angst, liebe Nora?

Nora Ja, eine unwahrscheinliche Angst. Laß mich jetzt gleich probieren, es ist noch Zeit, bevor wir zu Tisch gehen. Setz dich her und spiel für mich, lieber Torvald, korrigier' mich, gib mir Anweisungen, wie du's immer tust.

Helmer Gern, sehr gern, wenn du es wünschst. *Er setzt sich ans Klavier.*

Nora *nimmt das Tambourin aus der Schachtel und ebenso einen langen bunten Schal, mit dem sie sich eilig drapiert, dann steht sie mit einem Satz mitten im Zimmer und ruft:* Spiel' jetzt für mich! Jetzt will ich tanzen!
Helmer *spielt und* **Nora** *tanzt.* **Doktor Rank** *steht hinter* **Helmer** *am Klavier und sieht zu.*

Helmer *spielend:* Langsamer, langsamer.

Nora Kann nicht anders.

Helmer Nicht so stürmisch, Nora!

Nora Genauso muß es sein.

Helmer *hört auf:* Nein, nein, so geht das überhaupt nicht.

Nora *lacht und schwingt das Tambourin:* Hab' ich es dir nicht gesagt?

Rank Laß mich für sie spielen.

Helmer *steht auf:* Ja, tu das, dann kann ich sie besser anleiten.

Rank *setzt sich ans Klavier und spielt;* **Nora** *tanzt mit steigender Wildheit.* **Helmer** *hat sich an den Ofen gestellt und richtet während des Tanzes öfter korrigierende Bemerkungen an sie; sie scheint es nicht zu hören; ihr Haar löst sich und fällt ihr über die Schultern; sie beachtet es nicht, sondern tanzt weiter.* **Frau Linde** *kommt herein.*

Frau Linde *steht sprachlos vor der Tür:* Ah!

Nora *beim Tanzen:* Hier geht's hoch her, Kristine.

Helmer Aber liebste beste Nora, du tanzt ja, als ginge es um dein Leben.

Nora Das tut es ja auch.

Helmer Rank, hör auf, das ist ja der reine Wahnsinn. Hör auf, sag' ich.

Rank *hört auf zu spielen, und* **Nora** *bleibt plötzlich stehen.*

Helmer *geht zu ihr:* Das hätt' ich nicht für möglich gehalten. Du hast ja alles vergessen, was ich dir beigebracht habe.

Nora *wirft das Tambourin weg:* Da siehst du selbst.

Helmer Na, da hilft allerdings nur gründliche Unterweisung.

Nora Ja, du siehst, wie notwendig es ist. Du mußt mir helfen bis zum letzten Augenblick. Versprichst du mir das, Torvald?

Helmer Darauf kannst du dich verlassen.

Nora Du sollst weder heute noch morgen an etwas anderes denken als an mich. Du sollst keinen Brief öffnen, nicht den Briefkasten aufmachen –

Helmer Aha, es ist noch die Angst vor diesem Menschen.

Nora Ja, das auch.

Helmer Nora, ich seh' es dir an, da liegt schon ein Brief von ihm.

Nora Ich weiß nicht, ich glaub' es, aber du sollst sowas jetzt nicht lesen, es darf nichts Häßliches zwischen uns treten, bevor alles vorbei ist.

Rank *leise zu* **Helmer** Du darfst ihr nicht widersprechen.

Helmer *legt den Arm um sie:* Das Kind soll seinen Willen haben. Aber morgen nacht, wenn du getanzt hast –

Nora Dann bist du frei.

Das Hausmädchen *in der Tür rechts:* Gnädige Frau, der Tisch ist gedeckt.

Nora Wir wollen Champagner trinken, Helene.

Das Hausmädchen Ist recht, gnädige Frau. *Geht hinaus.*

Helmer Ei, ei – ein großes Gelage also?

Nora Champagner-Gelage bis in den Morgen. *Ruft hinaus:* Und ein paar Makronen, Helene, – viele, – nur dies eine Mal.

Helmer *nimmt ihre Hände:* Aber, aber, aber, nicht diese aufgescheuchte Wildheit. Sei jetzt wieder meine kleine Lerche wie sonst.

Nora Oh ja, das werd' ich auch. Aber geh schon mal vor, und Sie auch, Doktor Rank. Kristine, du mußt mir helfen, das Haar wieder aufzustecken.

Rank *leise, während sie gehen:* Da ist doch wohl nicht gar etwas – etwas unterwegs?

Helmer Kein Gedanke, mein Lieber; es ist gar nichts weiter als diese kindische Angst, von der ich dir erzählt habe. *Sie gehen nach rechts hinein.*

Nora Nun!?

Frau Linde Aufs Land gefahren.

Nora Ich hab' es dir angesehen.

Frau Linde Er kommt morgen abend nach Hause. Ich hab' ihm einen Zettel geschrieben.

Nora Das hättest du nicht tun sollen. Du sollst nichts verhindern. Im Grunde ist es doch ein Geschenk, so auf das Wunderbare zu warten.

Frau Linde Worauf wartest du?

Nora Das verstehst du nicht. Geh jetzt auch rüber. Ich komm' in einem Augenblick nach.

Frau Linde *geht ins Eßzimmer.*

Nora *steht eine Weile, wie um sich zu sammeln, dann sieht sie auf ihre Uhr.*
Fünf. Sieben Stunden bis Mitternacht. Dann vierundzwanzig Stunden bis nächste Mitternacht. Da ist die Tarantella aus. Vierundzwanzig und sieben? Noch einunddreißig Stunden zu leben.

Helmer *in der Tür rechts:* Wo bleibt denn meine kleine Lerche?

Nora *ihm mit offenen Armen entgegen:* Da ist die Lerche!

DRITTER AKT

Dasselbe Zimmer. Der Sofatisch mit den Stühlen ist mitten ins Zimmer gerückt. Eine Lampe brennt auf dem Tisch. Die Tür zum Vorzimmer steht offen. Aus der oberen Etage ist Tanzmusik zu hören.

Frau Linde *sitzt am Tisch und blättert zerstreut in einem Buch; versucht zu lesen, scheint sich aber nicht konzentrieren zu können; ein paarmal lauscht sie gespannt in Richtung Wohnungstür.*
Sieht auf die Uhr: Noch nicht. Und es ist doch schon höchste Zeit. Wenn er nur nicht – *Lauscht wieder:* Ah, da ist er. *Sie geht ins Vorzimmer und öffnet vorsichtig die Wohnungstür, man hört leise Schritte auf der Treppe; sie flüstert:* Kommen Sie rein. Es ist niemand da.

Krogstad *in der Tür:* Ich hab' zu Hause einen Zettel von Ihnen gefunden. Was soll das bedeuten?

Frau Linde Ich muß unbedingt mit Ihnen reden.

Krogstad So? Und das muß unbedingt hier im Haus stattfinden?

Frau Linde Bei mir zu Hause ist es unmöglich, mein Zimmer hat keinen eigenen Eingang. Kommen Sie rein, wir sind ganz allein; das Mädchen schläft und Helmers sind oben auf dem Ball.

Krogstad *kommt ins Wohnzimmer:* Sieh mal an, Helmers tanzen heute abend. Wirklich?

Frau Linde Ja, warum denn nicht?

Krogstad Ganz recht, warum auch nicht.

Frau Linde Also, Krogstad, reden wir miteinander.

Krogstad Haben wir zwei denn noch was zu bereden?

Frau Linde Wir haben viel miteinander zu reden.

Krogstad Der Meinung bin ich nicht.

Frau Linde Weil Sie mich nie richtig verstanden haben.

Krogstad Was gibt's denn da weiter zu verstehen, bei der einfachsten Sache von der Welt? Ein herzloses Weib gibt einem Mann den Laufpaß, wenn sich was bietet, was vorteilhafter ist.

Frau Linde Glauben Sie, daß ich so völlig herzlos bin? Und glauben Sie, daß ich leichten Herzens mit Ihnen gebrochen habe?

Krogstad Etwa nicht?

Frau Linde Krogstad, haben Sie das wirklich geglaubt?

Krogstad Wenn es nicht so war, warum haben Sie mir dann damals in dieser Weise geschrieben?

Frau Linde Ich konnte doch nicht anders. Wenn ich schon mit Ihnen brechen mußte, war es ja auch meine Pflicht, in Ihnen alles zu zerstören, was Sie für mich fühlten.

Krogstad *preßt die Hände zusammen:* Darum also. Und alles – alles nur des Geldes wegen!

Frau Linde Sie dürfen nicht vergessen, ich hatte eine hilflose Mutter und zwei kleine Brüder. Wir konnten nicht auf Sie warten, Krogstad; mit Ihnen, das lag ja damals noch in weiter Ferne.

Krogstad Mag sein, aber Sie hatten kein Recht, mich irgendeines anderen Menschen wegen zu verstoßen.

Frau Linde Ich weiß nicht. Manchmal hab' ich mich selbst gefragt, ob ich ein Recht dazu hatte.

Krogstad *leiser:* Als ich Sie verloren habe, da war's, als würde mir der Boden unter den Füßen weggezogen. Sehen Sie mich an, jetzt bin ich ein Schiffbrüchiger auf einem Wrack.

Frau Linde Die Hilfe dürfte nah sein.

Krogstad Sie war nah; aber dann kamen Sie und stellten sich mir in den Weg.

Frau Linde Ohne mein Wissen, Krogstad. Ich hab' erst heute erfahren, daß ich Sie in der Bank ablösen soll.

Krogstad Ich glaube Ihnen, wenn Sie es sagen. Aber jetzt, wo Sie's wissen, treten Sie da nicht zurück?

Frau Linde Nein, denn das würde Ihnen doch nicht das geringste nützen.

Krogstad Ach, nützen, nützen, ich würde es trotzdem tun.

Frau Linde Ich hab' gelernt, vernünftig zu handeln. Das Leben und die harte, bittere Notwendigkeit haben mich das gelehrt.

Krogstad Und mich hat das Leben gelehrt, nicht an Redensarten zu glauben.

Frau Linde Da hat Sie das Leben eine sehr vernünftige Sache gelehrt. Aber an Taten glauben Sie doch wohl?

Krogstad Wie meinen Sie das?

Frau Linde Sie sagten, Ihnen ginge es wie einem Schiffbrüchigen auf einem Wrack.

Krogstad Dazu hab ich wohl auch allen Grund.

Frau Linde Mir geht's auch wie einer Schiffbrüchigen auf einem Wrack. Niemand zu betrauern und niemand zu versorgen.

Krogstad Sie haben selbst gewählt.

Frau Linde Es gab damals keine andere Wahl.

Krogstad Na, und was weiter?

Frau Linde Krogstad, wenn wir zwei Schiffbrüchigen nun zusammenkommen könnten.

Krogstad Was sagen Sie da?

Frau Linde Zwei auf einem Wrack geht es doch besser als jedem allein auf seinem.

Krogstad Kristine!

Frau Linde Warum, glauben Sie, bin ich hierher in die Stadt gekommen?

Krogstad Sollten Sie einen Gedanken für mich gehabt haben?

Frau Linde Ich muß arbeiten, wenn ich das Leben ertragen soll. Mein Lebtag, solang' ich mich erinnern kann, hab' ich gearbeitet, und das war meine schönste und einzige Freude. Aber jetzt steh' ich ganz allein da auf der Welt, so entsetzlich leer und verlassen. Für sich selbst zu arbeiten, macht doch keine Freude. Krogstad, geben Sie mir jemand und etwas, wofür ich arbeiten kann.

Krogstad Daran glaub' ich nicht. Das ist nichts weiter als überspannter Weibergroßmut, der versucht, sich selbst zu opfern.

Frau Linde Haben Sie jemals bemerkt, daß ich überspannt bin?

Krogstad Könnten Sie das denn wirklich? Sagen Sie, – sind Sie sich über meine Vergangenheit völlig im klaren?

Frau Linde Ja.

Krogstad Und wissen Sie, als was ich hier gelte?

Frau Linde Es klang vorhin so, als ob Sie meinten, daß Sie mit mir ein anderer hätten werden können.

Krogstad Das weiß ich ganz sicher.

Frau Linde Sollte das nicht immer noch möglich sein?

Krogstad Kristine – das sagen Sie mit voller Überlegung? Ja, Sie tun's, ich seh' es Ihnen an. Also haben Sie wirklich den Mut –?

Frau Linde Ich brauche jemand, für den ich Mutter sein kann, und Ihre Kinder brauchen eine Mutter. Wir beide brauchen einander. Krogstad, ich glaube an die guten Anlagen in Ihnen, ich wage alles, zusammen mit Ihnen.

Krogstad *ergreift ihre Hände:* Danke, danke, Kristine, jetzt werd' ich auch den andern wieder beweisen können, daß ich was wert bin. Ah, aber ich hab' doch vergessen –

Frau Linde *lauscht:* Pst! Die Tarantella! Gehen Sie, gehen Sie!

Krogstad Warum? Was ist damit?

Frau Linde Hören Sie den Tanz da oben? Wenn er aus ist, können wir sie erwarten.

Krogstad Ja, ich werd' gehen. Es ist doch alles vergebens. Sie wissen natürlich nichts von dem Schritt, den ich gegen Helmers unternommen habe.

Frau Linde Doch, Krogstad, ich weiß davon.

Krogstad Und trotzdem haben Sie den Mut zu –?

Frau Linde Ich verstehe gut, wohin die Verzweiflung einen Mann wie Sie treiben kann.

Krogstad Oh, könnt ich's nur ungeschehen machen!

Frau Linde Das könnten Sie schon, Ihr Brief liegt noch im Kasten.

Krogstad Wissen Sie das genau?

Frau Linde Ganz genau, aber –

Krogstad *sieht sie forschend an:* Ist das etwa so zu verstehen? Sie wollen Ihre Freundin um jeden Preis retten. Sie können's mir ebensogut gleich sagen. Stimmt das?

Frau Linde Krogstad, wer sich einmal für andere verkauft hat, tut das nicht nochmal.

Krogstad Ich werde meinen Brief zurückverlangen.

Frau Linde Nein, nein.

Krogstad Doch, natürlich, ich bleib' hier, bis Helmer runterkommt, ich sag' ihm, daß er mir meinen Brief wiedergeben soll, – daß es sich nur um meine Kündigung dreht, – daß er ihn nicht lesen soll –

Frau Linde Nein, Krogstad, Sie sollen Ihren Brief nicht zurückverlangen.

Krogstad Aber sagen Sie, haben Sie mich nicht eigentlich deswegen hierherbestellt?

Frau Linde Ja, im ersten Schreck, aber jetzt liegen vierundzwanzig Stunden dazwischen, und in der Zeit bin ich hier im Haus Zeuge ganz unglaublicher Dinge geworden. Helmer muß alles erfahren, dieses unglückselige Geheimnis muß an den Tag, es muß zu einer vollen Klärung zwischen den beiden kommen, bei all diesen Heimlichkeiten und Ausflüchten kann es unmöglich bleiben.

Krogstad Nun gut, wenn Sie es also wagen –. Aber eins kann ich jedenfalls tun, und das soll sofort geschehen –

Frau Linde *lauscht:* Beeilen Sie sich! Gehen Sie! Gehen Sie! Der Tanz ist aus, wir sind keinen Augenblick mehr sicher.

Krogstad Ich warte unten auf Sie.

Frau Linde Ja, tun Sie das, Sie dürfen mich bis an die Haustür begleiten.

Krogstad So unglaublich glücklich war ich noch nie. *Er geht durch die Wohnungstür hinaus; die Tür zwischen dem Zimmer und dem Vorzimmer bleibt weiter offen stehen.*

Frau Linde *räumt etwas auf und legt ihre Überkleider zurecht:* Was für eine Wendung! Ja, was für eine Wendung! Menschen, für die ich arbeiten, für die ich leben kann, ein Heim, in das ich Wärme bringen kann. Da heißt es allerdings zupacken. Wenn sie nur bald kommen würden – *Lauscht:* Aha, da sind sie schon. Schnell die Sachen an. *Nimmt Hut und Mantel.*

Helmers *und* **Noras** *Stimmen sind von draußen zu hören; ein Schlüssel wird im Schloß umgedreht, und* **Helmer** *führt* **Nora** *fast mit Gewalt ins Vorzimmer. Sie trägt das italienische Kostüm mit einem großen schwarzen Schal darüber, er ist im Gesellschaftsanzug und hat einen offenen schwarzen Domino umgehängt.*

Nora *noch in der Tür, widerstrebend:* Nein, nein, nein, nicht da rein! Ich will wieder nach oben. Ich will nicht so früh gehen.

Helmer Aber liebste Nora –

Nora Ach, ich bitt' dich so sehr, Torvald, ich bitt' dich ganz furchtbar lieb, – nur noch eine Stunde!

Helmer Nicht eine Minute, meine süße Nora. Du weißt, das war abgemacht. So, rein ins Zimmer, du stehst hier rum und erkältest dich. *Er führt sie, trotz ihres Widerstandes, behutsam ins Zimmer.*

Frau Linde Guten Abend.

Nora Kristine!

Helmer Wie, Frau Linde, Sie so spät noch hier?

Frau Linde Ja, entschuldigen Sie, ich wollte Nora so gern in ihrem Kostüm sehen.

Nora Hast du hier rumgesessen und auf mich gewartet?

Frau Linde Ja, ich bin leider nicht rechtzeitig gekommen, du warst schon oben, aber ich fand dann doch, ich könnt' nicht wieder weggehen, ohne dich gesehen zu haben.

Helmer *nimmt Nora den Schal ab:* Ja, schauen Sie sie nur richtig an. Sie ist das Ansehen wert, möcht ich meinen. Ist sie nicht reizend, Frau Linde?

Frau Linde Doch, das muß ich sagen –

Helmer Ist sie nicht bemerkenswert reizend? Das war auch die allgemeine Meinung auf der Gesellschaft. Aber schrecklich eigensinnig ist sie, – das süße kleine Ding. Was sollen wir da nur machen? Stellen Sie sich bitte vor, ich mußte fast Gewalt anwenden, um sie da wegzukriegen.

Nora Ach, Torvald, du wirst es noch bereuen, daß du mir nicht noch ein bißchen gegönnt hast, und wär's auch nur eine halbe Stunde gewesen.

Helmer Da hören Sie's, gnädige Frau. Sie tanzt ihre Tarantella, – erntet stürmischen Beifall, – der wohl verdient war, – obwohl im Vortrag vielleicht ein bißchen viel Natürlichkeit lag; ich meine – etwas mehr, als – strenggenommen – mit den Forderungen der Kunst zu vereinbaren sein dürfte. Aber wie dem auch sei! Die Hauptsache ist, – sie hat Erfolg, sie hat stürmischen Erfolg. Sollte ich sie danach etwa noch dableiben lassen? Die Wirkung abschwächen? Nein, danke, ich nahm mein reizendes kleines Capri-Mädchen – kapriziöses kleines Capri-Mädchen, könnt' ich wohl sagen – unter den Arm, eine schnelle Runde durch den Saal, eine Verbeugung nach allen Seiten, und – wie es in der Romansprache heißt – das schöne Bild ist verschwunden. Ein Abschluß muß immer wirkungsvoll sein, Frau Linde, aber das Nora begreiflich zu machen, ist mir nicht möglich. Puh, ist es warm hier. *Wirft den Domino auf einen Stuhl und öffnet die Tür zu seinem Zimmer:* Was? Da ist es ja dunkel. Ach ja, natürlich. Entschuldigen Sie – *Er geht hinein und zündet ein paar Kerzen an.*

Nora *flüstert schnell und atemlos:* Nun?

Frau Linde *leise:* Ich hab' mit ihm gesprochen.

Nora Und –?

Frau Linde Nora, du mußt deinem Mann alles sagen.

Nora *tonlos:* Ich wußte es.

Frau Linde Von Krogstad hast du nichts zu befürchten, aber reden mußt du.

Nora Ich rede nicht.

Frau Linde Dann redet der Brief.

Nora Danke, Kristine, ich weiß jetzt, was zu tun ist. Pst –!

Helmer *kommt wieder herein:* Na, gnädige Frau, haben Sie sie nun bewundert?

Frau Linde Ja, und jetzt will ich gutnacht sagen.

Helmer Ach was, schon? Ist das Ihres, das Strickzeug da?

Frau Linde *nimmt es:* Danke, das hätt ich doch beinah vergessen.

Helmer Sie stricken also?

Frau Linde Oh ja.

Helmer Wissen Sie was, Sie sollten lieber sticken.

Frau Linde So? Und warum?

Helmer Weil es weitaus hübscher ist. Sehen Sie mal, man hält die Stickerei so mit der linken Hand, und dann führt man mit der rechten die Nadel – so – in einem leichten, langgesteckten Bogen, nicht wahr?

Frau Linde Ja, das kann schon sein –

Helmer Beim Stricken dagegen – das kann doch nur unschön aussehen; sehen Sie, die zusammengeklemmten Arme, – die Stricknadeln, die auf und ab gehen, – das hat sowas Chinesisches an sich. – Ah, das war wirklich ein hervorragender Champagner, der da serviert wurde.

Frau Linde Ja, gutnacht, Nora, und sei jetzt nicht mehr eigensinnig.

Helmer Recht so, Frau Linde!

Frau Linde Gute Nacht, Herr Direktor.

Helmer *bringt sie zur Tür:* Gute Nacht, gute Nacht, ich hoffe doch, Sie kommen gut nach Hause? Ich würde ja gerne –, aber Sie haben's ja nicht weit. Gute Nacht, gute Nacht.

Sie geht, er schließt die Tür hinter ihr und kommt wieder herein: So, die hätten wir endlich rausbefördert. Schrecklich langweilig, diese Person.

Nora Bist du nicht sehr müde, Torvald?

Helmer Nein, nicht im geringsten.

Nora Auch nicht schläfrig?

Helmer Durchaus nicht, im Gegenteil, ich fühl mich unwahrscheinlich munter. Aber du? Ja, du siehst wirklich müde und schläfrig aus.

Nora Ja, ich bin sehr müde. Ich will auch bald schlafen.

Helmer Siehst du, siehst du! Es war also doch richtig von mir, daß wir nicht länger geblieben sind.

Nora Ach, alles ist richtig, was du tust.

Helmer *küßt sie auf die Stirn:* Jetzt spricht die Lerche, als ob sie ein Mensch wäre. Aber hast du bemerkt, wie lustig Doktor Rank heut abend war?

Nora So? War er das? Ich kam gar nicht dazu, mit ihm zu sprechen.

Helmer Ich auch kaum, aber ich hab ihn lange nicht in so guter Laune gesehen. *Sieht sie eine Weile an, dann* *kommt er näher:* Hm, – es ist doch herrlich, wieder in seinen eigenen vier Wänden zu sein, mit dir ganz allein – du hinreißendes schönes junges Weib!

Nora Sieh mich nicht so an, Torvald!

Helmer Soll ich mein teuerstes Eigentum nicht ansehen? All die Herrlichkeit, die mir gehört, mir allein, mir ganz und gar.

Nora *geht auf die andere Seite des Tisches:* Du sollst heut nacht nicht so mit mir sprechen.

Helmer *folgt ihr:* Du hast noch die Tarantella im Blut, merk' ich. Und das macht dich um so verführerischer. Hörst du? Jetzt gehen die ersten. *Leiser:* Nora, bald ist es still im ganzen Haus.

Nora Ja, das hoff' ich.

Helmer Nicht wahr, meine einzig geliebte Nora? Weißt du, – wenn ich so mit dir in Gesellschaft bin, – weißt du, warum ich dann so wenig mit dir spreche, mich so fern von dir halte, dir nur zuweilen einen verstohlenen Blick zuwerfe, – weißt du, warum ich das tue? Weil ich mir dann einbilde, du seist meine heimliche Geliebte, meine heimliche junge Verlobte, und daß niemand ahnt, daß zwischen uns beiden irgend etwas ist.

Nora Ja, ja, ja, ich weiß, alle deine Gedanken sind bei mir.

Helmer Und wenn wir dann gehen wollen, und ich lege den Schal um deine feinen mädchenhaften Schultern, – um diese wunderbare Nackenbiegung, – dann stell' ich mir vor, daß du meine junge Braut bist, daß wir gerade von der Trauung kommen, daß ich dich zum ersten Mal in meine Wohnung führe, – daß ich zum ersten Mal allein mit dir bin, – ganz allein mit dir, du junge bebende Schönheit. Diesen ganzen Abend hatt' ich nur nach dir Sehnsucht. Als ich Dich während der Tarantella jagen und locken sah –, da kochte mein

Blut, ich hab' es nicht mehr ausgehalten; – deshalb hab' ich dich so früh mit mir runter genommen –

Nora Geh jetzt, Torvald! Du sollst weggehen. Ich will das alles nicht.

Helmer Was soll denn das heißen, Nora? Du machst wohl Witze, du kleiner Spaßvogel. Will, will? Bin ich nicht dein Mann?

Es klopft an der Wohnungstür.

Nora *fährt zusammen:* Hast du gehört –?

Helmer *in Richtung Vorzimmer:* Wer ist da?

Rank *draußen:* Ich bin's. Darf ich einen Augenblick reinkommen?

Helmer *leise, verdrießlich:* Was will denn der jetzt? *Laut:* Wart' einen Moment. *Geht und schließt auf:* Na, das ist ja nett, daß du an unserer Tür nicht vorbeigehst.

Rank Ich glaubte, deine Stimme zu hören, und da wollt' ich doch gern noch mal reinschauen. *Läßt den Blick flüchtig umherschweifen:* Ach ja, die lieben bekannten Räume. Ihr habt es warm und behaglich, ihr beiden.

Helmer Anscheinend hast du dich da oben auch recht behaglich gefühlt.

Rank Außerordentlich. Warum sollt' ich nicht? Warum soll man in dieser Welt nicht alles mitnehmen? Jedenfalls, soviel man kann, und solange man kann. Der Wein war ausgezeichnet –

Helmer Besonders der Champagner.

Rank Hast du das auch bemerkt? Es ist fast unglaublich, wieviel ich in mich reingießen konnte.

Nora Torvald hat heut abend auch viel Champagner getrunken.

Rank So?

Nora Ja, und dann ist er hinterher immer so lustig.

Rank Na ja, warum soll man sich nach einem gut genutzten Tag nicht einen angenehmen Abend machen?

Helmer Gut genutzt, dessen kann ich mich leider nicht rühmen.

Rank *klopft ihm auf die Schulter:* Aber ich kann das, siehst du.

Nora Doktor Rank, Sie haben wohl heute eine wissenschaftliche Untersuchung vorgenommen.

Rank Ja, genau.

Helmer Sieh an, Noralein redet von wissenschaftlichen Untersuchungen.

Nora Und darf ich Sie zum Ergebnis beglückwünschen?

Rank Ja, das dürfen Sie.

Nora Es war also gut?

Rank Das bestmögliche für den Arzt wie für den Patienten – Gewißheit.

Nora *schnell und forschend:* Gewißheit?

Rank Volle Gewißheit. Sollte ich mir da hinterher keinen lustigen Abend machen?

Nora Doch, da haben Sie recht dran getan, Doktor Rank.

Helmer Das sag' ich auch, wenn du nur nicht morgen darunter zu leiden hast.

Rank Na, in diesem Leben gibt's doch nichts umsonst.

Nora Doktor Rank, – Sie halten sicher viel von Maskeraden?

Rank Ja, wenn's da ordentlich viele komische Verkleidungen gibt –

Nora Hören Sie, als was werden wir zwei auf der nächsten Maskerade gehen?

Helmer Du kleiner Leichtsinn, – denkst du jetzt schon an die nächste!

Rank Wir zwei? Das will ich Ihnen sagen: Sie gehen als Glückskind –

Helmer Ja, aber laß dir d a z u ein passendes Kostüm einfallen.

Rank Laß deine Frau nur kommen, wie sie so geht und steht.

Helmer Wirklich treffend bemerkt. Und weißt du auch, als was du selbst gehen wirst?

Rank Doch, mein lieber Freund, darüber bin ich vollkommen mit mir im reinen.

Helmer Nun?

Rank Auf der nächsten Maskerade werd' ich unsichtbar sein.

Helmer Was für ein putziger Einfall.

Rank Es gibt eine große schwarze Kappe –, hast du noch nichts von der Tarnkappe gehört? Die kriegt einer aufgesetzt, und dann sieht ihn keiner mehr.

Helmer *mit einem unterdrückten Lächeln:* Da hast du recht.

Rank Aber ich vergeß ja völlig, weshalb ich hergekommen bin. Helmer, gib mir eine Zigarre, eine von den dunklen Havannas.

Helmer Mit dem größten Vergnügen. *Bietet sein Etui an.*

Rank *nimmt eine und schneidet die Spitze ab:* Danke.

Nora *streicht ein Wachszündhölzchen an:* Darf ich Ihnen Feuer geben.

Rank Danke vielmals.

Sie hält ihm das Zündholz hin, er steckt die Zigarre an.

Und nun lebt wohl!

Helmer Lebwohl, lebwohl, lieber Freund!

Nora Schlafen Sie gut, Doktor Rank.

Rank Danke für diesen Wunsch.

Nora Wünschen Sie mir dasselbe.

Rank Ihnen? Na ja, wenn Sie wollen – Schlafen Sie gut. Und danke fürs Feuer. *Er nickt den beiden zu und geht.*

Helmer *gedämpft:* Er hat erheblich getrunken.

Nora *geistesabwesend:* Kann sein.

Helmer *nimmt seinen Schlüsselbund aus der Tasche und geht ins Vorzimmer.*

Nora Torvald, – was willst du da?

Helmer Ich muß den Briefkasten leeren; er ist ganz voll, so ist morgen früh kein Platz für die Zeitungen.

Nora Willst du heut nacht arbeiten?

Helmer Das weißt du doch, daß ich das nicht will. – Was ist denn das? Da war jemand am Schloß.

Nora Am Schloß –?

Helmer Ja, ganz bestimmt. Was soll das heißen? Ich will doch wohl nicht hoffen, daß die Mädchen –. Hier liegt eine abgebrochene Haarnadel. Nora, das ist eine von deinen –

Nora *schnell:* Dann müssen es die Kinder gewesen sein –

Helmer Das mußt du ihnen wirklich abgewöhnen. Hm, hm, – na, da hab ich ihn ja doch noch aufgekriegt. *Nimmt den Inhalt heraus und ruft in die Küche:* Helene! – Helene, mach im Entrée die Lampe aus. *Er kommt wieder ins Zimmer und schließt die Tür zum Vorzimmer. Mit den Briefen in der Hand:* Sieh mal. Sieh dir an, wie sich das angehäuft hat. *Blättert darin:* Was ist denn das?

Nora *am Fenster:* Der Brief! Nein, nein, Torvald!

Helmer Zwei Visitenkarten – von Rank.

Nora Von Doktor Rank?

Helmer *betrachtet die Karten:* Doktor medicinae Rank. Sie liegen zuoberst, er muß sie eben beim Weggehen hineingesteckt haben.

Nora Steht etwas drauf?

Helmer Über dem Namen steht ein schwarzes Kreuz. Schau. Was für ein ungemütlicher Einfall. Das ist ja, als ob er seinen eigenen Tod anzeigt.

Nora Das tut er auch.

Helmer Wie? Weißt du etwas? Hat er dir was gesagt?

Nora Ja, wenn die Karten kommen, hat er Abschied von uns genommen. Er will sich einschließen und sterben.

Helmer Mein armer Freund. Ich wußte ja, daß ich ihn

nicht mehr lange behalten würde. Aber so bald – und da versteckt er sich wie ein verwundetes Tier.

Nora Wenn es geschehn muß, dann ist es das beste, es geschieht ohne Worte. Nicht wahr, Torvald?

Helmer *geht auf und ab:* Er war so zusammengewachsen mit uns. Ich glaub' nicht, daß ich ihn mir fortdenken kann. Er, mit seinen Leiden und mit seiner Einsamkeit, gab gleichsam einen umwölkten Hintergrund für unser sonnenhelles Glück. – Nun, vielleicht ist es besser so. Jedenfalls für ihn. *Bleibt stehen:* Und möglicherweise auch für uns, Nora. Jetzt sind wir beide so ganz allein aufeinander angewiesen. *Umarmt sie:* Oh, du meine geliebte Frau, mir ist, als könnt' ich dich nicht fest genug halten. Weißt du, Nora, manchmal wünsche ich, es möchte dir eine unmittelbare Gefahr drohen, damit ich Leib und Leben und alles, alles für dich wagen könnte.

Nora *reißt sich los und sagt stark und entschlossen:* Jetzt sollst du deine Briefe lesen, Torvald.

Helmer Nein, nein, nicht heut nacht. Ich will bei dir sein, meine geliebte Frau.

Nora Mit Gedanken an den Tod deines Freundes?

Helmer Du hast recht. Das hat uns beide erschüttert, es ist etwas Unschönes zwischen uns getreten, Gedanken an Tod und Auflösung. Davon müssen wir uns freizumachen suchen. Bis dahin –. Wir wollen jeder in sein Zimmer gehen.

Nora *an seinem Hals:* Torvald, – gutnacht! Gutnacht!

Helmer *küßt sie auf die Stirn:* Gutnacht, mein Singvögelchen. Schlaf gut, Nora. Jetzt lese ich die Briefe. *Er geht mit dem Stapel in sein Zimmer und schließt die Tür hinter sich.*

Nora *mit verstörten Blicken, tastet umher, ergreift Helmers Domino, wirft ihn sich über und flüstert schnell, heiser und abgerissen:* Ihn nie wiedersehen. Nie. Nie.

Nie. *Wirft sich den Schal über den Kopf:* Auch die Kinder nie wiedersehen. Auch sie nicht. Nie. Nie. – Oh, das eiskalte schwarze Wasser. Oh, das bodenlose –, dies –. Oh, wenn es nur schon vorüber wär'. – Jetzt hat er ihn, jetzt liest er ihn. Oh nein, noch nicht, Torvald, leb wohl, du und die Kinder. *Sie will durchs Vorzimmer hinausstürzen, im selben Augenblick reißt* **Helmer** *seine Tür auf und steht mit einem offenen Brief in der Hand da.*

Helmer Nora!

Nora *schreit laut auf:* Ah –!

Helmer Was ist das? Weißt du, was in diesem Brief steht?

Nora Ja, ich weiß. Laß mich gehen! Laß mich raus!

Helmer *hält sie zurück:* Wo willst du hin?

Nora *versucht sich loszureißen:* Du sollst mich nicht retten, Torvald!

Helmer *taumelt zurück:* Wahr! Ist es wahr, was er schreibt? Entsetzlich! Nein, nein, das ist ja unmöglich, daß das wahr sein kann.

Nora Es ist wahr. Ich habe dich über alles in der Welt geliebt.

Helmer Komm mir nicht mit albernen Ausflüchten.

Nora *macht einen Schritt auf ihn zu:* Torvald –!

Helmer Du Unglückselige, – was hast du angerichtet!

Nora Laß mich gehn. Du sollst es nicht für mich tragen. Du sollst es nicht auf dich nehmen.

Helmer Schluß mit der Komödie. *Schließt die Vorzimmertür ab:* Hier bleibst du und legst mir Rechenschaft ab. Verstehst du, was du getan hast? Antworte mir! Verstehst du das?

Nora *sieht ihn unverwandt an und sagt mit erstarrendem Ausdruck:* Ja, jetzt fang' ich an, es gründlich zu verstehen.

Helmer *geht im Zimmer umher:* Oh, wie entsetzlich bin

ich aufgewacht. In diesen ganzen acht Jahren, – sie, die meine Lust und mein Stolz war, – eine Heuchlerin, eine Lügnerin, – schlimmer, schlimmer, – eine Verbrecherin! – Oh, diese bodenlose Häßlichkeit, die in all dem liegt! Pfui, pfui!

Nora *schweigt und sieht ihn weiter unverwandt an.*

Helmer *bleibt vor ihr stehen:* Ich hätte ahnen müssen, daß sowas passieren würde. Ich hätte es voraussehen müssen. All die leichtsinnigen Grundsätze deines Vaters –. Schweig! All die leichtsinnigen Grundsätze deines Vaters hast du geerbt! Keine Religion, keine Moral, kein Pflichtgefühl –. Oh, wie bin ich dafür gestraft, daß ich ihm durch die Finger gesehen habe. Deinetwegen hab' ich es getan, und so belohnst du mich dafür.

Nora Ja, so.

Helmer Mein ganzes Glück hast du nun zerstört. Meine ganze Zukunft hast du verspielt. Entsetzlich, daran zu denken. Ich bin in der Gewalt eines gewissenlosen Menschen, er kann mit mir machen, was er will, von mir verlangen, was ihm gerade einfällt, über mich gebieten und mir befehlen, wie's ihm Spaß macht, – ich darf nicht mucksen. Und so jämmerlich muß ich fallen und zugrunde gehen eines leichtsinnigen Weibes wegen!

Nora Wenn ich aus der Welt bin, dann bist du frei.

Helmer Laß das Getue. Solche Redensarten hatte dein Vater auch auf Lager. Was würde es mir nützen, wenn du aus der Welt wärst, wie du das nennst? Nicht das geringste würde mir das nützen. Er kann die Sache trotzdem bekannt machen, und wenn er es tut, dann werde ich vielleicht verdächtigt, von deiner verbrecherischen Tat gewußt zu haben. Man wird vielleicht glauben, ich hätte dahintergesteckt, – ich hätte dich dazu verleitet! Und all das hab' ich dir zu verdanken, dir, die ich unsere ganze Ehe hindurch auf Händen getragen habe. Verstehst du jetzt, was du mir angetan hast?

Nora *mit kalter Ruhe:* Ja.

Helmer Das Ganze ist so unglaublich, daß ich es immer noch nicht fassen kann. Aber wir müssen sehen, wie wir zurechtkommen. Nimm den Schal ab. Nimm ihn ab, sag' ich! Ich muß sehen, daß ich ihn auf irgendeine Art zufriedenstelle. Die Sache muß um jeden Preis vertuscht werden, – und was dich und mich angeht, muß es natürlich aussehen, als wär' zwischen uns alles beim alten. Aber natürlich nur nach außen. Du bleibst also weiter hier im Haus; das ist selbstverständlich. Aber die Kinder zu erziehen, erlaub' ich dir nicht mehr, die wag' ich dir nicht anzuvertrauen. – Oh, das zu der sagen zu müssen, die ich so abgöttisch geliebt habe und die ich noch –! Na, das muß vorbei sein. Ab heute geht es nicht mehr um Glück, es geht nur noch darum, die Reste zu retten, die Trümmer, den Schein.

Es klingelt an der Wohnungstür.

Helmer *fährt zusammen:* Was ist das? So spät? Sollte das Entsetzlichste –? Sollte er –? Versteck dich, Nora! Sag', du bist krank.

Nora *bleibt unbeweglich stehen.* **Helmer** *geht und öffnet die Vorzimmertür.*

Das Hausmädchen *halb bekleidet, im Vorzimmer:* Da ist ein Brief für die gnädige Frau gekommen.

Helmer Gib ihn mir.

Greift den Brief und schließt die Tür: Ja, er ist von ihm. Du kriegst ihn nicht, ich werd' ihn selber lesen.

Nora Lies du.

Helmer *an der Lampe:*

Ich hab kaum den Mut dazu. Vielleicht sind wir verloren, du und ich. Nein, ich muß es wissen.

Bricht den Brief eilig auf, überfliegt einige Zeilen, blickt auf ein beigelegtes Papier, ein Freudenschrei: Nora!

Nora *sieht ihn fragend an.*

Helmer Nora! – Nein, ich muß es nochmal lesen. Doch, doch, es ist so. Ich bin gerettet! Nora, ich bin gerettet!

Nora Und ich?

Helmer Du auch, natürlich, wir sind beide gerettet, du und ich. Schau her. Er schickt dir deinen Schuldschein zurück. Er schreibt, daß er bedauert und bereut –, daß eine glückliche Wendung in seinem Leben –; ach, es ist ja auch egal, was er schreibt. Wir sind gerettet, Nora. Niemand kann dir was anhaben. Oh, Nora, Nora –, nein, erst all diese abscheulichen Sachen aus der Welt geschafft. Laß sehen – *Wirft einen Blick auf den Schuldschein:* Nein, ich will's nicht sehen; das Ganze soll für mich nichts weiter sein als ein Traum.

Reißt den Schein und beide Briefe in Fetzen, wirft alles in den Ofen und sieht zu, wie es brennt. So, jetzt existiert es nicht mehr. – Er schreibt, daß du seit Heiligabend –. Das müssen drei entsetzliche Tage für dich gewesen sein, Nora!

Nora Ich habe in diesen drei Tagen einen schweren Kampf gekämpft.

Helmer Und in deiner Bedrängnis keinen anderen Ausweg gesehen als –. Nein, wir wollen an all dies Häßliche nicht mehr denken. Wir wollen nur jubeln und wiederholen: Es ist vorüber, es ist vorüber! Hör mir doch zu, Nora, du scheinst es nicht zu fassen: Es ist vorüber. Aber was ist denn das – so ein starrer Gesichtsausdruck? Ach, arme kleine Nora, ich versteh' schon, du kannst noch nicht recht daran glauben, daß ich dir vergeben habe. Aber das hab' ich, Nora, ich schwöre es dir; ich habe dir alles vergeben. Ich weiß doch, was du getan hast, hast du aus Liebe zu mir getan.

Nora Das ist wahr.

Helmer Du hast mich geliebt, wie eine Frau ihren Mann lieben muß. Nur die Mittel – die zu beurteilen hattest du nicht die nötige Einsicht. Aber glaubst du, du bist mir weniger lieb, weil du nicht selbständig zu handeln verstehst? Nein, nein, stütz dich nur auf mich, ich werde dir raten, ich werde dich führen und leiten. Ich müßte kein Mann sein, wenn nicht gerade diese weibliche Hilflosigkeit dich in meinen Augen doppelt anziehend machte. Du sollst nicht mehr an die harten Worte denken, die ich im ersten Entsetzen zu dir sagte, als ich meinte, alles müßte über mir zusammenstürzen. Ich habe dir verziehen, Nora, ich schwör's dir, ich habe dir verziehen.

Nora Ich danke dir für deine Verzeihung. *Sie geht durch die Tür rechts hinaus.*

Helmer Nein, bleib doch – *Sieht hinein:* Was willst du denn im Alkoven?

Nora *drinnen:* Das Maskenkostüm loswerden.

Helmer *an der offenen Tür:* Ja, tu das, versuch, zur Ruhe zu kommen, dich zu sammeln und dein inneres Gleichgewicht wiederzufinden, du mein verschüchtertes Singvögelchen. Ruh' dich getrost aus, ich habe breite Schwingen, dich zu bedecken.

Geht in der Nähe der Tür umher:

Ach, wie schön und behaglich ist unser Heim, Nora. Hier bist du sicher, hier werde ich dich halten wie eine gejagte Taube, die ich unversehrt aus den Klauen des Habichts gerettet habe: ich werde dein armes klopfendes Herz schon zur Ruhe bringen. Ganz allmählich wird das geschehen, Nora, glaub' es mir. Morgen wird das alles ganz anders für dich aussehen, bald wird alles wie vorher sein, ich werd' dir nicht lange wiederholen müssen, daß ich dir verziehen habe, du selbst wirst untrüglich fühlen, daß es so ist. Wie kannst du nur denken, es könnte mir einfallen, dich verstoßen zu wollen oder dir auch nur etwas vorzuwerfen? Ach, du kennst das Herz eines echten Mannes nicht, Nora. Es liegt für einen Mann etwas so unbeschreiblich Süßes und Befriedigendes darin, in seinem tiefsten Innern zu wissen, daß er seiner Frau vergeben hat, daß er ihr aus vollem, aufrichtigem Herzen vergeben hat. Sie ist ja dadurch gleichsam im doppelten Sinne sein Eigentum geworden, er hat sie gleichsam aufs neue in die Welt gesetzt, sie ist in gewisser Weise seine Frau und sein Kind zugleich geworden. Das sollst du von heute an für mich sein, du kleines ratloses, hilfloses Wesen. Du mußt dich nie mehr ängstigen, Nora, nur immer offenherzig gegen mich, dann werd' ich dein Wille und auch dein Gewissen sein. – Was ist das? Nicht zu Bett? Du hast dich umgezogen?

Nora *in ihrem Alltagskleid:* Ja, Torvald, jetzt hab' ich mich umgezogen.

Helmer Aber warum, jetzt, – so spät –?

Nora Heute nacht schlafe ich nicht.

Helmer Aber, liebe Nora –

Nora *sieht auf ihre Uhr:* Es ist noch nicht so spät. Setz dich, Torvald, wir zwei haben viel miteinander zu besprechen. *Sie setzt sich an die eine Seite des Tisches.*

Helmer Nora, – was bedeutet das? Dieser starre Gesichtsausdruck –

Nora Setz dich hin. – Es dauert lange. Ich hab' über vieles mit dir zu reden.

Helmer *Setzt sich ihr gegenüber an den Tisch:* Du machst mir Angst, Nora. Und ich versteh' dich nicht.

Nora Das ist es eben. Du verstehst mich nicht. Und ich hab' dich auch nie verstanden – bis heute abend. Nein, unterbrich mich nicht. Du sollst nur zuhören, was ich sage. Dies ist eine Abrechnung, Torvald.

Helmer Wie meinst du das?

Nora *nach einer kurzen Pause:* Wie wir hier sitzen, – fällt dir daran nichts auf?

Helmer Was sollte das sein?

Nora Wir sind jetzt acht Jahre lang verheiratet. Fällt es dir nicht auf, daß wir beide, du und ich, Mann und Frau, jetzt zum ersten Mal ernst miteinander reden?

Helmer Ernst, – was heißt das?

Nora Volle acht Jahre, – ja, länger, – gleich vom ersten Tag unserer Bekanntschaft an haben wir nie ein ernstes Wort über ernste Dinge gewechselt.

Helmer Sollte ich dich denn immer wieder in Sorgen einweihen, die du mir doch nicht tragen helfen konntest?

Nora Ich rede nicht von Sorgen. Ich sage, wir haben nie im Ernst zusammengesessen, um zu versuchen, einer Sache auf den Grund zu gehen.

Helmer Aber, liebste Nora, wäre das denn was für dich gewesen?

Nora Da sind wir bei der Sache. Du hast mich nie verstanden. – Es ist viel Unrecht an mir verübt worden, Torvald. Erst von Papa und dann von dir.

Helmer Was! Von uns beiden, – von uns beiden, die dich mehr als alle andern geliebt haben?

Nora *schüttelt den Kopf:* Ihr habt mich nie geliebt. Es hat euch nur Spaß gemacht, in mich verliebt zu sein.

Helmer Nora, was sind das für Worte?

Nora Ja, das ist nun mal so, Torvald. Als ich noch zu Hause bei Papa war, hat er mir seine Meinungen über alles erzählt, und so hatte ich dieselben Meinungen; und wenn ich andere hatte, dann hab' ich das verheimlicht, denn das hätt' er nicht gemocht. Er nannte mich sein Puppenkind, und er spielte mit mir, wie ich mit meinen Puppen gespielt hab'. Dann kam ich zu dir ins Haus –

Helmer Was für einen Ausdruck gebrauchst du denn da für unsere Ehe?

Nora *unbeirrt:* Ich mein', dann bin ich aus Papas Händen in deine übergegangen. Du hast alles nach deinem Geschmack eingerichtet, und so bekam ich denselben

Geschmack wie du, oder ich tat nur so, ich weiß nicht genau, – ich glaub', es war von beidem was, bald das eine, bald das andere. Wenn ich jetzt zurückblicke, wird mir klar, daß ich hier wie ein bettelarmer Mensch gelebt habe, – nur von der Hand in den Mund. Ich hab' davon gelebt, dir Kunststücke vorzumachen, Torvald. Aber du wolltest es ja so haben. Du und Papa, ihr habt eine große Sünde an mir begangen. Ihr seid schuld daran, daß aus mir nichts geworden ist.

Helmer Nora, wie ungerecht und undankbar du bist. Bist du hier nicht glücklich gewesen?

Nora Nein, das bin ich nie gewesen. Ich hab' es geglaubt, aber ich bin es nie gewesen.

Helmer Nicht – nicht glücklich!

Nora Nein, nur lustig. Und du warst immer so nett zu mir. Aber unser Heim war nichts weiter als eine Puppenstube. Hier war ich deine Puppenfrau, so wie ich zu Hause Papas Puppenkind war. Und die Kinder, die waren wieder meine Puppen. Es machte mir Spaß, wenn du mit mir spieltest, so wie es ihnen Spaß machte, wenn ich mit ihnen spielte. Das war unsere Ehe, Torvald.

Helmer Es ist etwas Wahres an dem, was du sagst, – so übertrieben und überspannt es auch ist. Aber von jetzt an soll es anders werden. Die Zeit des Spielens ist vorbei, jetzt kommt die der Erziehung.

Nora Wessen Erziehung? Meine oder die der Kinder?

Helmer Sowohl deine als auch die der Kinder, meine geliebte Nora.

Nora Ach, Torvald, du bist nicht der Mann, um mich zu einer richtigen Frau für dich zu erziehen.

Helmer Und das sagst du?

Nora Und ich, – wie bin ich darauf vorbereitet, die Kinder zu erziehen?

Helmer Nora!

Nora Hast du es nicht vor einer Weile selbst gesagt, – diese Aufgabe wagst du mir nicht anzuvertrauen?

Helmer Im Augenblick der Erregung! Wie kannst du das ernst nehmen?

Nora Nein, das hast du ganz richtig gesagt. Ich kann diese Aufgabe nicht bewältigen. Zuerst muß eine andere Aufgabe gelöst werden. Ich muß versuchen, mich selbst zu erziehen. Und du bist nicht der Mann, mir dabei zu helfen. Das muß ich allein schaffen. Und darum geh' ich jetzt weg von dir.

Helmer *springt auf:* Was sagst du da?

Nora Ich muß ganz auf meinen eigenen Füßen stehen, wenn ich mir über mich und alles andere klar werden will. Deshalb kann ich nicht mehr bei dir bleiben.

Helmer Nora, Nora!

Nora Ich werd' jetzt sofort von hier weggehen. Kristine nimmt mich wohl für heut nacht bei sich auf –

Helmer Du bist wahnsinnig! Das erlaub' ich dir nicht! Ich verbiete es dir!

Nora Es nützt nichts, mir jetzt noch was zu verbieten. Ich nehm' mit, was mir gehört. Von dir will ich nichts haben, weder jetzt noch später.

Helmer Was für ein Wahnwitz!

Nora Morgen fahr' ich nach Hause, – ich mein', in meine alte Heimat. Dort wird es am leichtesten für mich sein, irgendwo unterzukommen.

Helmer Oh du verblendetes, unerfahrenes Geschöpf!

Nora Ich muß versuchen, Erfahrungen zu sammeln, Torvald.

Helmer Dein Heim verlassen, deinen Mann und deine Kinder! Und du denkst nicht daran, was die Leute sagen werden.

Nora Darauf kann ich keine Rücksicht nehmen. Ich weiß nur, es ist notwendig für mich.

Helmer Oh, es ist empörend. So kannst du deine heiligsten Pflichten verraten!

Nora Was betrachtest du als meine heiligsten Pflichten?

Helmer Das muß ich dir erst noch sagen! Sind es nicht die Pflichten gegen deinen Mann und deine Kinder?

Nora Ich habe andere ebenso heilige Pflichten.

Helmer Das hast du nicht. Was für Pflichten sollten das wohl sein.

Nora Die Pflichten gegen mich selbst.

Helmer Du bist in erster Linie Frau und Mutter.

Nora Daran glaub' ich nicht mehr. Ich glaube, daß ich in erster Linie ein Mensch bin, ich genausogut wie du, – oder jedenfalls, daß ich versuchen muß, es zu werden. Ich weiß, daß die meisten dir rechtgeben werden, Torvald, und daß sowas in den Büchern steht. Aber ich kann mich nicht mehr damit begnügen, was die meisten sagen und was in den Büchern steht. Ich muß selber über die Dinge nachdenken und versuchen, mir darüber klar zu werden.

Helmer Du solltest dir über deine Stellung in deinem eigenen Heim nicht klar sein? Hast du in solchen Fragen nicht einen untrüglichen Führer? Hast du nicht die Religion?

Nora Ach, Torvald, ich weiß doch gar nicht richtig, was die Religion ist.

Helmer Was sagst du da?

Nora Ich weiß doch nichts weiter als das, was Pastor Hansen im Konfirmandenunterricht gesagt hat. Er hat erzählt, die Religion wäre das und das. Wenn ich aus all dem hier rauskomme und mit mir allein bin, will ich auch die Sache untersuchen. Ich will sehen, ob es richtig ist, was Pastor Hansen gesagt hat, oder jedenfalls, ob es für mich richtig ist.

Helmer Also, das ist doch unerhört von einer so jungen Frau! Aber da die Religion dich nicht auf den rechten

Weg führen kann, will ich doch dein Gewissen aufrütteln. Denn moralisches Gefühl hast du doch? Oder, antworte mir, – hast du vielleicht keins?

Nora Ja, Torvald, es ist nicht leicht, darauf zu antworten. Ich weiß das doch gar nicht. Ich bin mir über die Dinge ganz im unklaren. Ich weiß nur, daß ich über sowas eine ganz andere Meinung habe als du. Ich hör' ja jetzt auch, daß die Gesetze anders sind, als ich gedacht habe, aber daß die Gesetze richtig sein sollen, das will mir einfach nicht in den Kopf. Eine Frau soll also nicht das Recht haben, ihren alten sterbenden Vater zu schonen oder ihrem Mann das Leben zu retten! An so was glaub ich nicht.

Helmer Du redest wie ein Kind. Du verstehst die Gesellschaft nicht, in der du lebst.

Nora Nein, das tu' ich auch nicht. Aber jetzt will ich mich mit ihr auseinandersetzen. Ich muß versuchen, dahinterzukommen, wer recht hat, die Gesellschaft oder ich.

Helmer Du bist krank, Nora, du hast Fieber, ich glaube fast, du hast den Verstand verloren.

Nora Ich habe mich nie so klar und sicher gefühlt wie heute nacht.

Helmer Und klar und sicher verläßt du deinen Mann und deine Kinder?

Nora Ja, das tu' ich.

Helmer Dann ist nur eine Erklärung möglich.

Nora Welche?

Helmer Du liebst mich nicht mehr.

Nora Nein, das ist es eben.

Helmer Nora! – Und das sagst du!

Nora Oh, es tut mir so leid, Torvald, denn du warst immer so nett zu mir. Aber ich kann da nichts machen. Ich liebe dich nicht mehr.

Helmer *mit erkämpfter Fassung:* Ist das auch eine klare und sichere Überzeugung?

Nora Vollkommen klar und sicher. Deshalb will ich auch nicht länger hierbleiben.

Helmer Und kannst du mir vielleicht auch erklären, wodurch ich mir deine Liebe verscherzt habe?

Nora Ja, das kann ich. Es war heut abend, als das Wunderbare nicht kam; da hab' ich nämlich gesehen, daß du nicht der Mann bist, den ich mir vorgestellt hatte.

Helmer Drück dich genauer aus, ich begreife dich nicht.

Nora Ich hab' jetzt acht Jahre lang so geduldig gewartet, denn, Herrgott, ich sah ja ein, daß das Wunderbare nicht so alle Tage kommt. Dann brach dieser vernichtende Schlag über mich herein, und da war ich felsenfest davon überzeugt: Jetzt kommt das Wunderbare. Als Krogstads Brief da draußen lag, – nicht mit einem Gedanken ist mir eingefallen, daß du dich auf die Bedingungen dieses Menschen einlassen könntest. Ich war felsenfest davon überzeugt, daß du zu ihm sagen würdest: Machen Sie die Sache nur der ganzen Welt bekannt. Und wenn das geschehen war –

Helmer Ja, was dann? Wenn ich dann meine eigene Frau dem Schimpf und der Schande preisgegeben hätte –!

Nora Wenn das geschehen war, dann, das hab' ich felsenfest geglaubt, würdest du vortreten und alles auf dich nehmen und sagen: Ich bin der Schuldige.

Helmer Nora –!

Nora Du meinst, ein solches Opfer hätt' ich von dir nie annehmen wollen? Selbstverständlich nicht. Aber was würden meine Versicherungen gelten gegenüber deinen? – Das war das Wunderbare, auf das ich die ganze Zeit voller Schrecken gehofft habe. Und um das zu verhindern, wollt' ich meinem Leben ein Ende machen.

Helmer Ich würde mit Freuden Tag und Nacht für dich arbeiten, Nora, – Kummer und Sorgen für dich ertragen. Aber niemand opfert der, die er liebt, seine Ehre.

Nora Das haben hunderttausende von Frauen getan.

Helmer Ach, du denkst und redest wie ein unverständiges Kind.

Nora Mag sein. Aber du denkst weder noch redest du, wie der Mann, an den ich mich anschließen könnte. Als dein Schreck vorbei war – nicht über das, was mir drohte, sondern über das, was dir selbst bevorstand, und als die ganze Gefahr vorbei war, – da war es für dich, als ob gar nichts geschehen wäre. Ich war haargenau wie vorher deine kleine Lerche, deine Puppe, die du in Zukunft doppelt vorsichtig auf Händen tragen mußtest, weil sie ja so zart und zerbrechlich ist. *Steht auf:* Torvald, – in dem Moment ist mir aufgegangen, daß ich hier acht Jahre lang mit einem fremden Mann zusammengelebt und daß ich drei Kinder von ihm habe –. Oh, ich darf nicht daran denken! Ich könnte mich selbst in Stücke reißen!

Helmer *schwer:* Ich seh' es, ich seh' es. Ein Abgrund hat sich zwischen uns aufgetan. – Aber, Nora, sollte er sich nicht überbrücken lassen?

Nora So, wie ich jetzt bin, bin ich keine Frau für dich.

Helmer Ich habe die Kraft, ein anderer zu werden.

Nora Möglich, – wenn dir die Puppe weggenommen wird.

Helmer Trennen – von dir trennen! Nein, nein, Nora, ich kann den Gedanken nicht fassen.

Nora *geht ins Zimmer rechts:* Desto dringender muß es geschehen. *Sie kommt zurück mit ihren Überkleidern und einer kleinen Reisetasche, die sie auf den Stuhl neben dem Tisch stellt.*

Helmer Nora, Nora, nicht jetzt! Warte bis morgen.

Nora *zieht den Mantel an:* Ich kann nicht in der Wohnung eines fremden Mannes übernachten.

Helmer Aber können wir denn nicht wie Bruder und Schwester hier leben –?

Nora *bindet den Hut fest:* Du weißt sehr gut, das würd' nicht lange dauern. – *Wirft sich den Schal um:* Leb wohl, Torvald. Ich will die Kleinen nicht sehen. Ich weiß, sie sind in besseren Händen als meinen. So, wie ich jetzt bin, kann ich nichts für sie sein.

Helmer Aber später mal, Nora, – später –?

Nora Wie soll ich das wissen? Ich weiß doch gar nicht, was aus mir wird.

Helmer Aber du bist meine Frau, so wie du bist und so, wie du sein wirst.

Nora Hör zu, Torvald, – wenn eine Frau das Haus ihres Mannes verläßt, so wie ich es jetzt tu', dann ist er, das hab' ich jedenfalls gehört, nach dem Gesetz von allen Verpflichtungen ihr gegenüber befreit. Ich befreie dich wenigstens von jeder Verpflichtung. Du sollst dich durch nichts gebunden fühlen, genausowenig, wie ich es sein will. Es muß auf beiden Seiten volle Freiheit herrschen. So, da hast du deinen Ring zurück. Gib mir meinen.

Helmer Auch das?

Nora Das auch.

Helmer Da ist er.

Nora So. Jetzt ist es also vorbei. Hier leg' ich die Schlüssel hin. Über den Haushalt wissen die Mädchen Bescheid – besser als ich. Morgen, wenn ich abgereist bin, kommt Kristine her, um die Sachen zusammenzupakken, die mir noch von früher gehören. Die will ich nachgeschickt haben.

Helmer Vorbei, vorbei! Nora, wirst du nie mehr an mich denken?

Nora Ich werd' sicher noch oft an dich und an die Kinder und an das Haus hier denken müssen.

Helmer Darf ich dir schreiben, Nora?

Nora Nein, – nie. Das erlaub' ich dir nicht.

Helmer Aber schicken darf ich dir doch –

Nora Nichts, nichts.

Helmer – dir helfen, falls du es brauchst.

Nora Nein, sag' ich. Ich nehme von Fremden nichts an.

Helmer Nora, – werd' ich für dich niemals mehr als ein Fremder sein können?

Nora *nimmt ihre Reisetasche:* Ach, Torvald, dann müßte das Wunderbarste geschehen. –

Helmer Nenn mir dieses Wunderbarste!

Nora Dann müßten wir beide, du und ich, uns so verwandeln, daß – ach, Torvald, ich glaub' nicht mehr an irgendwas Wunderbares.

Helmer Aber ich will daran glauben. Nenn es! Uns so verwandeln, daß –?

Nora Daß ein Zusammenleben zwischen uns beiden eine Ehe werden könnte. Leb wohl. *Sie geht durchs Vorzimmer hinaus.*

Helmer *sinkt auf einen Stuhl neben der Tür und schlägt die Hände vors Gesicht:* Nora! Nora! *Sieht sich um und steht auf:* Leer. Sie ist nicht mehr da.

Eine Hoffnung schießt in ihm empor: Das Wunderbarste –?!

Von unten hört man das Dröhnen einer Tür, die zugeschlagen wird.

VORARBEITEN

1. AUFZEICHNUNGEN

1.1. AUFZEICHNUNGEN ZUR GEGENWARTS-TRAGÖDIE

Rom, 19. 10. 78

Es gibt zwei Arten von geistigen Gesetzen, zwei Arten von Gewissen, eine im Mann und eine ganz andere in der Frau. Sie verstehen einander nicht, aber die Frau wird im praktischen Leben nach dem Gesetz des Mannes beurteilt, als ob sie nicht eine Frau wäre sondern ein Mann.
Die Ehefrau im Stück weiß am Schluß weder aus noch ein in der Frage, was Recht ist oder Unrecht: das natürliche Gefühl auf der einen und der Autoritätsglaube auf der anderen Seite bringen sie ganz in Verwirrung.
Eine Frau kann in der Gesellschaft der Gegenwart nicht sie selbst sein, welche eine ausschließlich männliche Gesellschaft ist, mit von Männern geschriebenen Gesetzen und mit Anklägern und Richtern, die das weibliche Verhalten vom männlichen Standpunkt aus beurteilen.
Sie hat eine Fälschung begangen, und das ist ihr Stolz; denn sie hat es aus Liebe zu ihrem Mann getan, um sein Leben zu retten. Aber dieser Mann steht mit ganz alltäglicher Rechtschaffenheit auf dem Boden des Gesetzes und sieht die Sache mit männlichem Auge an.
Seelenkampf. Unterdrückt und verwirrt vom Autoritätsglauben verliert sie den Glauben an ihr moralisches Recht und ihre Kraft, ihre Kinder zu erziehen. Bitterkeit. Eine Mutter in der Gesellschaft der Gegenwart macht sich, ebenso wie gewisse Insekten, bereit zu sterben, wenn sie ihre Pflicht zur Fortpflanzung des Geschlechts getan hat. Liebe zum Leben, zum Zuhause, zu Mann und Kindern und Familie. Ab und zu weibliches Abschütteln der Gedanken. Plötzlich zurückkehrende Angst und Entsetzen. Alles muß allein getragen werden. Die Katastrophe nähert sich unerbittlich, unabwendbar. Verzweiflung, Kampf und Untergang.
Auf den Rand der zweiten Seite ist notiert:

[Krogstad hat unredlich gehandelt und ist dadurch wohlhabend geworden, jetzt hilft ihm der Wohlstand nicht, er kann seine Ehre nicht wiedergewinnen.]

Die Personen:

Stenborg, Ministerialsekretär.
Nora, seine Frau.
Fräulein [*korrigiert zu:* **Frau**] **Lind** [*später hinzugefügt:*, Witwe].
Rechtsanwalt Krogstad.
Karen, Kindermädchen bei Stenborgs.
Hausmädchen ebendort.
Ein Dienstbote.
Stenborgs drei kleine Kinder.
Doktor Hank.

Szenenablauf – Erste Handlung

Ein gemütlich, aber nicht prachtvoll eingerichtetes Wohnzimmer. Eine Tür rechts im Hintergrund führt ins Vorzimmer, eine andere Tür links im Hintergrund führt ins Zimmer oder Kontor des Hausherrn, das zu sehen ist, wenn die Tür geöffnet wird. Feuer im Kachelofen. Wintertag.
Sie kommt vergnügt summend vom Hintergrund aus herein, sie ist in Überkleidern und trägt eine ganze Menge Pakete, hat Einkäufe gemacht. Während sie die Tür öffnet, sieht man draußen im Vorzimmer einen Dienstboten, der einen Weihnachtsbaum trägt. Sie: Lassen Sie ihn da solange stehen. *nimmt das Portemonnaie heraus:* Wieviel? Der Dienstbote: Fünfzig Öre. Sie: Da ist eine Krone. Nein, behalten Sie das Ganze. Der Bote dankt und geht. Sie summt und lacht weiter stillvergnügt, während sie verschiedene der mitgebrachten Pakete öffnet. Ruft hinein, ob er zu Hause ist? Ja! Zuerst Gespräch durch die geschlossene Tür, darauf öffnet er und spricht weiter mit ihr, wobei er meist, an seinem Pult stehend, weiterarbeitet. Es klingelt an der Tür, er will nicht

gestört werden, schließt sich ein. Das Hausmädchen öffnet die Wohnungstür für die gerade zugereiste Freundin der Frau. Freudige Überraschung. Gegenseitiger Bericht über die Lage der Dinge. Er hat die Stelle des Direktors in der neuen Aktienbank erhalten und soll sie Neujahr antreten, alle ökonomischen Sorgen sind nun vorbei. Die Freundin ist in die Stadt gekommen, um eine kleine Anstellung in einem Kontor oder sonstwo zu suchen. Die Frau macht ihr einige Hoffnung, ist sicher, daß alles gut gehen wird. Das Mädchen öffnet die Wohnungstür für den Inkassator. Die Frau erschrocken, einige wenige Repliken werden gewechselt, er wird ins Kontor verwiesen. Die Frau und die Freundin, die Verhältnisse des Inkassators werden berührt. Der Hausherr kommt im Überzieher, hat den Inkassator auf dem anderen Weg hinausgelassen. Gespräch über das Anliegen der Freundin, Bedenken von seiner Seite. Er und die Freundin gehen, die Frau begleitet sie ins Vorzimmer, das Kindermädchen kommt mit den Kindern. Mutter und Kinder spielen. Der Inkassator kommt. Die Frau läßt die Kinder in ein Zimmer links gehen. Große Szene zwischen ihr und ihm. Er geht. Der Hausherr kommt, hat ihn auf der Treppe getroffen, unzufrieden, will wissen, weshalb er wiedergekommen ist? Protektion? Keine Intrigen. Die Frau fragt ihn vorsichtig aus. Strenge Antwort im Sinne des Gesetzes. Ab in sein Zimmer. Sie *wie beim Abgang des Inkassators:* Aber das ist ja unmöglich. Ich habe es ja aus Liebe getan!

Szenenablauf – Zweite Handlung

Der letzte Tag des Jahres. Mittagszeit. Nora und das alte Kindermädchen. Nora, von Unruhe getrieben, zieht sich an, um auszugehen. Ängstliche versteckte Fragen aller Art deuten an, daß sie mit dem Gedanken umgeht, zu sterben. Sucht die Gedanken zu verjagen, es leicht zu nehmen, hofft darauf, daß irgend etwas eintreffen könnte. Aber was. Das Kindermädchen ab in das Zimmer links. – Stenborg aus seinem Zimmer. Kurzes Gespräch zwischen ihm und Nora. – Das

Kindermädchen wieder herein, sucht Nora, das kleinste Kind weint. Mißvergnügte Fragen von Stenborg, das Kindermädchen ab, Stenborg will zu den Kindern hinein. – Doktor Hank kommt. Szene zwischen ihm und Stenborg. – Nora kommt bald zurück, sie ist umgekehrt, die Angst hat sie nach Hause getrieben. Szene zwischen ihr, dem Doktor und Stenborg. Stenborg ab in sein Zimmer. – Szene zwischen Nora und dem Doktor. Der Doktor geht. – Nora allein. – Frau Linde kommt. Szene zwischen ihr und Nora. – Rechtsanwalt Krogstad kommt. Kurze Szene zwischen ihm, Frau Linde und Nora. Frau Linde zu den Kindern hinein. – Szene zwischen Krogstad und Nora. – Sie bettelt und fleht für ihre kleinen Kinder, vergebens. Krogstad geht. Man sieht, wie der Brief von draußen in den Briefkasten fällt. – Frau Linde kommt nach einer kurzen Pause wieder herein. Szene zwischen ihr und Nora. Halbes Geständnis. [*zuerst geschrieben:* Stenborg kommt]. Frau Linde geht. – Nora allein. – Stenborg kommt. Szene zwischen ihm und Nora. Er will den Briefkasten leeren. Bitten, Scherze, Überredungsversuche, halb schelmisch. Er verspricht, die Geschäfte den Tag vor dem Neuen Jahr über ruhen zu lassen, aber um 12 Uhr, um Mitternacht –! Ab. Nora allein. Nora *sieht auf die Uhr.* Jetzt ist es fünf. Fünf, – sieben Stunden bis Mitternacht. Vierundzwanzig Stunden bis nächste Mitternacht. Vierundzwanzig und sieben – einunddreißig. Einunddreißig Stunden zu leben.

Dritte Handlung

Man hört gedämpfte Tanzmusik aus der oberen Etage. Eine Lampe brennt auf dem Tisch. Frau Linde sitzt in einem Lehnstuhl und blättert zerstreut in einem Buch, versucht zu lesen, scheint sich aber nicht konzentrieren zu können, ein paarmal sieht sie auf ihre Uhr. Nora kommt von der Gesellschaft herunter, Unruhe hat sie getrieben, Überraschung darüber, Frau Linde zu treffen, die vorgibt, Nora im Kostüm sehen zu wollen. Helmer kommt, unzufrieden über ihren

Aufbruch, um sie zurückzuholen. Der Doktor ebenso, aber um Abschied zu nehmen. Frau Linde ist inzwischen ins Nebenzimmer rechts gegangen. Szene zwischen dem Doktor, Helmer und Nora. Er geht zu Bett, sagt er, um nicht wieder aufzustehen. Sie sollen nicht nach ihm sehen, es ist etwas Unschönes an einem Totenbett. Er geht. Helmer geht mit Nora wieder nach oben, nachdem diese einige Abschiedsworte mit Frau Linde gewechselt hat. Diese allein. Darauf Krogstadt. Szene und Aussprache zwischen ihnen. Beide ab. Nora mit den Kindern. Darauf sie allein. Dann Helmer. Er nimmt die Briefe aus dem Kasten. Kurze Szene, gute Nacht, er ab in sein Zimmer. Nora verwirrt, bereitet sich auf das Entscheidende vor, ist schon an der Tür, als Helmer mit dem offenen Brief in der Hand kommt. Große Szene. Es klingelt. Brief an Nora von Krogstad. Schlußszene. Ehescheidung. Nora verläßt das Haus.

1.2. [AUFZEICHNUNGEN ZUM ZWEITEN AKT]

2. Akt

Nora allein.
[*Durchgestrichen:*
Nora und Helmer. *Dieser in seinem Zimmer*
Nora allein]
Nora und das Kindermädchen
[*Durchgestrichen:*
Nora und der Doktor. *Dieser zu Helmer hinein*
Nora und Frau Linde. *Diese nach rechts hinein.*
Nora [*später eingeschoben:* und Helmer] und der Doktor. *Dieser zu Helmer hinein*
Nora und Krogstad –
[*Durchgestrichen:*
Nora und Frau Linde. *Diese ab.*
Nora, [*durchgestrichen* Frau Linde,] Helmer, der Doktor
Die Vorigen Frau Linde –
Die Herren nach rechts hinein. Frau Linde ebenso –
Nora allein –

1.3. [NOTIZ ZU EINEM MOTIV IM ZWEITEN AKT]

Das Dienstmädchen = Papa.
Hübscher Vergleich –
Etwas, zu dem man aufblicken kann als dem Richtigen; aber nicht so amüsant –

2. ERSTER [VOLLSTÄNDIGER] ENTWURF

Vom 2. 5. 79
ERSTER AKT

Ein gemütlich und geschmackvoll, aber nicht kostbar eingerichtetes Wohnzimmer. Eine Tür rechts im Hintergrund führt ins Vorzimmer, eine andere Tür links im Hintergrund führt in Stenborgs Arbeitszimmer. Mitten in der Wand links eine Tür in die Kammer der Kinder, im Vordergrund auf derselben Seite, Sofa, Tisch und Lehnstühle. In der Wand rechts, etwas zurück, eine Tür und weiter vorn ein weißer Steinzeugofen mit ein paar Lehnstühlen und einem Schaukelstuhl davor. Wintertag. Teppich auf dem Boden. Feuer im Ofen.

Es klingelt im Vorzimmer, kurz darauf hört man, daß geöffnet wird. **Frau Stenborg** *kommt vergnügt summend ins Zimmer, sie ist in Überkleidern und trägt eine ganze Menge Pakete, die sie auf einem Stuhl rechts ablegt. Während sie die Tür öffnet, sieht man draußen im Vorzimmer einen Dienstboten, der einen Weihnachtsbaum und einen Korb trägt; beides übergibt er dem Hausmädchen, das ihnen geöffnet hat.*

Frau Stenborg *zum Mädchen:* Versteck den Weihnachtsbaum gut, Kristine! Die Kinder dürfen ihn auf keinen Fall vor morgen sehen. *Zum Boten, nimmt das Portemonnaie heraus:* Wieviel –?

Der Dienstbote: Fünfzig Öre.

Frau Stenborg Da ist eine Krone. Nein, behalten Sie das Ganze.

Der Bote dankt und geht. Die Frau schließt die Tür. Sie summt und lacht weiter stillvergnügt, während sie Hut und Mantel ablegt.

Frau Stenborg *lauscht an der Tür ihres Mannes:* Doch, er ist zu Hause. *Summt wieder.*

Stenborg *in seinem Zimmer:* Ist das die Lerche, die da draußen zwitschert?

Frau Stenborg *im Begriff, einige der Pakete zu öffnen:* Ja, das ist sie.

Stenborg Ist es das Eichhörnchen, das da rumort?

Frau Stenborg Ja.

Stenborg Wann ist das Eichhörnchen denn nach Hause gekommen?

Frau Stenborg Grad eben. Komm heraus, Thorvald, und schau dir an, was ich gekauft habe.

Stenborg Nicht stören! *Kurz darauf öffnet er die Tür und sieht herein, mit der Feder in der Hand:* Gekauft, sagst du? Das alles? Ist mein lockeres Vögelchen wieder draußen gewesen und hat mit Geld um sich geworfen?

Frau Stenborg Aber, Thorvald, dieses Jahr können wir uns doch wirklich ein bißchen was erlauben. Es ist doch das erste Mal, daß wir Weihnachten nicht sparen müssen.

Stenborg Also, weißt du, verschwenden können wir nicht.

Frau Stenborg Doch, Thorvald, ein bißchen können wir jetzt schon verschwenden. Nicht wahr? Jetzt bekommst du doch ein großes Gehalt und wirst bald viel, viel Geld verdienen.

Stenborg Ja, ab Neujahr, aber dann vergeht noch ein ganzes Vierteljahr, bevor das Gehalt fällig ist.

Frau Stenborg Pah, solange können wir ja borgen.

Stenborg Nora! *Kommt ins Wohnzimmer:* Du weißt, wie ich in diesem Punkt denke. Keine Schulden! Niemals borgen! Das muß zwischen uns eine abgemachte Sache sein. *Legt den Arm um sie:* Mein Vögelchen ist süß, aber es braucht sehr viel Geld. Es ist unglaublich, wie kostspielig es für einen Mann ist, sich so ein Vögelchen zu halten.

Frau Stenborg Ach pfui, wie kannst du das nur sagen? Ich spare doch wirklich wo ich nur kann.

Stenborg *Lacht:* Ja, das ist ein wahres Wort. Wo du nur kannst. Aber du kannst eben nicht.

Frau Stenborg *summt und lächelt stillvergnügt:* Hm, wenn du wüßtest, was für Ausgaben wir Lerchen und Eichhörnchen haben, Thorvald!

Stenborg Du bist ein komisches kleines Ding, du, Nora! Sitzt manchmal bis spät in die Nacht hinein und plagst dich mit Abschreibarbeiten, um die paar Kronen zu verdienen, die das abwerfen kann, und dann – zur selben Zeit – zerrinnt dir das Geld gleichsam unter den Händen, ohne daß du es weißt, was du damit gemacht hast. Aber das wird ein Ende haben, Nora. Mit der Abschreiberei, meine ich. Sowas ist nichts für kleine, fröhliche Lerchen, und jetzt ist es auch nicht mehr nötig.

Frau Stenborg *Klatscht in die Hände:* Nein, nicht wahr, Thorvald, das ist nicht mehr nötig! Ach, es ist so schön, das zu hören! *Hakt sich bei ihm ein:* Jetzt will ich dir mal sagen, wie ich mir gedacht hatte, daß wir uns einrichten sollten, Thorvald. Sobald Weihnachten vorbei ist – *Es klingelt im Vorzimmer.* Uh, es klingelt. Jetzt kommt sicher jemand. Schade.

Stenborg Für Besuch bin ich nicht zu Hause, denk dran. *Er geht in sein Arbeitszimmer und schließt die Tür.*

Frau Stenborg räumt im Zimmer etwas auf [korrigiert von: Wohnzimmer] Das Hausmädchen öffnet die Tür zum Entrée.

Das Hausmädchen Gnädige Frau, da ist eine fremde Dame –

Frau Stenborg Bitte sehr, treten Sie ein.

Fräulein [korrigiert zu: Frau] Lind, in Reisekleidung, kommt ins Wohnzimmer. Das Mädchen schließt die Tür.

[Eingeschoben: Es klingelt wieder. Kurzer Wortwechsel mit dem Doktor.]

Fräulein [*korrigiert zu:* **Frau**] **Lind** *etwas zaghaft und zögernd:* Guten Tag, Nora!

Frau Stenborg Guten Tag –

Fräulein [*korrigiert zu:* **Frau**] **Lind:** Du erkennst mich wohl nicht.

Frau Stenborg Nein –, doch, sicher ich glaube schon –. *Ausbrechend:* Was! Kristine, bist du's wirklich?

Frau Lind Ja, ich bin es.

Frau Stenborg Kristine! Und ich, ich hab' dich nicht [*eingeschoben:* wieder] erkannt! Aber wie sollt' ich auch –. Wie du dich verändert hast, Kristine!

Frau Lind Ja, ich habe mich verändert, in acht langen Jahren –

Frau Stenborg Ist es solange her, daß wir uns das letzte Mal gesehen haben? Ja, doch. Ach, das war eine glückliche Zeit, weißt du. Und jetzt bist du also zu uns in die Stadt gekommen?

Frau Lind Ich bin heute morgen angekommen.

Frau Stenborg Um dich über Weihnachten zu amüsieren, natürlich. Ach, das ist schön. Ja, amüsieren werden wir uns wirklich. Aber leg doch ab. Du frierst doch wohl nicht? *Hilft ihr:* So! Jetzt machen wir es uns hier am Ofen gemütlich. Nein, setz dich in den Lehnstuhl. Im Schaukelstuhl will ich sitzen. *Ergreift ihre Hände:* Ja, nun hast du doch dein altes Gesicht wieder, nur im ersten Augenblick. – Ein wenig blasser bist du aber doch geworden und vielleicht auch ein wenig magerer.

Frau Lind Und viel, viel älter, Nora!

Frau Stenborg Ja, vielleicht ein bißchen älter, ein ganz kleines bißchen, gar nicht viel. *Hält plötzlich inne, ernst:* Aber was bin ich doch für ein gedankenloser Mensch, sitze da und schwatze! Allerliebste Kristine, kannst du mir verzeihen?

Frau Lind Was meinst du, Nora?

Frau Stenborg *leise:* Arme Kristine, du bist doch Witwe geworden.

Frau Lind Ja, vor drei Jahren.

Frau Stenborg Ach, ich hab' das wohl gewußt, ich hab's doch in der Zeitung gelesen. Kristine, glaub mir, ich hatte damals oft vor, dir zu schreiben, aber ich hab' es immer wieder aufgeschoben, und immer kam etwas dazwischen.

Frau Lind Liebe Nora, das kann ich so gut verstehen.

Frau Stenborg Nein, das war häßlich von mir. Kristine. Ach, du Arme, was mußt du alles durchgemacht haben. – Und er hat dir ja nichts hinterlassen, wovon du leben kannst?

Frau Lind Nein.

Frau Stenborg Und keine Kinder?

Frau Lind Nein.

Frau Stenborg Also gar nichts?

Frau Lind Nicht einmal einen Schmerz oder eine Sehnsucht, wovon ich zehren könnte.

Frau Stenborg *sieht sie ungläubig an:* Aber Kristine, wie ist denn das möglich?

Frau Lind *lächelt schwermütig und streicht ihr übers Haar:* Das kommt manchmal vor, Nora!

Frau Stenborg So ganz allein. Das muß entsetzlich schwer für dich sein. Ich habe drei reizende Kinder. Ja, im Moment kannst du sie nicht sehen, sie sind mit dem Mädchen draußen. Aber jetzt mußt du mir alles erzählen –

Frau Lind Nein, nein, nein, erzähl du lieber.

Frau Stenborg Nein, du sollst anfangen. Heute will ich nicht egoistisch sein. Heute will ich nur an dich denken. Aber eines muß ich dir noch sagen. Hast du schon von dem großen Glück gehört, daß uns dieser Tage geschehen ist?

Frau Lind Nein. Was denn?

Frau Stenborg Stell dir vor, mein Mann ist Direktor der Aktienbank geworden!

Frau Lind Dein Mann? Oh, was für ein Glück –!

Frau Stenborg Ein unwahrscheinliches Glück! Jetzt geht er aus dem langweiligen Ministerium weg, wo sie so schlecht bezahlen. Er soll nämlich schon zum Neuen Jahr in der Bank anfangen, und dann kriegt er ein großes Gehalt und viele Prozente. Von jetzt an können wir ganz anders leben als früher, ganz, wie wir wollen. Ach, Kristine, wie ich mich freue! Es ist einfach schön, tüchtig viel Geld zu haben und sich keine Sorgen machen zu müssen. Nicht wahr?

Frau Lind Doch, jedenfalls muß es schön sein, das Notwendige zu haben.

Frau Stenborg Nein, nicht bloß das Notwendige, sondern tüchtig, tüchtig viel Geld!

Frau Lind *lächelt:* Nora, Nora, bist du noch nicht vernünftig geworden? Während unserer Schulzeit warst du eine große Verschwenderin.

Frau Stenborg *lacht still:* Ja, das sagt Thorvald heute noch. *Droht mit dem Finger:* Aber Nora, Nora ist nicht so verrückt, wie ihr denkt. Wir hatten es wirklich nicht so, daß wir hätten verschwenden können. Wir haben beide arbeiten müssen.

Frau Lind Du auch?

Frau Stenborg Ja, Kleinigkeiten, Abschriften und Stickereien und sowas. Aber am meisten natürlich er. Das erste Jahr, in dem wir verheiratet waren, hat er sich völlig überanstrengt. Die Ärzte erklärten es dann für notwendig, daß er nach dem Süden ginge.

Frau Lind Richtig, ihr habt euch ja ein ganzes Jahr in Italien aufgehalten?

Frau Stenborg Es war eine wunderschöne Reise, das kannst du mir glauben. Und sie rettete Thorvald das Leben. Aber sie hat sehr viel Geld gekostet, Kristine.

Frau Lind Das kann ich mir denken.

Frau Stenborg Zwölfhundert Spezies hat sie gekostet. Das ist viel Geld, du.

Frau Lind Immerhin ist es in solchen Fällen ein großes Glück, wenn man es hat.

Frau Stenborg Weißt du [wörtlich: Ja, ich] [*zuerst geschrieben:* wir] werde dir sagen, wir haben es von Vater bekommen.

Frau Lind Ach so. Zu der Zeit starb dein Vater doch gerade, glaub' ich.

Frau Stenborg Ja, Kristine, gerade damals. Und stell dir vor, ich konnte nicht zu ihm fahren und ihn pflegen. Ich mußte ja hier bei Thorvald bleiben, er war ja damals auch krank. Mein lieber, guter Vater! Ich habe ihn nie wiedergesehen, Kristine! Ach, das ist das Schwerste, was ich erlebt habe, seit ich verheiratet bin.

Frau Lind Und dann seid ihr also nach Italien gefahren?

Frau Stenborg Ja, dann hatten wir ja das Geld und die Ärzte haben uns gedrängt. Da sind wir drei Wochen später abgereist.

Frau Lind Und dein Mann kam völlig geheilt zurück?

Frau Stenborg Frisch wie ein Fisch. [*Eingeschoben:* Frau Linde. Aber war das nicht der Doktor –?] Er ist seitdem nicht eine Stunde krank gewesen. Nur muß er vorsichtig sein, sagt der Doktor und sich vor jeder Art von Gemütserregung hüten. Und dafür werde ich schon sorgen. Ach, jetzt wird das so leicht sein. Er soll sich keine Sorgen machen und sich nicht ärgern müssen. Ich und die Kinder werden es ihm ganz gemütlich machen. *Springt auf und klatscht in die Hände:* Oh Gott, oh Gott, Kristine, es ist doch wunderschön zu leben und glücklich zu sein! – – Aber das ist doch wirklich abscheulich von mir –, ich rede ja nur von mir. *Setzt sich auf einen Schemel dicht neben sie und ergreift deren Hände:* Du darfst mir nicht böse sein! – Sag mal, ist das wirklich wahr, daß du deinen Mann nicht geliebt hast? Warum hast du ihn dann genommen?

Frau Lind Meine alte Mutter lebte noch und sie war bettlägerig und hilflos. Und dann mußte ich auch für meine beiden jüngeren Brüder sorgen. Ich glaubte es nicht verantworten zu können, sein Angebot zurückzuweisen.

Frau Stenborg Nein, nein, da könntest du recht haben. Er war damals also reich?

Frau Lind Er war ganz wohlhabend, glaub' ich. Aber das waren unsichere Geschäfte, Nora. Als er starb, brach das Ganze zusammen und es blieb nichts übrig.

Frau Stenborg Und dann?

Frau Lind Ja, dann mußte ich mich mit einem kleinen Geschäft durchschlagen und einer kleinen Schule und was ich sonst noch finden konnte. Mein ganzes Leben war seitdem wie ein einziger langer, schwerer, anstrengender Arbeitstag. Meine alte Mutter braucht mich ja nicht mehr, denn sie ist ja von uns gegangen, wie du wohl weißt. Aber mit den beiden Jungen habe ich jetzt die schwersten Jahre vor mir, sie sollen jetzt in die Oberklassen, die Schulgelder, all ihre Bedürfnisse steigen. *Steht unruhig auf:* Es geht nicht mehr in diesem kleinen Nest da, Nora! Deshalb bin ich hierher gekommen. Hier soll es ja nun für uns Frauen besser geworden sein. Ich muß sehen, daß ich mir irgendwelche Büroarbeit verschaffe, – eine feste Stellung –

Frau Stenborg Aber, Kristine, das ist doch so schrecklich anstrengend, und du siehst sowieso schon so angestrengt aus. Es wäre viel besser für dich, wenn du in ein Bad reisen könntest.

Frau Lind Ich habe keinen Vater, der mir – das Reisegeld verehren könnte, Nora!

Frau Stenborg *steht auf:* Oh, sei mir nicht böse!

Frau Lind Liebe Nora, sei du mir nicht böse! Das ist das Schlimmste an einer Situation wie meiner, daß sie in einem soviel Bitterkeit zurückläßt. Man wird egoistisch, man ist gezwungen, jede Gelegenheit wahrzunehmen. Als du von der glücklichen Veränderung in euren Verhältnissen gesprochen hast, – kannst du dir das vorstellen? Ich habe mich nicht euretwegen gefreut, sondern meinetwegen.

Frau Stenborg Wieso? Ach, ich versteh' dich. Du meinst, mein Mann könnte vielleicht etwas für dich tun.

Frau Lind Ja, das dachte ich.

Frau Stenborg Das soll er auch, Kristine. Ich bin sicher, daß er es tun wird. Ich werde ihm auf die Nerven gehen, weißt du. Er wird von mir nicht in Frieden gelassen, bis er irgendwas gefunden hat.

Frau Lind Das ist schön von dir, Nora, daß du dich meiner Sache so eifrig annimmst, – doppelt schön von dir, die du den Ernst des Lebens doch gar nicht so richtig kennengelernt hast.

Frau Stenborg Ich –? Ich kenne nicht richtig –?

Frau Lind *lächelnd:* Na, Herrgott, das bißchen Abschreiben und sowas –. Du bist ein Kind, Nora.

Frau Stenborg *wirft den Kopf in den Nacken und geht durchs Zimmer:* Das solltest du nicht so überlegen sagen.

Frau Lind So?

Frau Stenborg Du bist genau wie die anderen. Ihr glaubt alle, daß an mir kein Ernst ist –

Frau Lind Na, na –

Frau Stenborg – daß ich in dieser Welt noch nichts geleistet habe.

Frau Lind Liebe Nora, du hast mir doch gerade all deine Probleme erzählt.

Frau Stenborg Kleinigkeiten! *Leise* [*zuerst geschrieben:* Alles] Das Große hab' ich dir nicht erzählt.

Frau Lind Das Große? Was meinst du damit?

Frau Stenborg Du bist überheblich mir gegenüber. Du bist stolz darauf, daß du so schwer und so lange für deine Mutter gearbeitet hast.

Frau Lind Ich bin bestimmt nicht überheblich, aber das ist wahr, ich bin stolz und froh, wenn ich daran denke, daß es mir vergönnt war, meiner Mutter in ihren letzten Jahren ein einigermaßen sorgloses Leben zu ermöglichen.

Frau Stenborg Und du wirst auch stolz und froh sein, wenn du einmal deine Brüder in einer guten Stellung untergebracht hast.

Frau Lind Dazu hab' ich auch ein Recht, meine ich.

Frau Stenborg Das meine ich auch. Aber jetzt will ich dir mal was sagen, Kristine. Ich habe auch etwas, worauf ich stolz sein kann und was mich froh macht.

Frau Lind Ja, sicher, – aber wie meinst du das?

Frau Stenborg Sprich leise. Thorvald ist drinnen. Er darf um keinen Preis der Welt –, niemand darf es erfahren, Kristine, niemand außer dir.

Frau Lind Aber was denn nur?

Frau Stenborg Komm her. *Führt sie zum Kachelofen:* Ich habe auch etwas, worauf ich stolz sein kann und was mich froh macht. Aber das ahnt kein Mensch. Ich habe meinem Mann das Leben gerettet.

Frau Lind Gerettet?

Frau Stenborg Ich hab' dir doch von der Reise nach Italien erzählt. Thorvald hätte es nicht überstanden, wenn er nicht dorthin gekommen wäre –

Frau Lind Na ja, dein Vater hat euch doch das Geld gegeben.

Frau Stenborg *lächelt:* Ja, das glauben Thorvald und alle anderen, aber –

Frau Lind Aber –?

Frau Stenborg Vater hat uns nicht einen Heller gegeben. Ich habe das Geld beschafft.

Frau Lind Du? Die ganze große Summe?

Frau Stenborg Zwölfhundert Spezies. Was sagst du dazu!

Frau Lind Aber, Nora, wie war denn das möglich? Hattest du vielleicht in der Lotterie gewonnen?

Frau Stenborg Nein, das hatte ich keineswegs.

Frau Lind Aber woher hast du es dann bekommen?

Frau Stenborg *lächelt und summt vergnügt:* Hm, tra la la la!

Frau Lind Borgen konntest du es ja schließlich nicht.

Frau Stenborg So? Warum denn nicht?

Frau Lind Eine Frau kann doch ohne die Zustimmung ihres Mannes nicht borgen.

Frau Stenborg *wirft den Kopf in den Nacken:* Ach, wenn man ein bißchen Geschäftstüchtigkeit besitzt, – und wenn man sich ein bißchen klug benimmt, dann –

Frau Lind Nora, ich begreif' überhaupt nichts –

Frau Stenborg Das brauchst du ja auch nicht. Es ist ja gar nicht gesagt, daß ich das Geld geborgt habe. Ich kann es ja auf andere Weise bekommen haben. Das tut ja nichts zur Sache, weißt du. Aber –

Frau Lind Aber hör mal, liebe Nora, hast du da nicht unbesonnen gehandelt?

Frau Stenborg Ist es unbesonnen, seinem Mann das Leben zu retten?

Frau Lind Nein, aber wenn du ohne sein Wissen –

Frau Stenborg Aber er durfte doch nichts wissen! Er durfte nicht einmal wissen, wie schlimm es um ihn stand. Zu mir sind die Ärzte gekommen und haben gesagt, daß sein Leben in Gefahr wäre, daß ihn nichts anderes retten könnte als eine Reise in den Süden. Glaubst du denn, ich hätte es nicht zuerst auf allen möglichen Umwegen versucht? Ich sprach davon, wie hübsch es für mich wäre, ins Ausland zu reisen wie andere junge Frauen, und dann deutete ich an, daß er ja auch gern ein Darlehen aufnehmen könnte. Aber da wurde er fast böse auf mich, Kristine. Er sagte, ich sei leichtsinnig und verstände mich gar nicht auf ernste Dinge, und es sei seine Pflicht als Ehemann, mir meinen Launen und Kapricen – ja, ich glaub' fast, so nannte er es – nicht nachzugeben. Na, retten mußte ich ihn ja und so hab' ich eben einen Ausweg gefunden –

Frau Lind Und ist es zwischen ihm und deinem Vater nie zu einer Klärung darüber gekommen?

Frau Stenborg Nein, nie. Vater starb ja in diesen Tagen, ich hatte vor, ihn in die Sache einzuweihen und ihn zu instruieren; weil er aber doch so krank war – leider war es nicht mehr nötig.

Frau Lind Und du hast dich deinem Mann seitdem nie anvertraut?

Frau Stenborg Um Gottes willen, wo denkst du hin! Er, der in dieser Beziehung so streng ist und es über alles in der Welt haßt, Schulden zu machen. Nein, die Sache ist mein großes Geheimnis, Kristine. Ach, du kannst mir glauben, es war nicht leicht für mich, meine Verpflichtungen zu erfüllen. Du mußt wissen, in der Geschäftswelt gibt es etwas, das Abtragung und Quartalszinsen heißt, und die sind immer so furchtbar schwer aufzutreiben. Ich hab' eben, wo ich konnte, ein bißchen sparen müssen. Vom Haushaltsgeld konnte ich ja nichts abzweigen, Thorvald mußte ja gut leben. Die Kinder konnt' ich doch auch nicht schlecht gekleidet gehen lassen, ich fand, was ich für sie bekam, mußt' ich auch alles für sie ausgeben. Die süßen lieben Kleinen –

Frau Lind Dann mußten wohl deine eigenen Bedürfnisse herhalten, Nora?

Frau Stenborg Natürlich. Mich gings doch auch am meisten an. Ach, meine Garderobe und meine Vergnügungen mußten herhalten. Jedesmal, wenn Thorvald mir Geld gab für neue Kleider und sowas, hab' ich nie mehr als die Hälfte verbraucht, immer die einfachsten Sachen gekauft. Ach, es war manchmal schwer, Kristine, denn es ist doch schön, hübsch angezogen zu sein. *Lächelt:* Und da nennt er mich immer noch Verschwenderin und sagt, daß mir das Geld unter den Händen wegschmilzt.

[*Auf den Rand außerhalb dieser Replik ist notiert:* Gott sei Dank [*korrigiert von:* Gut], daß mir alles so gut steht – Drei Wochen lang jeden Abend Abschreibarbeiten. Die Makronen –]

Frau Lind Wieviel hast du denn auf diese Weise abbezahlen können?

Frau Stenborg Ja, das kann ich nicht so genau sagen. Bei solchen Geschäften, verstehst du, ist es sehr schwer, den Überblick zu behalten. Aber das ist jetzt auch ziemlich egal. Jetzt eröffnen sich mir ja so viele Auswege, denn jetzt werden wir ja ganz anders leben können als früher. Oh, Gott, ist das schön, Kristine! Wenn ich daran denke – Sorglos! Sorglos sein zu können, ganz sorglos, mit den Kindern spielen und toben, ein hübsches, nettes Zuhause haben. Und denk nur, dann kommt bald der Frühling wieder, und der Himmel ist hoch und blau. Und dann können wir vielleicht reisen, mit der Eisenbahn und mit großen Dampfschiffen, und fremde Länder wiedersehen. Das erstemal hab' ich so wenig gesehen, denn da hatte ich solche Angst um Thorrald. Ach ja, ja, es ist wirklich wunderbar, zu leben und glücklich zu sein! Und glücklich sollst du auch werden, Kristine, so glücklich, wie du werden k a n n s t, du Arme, die weder Mann noch Kinder hat – *Es klingelt draußen.* Wer mag das sein?

[*Unten auf der Seite unter dem Anfang dieser Replik ist notiert:* Manchmal weder aus noch ein gewußt – einen alten reichen Anbeter gewünscht –]

Frau Linde *steht auf:* Vielleicht geh' ich am besten.

Frau Stenborg Nein, bleib nur. Es ist sicher jemand, der mit Thorvald reden will, da geht man nicht hier durch.

Das Hausmädchen *in der Tür zum Vorzimmer:* Verzeihung, gnädige Frau, Rechtsanwalt Krogstad will unbedingt den Herrn Bureauchef sprechen –

Frau Stenborg *springt auf:* Mit meinem Mann –!

Frau Linde *fährt zusammen:* Wer ist das!

Das Hausmädchen Aber ich wußte nicht, nachdem doch der Herr Doktor drin ist –

Frau Stenborg *in der Vorzimmertür:* Worüber wollen Sie mit meinem Mann sprechen?

Rechtsanwalt Krogstad *im Vorzimmer:* Nur über Dinge, die jedem andern ganz gleichgültig sein können. *Sieht Frau Linde:* Aber – das ist doch wohl nicht etwa –

Frau Stenborg Frau Linde, – von der Westküste. Ja, gehen Sie nur zu meinem Mann rein, Sie stören sicher nicht. *Zum Mädchen:* Öffne Herrn Krogstad die Tür. *Schließt die Vorzimmertür und geht wieder zu Frau Linde:* Kennst du diesen Menschen, Kristine?

Frau Linde Ich habe ihn gekannt, – bevor ich verheiratet war. Er war eine Zeitlang Anwaltsgehilfe in unserer Gegend.

Frau Stenborg Ah ja, stimmt auch.

Frau Linde Wie verändert er ist.

Frau Stenborg Er war sehr unglücklich verheiratet.

Frau Linde Jetzt ist er doch Witwer?

Frau Stenborg Mit vielen Kindern.

Frau Linde Und treibt ja alle möglichen Geschäfte, sagt man?

Frau Stenborg Ja, man sagt das. Aber laß uns nicht an Geschäfte denken, das ist so langweilig.

Doktor Hank kommt aus Stenborgs Zimmer.

Der Doktor *noch in der Tür:* Nein, nein, du, ich will lieber gehen, ich schau' einen Moment zur gnädigen Frau hinein. *Schließt die Tür und bemerkt Frau Linde:* Ah, ergebener Diener –

Frau Stenborg *stellt vor:* Doktor Hank, Frau Linde.

Der Doktor Ach so? Ihre alte Freundin – oder genauer gesagt, Ihre Freundin aus alten Zeiten. Ich glaub', ich hab' die gnädige Frau gesehen, als ich kam. Und nun sind Sie zu Weihnachten hierher gekommen? Ja, daran tun Sie ganz recht. Man muß das Leben genießen, so gut man kann.

Frau Stenborg Ja, nicht wahr, Doktor?

Der Doktor Na also, da sind wir uns doch einig? Sieh mal an, der neue Teppich. Gratuliere! Ja, so ein hübscher Teppich zum Beispiel? Ist das nun Luxus? Ich sage nein, das ist es nicht. So ein Teppich rentiert sich, meine Damen, mit so einem Teppich unter den Füßen denkt man höher und feiner, man fühlt nobler, als wenn man in einem ungemütlichen Wohnzimmer umhergeht mit den kalten, knarrenden Brettern unter sich. Und besonders, wo Kinder im Haus sind. [*Eingeschoben:* Die Rasse veredelt sich innerhalb einer hübschen Umgebung.]

Frau Stenborg Ach, wie oft habe ich dasselbe gefühlt, aber ich habe es nicht ausdrücken können.

Der Doktor Ja, das glaub' ich gern. Das gehört auch zur

seelischen Statistik, und das ist eine Wissenschaft, die noch sehr wenig entwickelt ist. Aber es läßt sich ein Zusammenhang zwischen diesen Dingen nachweisen. Hätte zum Beispiel dieser Bursche, der jetzt bei Stenborg drin ist –

Frau Stenborg Rechtsanwalt Krogstad?

Der Doktor Ja, hätte Krogstad ein Heim gehabt, das sozusagen auf der Sonnenseite des Lebens gelegen hätte, mit allen geistigen Fenstern dem Licht zu und nicht nach dem verdammten kalten, klammen Norden – ich kenne ihn – ich wage zu behaupten, er wäre ein anständiger Mensch geworden, so wie wir andern.

Frau Linde Das ist er also nicht?

Der Doktor Das kann er nicht sein. Unmöglich. Er war nicht auf die Weise verheiratet, daß er es werden konnte. Eine unglückliche Ehe ist wie eine Pockenerkrankung, sie hinterläßt Narben auf der Seele, gnädige Frau!

Frau Stenborg Und was tut dann eine glückliche Ehe?

Der Doktor Die wirkt wie eine Badekur, sie treibt alle verdorbenen Säfte heraus und verhilft all dem, was in einem Mann gut und tüchtig ist, zu Wachstum und Gedeihen. Was wäre denn wohl aus Stenborg geworden, wenn er sein Singvögelchen nicht gefunden hätte –?

Frau Stenborg Was? Wie können Sie annehmen, Thorvald brauchte –?

Der Doktor Ich kenne ihn. Er wäre zu einem Teil ein Pflichtenmensch, zu einem Teil ein Arbeitstier, zu einem Teil ein Pedant geworden – in gutem Sinne.

Frau Stenborg Pfui, Doktor, jetzt bin ich Ihnen böse.

Der Doktor Aber stimmt es vielleicht nicht. *Sieht Stenborg kommen:* Fragen Sie ihn nur selbst.

Frau Stenborg Nein, nein, nein, hören Sie auf. *Zu Stenborg:* Ist er weg?

Stenborg Ja, grad einen Augenblick.

Frau Stenborg Thorvald, darf ich dir vorstellen –, das ist Kristine –

Stenborg Ah, Frau Linde! Willkommen. Ich hörte gerade von Krogstad, daß Sie hier sind.

Frau Linde Von Krogstad –?

Frau Stenborg Was geht den das an?

Stenborg Na ja, er brachte es in Verbindung mit seinem Anliegen –

Frau Linde Daß ich hier bin?

Stenborg Ja, er vermutet überall Hintergedanken.

Frau Stenborg Aber was wollte er denn von dir?

Stenborg Das ist im Grunde eine langweilige Geschichte. *Zum Doktor:* Du weißt vielleicht, daß Krogstad in den letzten Jahren einen kleinen Posten in der Aktienbank hatte?

Der Doktor Ja, und?

Stenborg Als ich den Posten des Direktors annahm, stellte ich unter anderem auch die Bedingung, daß unter dem Personal eine Säuberung vorgenommen würde.

Der Doktor Und das war auch ziemlich notwendig, nach allem, was man sich erzählt.

Stenborg Mehr als man glaubt. Protektion und Schlendrian haben sich da auf eine völlig unverantwortliche Weise geltend gemacht. Damit kann ich mich nicht abfinden, ich will mit einem Personal anfangen, auf das ich mich in allen Stücken verlassen kann. Ich habe deshalb dafür gesorgt, daß alle weniger erfolgreichen Subjekte gekündigt worden sind.

Der Doktor Daran hast du recht getan.

Frau Linde Und unter denen ist also Krogstad?

Stenborg Ja, leider, der in erster Linie. Er ist völlig unzuverlässig.

Frau Stenborg Aber, Thorvald, er ist doch ein Jugendfreund von dir.

Stenborg Gerade deshalb muß ich um so strenger sein. Wenn ich ihn doch nur schonen könnte, aber das ist mir unmöglich. Sie dürfen nicht glauben, daß ich hartherzig bin, gnädige Frau! Ich bin es gewiß nicht, aber ich habe Pflichten und Rücksichten dem Institut gegenüber, das ich leiten soll. Ich habe meinen Posten aufgrund von Opposition gegen das bestehende System erhalten, aufgrund einer Broschüre, aufgrund einer Reihe von Zeitungsartikeln und aufgrund eines scharfen Auftretens in der letzten Generalversammlung. Und nun soll ich damit anfangen, mich selbst Lügen zu strafen?

Der Doktor Nein, das wirst du hoffentlich nicht tun.

Stenborg Das kann ich einfach nicht tun. Meine Aufgabe ist in erster Linie, dafür zu arbeiten, daß die Bank im öffentlichen Vertrauen steigt, und deshalb muß eine Säuberung stattfinden.

Frau Linde Und doch tut es mir leid für die Menschen, die es trifft.

Frau Stenborg Mir auch.

Stenborg Mir nicht minder.

Der Doktor Da haben wir's! Diese verfluchte Humanität! Verzeihung, wenn ich mich etwas stark ausdrücke. Aber ich kann mich schwarz ärgern, wenn ich höre –. Wer sind denn die Menschen, um die es da geht? Untaugliche oder unordentliche Subjekte, manchmal Trunkenbolde, die die Schwäche ihrer Vorgesetzten benutzen, um zu Vorschüssen oder Darlehen zu kommen, die sie nie zurückzahlen können.

Stenborg Ja, du bist da von der Wahrheit nicht weit entfernt.

Der Doktor Na, und wer hat darunter dann wieder zu leiden? Ja, die Aktionäre, ich und viele andere anständige Menschen. Wir sind es, die von der Untüchtigkeit und Unordentlichkeit und Schlappheit ausgeplündert werden, so daß wir nie einen Heller von unserem eingezahlten Geld sehen. Aber uns bedauert niemand. Nein, Gott bewahre, wir sind keine verkommenen Subjekte, wir sind keine Trunkenbolde, keine Fälscher, keine hemmungslosen Zuchthauskandidaten, und nur solche Kerle haben ja das Monopol auf Mitleid in unserer humanen Zeit.

Frau Linde Die haben es wohl auch am nötigsten.

Der Doktor Aber wir haben diese verkommenen Exemplare der Rasse nicht nötig, wir können sie entbehren. Beschäftigen Sie sich mit den Naturwissenschaften, meine Damen, dann werden Sie sehen, wie in allem ein durchgehendes Gesetz herrscht. Der stärkere Baum nimmt dem schwächeren die Lebensbedingungen und führt sie sich selbst zunutze. Ebenso bei den Tieren, die schlechten Individuen in einer Herde müssen den besseren weichen. Und deshalb geht die Natur auch vorwärts. Nur wir Menschen halten mit Gewalt und Macht den Fortschritt auf, indem wir uns der schlechten Individuen annehmen. – Verdammt nochmal, ich steh' hier und schwatze und vergesse völlig einen Patienten, nach dem ich sehen sollte. Das Biest wäre imstande, mir zu krepieren.

Frau Linde Ist das auch ein schlechtes Exemplar, Herr Doktor?

Der Doktor Ein versoffener Schlingel, ein Minenarbeiter, hat sich im Suff die rechte Hand wegsprengen lassen. Überlebt er es, dann wird er völlig nutzlos –

Frau Linde Aber dann wäre es doch das Beste, ihn auszurotten.

Der Doktor *zieht den Mantel an:* Ja, da haben Sie vollkommen recht, das ist ein Gedanke, der sich uns Ärzten oft aufdrängt, besonders, wenn wir in die Armenpraxis gehen. Aber wer will sowas auf sich nehmen? Ich nicht. Ich will gar nicht davon reden, daß es nach dem Gesetz strafbar ist, aber selbst, wenn es das nicht wäre –. Nein, gnädige Frau, noch sind wir in der Entwicklung nicht so weit gekommen. Nun, leben Sie wohl, leben Sie wohl, meine Damen.

Stenborg Warte, ich komm' mit.

Frau Linde Ja, ich muß mich auch empfehlen, Nora. Wo liegt die Post?

Stenborg Die werde ich Ihnen zeigen. Wir gehen zusammen –

Frau Linde Danke. *Leise, während sie den Mantel anzieht:* Nicht ein Wort über mich zu deinem Mann –

Frau Stenborg Aber, Kristine!

Frau Linde Du siehst selbst, es würde nichts nützen.

Frau Stenborg Arme Kristine. Aber komm heut abend wieder. *Man geht unter allgemeinem Gespräch zur Vorzimmertür und ins Vorzimmer, draußen auf der Treppe sind Kinderstimmen zu hören.*

Frau Stenborg Da sind sie! Da sind sie! *Sie läuft zur Tür und öffnet, das Kindermädchen und die drei Kinder kommen herein.*

Frau Stenborg Kommt rein, kommt rein, ach, meine süßen, lieben –, siehst du sie, Kristine –

Der Doktor Keine Schwätzchen halten hier in der Zugluft.

Stenborg Kommen Sie, Frau Linde, hier ist es jetzt gleich nur noch für Mütter erträglich.

Der Doktor, Frau Linde *und* **Stenborg** *gehen.* **Frau Stenborg,** *das Kindermädchen und die Kinder gehen ins Wohnzimmer.*

Frau Stenborg Wie frisch und rosig ihr ausseht. Habt ihr euch nun gut amüsiert? – Sowas, du hast Emmy und Bob auf dem Schlitten gezogen, ja, du bist ein geschickter Kerl, Alf. Ach, laß ihn mich einen Moment halten, Anne! *Nimmt den Kleinsten auf den Arm und tanzt mit ihm herum:* Ja, ja, ich werd' auch mit dir tanzen – Wie? Ihr habt eine Schneeballschlacht gemacht? Ach, da wäre ich gern dabei gewesen. Nein, laß mich sie ausziehen, Anne. Geh du rein, du siehst ganz verfroren aus. Da steht heißer Kaffee für dich.

Das Mädchen geht nach links hinein. **Frau Stenborg** *nimmt die Mäntel der Kinder und wirft sie umher, während sie die Kinder durcheinander erzählen läßt.*

Frau Stenborg Ach so, dann ist euch ein großer Hund nachgelaufen? Aber er hat nicht gebissen? Nein, artige Kinder beißt er nicht. Nicht in die Pakete gucken, Emmy! Was drin ist? Wenn ihr das wüßtet. Nein, nein, da ist ganz was Scheußliches drin. Wie? Wir sollen spielen? Was sollen wir spielen? Verstecken! Ja, laßt uns Verstecken spielen –. Alf soll sich zuerst verstecken. Ich soll? Gut, dann versteck' ich mich zuerst. –

Sie und die Kinder spielen unter Lachen und Jubel im Wohnzimmer und im anschließenden Zimmer links, zuletzt versteckt sich **Frau Stenborg** *unter dem Tisch, die Kinder stürmen herein, suchen, können sie aber nicht finden, hören ihr unterdrücktes Lachen, stürzen zum Tisch, heben die Tischdecke hoch, sehen sie – stürmischer Jubel, sie kriecht* *hervor, als ob sie sie erschrecken wolle. Neuer Jubel. In der Zwischenzeit hat es an der Eingangstür geklopft, niemand hat es bemerkt. Jetzt wird die Tür halb geöffnet und* **Rechtsanwalt Krogstad** *steckt den Kopf herein.*

Krogstad Verzeihung, Frau Stenborg –

Frau Stenborg *springt mit einem leichten Schrei halb empor:* Ah, was wollen Sie?

Krogstad Entschuldigen Sie. Die Entréetür war angelehnt, es muß jemand vergessen haben, sie zu schließen.

Frau Stenborg *steht auf:* Mein Mann ist nicht zu Hause, Herr Krogstad.

Krogstad Das weiß ich, Ich sah ihn die Straße hinuntergehen.

Frau Stenborg Ja – was wollen Sie dann hier?

Krogstad Mit Ihnen reden.

Frau Stenborg Mit –? *Zu den Kindern, leise:* Geht zu Anne. Aber seid nun still und artig. Wie? Nein, der fremde Mann will Mama nichts Böses tun. Wenn er gegangen ist, spielen wir weiter. *Sie führt die Kinder ins Zimmer links und schließt die Tür hinter ihnen.*

Frau Stenborg *leise, gespannt:* Sie wollen mit mir reden [*zuerst geschrieben:* sagen]?

Krogstad Ja, das will ich.

Frau Stenborg Heute –? Aber wir haben doch noch nicht den Ersten –

Krogstad Nein, Frau Stenborg, wir haben Heiligabend. Was für ein Weihnachtsfest es wird, hängt von Ihnen selbst ab.

Frau Stenborg Was wollen Sie? Ich kann heute überhaupt nicht –

Krogstad Davon werden wir vorläufig nicht sprechen. Es geht um etwas anderes. Sie haben doch wohl einen Augenblick Zeit –?

Frau Stenborg Oh ja, ja gewiß, Zeit hab' ich schon, obwohl –

Krogstad Gut. Ich saß drüben in Holts Restaurant und sah Ihren Mann die Straße hinuntergehen –

Frau Stenborg Ja, und.

Krogstad – mit einer Dame –

Frau Stenborg Das war Frau Linde.

Krogstad Diese Dame habe ich früher gekannt.

Frau Stenborg Das hat sie mir erzählt.

Krogstad Mehr hat sie nicht erzählt?

Frau Stenborg Nein, sonst nichts.

Krogstad *mißtrauisch:* Hm – wie gesagt, sie hat einmal meine Wege gekreuzt, und jetzt sieht es so aus, als wollte sie's zum zweiten Mal tun.

Frau Stenborg Aber ich begreife gar nicht –

Krogstad Wollen Sie mir eine Frage offen beantworten? Ist Frau Linde hierher gekommen, um sich eine Stellung zu suchen?

Frau Stenborg Ja, das ist sie.

Krogstad Es ist doch wohl nicht eine Anstellung in der Aktienbank, die sie –

Frau Stenborg Aber ich sehe nicht ein –

Krogstad Es ist doch wohl nicht [*zuerst geschrieben:* deshalb, weil] der Posten, von dem ich jetzt weggejagt werden soll?

Frau Stenborg Herr Krogstad, ich sehe nicht ein, daß ich Ihnen irgendwelche Rechenschaft schulde –

Krogstad Über unsere Rechenschaft werden wir später reden. – Sie wissen vielleicht, daß ich gekündigt bin.

Frau Stenborg Ja.

Krogstad Auf Veranlassung Ihres Mannes?

Frau Stenborg Ja.

Krogstad Frau Stenborg, Sie müssen dafür sorgen, daß ich meinen Posten in der Bank behalte.

Frau Stenborg Ich? Wie können Sie annehmen, daß ich einen solchen Einfluß auf meinen Mann habe?

Krogstad Ach, der Herr Bankdirektor ist wohl nicht standhafter als andere Ehemänner.

Frau Stenborg Wenn Sie geringschätzig von meinem Mann reden, weise ich Ihnen die Tür.

Krogstad Die gnädige Frau ist mutig.

Frau Stenborg Ich habe keine Angst mehr vor Ihnen. Wenn Neujahr vorbei ist, werd' ich bald aus der ganzen Sache raus sein.

Krogstad Hören Sie mir zu, gnädige Frau. Wenn ich kämpfe wie um mein Leben, um meinen Posten in der Bank zu behalten, dann ist es nicht wegen des Gehalts.

Frau Stenborg Warum denn?

Krogstad Weil dieser Posten eine Art Vertrauensposten ist, die einzige Stellung, die man mir hat anvertrauen wollen. Sie wissen natürlich ebensogut wie alle anderen, daß ich mir vor Jahren einmal eine Unbesonnenheit habe zuschulden kommen lassen?

Frau Stenborg Ich habe sowas gehört.

Krogstad Die Sache kam nicht vor Gericht, aber alle Wege waren mir auf einmal wie versperrt. Da verlegte ich mich auf die Geschäfte, die Sie ja kennen. Irgendwas mußte ich ja anfangen, und ich darf wohl sagen, daß ich nicht einer von den Schlimmsten war. Aber aus all dem muß ich jetzt 'raus. Meine Söhne wachsen heran, ihretwegen muß ich versuchen, mir wieder so viel bürgerliche Achtung zu verschaffen wie möglich. Dieser Posten in der Bank war gewissermaßen die erste Stufe, und jetzt kommt Ihr Mann und stößt mich mit einem Fußtritt von der Treppe, und ich stehe wieder im Dreck.

Frau Stenborg Aber um Gottes [*korrigiert von:* gottes] willen, Herr Krogstad, es steht nicht in meiner Macht, Ihnen zu helfen.

Krogstad Ich habe Mittel, Sie zu zwingen.

Frau Stenborg Sie wollen ihm doch wohl nicht erzählen, daß ich Ihnen Geld schulde?

Krogstad Wenn ich es nun täte?

Frau Stenborg Schändlich wär' das von Ihnen. *Bricht in Tränen aus:* Dieses Geheimnis ist meine Freude und mein Stolz. Nun hatte ich mich so von Herzen darauf gefreut, alles bezahlen zu können, indem ich spare und arbeite und dann später einmal meinem Mann zu erzählen, daß ich es war –. Und da bringen Sie es übers Herz –! *Heftig:* Aber tun Sie's nur! Dann werden Sie den Posten gerade nicht behalten! Sie würden mich fürchterlichen Unannehmlichkeiten aussetzen, aber dann würde mein Mann auch sehen, was für ein schlechter Mensch Sie sind, und dann werden Sie Ihren Posten schon gar nicht behalten.

Krogstad Bloß Unannehmlichkeiten?

Frau Stenborg Mein Mann wird natürlich bezahlen, was ich Ihnen schulde.

Krogstad Entweder haben Sie kein gutes Gedächtnis oder Sie haben nicht viel Ahnung von Geschäften. Ich muß Ihnen die Sache also etwas gründlicher auseinandersetzen.

Frau Stenborg Wieso?

Krogstad Als Ihr Mann krank war, kamen Sie zu mir, um zwölfhundert Spezies zu borgen.

Frau Stenborg Ich kannte niemand anders.

Krogstad Ich versprach, Ihnen den Betrag zu beschaffen.

Frau Stenborg Sie haben ihn doch auch beschafft.

Krogstad Ich versprach, Ihnen den Betrag zu beschaffen unter bestimmten Bedingungen. Sie waren damals so von der Krankheit Ihres Mannes in Anspruch genommen, und so eifrig dabei, ans Reisegeld zu kommen, daß Sie glaub' ich an die Begleitumstände nicht weiter gedacht haben. Darum ist es nicht abwegig, wenn ich Sie daran erinnere. Also: Ich versprach, Ihnen das Geld zu beschaffen, gegen einen Schuldschein, den ich aufsetzte.

Frau Stenborg Ja, und den ich unterschrieb.

Krogstad Gut. Aber unten fügte ich einige Zeilen hinzu, die Ihr Vater unterschreiben sollte als Bürge für Ihre Schuld.

Frau Stenborg Sollte –? Er hat ja unterschrieben.

Krogstad Ich hatte das Datum offen gelassen, das heißt, Ihr Vater sollte selbst den Tag angeben, an dem er das Papier unterschrieb. Erinnert sich die gnädige Frau daran?

Frau Stenborg Ja, ich glaube schon –

Krogstad Ich übergab Ihnen dann den Schuldschein. Sie sollten ihn per Post an Ihren Vater schicken. Nicht wahr?

Frau Stenborg Doch.

Krogstad Und das haben Sie natürlich auch sofort getan, denn schon acht – zehn Tage später brachten Sie mir den Schein mit der Unterschrift Ihres Vaters zurück. Dann bekamen Sie den Betrag ausbezahlt.

Frau Stenborg Nun ja, hab' ich nicht ordentlich abbezahlt?

Krogstad So ziemlich, doch. Aber, um auf das zurückzukommen, wovon wir sprachen, – das war wohl damals eine schwere Zeit für Sie, gnädige Frau.

Frau Stenborg Ja, allerdings.

Krogstad Ihr Vater war wohl sehr krank, glaub' ich?

Frau Stenborg Er lag im Sterben.

Krogstad Starb wohl auch kurz darauf?

Frau Stenborg Ja.

Krogstad Sagen Sie, Frau Stenborg, erinnern Sie sich zufällig an den Todestag Ihres Vaters? An das Datum, meine ich.

Frau Stenborg Er starb am 29. September.

Krogstad Das ist ganz richtig, ich habe mich danach erkundigt. Und deshalb *zieht ein Papier aus der Tasche* kann ich mir einen sonderbaren Umstand einfach nicht erklären.

Frau Stenborg Was für einen sonderbaren Umstand –? Ich weiß nicht –

Krogstad Den sonderbaren Umstand, gnädige Frau, daß Ihr Vater diesen Schuldschein fünf Tage nach seinem Tod unterschrieben hat.

Frau Stenborg Wie? Ich versteh' nicht.

Krogstad Ihr Vater starb am 29. [*korrigiert von:* 25] September. Aber sehen Sie hier. Hier hat Ihr Vater seine Unterschrift mit dem 4. Oktober datiert. Ist das nicht sonderbar, gnädige Frau?

Frau Stenborg *schweigt.*

Krogstad Können Sie mir das erklären, gnädige Frau?

Frau Stenborg *schweigt weiter.*

Krogstad Auffällig ist auch, daß die Wörter 4. Oktober und die Jahreszahl nicht in der Handschrift Ihres Vaters geschrieben sind, sondern in einer Handschrift, die mir bekannt vorkommt. Schauen Sie. Na, das läßt sich ja erklären, Ihr Vater kann vergessen haben, seine Unterschrift zu datieren, und dann hat es irgend jemand hier getan. Daran ist nichts Schlimmes. Auf die Unterschrift, auf die kommt es an. Und die ist doch echt, Frau Stenborg? Es war doch wirklich Ihr Vater, der hier unterschrieben hat?

Frau Stenborg *nach kurzem Schweigen, wirft den Kopf [durchgestrichen: hoch] zurück, sieht ihm fest in die Augen und sagt stolz und trotzig:* Nein, er war es nicht. Ich habe seinen Namen [*durchgestrichen:* nach] geschrieben.

Frau Stenborg Hören Sie, gnädige Frau, – wissen Sie auch, daß das ein gefährliches Geständnis ist?

Frau Stenborg Warum? Sie werden Ihr Geld bald bekommen.

Krogstad Darf ich Ihnen eine Frage stellen, – warum haben Sie das Papier nicht an Ihren Vater geschickt?

Frau Stenborg Das war unmöglich. Mein Vater war doch sehr krank. Hätte ich ihn um seine Unterschrift gebeten, dann hätt' ich ihm doch sagen müssen, wozu ich das Geld brauchte. Aber ich konnt' ihm doch nicht sagen, so krank, wie er war, daß das Leben meines Mannes auf dem Spiel stand. Das war doch unmöglich.

Krogstad Aber wär' es dann nicht besser gewesen, Sie hätten diese Auslandsreise aufgegeben?

Frau Stenborg Das war unmöglich. Die Reise sollte ja meinem Mann das Leben retten. Die konnt' ich nicht aufgeben.

Krogstad Ist Ihnen denn niemals eingefallen, daß Sie und Ihr Mann auf der Reise sterben könnten und daß ich dann um mein Geld betrogen worden wäre?

Frau Stenborg Darauf konnt ich überhaupt keine Rücksicht nehmen. Um Sie hab' ich mich gar nicht gekümmert. Ich konnte Sie nicht ausstehen, weil Sie so kalt waren und Schwierigkeiten machten, obwohl Sie wußten, wie gefährlich der Zustand meines Mannes war.

Krogstad Frau Stenborg, Sie haben offenbar keine klare Vorstellung davon, wessen Sie sich eigentlich schuldig gemacht haben. Lassen Sie mich Ihnen also sagen, was ich damals getan habe, war nichts Größeres und nichts Schlimmeres, und es hat meine ganze bürgerliche Existenz vernichtet.

Frau Stenborg Sie? Sie wollen mir einreden, Sie hätten etwas unternommen, um Ihrer Frau das Leben zu retten?

Krogstad Die Gesetze fragen nicht nach Beweggründen.

Frau Stenborg Dann müssen das sehr schlechte Gesetze sein.

Krogstad Schlecht oder nicht, die Richter müssen nach ihnen richten.

Frau Stenborg Das glaub' ich überhaupt nicht. Eine Tochter sollte nicht das Recht haben, ihren alten kranken Vater zu schonen? Sollte eine Frau nicht das Recht haben, ihrem Mann das Leben zu retten? Ich kenn' die Gesetze nicht so genau, aber ich bin sicher, irgendwo muß da stehen, daß sowas erlaubt ist. Und darüber wissen Sie nicht Bescheid, Sie, als Rechtsanwalt! Sie müssen ein schlechter Jurist sein, Herr Krogstad.

Krogstad Erlauben Sie, gnädige Frau –

Frau Stenborg Ich wünsche nichts mehr zu hören –. Sie glauben, daß Sie mir Angst machen können, aber das gelingt Ihnen nicht. Ich bin nicht so einfältig, wie Sie sich einbilden.

Krogstad Gut. Ich sage Ihnen noch einmal: Sie stehen jetzt am Rande des Abgrunds. Sie haben alles zu verlieren, Ihre ganze Zukunft, alles, sag' ich. Soll ich zum zweiten Mal ausgestoßen werden, dann sollen Sie mir Gesellschaft leisten. *Er grüßt und geht durchs Vorzimmer hinaus.*

Nora *steht eine Weile nachdenklich, darauf beruhigt:* Ach was –! *Fängt an, die Sachen der Kinder zusammenzulegen, aber hält dabei inne:* Aber –? – – Nein, das ist doch unmöglich! Ich hab' es ja aus Liebe getan.

Die Kinder *in der Tür links:* Mama, ist der fremde Mann weg?

Nora Ja, aber erzählt Papa nicht, daß jemand hier war.

Die Kinder Nein, aber spielst du dann wieder mit uns?

Nora Nein, nein, jetzt nicht, Kinder.

Die Kinder Ach, Mama, du hast es doch versprochen.

Nora Ja, aber ich kann jetzt nicht. Geht rein, ich hab soviel zu tun. Geht, geht rein, ihr süßen, lieben Kinder. *Sie schließt die Tür hinter ihnen, darauf nimmt sie ihr Strickzeug, aber läßt es dabei [wahrscheinlich ein Schreibfehler für: wieder – im Norwegischen idet und igen; d. Übs.]*

sinken, strickt dann eifrig und sagt krampfhaft: Nein, das ist doch völlig unmöglich!

Stenborg kommt aus dem Vorzimmer.

Nora Ah, bist du schon wieder da?

Stenborg Ja. Ist jemand hiergewesen?

Nora Hier? Nein.

Stenborg Nicht? Merkwürdig. Ich sah Krogstad unten rausgehen.

Nora So? Ach ja, das stimmt, Krogstad war einen Augenblick hier.

Stenborg Nora, er war hier und hat dich gebeten, du möchtest ein gutes Wort für ihn einlegen.

Nora Ja.

Stenborg Und du solltest mir verschweigen, daß er dich darum gebeten hat? Du solltest es gewissermaßen aus eigenem Antrieb tun?

Nora Ja.

Stenborg Nora, Nora, und darauf konntest du eingehen. Dich mit einem solchen Menschen auf ein Komplott einlassen. Mir eine Unwahrheit sagen.

Nora Eine Unwahrheit –?

Stenborg Sagtest du nicht, niemand war hier? Das darf mein Singvögelchen nie wieder tun. Ein Singvogel muß den Schnabel rein halten zum Zwitschern, keine falschen Töne –. Na, na, na, es war das erste Mal, laß uns nicht mehr davon sprechen [*durchgestrichen:* heut' aben . . .] *Setzt sich vor den Ofen:* Ach, hier ist es so warm und gemütlich.

Nora *beschäftigt sich mit ihren Paketen:* Thorvald!

Stenborg Ja.

Nora Ist es wirklich so schlimm, was sich der arme Krogstad hat zuschulden kommen lassen?

Stenborg Fälschung. Hast du eine Ahnung, was das heißt?

Nora Aber kann er es nicht aus Not getan haben?

Stenborg Doch, oder, wie so viele, aus Unbesonnenheit. Ich bin nicht so herzlos, daß ich einen Mann wegen so einer einzelnen Tat unbedingt verurteilen würde.

Nora Nein, nicht wahr, Thorvald.

Stenborg Ich habe Beispiele dafür gesehen, daß sich solche Menschen moralisch wieder aufgerichtet haben, wenn ihr Vergehen gleich ans Licht gekommen ist und sie ihre Gefängnisstrafe durchgestanden haben.

Nora Gefängnisstrafe –?

Stenborg Ja, auf Fälschung steht Gefängnis. Aber so ist es mit Krogstad nicht gegangen. Sein Verbrechen wurde erst sehr viel später entdeckt, und das ist es, was ihn moralisch zerrüttet hat.

Nora Wieso –?

Stenborg Überleg dir mal, wie so ein Mensch lügen und heucheln und sich nach allen Seiten verstellen muß; seinen Allernächsten, ja, sogar seiner eigenen Frau und seinen eigenen Kindern gegenüber muß er eine Maske tragen. Und das mit den Kindern ist dabei das Schrecklichste, Nora.

Nora Warum –?

Stenborg Weil ein solcher Dunstkreis von Lügen Anstekkung und Krankheitsstoffe in das ganze Familienleben bringt, jeder Atemzug, den die Kinder in so einem Haus tun, ist angefüllt mit Keimen zu etwas Bösem.

Nora *hinter ihm:* Weißt du das genau, Thorvald?

Stenborg Ich habe geradezu statistische Beweise dafür. Ich habe mich ja viel [*korrigiert von:* mit] mit solchen Untersuchungen beschäftigt und ich habe gefunden, daß fast alle verdorbenen jungen Menschen lügenhafte Mütter hatten.

Nora Mütter –?

Stenborg Ja, es sind besonders die Mütter, aber von den Vätern kann natürlich dieselbe Wirkung ausgehen, und das hat Krogstad sehr gut erkannt. Und doch hat er daheim jahrelang seine eigenen Kinder durch Unwahrhaftigkeit und Verstellung vergiftet. Deswegen nenne ich ihn moralisch verkommen. Darum wird mir meine süße kleine Nora versprechen, ihm nicht das Wort zu reden. Deine Hand darauf. Na, na, was ist denn? Reich mir die Hand. Siehst du. Also abgemacht. Ich versichere dir, es wäre mir unmöglich gewesen, mit ihm zusammenzuarbeiten, ich empfinde Übelkeit in der Gesellschaft solcher Menschen.

Nora *zieht ihre Hand zurück und geht zum Tisch.*

Stenborg Na, was ist denn?

Nora Es ist so warm, nein, ich hab' soviel zu tun.

Stenborg *steht auf:* Ja, ich muß auch sehen, daß ich meine Geschäfte vom Hals kriege. Und dann den Weihnachtsbaum geschmückt, und dann die Kinder herein, – und dann werden wir uns einen frohen glücklichen Heiligabend machen, du mein liebes Singvögelchen. *Er geht in sein Zimmer und schließt die Tür.*

Nora Nein, nein, nein –! –Ach was – das ist nicht so. Ich will den Weihnachtsbaum schmücken. Nein, nicht mit meinen Händen!

Das Kindermädchen *in der Tür links:* Gnädige Frau, die Kinder fragen, ob sie nicht hereinkommen dürfen?

Nora Nein, nein, nein, laß sie nicht zu mir! Behalt sie bei dir, Anne.

Das Kindermädchen Ja, ja, gnädige Frau. *Wieder ins Kinderzimmer.*

Nora *bleich vor Schreck:* Sie verderben? Vergiften –! Nein! Doch, doch! – Aber das ist doch unmöglich! Das muß unmöglich sein! Ich habe es ja aus Liebe getan!

Vom 24. 5. 1879

Vom 4. 6. 79
ZWEITER AKT

Dasselbe Wohnzimmer.

Nora zieht Hut und Mantel an, Muff und Handschuhe liegen auf dem Tisch.

Nora *ängstlich zur Tür:* Kommt da jemand? – Nein, niemand. Nein, natürlich, heute kommt er nicht, es ist ja Silvester, und morgen auch nicht. – Ah, dummes Zeug! Er kommt natürlich gar nicht. Das tut er nicht. Das kann nicht sein. Das ist unmöglich. – Oh Gott, oh, Gott, lenke Thorvalds Sinn, daß er diesen fürchterlichen Menschen nicht reizt. Oh Gott, oh Gott, ich habe doch drei kleine Kinder. Oh, tu's um meiner Kinder willen.

Das Kindermädchen *aus der Tür links:* Jetzt habe ich alles fertig, wenn die gnädige Frau –. Ach so, die gnädige Frau geht aus?

Nora Ja, ich muß. Ist es nicht schrecklich schwül hier? Mir ist zum Ersticken.

Das Kindermädchen Aber draußen ist so scharfer Wind. Liebe gnädige Frau, seien Sie bloß vorsichtig, Sie könnten leicht krank werden.

Nora Ja, was macht das? Hältst du es für ein Unglück, krank zu werden?

Das Kindermädchen Ja, allerdings.

Nora Aber mit Kranken haben die Leute Mitleid. Niemand würde einem Kranken etwas Böses tun. – Ach ja, es gibt doch jemand, der es tun würde.

Das Kindermädchen Aber nein, gnädige Frau –

Nora Hör mal, Lene, wenn mir etwas Schlimmes zustoßen sollte, versprichst du mir, daß du dich der Kinder annimmst –

Das Kindermädchen Aber gnädige Frau, Sie jagen mir so einen tödlichen Schreck ein. Fehlt Ihnen denn etwas?

Nora Nein, nein, aber man kann nie wissen, was passieren kann. Ach, Lene, du darfst sie nie verlassen, so lange sie dich brauchen. Versprichst du mir das?

Das Kindermädchen *weinend:* Hab' ich nicht für Nora gesorgt, als sie klein war und keine Mutter hatte? Wie kann Nora nur denken, daß ich ihre kleinen Kinder verlassen würde?

Nora Nein, nein, ich weiß das auch, Lene. Ach, den lieben, guten Kindern wird es schon gutgehen, wenn ich nicht –. Aber es ist ja nicht gesagt, daß etwas passiert. Es kann soviel Wunderbares in der Welt geschehen, es gibt ja so viele Menschen, die aus einem großen Unglück gerettet werden. Manchmal ist es auch nur ein Traum. Ach, wie wunderbar wäre es, aufzuwachen und sich zu besinnen und es herauszuschreien, ich habe geträumt, ich habe geträumt.

Das Kindermädchen Aber in Gottes Namen, gnädige Frau –

Nora Du mußt nicht so ein erschrecktes Gesicht machen. Ich habe heut' nacht so wenig geschlafen.

Das Kindermädchen Ja, daran sind all diese Gesellschaften schuld. Gnädige Frau, gnädige Frau, ist das vielleicht vorsichtig, die ganze Weihnachtswoche jeden einzigen Abend aus, aus bis spät in die Nacht.

Nora Ja, das ist aber herrlich, Lene – da sind Musik und Licht und schöne Kleider – und so viel Zerstreuung, man vergißt, man denkt nicht – Ach, es ist doch herrlich zu leben, Lene – jung zu sein – richtig zu leben. Schau, wie die Sonne scheint, – der Schnee tropft von den Dächern, es ist nicht kalt, wie du gesagt hast – es ist Frühlingswetter – bald haben wir Frühling – und – Frühling!

Das Kindermädchen Was ist denn, gnädige Frau? Sie sind ja bleich wie ein Laken.

Nora Ach, es war entsetzlich.

Das Kindermädchen Was? Was denn?

Nora Ich mußte gerade an diese entsetzliche Geschichte denken, die du mir erzählt hast, als ich klein war.

Das Kindermädchen Ich?

Nora Erinnerst du dich nicht an das Mädchen in unserer Gegend, das mitgeholfen hatte, seinen Vater zu ermorden und dann hingerichtet wurde? Als sie sie holten, schrie sie: Nein, nicht jetzt im Frühling! Nicht jetzt im Sonnenschein. – Ja, es ist entsetzlich, im Frühling und im Sonnenschein zu sterben.

Das Kindermädchen So wahr ich lebe, wenn der Doktor noch nicht ganz hier ist, werde ich schon –

Nora Du wirst dem Doktor kein Sterbenswort sagen. Du dumme alte Lene – *lacht:* Wie kannst du dich nur erschrecken lassen – ha ha ha – merkst du denn nicht, daß ich nur einen Spaß mit dir mache –

Das Kindermädchen Na, Gott verzeih' Nora –

Nora Ja, ja, das war häßlich von mir. *Liebkost sie:* Sei nicht böse, ich werd' es nie wieder tun. Schau, jetzt lachst du! So, jetzt geh zu den Kindern –

Das Kindermädchen Ja, ich geh' schon. Aber ich werde nie vergessen, was für eine Angst ich hatte. *Sie geht ins Kinderzimmer.*

Nora So. Jetzt will ich ausgehen. Nur nicht denken, nur nicht denken. – Den Muff abbürsten. Schöne Handschuhe, Schöne Handschuhe. – Gar nicht drum kümmern! – Eins, zwei, drei, vier, fünf, sechs – *schreit auf:* Ah, wer ist das!

Stenborg *von der Wohnungstür:* Gott bewahre, was ist denn los?

Nora Ach, du bist es?

Stenborg Natürlich. Ist denn das zum Fürchten, du kleine Närrin? Aber du siehst so angestrengt aus, liebe Nora. Was fehlt dir?

Nora Du weißt doch, wir waren gestern nacht so lange auf.

Stenborg Allzu lange. Aber das soll bald ein Ende haben.

Nora Ja, es hat bald ein Ende.

Stenborg Glücklicherweise. Wenn Neujahr vorbei ist, fängt die Arbeit an.

Nora Neujahr, – das ist schon morgen.

Stenborg Und übermorgen Geschäfte. Willst du aus –

Nora Ja.

Stenborg Schon wieder? Du bist heute schon einmal aus gewesen.

Nora Wenn du es lieber willst, bleibe ich zu Hause.

Stenborg Nein, geh nur, dann bekommst du wieder deine frischen Rosenwangen. Das kleidet dich so gut. Meine kleine Elfe darf hier nicht bleich und mit müden Augen herumlaufen. Ich muß dich frisch und gesund und munter um mich haben, wenn es mir richtig gut gehen soll. *Küßt sie:* So, geh jetzt, dann arbeite ich inzwischen. Ich war in der Bank und habe mir diese Papiere geholt.

Nora In der Bank? Hast du schon –?

Stenborg Nur einige Kleinigkeiten, mit denen ich mich etwas genauer beschäftigen will. Wiedersehen, geh jetzt, aber erkälte dich nicht.

Nora Thorvald.

Stenborg Ja.

Nora Wenn dich nun dein Eichhörnchen so richtig von Herzen um etwas bitten würde?

Stenborg Was dann?

Nora Würdest du es dann tun?

Stenborg Zuerst muß ich wissen, was es ist.

Nora Das Eichhörnchen würde herumtollen und Kunststükke machen, wenn du es tätest.

Stenborg Heraus damit.

Nora Die Lerche würde in allen Zimmern herumzwitschern, im ganzen Haus –

Stenborg Nora –

Nora Die Elfe würde für dich tanzen, Thorvald –

Stenborg Ich verstehe. Hast du wirklich den Mut, mit der Sache nochmal zu kommen –

Nora Ich bitte dich so flehentlich, Thorvald!

Stenborg Das hast du die ganze Woche lang jeden einzigen Tag getan.

Nora Ja, aber heute wirst du mir nachgeben.

Stenborg Ich gebe dir nicht nach. Was ist das für eine Idee von dir, diesen Menschen so zu fürchten, zu fürchten, ich würde ihn mir zum Feind machen, er könnte in den Zeitungen gegen mich schreiben. Das ist eine Beleidigung für mich, Nora, eine doppelte Beleidigung, erstens zu glauben, ich sei schwach, und zweitens, ich sei furchtsam.

Nora Nein, nein, nein, das ist keine Beleidigung. Wir könnten es jetzt so gut haben, so ruhig und glücklich hier in unserm friedlichen, sorglosen Heim, du und ich und die Kinder. – Die Kinder, die Kinder, Thorvald!

Stenborg Die Kinder? Was ist mit ihnen?

Nora Ach, Thorvald, du mußt mir nachgeben. Denk dran, es ist der letzte Tag im Jahr. Es ist das letzte, worum ich dich in diesem Jahr bitte.

Stenborg Und du willst das Jahr damit beenden, eine eigensinnige Grille durchzusetzen? Ja, du bist eigensinnig, Nora, du hast es nie gelernt, zu bekämpfen, was dir so in den Sinn kommt. Das ist die Schuld deines Vaters. Er war dir gegenüber zu nachgiebig. Er hat dir sicher nie etwas abschlagen können. Und ich hab' das auch nicht gekonnt. Ich habe auch meinen Teil Schuld. Aber das muß anders werden, es ist zu deinem eigenen Besten.

Nora Ja, danach! Sei streng, Thorvald – so viel du willst, aber gib mir nur dieses einzige Mal nach. Hörst du, Thorvald –

Stenborg Das soll ein Ende haben. *Läutet an dem Klingelzug neben der Vorzimmertür.*

Nora Was willst du?

Stenborg Eine Entscheidung.

Das Hausmädchen *kommt herein.*

Stenborg Da, nimm diesen Brief, geh sofort runter. Sieh zu, daß du einen Boten findest, und bitte ihn, den Brief zu besorgen. Aber schnell. Die Adresse steht drauf. Hier ist Geld.

Das Hausmädchen Ist recht. *Geht.*

Stenborg So, mein Singvögelchen.

Nora Thorvald, was war das für ein Brief?

Stenborg Ein Geschäftsbrief.

Nora Was war das für ein Brief, Thorvald?

Stenborg Krogstads Kündigung.

Nora Hol ihn zurück. Thorvald! Noch ist Zeit.

Stenborg Es ist keine Zeit, er muß ihn haben, bevor das Jahr vorbei ist.

Nora Ach, hol ihn zurück, Thorvald! Meinetwegen. Deinetwegen. Der Kinder wegen. Ach, Thorvald, du weißt nicht, was du tust.

Stenborg Hab' ich das von dir verdient, – diese Angst? Ja, Nora, das ist eine Kränkung für mich. Ich verstehe deinen Gedankengang sehr gut. Du hast all die Anklagen und Anzeigen und Zeitungschreibereien in Erinnerung, denen dein Vater zu seiner Zeit ausgesetzt war und die ihm so viele bittere Stunden bereitet haben. Und nun fürchtest du, daß ich –, das ist das Kränkende, Nora. Du solltest doch wissen, daß ich nicht so angreifbar bin, wie es dein Vater war.

[*Unten auf der Seite unter dem Anfang dieser Replik ist notiert:* Du nennst das kleinliche Rücksichten. Diese Stellung ist meine Lebensaufgabe. Ich muß sie in Freiheit und Schönheit genießen. – Kleinliche Rücksichten!]

Nora Thorvald!

Stenborg Ja, dein Vater war kein ordentlicher Beamter, Nora. Ich kann dir einen Beweis geben, ich habe es dir bisher nicht sagen wollen, doch jetzt sollst du es wissen. Über die zwölfhundert Spezies, die er dir gegeben hat, als du unbedingt nach Italien reisen wolltest, hat er nicht einmal Buch geführt, ja, es ist nicht einmal möglich zu sehen, wo er sie hergenommen hat.

Nora Mein armer, armer Vater.

Stenborg Meine liebe Nora, ich sage das nicht, um dich zu verletzen, sondern damit du einsiehst, was für ein Unterschied besteht zwischen ihm und mir. Ich werfe deinem Vater ja nichts vor, er war ein herzensguter Mensch und er lag doch damals auch auf dem Sterbebett.

Nora Ach, wie gut, daß Vater gestorben ist!

Stenborg Na, na, na! Mein liebes Singvögelchen. Davon wollen wir nichts hören. Was soll das heißen? Daherreden, daß es gut sei zu sterben. Ist das etwas für kleine Singvögel, die gerade eben anfangen zu leben? Nun aber ein munteres Gesicht, damit mir richtig heiter und warm ums Herz wird. Bist du nicht dazu da?

Nora Wer kommt denn da?

Stenborg Schon wieder Angst?

Doktor Rank *kommt von draußen.*

Der Doktor Guten Tag, meine Herrschaften. Geht's gut?

Stenborg Ach, so leidlich.

Nora Ja, danke Doktor.

Stenborg Aber du selbst siehst nicht besonders gut aus.

Der Doktor Mit mir geht's bergab. Es ist nichts dran zu machen.

Stenborg Ach, mein lieber Freund.

Der Doktor Doch, doch, du. Es nützt nichts, sich selbst zu belügen. Ich habe in diesen Tagen eine Generaluntersuchung meines inneren Status vorgenommen. Ein verdammt miserables Resultat. Ich kann ziemlich sicher sein, daß dies der letzte Silvester ist, den ich erlebe.

Heute in einem Jahr lieg' ich auf dem Friedhof und verwese.

Nora Uh, ist das schrecklich –

Der Doktor Na, einmal muß man ja ran. Aber so für die Schuld eines anderen zu büßen. Ist da irgendeine Gerechtigkeit drin? Und doch herrscht in jeder Familie so eine unerbittliche Vergeltung. Unter dem lustigen Leutnantsleben meines Vaters hat mein armes Rückgrad zu leiden.

Stenborg Na, mit dem Rückenmark kannst du es noch lange aushalten.

Der Doktor Als ein Lazarus, das ist nicht besonders verlokkend. Ja, für einen frischen und glücklichen Menschen muß es eine verzweifelte Sache sein, wenn er weg muß. Für den, der ein Heim hat, einen ihm lieben Kreis um sich –

Nora Leben Sie wohl.

Der Doktor Wollen Sie aus?

Nora Ja, ja, ich muß raus an die frische Luft. Leben Sie wohl. *Sie geht hinaus.*

Der Doktor Fehlt ihr etwas?

Stenborg Ich weiß nicht, was ich sagen soll, so ist sie schon die ganze Woche gewesen, in einem unnatürlich erregten Zustand, sie macht sich allerhand unnötige Sorgen, es ist, als ob sie sich hier zu Hause nicht wohlfühlen kann, mit den Kindern spielt sie nicht mehr –

Der Doktor Das ist die große Veränderung in eurer Situation –

Stenborg Ja, davon muß es kommen. Es ist, als würde sie fortwährend von dem Gedanken geängstigt, daß es nicht von Dauer sein wird.

Der Doktor Ja, ja, verstehe.

Stenborg Am Anfang war sie über die Maßen glücklich darüber. Du kannst dir denken, – sie mit ihrem leichten, lebensfrohen Sinn, was das für sie bedeuten mußte, so mit einem Mal in ein Dasein ohne Sorgen, ja, voller Überfluß versetzt zu sein. Meine arme kleine Nora, ich werfe mir vor, daß ich sie nicht mit größerer Vorsicht vorbereitet habe.

Der Doktor Ja, das hättest du vielleicht tun sollen.

Stenborg Aber ich konnte ja nicht ahnen –, und außerdem konnte ich mir die Freude nicht versagen, sie so strahlend glücklich zu sehen.

Nora kommt wieder zurück.

Stenborg Was? Bist du schon wieder da?

Nora Ja, ich konnte es nicht aushalten. Mich überkam so eine Angst, man kann ja nie wissen, was geschieht, wenn man weg ist. Ich muß nach den Kindern sehen – *geht zur Tür und legt die Hand auf die Klinke, zieht sie aber eilig zurück.*

Stenborg Warum gehst du nicht hinein?

Nora Nein, nein, nicht zu ihnen hinein. Das ist nicht nötig, ich höre, daß alles still ist, ich will hier bei dir sein.

Stenborg Ja, meine Gesellschaft mußt du für eine halbe Stunde entbehren, liebe Nora.

Nora Ach nein, nein Thorvald, geh nicht aus.

Stenborg Das hab' ich nicht vor, ich muß in mein Zimmer und arbeiten. Aber Rank bleibt noch ein bißchen – *gibt ihm ein Zeichen.* War es nicht so? Ich meine, du sagtest –

Der Doktor Ja, ich will gern noch ein bißchen auf dem neuen Teppich herumschlendern.

Stenborg Und ich verschließe meine Tür. Keiner soll rein, keine Störenfriede, keine Eichhörnchen zwischen den Papieren – *geht in sein Zimmer und schiebt von innen den Riegel vor.*

Nora *legt Hut und Mantel ab:* Finden Sie es nicht fürchterlich warm hier, Doktor?

Der Doktor Nein, im Gegenteil.

Nora Frieren Sie vielleicht?

Der Doktor Auch nicht. Hier ist es einfach angenehm wie immer. Das ist eine der wunderbaren Gaben, die viele Frauen haben, – betritt man ihre Zimmer, dann ist es, als würde man von einem milden Wohlgefühl durchströmt.

Nora Ja, ja, hier ist gut sein.

Der Doktor Ja, nicht wahr? Wir Junggesellen haben einen scharfen Sinn für sowas. Und wir wissen es auch zu schätzen, – es anzuerkennen. Das tun die werten Ehemänner nicht immer. Sie werden so verwöhnt, sie meinen, daß dieser ganze Segen etwas ist, was so sein muß, etwas, das ganz natürlich daraus folgt, daß man lebt. Es ist damit wie mit einem stetigen, gleichmäßigen Lärm, man bemerkt ihn erst, wenn er aufhört. Ich bin beinahe sicher, daß es Stenborg ebenso geht. Jetzt, da Ihre Verhältnisse es erlauben, sollten Sie hin und wieder mal für ein paar Tage von ihm weggehen.

Nora *nach einer kurzen Pause:* Glauben Sie, er würde mich sehr vermissen, wenn ich fort wäre?

Der Doktor Versuchen Sie es.

Nora Ach nein, nein, nein. Um Gottes willen, reden Sie nicht so. Wer tut sowas freiwillig? Von ihm und den Kindern weggehen.

Der Doktor Das hab' ich gewußt. Aber dann mit ihm, gnädige Frau? Mit ihm und den Kindern.

Nora Ja, das wäre schön.

Der Doktor Ein bißchen rauskommen, das große offene Meer wiedersehen, – Sie, die Sie das Meer so lieben.

Nora Oh ja, das Meer, das Meer! Ist das Meer nicht herrlich!

Der Doktor Und dann, das Heim mit einem gewissen Abstand sehen, in einem neuen Licht.

Nora Und wieder zurückkommen, in seinen eigenen Zimmern umhergehen, recht viele schöne Sachen mitbringen, ordnen und schmücken, mit den Kindern spielen, sie gedeihen und uns heranwachsen sehen – – [*zuerst geschrieben: in*] *schreckensstarr:* Ah –

Der Doktor Was fehlt Ihnen?

Nora Ach, es ist nichts, ich mußte nur an etwas denken, wovon ich irgendwie weggekommen war.

Der Doktor Darf ich Ihren Puls fühlen?

Nora Nein, nein, mir fehlt nichts, ich versichere Ihnen –

Der Doktor Geistig fehlt Ihnen jedenfalls etwas. Glauben Sie, es nützt Ihnen was, wenn Sie es mir gegenüber leugnen. Und warum wollen Sie es leugnen? Warum vor einem alten Freund etwas verbergen? Denn das bin ich doch? Nicht wahr?

Nora Ach, Doktor Rank!

Der Doktor Na, was ist los?

Nora Nein, nein, ich kann nicht. – Doch, sagen Sie mir eines, Doktor. Ist Thorvald jetzt ganz stark?

Der Doktor Ja, das ist er.

Nora Sind Sie ganz sicher, daß er jetzt eine große Erschütterung, ein großes Leid oder sowas aushalten könnte?

Der Doktor Was für eine Erschütterung, was für ein Leid sollte das sein?

Nora Das kann ich nicht wissen, es kann ja soviel passieren. Damals als er krank war, sagten Sie, er müßte sich vor allen starken Gemütserregungen hüten.

Der Doktor Ja, damals.

Nora Glauben Sie im Grunde, daß Thorvald mich so unwahrscheinlich liebt?

Der Doktor Aber liebe Frau Stenborg –

Nora Es wäre vielleicht gut, wenn er es nicht täte. Und ich meine, er müßte es doch aushalten können, er müßte es doch überleben können.

Der Doktor Was, gnädige Frau? Was?

Nora Wenn mir etwas zustieße. Doktor, ich habe so entsetzliche Angst. Mein Kopf ist so wirr. Wenn ich nun den Verstand verliere.

Der Doktor Was soll das heißen? Wie kommen Sie auf solche Gedanken?

Nora Ach, man kann doch nie wissen –. Oder wenn mir etwas anderes zustieße, wenn ich mit ihm nicht länger zusammensein könnte –

Der Doktor Was?

Nora Ach, Doktor, er müßte es doch überleben können.

Der Doktor Liebe Frau Stenborg, das sind Grillen, die Sie mit aller Kraft bekämpfen müssen.

Nora Ja sicher. Ja, sicher will ich das. Aber sagen Sie, glauben Sie nicht, daß es Thorvald, ebenso wie andere Männer, überleben würde, wenn er mich nicht behalten dürfte.

Der Doktor Ja, sehen Sie, dieses Vor-Trauer-Sterben, das ist in den meisten Fällen eigentlich nur eine Redensart, jedenfalls, was die Männer angeht. Man überlebt im Grunde alles, liebe Frau. In dem Moment, wenn der Schlag einen trifft, meint man, das sei unmöglich auszuhalten, unmöglich zu ertragen. Aber dann vergeht die Zeit, Tag um Tag, man lernt, sich im Unumgänglichen zurechtzufinden, man geht neue Verbindungen ein –

Nora Neue Verbindungen –!

Der Doktor Nun ja, ich meine –

Nora Neue Verbindungen –! Daran hab' ich nicht gedacht. Aber nein, nein, nein!

Der Doktor Ich muß mit Stenborg reden.

Nora Worüber wollen Sie reden?

Der Doktor Über Ihren Zustand.

Nora Das tun sie nicht! Das werden Sie nicht tun!

Der Doktor Ich muß es tun. Diese ganze Sache ist für mich so unerklärlich und so bedenklich –

Nora Oh, ich bitte Sie, ängstigen Sie ihn nicht.

Der Doktor Seien Sie ruhig, ich mache es so schonend wie möglich, aber um seinetwillen wie um Ihretwillen müssen wir einen Ausweg finden –

Nora Ach, es gibt keinen Ausweg, dem zu entgehen.

Der Doktor Wem zu entgehen?

Nora Dem, was bevorsteht, ich weiß nicht, aber ich ahne –

Der Doktor Hm – *klopft:* Mach auf, ich muß mit dir reden.

Stenborg macht auf: Nun?

Der Doktor Hör mal – *leise:* Seien Sie ruhig, gnädige Frau! *Sie gehen hinein, man hört sie von innen die Tür verschließen.*

Nora *lauscht an der Tür:* Worüber reden sie? Sie flüstern. Was sagen sie über mich? Was glaubt er? Ach, noch ist es nicht –. Hinein zu den Kindern. *Bleibt an der Tür links stehen:* Nein, nein, sie nicht sehen.

Frau Linde *kommt aus dem Vorzimmer.*

Nora Ach, Kristine, du bist's? Gut, daß du kommst.

Frau Linde Wie ich höre, warst du bei mir und hast nach mir gefragt.

Nora Ja, aber du warst gerade ausgegangen. Gut, daß du kommst, Kristine. Ich brauche es so sehr, dich zu sehen und mit dir zu reden.

Frau Linde Und ich komme, um deinem Mann zu danken –

Nora Weißt du es schon?

Frau Linde Ja, ich habe gerade den Brief bekommen. Ist er vielleicht nicht zu Hause?

Nora Doch, aber Doktor Rank ist bei ihm. Setz dich so lange her zu mir. Nein, nicht sitzen. Ich habe so eine Unruhe. Laß uns auf und ab gehen.

Frau Linde Liebe Nora, du bist sicher nicht wohl.

Nora Oh doch, oh doch. So weißt du es also? Du hast den Brief bekommen, sagtest du?

Frau Linde Ja, gerade als ich ausgehen wollte. Ach, da hat mir dein Mann eine große Wohltat erwiesen.

Nora Wenn du dich nur glücklich fühlen wirst.

Frau Linde Ich fühle mich schon glücklich. In meiner Situation gibt es kein größeres Glück, als sich sicher zu wissen.

Nora Ja, da hast du recht, es ist ein großes Glück, sich sicher zu wissen.

Frau Linde Ach, du kannst dieses Gefühl nicht so schätzen wie ich, du bist nie von der Angst vor Unsicherheit gequält worden.

Nora Nicht. Bin ich nicht von der Angst um das Leben meines Mannes gequält worden?

Frau Linde Das ist wahr. Na, glücklicherweise ist die Zeit vorbei.

Nora Ja, die Sicherheit. Das ist wirklich etwas Großes. Es gibt kein größeres Glück auf der Welt. *Klingelt:* Aber wer kann sich richtig sicher fühlen? *Das Hausmädchen erscheint in der Tür.* Bringe jetzt Tee. –

Frau Linde Du willst wohl morgen auf die Gesellschaft oben?

Nora Morgen? Ja, ja sicher. Ich werde da hingehen. Da soll ein Kinderfest sein. Ich werde der Kinder wegen gehen.
Das Mädchen bringt den Tee.
So, danke, rück' den Tisch ein bißchen näher an den Ofen. Und dann bring uns die Lampe.

Das Mädchen ab.

Nora So, jetzt nimmst du Platz und machst es dir bequem.

Das Hausmädchen *bringt die Lampe und stellt sie auf den Divantisch.:* Ist sonst noch etwas, gnädige Frau?

Nora Nein, danke.

Das Mädchen ab.

Nora Jetzt sollst du mal echten Tee kosten, Kristine. Den habe ich immer von der ersten Sorte.

Frau Linde Und dann das Teegedeck. Wie hübsch und geschmackvoll. Und wie alles zusammen paßt.

Nora Ja, so will Thorvald alles haben, es muß Stil darin sein, sagt er, sonst beleidigt es sein Auge. Sieh mal, das Muster auf den Tassen entspricht dem Muster auf den Servietten.

Frau Linde Ja, ihr habt es wirklich schön.

Nora Oh, nachher werden wir es noch schöner haben. – Nachher –!

Frau Linde Was fehlt dir, Nora?

Nora Pst [*korrigiert von:* Oh], es ist nichts, bloß ein Stich in der Seite. Schau, [*zuerst geschrieben:* du] nimm den Schemel unter die Füße. Jetzt sitzen wir gut. Nicht wahr.

Frau Linde Ja. Du hast wirklich eine eigene Gabe, es gemütlich zu machen.

Nora Das sagt Thorvald auch.

Frau Linde Ja, was sollte aus deinem Mann werden, wenn er dich nicht hätte.

Nora Wenn er mich nicht –? Wie kommst du darauf? Warum sollte er mich nicht haben?

Frau Linde Ja, natürlich. Ich sage: Wenn er dich nicht hätte.

Nora Glaubst du nicht, daß es jemand geben könnte, der es ebenso gut für ihn macht?

Frau Linde Nicht in seinen Augen.

Nora Man sieht doch oft, daß ein Mann seine erste Frau vergessen kann.

Frau Linde Ja, ebenso, wie manche Frau ihren ersten Mann vergessen kann.

Nora Aber begreifst du das, Kristine?

Frau Linde Oh doch, es kommt darauf an –.

Nora Ja, aber sich scheiden zu lassen, das kann ich glaub' ich nicht begreifen.

Frau Linde Nein, du nicht. Aber es geschieht ja doch, liebe Nora, und es muß geschehen.

Nora Ja, ja, das weiß ich wohl, aber ich meine, es muß entsetzlich sein, ganz unmöglich zu überleben –

Frau Linde Es muß bestimmt ein harter Kampf sein.

Nora Sein Haus verlassen zu müssen, alles, es niemals wiedersehen zu dürfen, zu wissen, daß alles noch da ist, aber man selbst ist für das Ganze wie tot –. Sag mal, Kristine, warum lassen sich Eheleute im allgemeinen scheiden?

Frau Linde Es kann ja sein, daß sie nicht zusammen passen oder daß der eine Schande über den andern bringt.

Nora Dann läßt ein Mann sich von seiner Frau scheiden?

Frau Linde Ja, das tut er wohl in den meisten Fällen.

Nora Aber zuweilen verzeiht er ihr wohl auch?

Frau Linde Das passiert sicher, aber meinst du, das wäre besser?

Nora Nein, du hast recht. Es wäre nicht besser. – Und die Kinder, die darf ja [*durchgestrichen:* nicht] so eine unglückliche geschiedene Frau auch nicht behalten? Ist das wirklich so?

Frau Linde Ich glaube, ja, das heißt, wenn sie die Schuldige ist.

Nora Ach, schuldig, schuldig, was heißt das denn, schuldig zu sein. Hat eine Frau nicht das Recht, ihren Mann zu lieben.

Frau Linde Ja, eben, ihren Mann – nur ihren Mann.

Nora Ja, natürlich, wer denkt an etwas anderes? Aber das Gesetz ist ungerecht, Kristine. Man merkt deutlich, daß Männer es gemacht haben.

Frau Linde Aha, du hast angefangen, dich mit der Frauenfrage zu beschäftigen?

Nora Nein, darum kümmere ich mich überhaupt nicht. Tust du das vielleicht?

Frau Linde Nein, wirklich nicht. Da müssen andere 'ran, ich habe genug damit zu tun, für mich selbst zu kämpfen.

Nora Ich auch.

Frau Linde Du?

Nora Ja, das heißt – ich denke an all die unglücklichen Mütter und die unglücklichen kleinen Kinder. Kristine, seine Kinder in fremden Händen zu wissen!

Frau Linde Lieber das, als bei einer verbrecherischen Mutter.

Nora Ach, es gibt entsetzliche Dinge auf der Welt.

Das Hausmädchen öffnet Rechtsanwalt Krogstad die Tür.

Das Hausmädchen *gedämpft:* Gnädige Frau –!

Nora *dreht sich um, fährt auf, leise und bebend:* Da ist er!

Frau Linde *ebenso:* Er! Was will er!

Nora *zum Mädchen:* Gut, gut, geh jetzt.

Das Mädchen geht. **Rechtsanwalt Krogstad** *kommt näher.*

Krogstad Ich störe die Damen vielleicht?

Nora Was wollen Sie? Mein Mann ist nicht zu Hause.

Krogstad Ich glaube doch, er ist da drin.

Nora Ja, aber er ist nicht zu sprechen.

Krogstad Ist auch nicht nötig –

Nora Geh, Kristine, geh zu den Kindern hinein.

Frau Linde Nora, was bedeutet das?

Nora Geh, geh, Kristine, ich muß mit dem Mann reden.

Frau Linde Ich verstehe.

Nora Ach, du verstehst nichts.

Frau Linde Ich verstehe. Krogstad – wie weit ist es mit Ihnen gekommen?

Krogstad So weit wie – Sie mich getrieben haben.

Frau Linde Ah –

Krogstad Jetzt ist es zu spät.

Frau Linde Krogstad – wir müssen nachher miteinander reden.

Krogstad Zu spät.

Nora Geh, geh –

Frau Linde *ins Zimmer links.*

Nora *gespannt:* Nun?

Krogstad Ja, nun.

Nora Herr Krogstad, das tun Sie nicht.

Krogstad Hat er Bedenken gehabt, es zu tun?

Nora Ja, aber ich, ich bin doch nicht schuld daran.

Krogstad Die Frau muß für die Schuld des Mannes leiden.

Nora Ach, Sie wissen nicht, wie ich für Ihre Sache gekämpft und gesprochen habe.

Krogstad Haben Sie das aus Teilnahme für mich getan?

Nora Ach, ich habe in diesen Tagen um mein Leben gekämpft.

Krogstad Pah, das Leben, das Leben. Ich dachte auch, es ginge ums Leben, damals, als das mit mir herauskam – aber Sie sehen selbst, ich habe es überlebt.

Nora Ja, Sie – aber wie –

Krogstad Wie –?

Nora Ich kann doch nicht so ein Leben führen wie – wie –

Krogstad Wie ich, meinen Sie –

Nora Verzeihen Sie mir –

Krogstad Sie werden sehen, Sie finden sich mit der Zeit schon zurecht.

Nora Herr Krogstad, denken Sie an meine kleinen Kinder –

Krogstad Hat Ihr Mann an meine Kinder gedacht, als er mir den letzten Rettungsweg verschloß?

Nora Oh Gott, oh Gott, so jung sterben zu müssen – meinem Mann und meinen Kindern sterben zu müssen –

Krogstad Und Sie wollen mir einreden, daß Sie den Mut haben zu sterben – ha – ha –

Nora Sie glauben es nicht?

Krogstad Glauben Sie es selbst?

Nora Ich habe in diesen Tagen an nichts anderes gedacht.

Krogstad Mag sein. Aber die Art und Weise. Gift? Ist nicht so leicht zu bekommen. Sich erschießen? Dazu gehört eine gewisse Fertigkeit, Frau Helmer. Erhängen? Pfui, das hat sowas Häßliches – man wird abgeschnitten, dazu werden Sie sich nie verstehen.

Nora Hören Sie, was da rauscht?

Krogstad Der Fluß. Ja, natürlich, an den haben Sie gedacht. Aber haben Sie das nicht nur oberflächlich gedacht – Stellen Sie sich vor, es jetzt in die Tat umzusetzen – Mitten in der Nacht aus dem Haus – hinab ins strömende schwarze Wasser – mitgerissen, unters Eis gezogen werden – kämpfen, ersticken, aufgefischt werden – später einmal, weit unten – und in welcher Verfassung –

Nora Ach, es ist entsetzlich – ach, daß ich nicht – – ach, es ist entsetzlich –

Krogstad Was, gnädige Frau –

Nora Sie sehen es ja, es nützt nichts, es zu verbergen, ich habe nicht den Mut zu sterben.

Krogstad Das dachte ich mir, aber ich wollte doch Gewißheit haben –

Nora Und dann?

Krogstad Ist auch nicht nötig. Niemand außer Ihrem Mann wird etwas erfahren.

Nora Aber gerade er darf doch nicht –

Krogstad Sie haben sicher in Romanen von Schurken gelesen, die von nichts anderem als von ihrer Rache getrieben werden. Na, es könnte ganz vergnüglich sein, wenn alle Menschen sagen könnten: Sieh an, die Frau Bankdirektor ist um kein Haar besser als der Winkelschreiber Krogstad, den der Herr Bankdirektor weggejagt hat –

Nora Aber Sie wollen nichts bekanntmachen?

Krogstad Ich kann es mir nicht leisten, gnädige Frau. In der ersten Verzweiflung dachte ich daran, aber ich kann es mir nicht leisten. Mir geht es nicht so wie den Romanschurken, ich habe vier Kinder zu versorgen, die brauchen Essen und Kleider. Ich habe mich jetzt über anderthalb Jahre lang mit den drückendsten Verhältnissen begnügt, um ein bißchen bürgerliche Ehre zurückzugewinnen. Das hat mir Ihr Mann verschlossen. Na, dann will ich jedenfalls leben, gut leben, meine Kinder sollen es gut haben – Hier ist der Brief – hier erfährt er alles – und dann sitzt er wie unter [*zuerst geschrieben:* dem] einem Damoklesschwert, ich hab' ihn in der Tasche, ich kann mit ihm machen, was ich will – fordern, was ich will, er darf nicht mucksen, dann leitet der weggejagte Hilfsschreiber die Bank –

Nora Das wollen Sie?

Krogstad Das und nichts anderes.

Nora Das heißt ihm seine Zukunft wegnehmen.

Krogstad Er hat mir meine Zukunft weggenommen.

Nora Diese Bank steht für ihn als seine Lebensaufgabe. Und die sollte er aufgeben, um sich von Ihnen abhängig zu machen.

Krogstad Das wird er tun, aus Liebe zu Ihnen.

Nora Ich habe die Schuld. Und ich habe es aus Liebe zu ihm getan.

Krogstad Alle Taten pflanzen sich fort – aber die Nachkommen sind nicht immer so geartet, wie sie sollten.

Nora Und das können Sie tun.

Krogstad Ich habe vier Kinder.

Nora Herr Krogstad, das tun Sie nicht.

Krogstad Hier ist der Brief.

Nora Geben Sie ihn mir.

Krogstad Um ihn zu besorgen.

Nora Ja, ja.

Krogstad Danke, da ist ein Briefkasten an der Tür, das ist vielleicht sicherer –

Nora Sie wissen nicht, was das nach sich zieht.

Krogstad Der Fluß?

Nora Ja, jetzt muß es sein. Gehe ich nicht unter, dann geht mein Mann.

Krogstad Ich glaube nicht an Romane, Frau Helmer.

Nora Sie sind ein Schurke! Ja, Sie sind ein Schurke. Jetzt fürchte ich Sie nicht mehr – denn jetzt habe ich keine Wahl mehr –

Krogstad Oh doch, – wenn Ihr Mann nur nachgibt –

Nora Das tut er nicht – in die Versuchung soll er nie kommen. Jetzt habe ich Mut zu allem –

Krogstad Pah –

Nora Raus aus dem Heim, das Sie zerstört haben.

Krogstad Ich? Nicht Sie?

Nora Was ich getan habe, habe ich aus Liebe zu meinem Vater und zu meinem Mann getan.

Krogstad Und was ich tue, tue ich aus Liebe zu meinen Kindern.

Nora Ihre Kinder werden niemals Segen davon haben.

Krogstad Glauben Sie?

Nora Sie werden sehen, was diese Tat nach sich zieht.

Krogstad Pah!

Nora Sie werden sehen, Sie fühlen es selbst – Sie sind feig – Sie wagen es nicht – Sie gehen, Sie nehmen den Brief mit.

Krogstad *in der Entreetür:* Pah! *Geht.*

Nora Schurke! – Ah – Der Brief. Im Kasten. – Da liegt er.

Frau Linde *kommt aus dem Zimmer links.*

Frau Linde Ist er nicht gegangen?

Nora Doch.

Frau Linde Und er kommt nicht wieder.

Nora Jetzt kommt er nie mehr.

Frau Linde Nora, was fehlt dir denn? Was steckt bei alledem dahinter?

Nora Gar nichts, aber rede nicht mit meinem Mann darüber, daß er hier war.

Frau Linde Nora, du hast ein Geheimnis mit ihm.

Nora *lächelt:* Ja, sicher, ein geheimes Einvernehmen.

Frau Linde Wenn man ernstlich scherzt, ist man nicht so totenbleich wie du.

Nora Siehst du das?

Frau Linde Dein Mann wird es auch sehen.

Nora Mein Mann kriegt nichts zu sehen, ich habe mehr Gesichter als eines.

Frau Linde Nora, Nora, du schaffst Hohlheit um dich herum.

Nora Ach, ist es hier nicht schön?

Frau Linde Ohne Wahrheit?

Nora Wahrheit? An die dürfen wir nicht denken.

Frau Linde Aber wäre es nicht besser, wenn du es könntest?

Nora Wir dürfen nicht alles verlangen, wir müssen uns mit wenig begnügen, ich muß mich bald begnügen mit – [*durchgestrichen:* mit nichts –]

Frau Linde Mit?

Nora Mit nichts.

Frau Linde Nora, es ist vergebens, daß du mir etwas verheimlichst. Ich verstehe alles. Was du mir beim ersten Mal erzählt hast. Dieses Geheimnis mit Krogstad –

Nora Na, und was weiter?

Frau Linde Ich habe – ich habe ihn früher einmal gekannt. Es ist für mich von Wichtigkeit, es zu wissen. Ist er ein schlechter, ein verächtlicher Mensch?

Nora Ich weiß nicht, ich weiß nur, daß er entsetzlich ist.

Frau Linde Woher weißt du das?

Nora *öffnet die Tür zum Entree:* Schau, da im Kasten liegt ein Brief.

Frau Linde Von ihm?

Nora Ja.

Frau Linde An deinen Mann?

Nora Ja.

Frau Linde Ich muß mit Krogstad reden.

Nora Es ist zu spät.

Frau Linde Wer weiß.

Nora Zu spät, sage ich – da liegt der Brief.

Frau Linde Lebwohl. *Durch den Hintergrund ab.*

Nora Nein, nein, ich träume. Es ist alles ein Traum. *Sieht hinaus:* Doch, er liegt da. Da steht alles drin.

Helmer *und der* **Doktor** *kommen aus dem Zimmer.*

Nora Kommst du endlich, Thorvald? Wie schön, daß du kommst. Pfui, schämen Sie sich, Doktor, ihn so lange festzuhalten –

Helmer Wir hatten etwas zu besprechen. Wie geht's meinem Singvögelchen?

Nora Dem Singvögelchen geht es prächtig, das siehst du doch.

Helmer Ja, das scheint mir auch so – *zum Doktor:* Aber was war es denn –?

Der Doktor Hm –

Nora Was denn? Was?

Helmer Ach, gar nichts.

Nora Doch, ich weiß. Ja, stell dir vor, der Doktor will unbedingt, daß ich unwohl bin.

Helmer Ja, nicht wahr, das ist Unsinn. Wir unwohl sein? Wäre das jetzt an der Zeit – jetzt, wo wir alles haben, was wir uns so lange gewünscht haben. Jetzt wollen wir schön und ruhig unsern Silvester feiern. Alle Geschäfte sollen ruhen bis zum neuen Jahr.

Nora Ja, nicht wahr, Thorvald?

Helmer Ja, heute abend weder Feder noch Buch in die Hand. Hm, das heißt, zuerst muß ich doch noch – – *geht zur Vorzimmertür.*

Nora Wo willst du hin?

Helmer Bloß sehen, ob nicht vielleicht Briefe gekommen sind.

Nora Nein, nein, Thorvald –

Helmer Nanu?

Nora Nein, nein, ich bitte dich – es sind keine da –

Helmer Laß mich doch nachsehen.

Nora *schlägt ein paar Akkorde auf dem Klavier an.*

Helmer *bleibt an der Tür stehen:* Aha!

Nora Kennst du das?

Helmer Willst du wirklich?

Nora Was kriege ich dafür?

Helmer Was soll es denn sein?

Nora Das werde ich dir später sagen.

Helmer Nein, sofort.

Nora Nein, später. Habe ich dein Wort?

Helmer Ist es etwas, worum du mich schon mal gebeten hast?

Nora Nein, noch nie. Habe ich dann dein Wort?

Helmer Ja, dann hast du es. *Zum Doktor:* Jetzt wirst du was hören. Aber Zigaretten gehören dazu, echte türkische. *Er und der* **Doktor** *setzen sich an den Ofen.* **Nora** *spielt und singt Anitras Lied aus Peer Gynt.*

Frau Linde *kommt aus dem Vorzimmer.*

Frau Linde Aber was ist denn das?

Nora Stör' nicht.

Helmer Ein Stück Familienleben. Was sagen Sie dazu?

Der Doktor Türkisch, aber schön, nicht wahr?

Nora Setz dich ans Klavier, Kristine, spiel weiter. *Sie drapiert sich mit Schals und tanzt.*

Helmer Wie schön sie ist, Rank. Sieh diese feine Biegung des Nackens. Welche Anmut in den Bewegungen, und sie ahnt es nicht.

Der Doktor Eine Frau ist eine gute Sache.

Helmer Eine Frau wie sie.

Nora Bist du jetzt zufrieden?

Helmer Danke!

Nora War es hübsch?

Helmer Danke, danke!

Das Hausmädchen *von rechts:* Der Tisch ist gedeckt.

Helmer Gut. Aber zuerst die Geschäfte – *öffnet die Entreetür.*

Nora Wo willst du hin?

Helmer Nach dem Briefkasten sehen.

Nora Nein, nein.

Helmer Da liegt ein Brief.

Nora Hol ihn nicht, laß ihn liegen.

Helmer Aber liebe Nora –, aha, er ist von Krogstad.

Nora Thorvald, wenn du ihn holst, dann springe ich aus dem Fenster.

Helmer Aber Nora –

Der Doktor Hm, Helmer –

Helmer Was ist das, Nora, was ist denn mit dir los!

Nora Ach, nichts, aber ich will dich ganz und gar haben. Keine Geschäfte heut abend – ach, du kannst dir doch denken, was er schreibt –

Helmer Ja, eben, aber ich möchte doch sehen. –

Nora Du hast mir versprochen, worum ich gebeten habe. Na gut, du sollst heute abend den Kasten nicht öffnen und morgen auch nicht –

Helmer Aber meine liebe kleine Nora –

Nora Nicht wahr, Doktor, er hat es versprochen –

Der Doktor Ja, du bist gebunden, Helmer.

Nora Keine Sorgen an den Feiertagen – morgen hast du ja doch keine Zeit für Geschäfte, den ganzen Tag Besuche, und abends die Gesellschaft oben –

Helmer Gut, so mag es sein. Heute und morgen werde ich für dich da sein – aber dann, das sage ich dir – morgen, wenn Mitternacht vorbei ist –

Frau Linde Ach, Sie arbeiten doch wohl nicht nach Mitternacht –

Helmer Daran bin ich gewöhnt, gnädige Frau. Aber jetzt zu

Tisch und dann angestoßen auf das alte Jahr und auf alle schönen Hoffnungen im neuen.

Nora Geht ihr voraus. Hilf mir, den ganzen Staat runterzukriegen, Kristine.

Der Doktor *zu Helmer, während sie ins Zimmer gehen:* Siehst du, sie ist absolut nicht normal.

Helmer Ich versichere dir, es ist nichts weiter als Sorge um mich, sie hat eine alberne Angst vor diesem Menschen. *Sie gehen ins Zimmer.*

Nora Nun?

Frau Linde War schon abgereist.

Nora Ich habs dir ja gesagt.

Frau Linde Aber er kommt morgen wieder.

Nora Was nützt das, Thorvald hat den Brief gesehen.

Frau Linde Weiß nicht, was er enthält, wir müssen ihn irgendwie kriegen.

Nora Krogstad schreibt einen andern.

Frau Linde Aber ist es denn so schlimm?

Nora Nein, nein bestimmt nicht, es ist albern von mir. Laß dir nichts anmerken. Geh jetzt auch rüber, ich helfe mir selbst.

Frau Linde *geht ins Eßzimmer.*

Nora *legt die Schals ab:* Thorvald in seiner Macht, nein danke, dazu habe ich ihm nicht das Leben gerettet. Aber – nein, nein, jetzt muß es feststehen. *Sieht auf die Uhr:* Fünf. Sieben Stunden bis Mitternacht. Dann vierundzwanzig Stunden bis nächste Mitternacht. Vierundzwanig und sieben? Noch einunddreißig Stunden zu leben. *Sie geht hinein.*

Vom 14. 7. 79

Vom 18. 7. 79
DRITTER AKT

Dasselbe Zimmer. Eine Lampe brennt auf dem Tisch im Vordergrund.

Frau Linde *sitzt am Tisch und blättert zerstreut in einem*

Buch, versucht zu lesen, scheint sich aber nicht konzentrieren zu können, lauscht ein paarmal in Richtung Vorzimmertür, sieht auf ihre Uhr.

Frau Linde *springt auf:* Was! Schon? Nein, das ist doch nicht –

Nora tritt im Gesellschaftskleid ein.

Nora Was! Kristine, du sitzst hier?

Frau Linde Ach, du bist's, Nora?

Nora Du sitzst hier, Kristine?

Frau Linde Ja, ich wollte dich gern in dem Kleid sehen, aber ich bin zu spät gekommen. Bei mir zu Hause ist es kalt, und da bin ich hier sitzen geblieben.

Nora Ach so, aber du mußt wieder gehen –

Frau Linde Warum?

Nora Doch, doch, du mußt gehen.

Frau Linde Kommst du schon so früh von der Gesellschaft?

Nora Ja, ich konnte es nicht aushalten, da war so ein Qualm und so eine Hitze.

Helmer *kommt aus dem Vorzimmer.*

Helmer Aber liebe Nora, was soll das bedeuten? Du gehst so früh weg von der Gesellschaft? Und ohne dich zu verabschieden? Ah, guten Abend, gnädige Frau!

Nora Ja, ich mußte. Ich wußte, daß Kristine hier ist. Sie sollte mein neues Kleid sehen.

Helmer Na, aber komm doch wieder nach oben, es geht doch unmöglich an –

Nora Ja, ja, ich geh' nach oben, um die Kinder zu holen – aber dann – ach, ich kann nicht lange da oben bleiben, Thorvald, aber du sollst bleiben, tanzen, dich amüsieren – versprich mir das.

Helmer Ja, ja – komm nur. Gute Nacht, Frau Linde – und entschuldigen Sie.

Nora Gutnacht, Kristine – gutnacht, leb wohl – du sollst hier nicht länger sitzen bleiben, du mit deinen schwachen Augen. Schau, jetzt hast du mich in dem Kleid gesehen. Nicht wahr, das Kostüm steht mir gut. Wenn du an mich denkst – dann erinnere dich so an mich. Gutnacht – leb wohl, Kristine – leb wohl –

Frau Linde Gutnacht, liebe Nora.

Helmer Komm, komm, wir gehen jetzt.

Nora Gutnacht, leb wohl.

Helmer *und* **Nora** *gehen durchs Entree hinaus.*

Frau Linde *lauscht eine Weile:* Welch entsetzliche Seelenangst. Und er sieht es nicht. Versteht nichts. – Aber die Uhr – sollte er nicht – – *lauscht:* Ah – *öffnet die Vorzimmertür, es klopft dreimal leise an der Wohnungstür,* **Frau Linde** *öffnet.* **Rechtsanwalt Krogstad** *kommt herein.*

Frau Linde Kommen Sie [*durchgestrichen:* hier] rein. Es ist niemand da.

Krogstad Sie haben mir geschrieben. Was soll das bedeuten?

Frau Linde Ja, ich mußte, bei mir zuhause ist es unmöglich und hier ist niemand zuhause.

Krogstad Haben wir zwei noch was zu bereden?

Frau Linde Wir haben viel miteinander zu reden.

Krogstad Der Meinung bin ich nicht.

Frau Linde Sie haben mich nie verstanden.

Krogstad Was gibt's denn bei sowas Einfachem weiter zu verstehen? So mancher kriegt den Laufpaß, wenn sich was Vorteilhafteres bietet.

Frau Linde Glauben Sie, daß ich leichten Herzens mit Ihnen gebrochen habe?

Krogstad Etwa nicht?

Frau Linde Krogstad, haben Sie das wirklich geglaubt?

Krogstad Warum haben Sie mir denn damals so geschrieben?

Frau Linde Konnte ich anders? Mußte nicht alles zwischen uns zerbrochen werden?

Krogstad Ja, des Vorteils wegen.

Frau Linde Vergessen Sie, daß ich eine hilflose Mutter und zwei kleine Brüder hatte? Sie waren ohne alle Aussichten.

Krogstad Hatten Sie deshalb ein Recht, mich zu verstoßen?

Frau Linde Ich weiß es nicht, ich habe mich manchmal selbst gefragt, ob ich ein Recht dazu hatte.

Krogstad Als ich Sie verloren habe, habe ich in meinem Leben jeden festen Boden unter den Füßen verloren. Sehen Sie mich an, jetzt bin ich ein Schiffbrüchiger auf einem Wrack.

Frau Linde Die Hilfe dürfte nahe sein.

Krogstad Das sagen Sie, die selbst mithilft, meine Hand wegzustoßen.

Frau Linde Glauben Sie, das tue ich?

Krogstad Helfen Sie nicht meinen Verfolgern?

Frau Linde So? Und warum, glauben Sie?

Krogstad Es ist nicht das erstemal, daß einer gegen denjenigen Haß nährt, dem er Unrecht getan hat.

Frau Linde Krogstad, das glauben Sie nicht von mir.

Krogstad Was soll ich denn glauben? Nehmen Sie nicht die Stellung, die ich verliere?

Frau Linde Doch.

Krogstad Und das könnten Sie tun, wenn –

Frau Linde Ich habe gelernt, vernünftig zu handeln, das Leben und die harte, bittere Notwendigkeit haben mich das gelehrt.

Krogstad Und mich hat das Leben gelehrt, nicht an Redensarten zu glauben.

Frau Linde Da hat Sie das Leben eine sehr vernünftige Sache gelehrt. Aber an Taten glauben Sie doch wohl.

Krogstad Wie meinen Sie?

Frau Linde Sie sagten, Ihnen ginge es wie einem Schiffbrüchigen auf einem Wrack.

Krogstad Dazu hab' ich wohl auch Grund.

Frau Linde Mir gehts auch wie einer Schiffbrüchigen auf einem Wrack, niemand zu betrauern und niemand zu versorgen.

Krogstad Sie wählten selbst.

Frau Linde Lassen Sie uns darüber nicht zanken, ich glaubte, nicht anders wählen zu können.

Krogstad Ja, was weiter?

Frau Linde Krogstad, wenn wir zwei Schiffbrüchigen nun zusammenkommen könnten.

Krogstad Was meinen Sie?

Frau Linde Zwei auf einem Wrack geht es doch besser als jedem allein auf seinem.

Krogstad Kristine!

Frau Linde Warum, glauben Sie, bin ich hierher gekommen?

Krogstad Sollte es etwa –?

Frau Linde Ich muß arbeiten, wenn ich das Leben ertragen soll; ich habe mein ganzes Leben hindurch gearbeitet, und das war mein größtes und einziges Glück. Aber jetzt steh' ich ganz allein da, so entsetzlich leer und verlassen. Für sich selbst zu arbeiten, das macht keine Freude. Krogstad, geben Sie mir jemand und etwas, wofür ich arbeiten kann.

Krogstad Daran glaub' ich nicht. Das ist dieser überspannte Weibergroßmut, der versucht, sich selbst zu opfern.

Frau Linde *lächelt:* Hm, was ich am allerwenigsten bin, das ist überspannt.

Krogstad Und Sie könnten –? Wissen Sie, für wen und für was ich gehalten werde –

Frau Linde Sie sagten, daß Sie mit mir ein anderer geworden wären.

Krogstad Nun ja –?

Frau Linde Wäre das nicht immer noch möglich?

Krogstad Kristine, haben Sie das überlegt? Wollen Sie –? Willst du –?

Frau Linde Ich brauche jemand, für den ich Mutter sein kann und Ihre Kinder brauchen eine Mutter. Wir beide brauchen einander. Sie haben gesagt, es wäre nötig für Sie, der Umgebung zu zeigen, daß es jemand gibt, der Ihnen Vertrauen zu schenken wagt. Ich wage es.

Krogstad Nun, Kristine, dann werde ich wieder jemand sein können. – Ah, ich vergaß –, es ist ja alles unmöglich –

Frau Linde Warum?

Krogstad Sie wissen nicht –, ich habe einen Schritt gegen dieses Haus unternommen –

Frau Linde Das weiß ich.

Krogstad Sie wissen es?

Frau Linde Ich weiß auch, wozu die Verzweiflung einen Mann wie Sie treiben kann.

Krogstad Oh, könnt' ich's nur ungeschehen machen!

Frau Linde Das könnten Sie. Ihr Brief liegt noch im Kasten.

Krogstad Wissen Sie das genau?

Frau Linde Ganz genau, aber –

Krogstad Jetzt versteh' ich. Sie wollen Ihre Freundin um jeden Preis retten. Sie können's mir ebensogut gleich sagen. Stimmt das?

Frau Linde Krogstad, wer sich einmal für andere verkauft hat, tut das nicht nochmal.

Krogstad Der Brief wird zurückgefordert werden.

Frau Linde Nein, nein.

Krogstad Noch ist Zeit. Ich warte hier, verlange ihn, sage, daß es sich um meine Entlassung handelt – aber daß ich mich darein finde –

Frau Linde Sie sollen ihn nicht zurückverlangen.

Krogstad Aber haben Sie mich nicht des Briefes wegen hierherbestellt?

Frau Linde Ja, im Entsetzen des ersten Augenblicks, aber jetzt liegen vierundzwanzig Stunden dazwischen. Helmer muß alles wissen. Dieses unglückselige Geheimnis wird ihre Ehe untergraben, wenn es weiterbesteht. Es muß volle Klarheit herrschen. Das mit den Heimlichkeiten und Ausflüchten führt in den Abgrund.

Krogstad Kristine, Ihre Freundin hat Ihnen nicht alles gesagt.

Frau Linde Ist da noch was außer den Schulden –

Krogstad Hm –

Frau Linde Beeilen Sie sich, gehen Sie, gehen Sie – da kommt jemand die Treppe runter. Warten Sie an der Haustür [*zuerst geschrieben:* auf der Straße] auf mich, Sie dürfen mich bis an die Haustür begleiten.

Krogstad Ich warte, und Sie werden schon sehen. Oh, Kristine, danke, danke, Sie haben mich wieder zu einem Menschen gemacht. *Er entfernt sich eilig.*

Frau Linde *zieht den Mantel an:* Er dankt, und dabei bin ich es –, ja, jetzt heißt es zupacken –

Nora *kommt mit den zwei älteren Kindern. Das Kindermädchen hat das jüngste auf dem Arm.*

Nora Was, du bist noch hier?

Frau Linde Gutnacht, morgen hab ich über vieles mit dir zu reden.

Nora Morgen –!

Frau Linde Glaube mir, Nora, es ist gut, sich auszusprechen –

Nora Ja, ja. Gutnacht.

Frau Linde Gutnacht.

Nora Tausendmal gutnacht. Leb wohl.

Frau Linde *geht.*

Nora Bring sie zu Bett, Anne-Marie – sie sind so müde und schläfrig – Ach, sorg' gut für sie. Was sagst du? Ein bißchen bei Mama bleiben. Nein, nein – das geht nicht – Ihr könnt nicht bei Mama bleiben – Gutnacht – ach, noch einmal – Gutnacht – gutnacht – so – jetzt müßt ihr aber hinein – gutnacht alle miteinander –

Das Kindermädchen mit den Kindern hinein.

Nora Ach, sie niemals wiedersehen dürfen. Niemals – niemals –

Helmer *kommt:* So – jetzt ist es vorbei. Sind sie zu Bett?

Nora Ja, gleich.

Helmer Du bist müde?

Nora Ach ja, etwas.

Helmer Von jetzt an soll sich meine kleine Nora schonen. Es wird gut sein, sich auszuruhen. Nicht wahr?

Nora Ja, ich glaub' es beinah.

Helmer Nur beinah.

Nora Doch, doch, es wird gut sein.

Doktor Rank *kommt:* Darf man so spät noch reinkommen?

Helmer Ach, du bist's. Ja, bitte.

Der Doktor Ich kam oben nicht dazu, euch lebwohl zu sagen, und dann wußt' ich ja auch, daß ihr zwei Nachtvögel seid –

Helmer Ja, ich werde noch ein paar Stunden arbeiten. Na, anscheinend hast du dich heut' abend gut amüsiert.

Der Doktor Ja, warum nicht. Man will doch das letzte Vergnügen mitnehmen.

Helmer Das letzte? Warum sollte es das letzte sein?

Der Doktor Warum? Ja, danach mußt du gewisse geheimnisvolle Mächte fragen. Aber was mich betrifft, wird es nun mal das letzte sein.

Helmer Aber lieber Rank –

Der Doktor Ich fühle es. Da ist nichts dran zu machen. Jetzt gehe ich nach Hause und lege mich zu Bett und stehe nicht wieder auf. Nein, nein, es ist so, über die Sache bin ich ganz mit mir im Reinen. Darum wollte ich lebwohl sagen –

Helmer Aber ich schaue doch natürlich jeden Tag nach dir –

Der Doktor Auf keinen Fall. Das wirst du nicht tun. Ich will es nicht haben. Es hat etwas Unschönes an sich, im Sterben zu liegen. Ein Krankenzimmer ist häßlich, die verdorbene Luft, die abnehmenden Kräfte des Patienten, sein verändertes Aussehen, die straffe gelbe Haut, diese glasigen Augen –. Nein, nein, versprich mir das, Helmer, du kommst nicht. Ich will in deiner Erinnerung nicht mit solchen Eindrücken verbunden sein.

Helmer Glaubst du, es wird langwierig sein?

Der Doktor Kaum. Fast hätte ich gesagt, leider. Ja, ist es nicht verwunderlich, wie wir an diesem elenden Leben hängen? Ich als Arzt habe es so leicht, der ganzen Geschichte mit einem Schlag ein Ende zu machen, einige Tropfen aus einer Flasche –, ein Schnitt mit der Lanzette hier in die Pulsadern –

Helmer Aber, Rank – was fällt dir ein –

Der Doktor Ich habe nicht den Mut dazu, ich habe wahrhaftig nicht den Mut. Ich liege lieber da und lasse mich peinigen und sterbe zollweise von unten herauf. Na, da sind übrigens interessante Beobachtungen zu machen. Mit anderen Patienten kann man so gegen das Ende hin nicht gut experimentieren. Von denen sind nie irgendwelche richtigen Auskünfte zu kriegen. An sich selbst dagegen –, ja, liebe Freunde, das ist nun das einzige, worauf ich mich auf dieser Welt noch freuen kann. Ja, und dann meine guten Zigarren, denn die kann ich rauchen. So lebt denn wohl und danke für alles Gute. Möge es für euch lange währen. Na, na, gnädige Frau – wir wollen doch nicht gefühlig werden, keine Szenen aufführen – Lebt wohl –

Helmer Rank, ich schau' doch nach dir.

Der Doktor Du wirst nicht reingelassen. Pfui Teufel, was hast du mit dem Tod zu tun – vorläufig? Du bist ein gesunder glücklicher Mensch – nein, nein, das ist nichts für dich. Na, also lebt wohl und möge es noch viele Jahre dauern, bis ihr nachkommt. *Er geht.*

Helmer Das wird ein harter Schlag für uns, Nora!

Nora Ja.

Helmer Er war so zusammengewachsen mit uns. Ich kann ihn mir nicht fortdenken. Er, mit seinen Leiden und mit seiner Einsamkeit, gab gleichsam einen umwölkten Hintergrund für unser sonnenhelles Glück. Nun, vielleicht ist es besser so. Jedenfalls für ihn. Und möglicherweise auch für uns. *Er geht ins Vorzimmer und nimmt einen Schlüssel aus der Tasche.*

Nora Thorvald – was willst du?

Helmer Den Kasten leeren. Was ist denn das? War da jemand am Schloß?

Nora Am Schloß –?

Helmer Ja, ganz bestimmt. Was soll das heißen? Ich will doch wohl nicht hoffen, daß die Mädchen – hier ist ein Stück von einer Haarnadel – Nora, das ist eine von deinen –

Nora Dann müssen es die Kinder gewesen sein –

Helmer Ja, natürlich – das mußt du ihnen abgewöhnen. Hm, hm –, na, da hab' ich ihn doch aufgekriegt. – Sieh mal. Sieh dir an, wie sich das anhäuft.

Nora Willst du jetzt arbeiten?

Helmer Ja, ich muß. Ich kann sowieso nicht schlafen –, diese Sache mit Rank will mir nicht aus dem Sinn. Ja, ja, meine süße kleine Nora, ich sehe, das hat dich auch erschüttert. Aber das mußt du bekämpfen, das tut dir nicht gut. Du mußt froh und glücklich sein, mein Singvögelchen. Bist du nicht dazu auf der Welt? Es kam für uns ja nicht unerwartet. Wir sind ja lange vorbereitet gewesen. Und wie gesagt, es ist vielleicht besser so – für uns. Jetzt sind wir beide ganz aufeinander angewiesen. Aber, aber, Nora, nicht so zittern, das hat so etwas Unschönes. Wir wollen uns unser

Glück nicht wegnehmen lassen. Jetzt haben wir alles, eine unabhängige Stellung. Wie freue ich mich darauf, zuzupacken, mein eigener unabhängiger Herr zu sein – mit freien Händen zu schaffen.

Nora Ja, ja, das sollst du, Thorvald!

Helmer Ja, jetzt geh' ich solange in mein Zimmer. Gute Nacht, meine süße kleine Nora, bleib nicht zu lange auf. Du hast Ruhe so bitter nötig.

Nora Ja, ich denke auch, daß –, geh nur, Thorvald, gute Nacht, das letzte habe ich bald erledigt.

Helmer Gute Nacht, meine kleine Lerche. Und dann morgen ein neuer Tag und ein neues Leben. Gute Nacht, schlaf gut. Jetzt will ich die Briefe lesen. *Er geht mit dem Brief [korrigiert von: den Papieren] in sein Zimmer.*

Nora *sieht sich eine Weile mit verstörten Blicken um, macht einen Schritt auf Helmers Tür zu, bleibt aber wieder stehen, leise:* Thorvald, Thorvald, Thorvald! Ihn nie wiedersehen! Die Kinder, sie nie wiedersehen. Das eiskalte schwarze Wasser. Oh, kann ich es! Oh, wenn es vorüber wäre! Was ist das? Hat er ihn geöffnet? Liest er! – Lebwohl, mein Heim, mein Heim, und er und die Kinder!

Sie hat sich einen großen schwarzen Schal über den Kopf geworfen und will durch die Entreetür hinauseilen. Im selben Augenblick reißt **Helmer** *seine Tür auf und steht mit einem offenen Brief in der Hand da.*

Helmer Nora!

Nora *mit einem Schrei:* Ah –

Helmer Nora, was ist das –

Nora Ich geh' ja – du siehst ja, ich geh'.

Helmer *hält sie zurück:* Wo willst du hin? Weißt du, was dieser Schurke schreibt?

Nora Ja, töte mich nur! Schlag mich!

Helmer Nora!

Nora Laß mich los – ich geh' ja!

Helmer Entsetzlich! Ist es wahr, was er schreibt? Nein, nein, das ist ja unmöglich, daß es wahr sein kann.

Nora Was willst du mit mir machen?

Helmer Du Unglückselige –, was hast du angerichtet!

Nora Laß mich geh'n. Laß mich los.

Helmer *schließt die Tür ab:* Keine Komödie. Hier bleibst du und legst mir Rechenschaft ab. – Weißt du, was du getan hast? – Antworte mir! Weißt du das?

Nora Ja, jetzt weiß ich es.

Helmer Oh, wie entsetzlich bin ich aufgewacht. In diesen ganzen acht Jahren, – sie, die meine Lust und mein Stolz war, – eine Heuchlerin, eine Lügnerin – schlimmer, schlimmer – eine Verbrecherin – oh, diese bodenlose Häßlichkeit in all dem – pfui, pfui –

Nora *schweigt.*

Helmer Ich hätte es voraussehen müssen, es ahnen. All die leichtsinnigen Grundsätze deines Vaters sind es, die du geerbt hast. Keine Religion, keine Moral, kein Pflichtgefühl. Oh, wie bin ich dafür gestraft, daß ich ihm durch die Finger gesehen habe. Deinetwegen hab' ich es getan, und so werde ich dafür belohnt.

Nora Ja, so.

Helmer Du hast mein ganzes Glück zerstört, meine ganze Zukunft. Ich bin in der Gewalt eines gewissenlosen Menschen. Er kann mit mir machen, was er will, fordern, was ihm gerade einfällt. Ich darf nicht mucksen.

Nora Wenn ich aus der Welt bin, dann bist du frei.

Helmer Laß das Getue. Solche Redensarten hatte dein Vater auch auf Lager. Was nützt es, wenn du weg bist? Nichts. Macht er die Sache bekannt, dann wird kein Mensch daran zweifeln, daß ich von deiner verbrecherischen Tat gewußt habe. Man wird vielleicht glauben, ich hätte dich dazu verleitet. Meine ganze bürgerliche Existenz, mein ganzes Lebenswerk hast du untergraben. Ich muß schweigen und ihm dienen, sonst gehe ich auch zu Grunde. Verstehst du jetzt, was du mir angetan hast?

Nora Ja.

Helmer Das Ganze ist so unglaublich, daß ich es immer noch nicht fassen kann. Aber wir müssen sehen, wie wir ins Reine kommen. Nimm den Schal ab! Nimm ihn ab, sag' ich. Ich muß sehen, daß ich ihn auf irgendeine Weise zufriedenstelle. Die Sache muß vertuscht werden. Alles muß zwischen uns beim alten bleiben, nach außen. Aber natürlich nur nach außen. Die Kinder zu erziehen, erlaub' ich dir nicht mehr, die wag' ich dir nicht anzuvertrauen. Oh, das zu der sagen zu müssen, die ich so abgöttisch geliebt habe. Na, das ist vorbei, es geht nicht mehr um Glück, es geht darum, die Reste zu retten, die Trümmer, den Schein.

Es klingelt an der Wohnungstür.

Helmer Was ist das! So spät! Sollte das Entsetzlichste –! Sollte er –! Versteck dich –

Nora bleibt unbeweglich stehen. Er geht und öffnet die Vorzimmertür.

Das Hausmädchen *im Entrée:* Da ist ein Brief für die gnädige Frau gekommen.

Helmer Gib her. *Greift den Brief und schließt die Tür:* Ja, er ist von ihm. Schau.

Nora Lies du.

Helmer Ich hab' kaum den Mut. Ich ahne das Entsetzlichste. Wir sind vielleicht verloren, du und ich. Nein, ich muß es wissen. *Er bricht den Brief eilig auf, überfliegt einige Zeilen, ein Freudenschrei:* Nora!

Nora *sieht ihn fragend an.*

Helmer Nora! – Nein, ich muß es nochmal lesen. Doch, doch, es ist so. Du bist gerettet, Nora, du bist gerettet.

Nora Wie gerettet?

Helmer Schau her. Er schickt dir deinen Schuldschein zurück. Er schreibt, daß er bedauert und bereut –, daß eine glückliche Wendung in seinem Leben –, ach, es ist ja auch egal, was er schreibt. Wir sind gerettet, Nora. Nichts zeugt gegen dich. Oh, Nora, Nora – nein, erst all diese abscheulichen Sachen aus der Welt geschafft. Laß sehen, *wirft einen Blick auf die Verschreibung:* Nein, ich will's nicht sehen. Das ganze soll für mich wie ein Traum sein – *er zerreißt den Schein und beide Briefe und geht und wirft die Fetzen ins Feuer, sieht zu, wie es brennt:* So, jetzt existiert es nicht mehr. Ach, Nora, Nora, was für entsetzliche Tage müssen das für dich gewesen sein.

Nora Ich habe viel nachgedacht in diesen Tagen, Thorvald.

Helmer Und in deiner Bedrängnis keinen anderen Ausweg gesehen als – – nein, nein, wir wollen an all dies Häßliche nicht mehr denken. Wir wollen nur jubeln und wiederholen, es ist vorüber es ist vorüber! Hör doch, Nora, du scheinst es nicht zu fassen, es ist vorüber. Was ist das? Warum denn so ein versteinerter Gesichtsausdruck? Ach, Nora, ich begreif' schon. Du glaubst noch nicht recht daran, daß ich dir vergeben kann. Alles ist vergeben, das schwöre ich dir. Ich weiß doch, was du getan hast, hast du aus Liebe zu mir getan.

Nora Das ist wahr.

Helmer Du hast mich geliebt, wie eine Frau ihren Mann lieben soll. Nur die Mittel, die verstandest du nicht zu beurteilen. Glaubst du, du bist mir weniger lieb, weil du nicht selbständig zu handeln verstehst? Nein, nein, stütz dich auf mich, ich werde dir raten, ich werde dich leiten. Ich müßte kein Mann sein, wenn nicht gerade diese weibliche Hilflosigkeit dich in meinen Augen doppelt anziehend machte. Du darfst nicht mehr an die harten Worte denken, die ich im ersten Entsetzen zu dir sagte, als ich meinte, alles müßte über uns zusammenfallen. Ich habe dir verziehen, Nora, ich schwör's dir, ich habe dir verziehen.

Nora Ich danke dir für deine Verzeihung. *Geht durch die offene Tür rechts hinein.*

Helmer Nein, bleib doch, wo willst du hin?

Nora *im Nebenzimmer:* Ich muß mich sammeln. Bloß einen Augenblick.

Helmer Ja, sammle dich, du mein verschüchtertes Singvögelchen. Ich habe breite Schwingen, dich zu bedecken. Unser Heim ist schön und behaglich, Nora, hier bist du sicher, hier werd' ich dich für mich allein haben. Du wirst für mich sein wie eine Taube, die unversehrt aus den Klauen des Habichts entschlüpft ist, ich werde dein armes klopfendes Herz zur Ruhe bringen. Ganz allmählich wird das geschehen, Nora, glaub' mir. Ich werd' dir nicht lange wiederholen müssen, daß ich dir verziehen habe. Bald wirst du untrüglich fühlen, daß es so ist. Ach, bist du mir denn nicht nach all dem doppelt lieb? Bist du jetzt nicht doppelt mein, mein, ganz und gar mein, mein Geschöpf. Wie könnte es mir einfallen, dich verstoßen zu wollen, oder dir auch nur Vorwürfe zu machen. Ach, du kennst das Herz eines echten Mannes nicht, Nora. Es liegt für einen Mann etwas so unbeschreiblich Süßes und Befriedigendes darin, in seinem tiefsten Innern zu wissen, daß er seiner Frau vergeben hat, daß er ihr aus vollem, aufrichtigem Herzen vergeben hat. Ist sie nicht dadurch gleichsam im doppelten Sinne sein Eigentum geworden? Er hat sie gleichsam aufs Neue in die Welt gesetzt. Sie ist in gewisser Weise sowohl seine Frau als auch sein Kind geworden. Das sollst du für mich in Zukunft sein, du kleines ratloses, hilfloses Wesen. Fürchte dich nicht, Nora, bloß immer offenherzig gegen mich, dann werd' ich dein Wille und auch dein Gewissen sein. – Was ist das? Du hast dich umgezogen?

Nora *in ihrem Alltagskleid:* Ja, Thorvald, jetzt hab' ich mich umgezogen.

Helmer Aber warum?

Nora Heut' nacht schlafe ich nicht.

Helmer Ja, aber liebe Nora –

Nora *sieht auf ihre Uhr:* Es ist noch nicht so spät. Setz dich, Thorvald, wir zwei haben viel miteinander zu besprechen. *Sie setzt sich an die eine Seite des Tisches.*

Helmer Nora, was ist das? Schon wieder dieser versteinerte Gesichtsausdruck.

Nora Setz dich. Es dauert lange. Ich hab' über vieles mit dir zu reden.

Helmer *setzt sich ihr gegenüber:* Du machst mir Angst, Nora. Und ich versteh' dich nicht.

Nora Das ist es eben. Du verstehst mich nicht. Und ich hab' dich auch nie verstanden – bis heute abend. Nein, unterbrich mich nicht. Du sollst nur zuhören, was ich sage. – Dies ist eine Abrechnung, Thorvald.

Helmer Wie meinst du das?

Nora Wie wir hier sitzen, – fällt dir daran nichts auf?

Helmer Was sollte das sein?

Nora Wird sind jetzt acht Jahre lang verheiratet. Fällt es dir nicht auf, daß wir beide, du und ich, Mann und Frau, jetzt zum erstenmal ernst miteinander reden?

Helmer Ernst, – was heißt das?

Nora Volle acht Jahre, – ja, länger, – gleich vom ersten Tag unserer Bekanntschaft an haben wir nie ein ernstes Wort über ernste Dinge gewechselt.

Helmer Sollte ich dich denn immer wieder in Sorgen einweihen, die du mir doch nicht tragen helfen konntest?

Nora Ich rede nicht von Sorgen. Ich sage, wir haben nie im Ernst zusammengesessen, um zu versuchen, einer Sache auf den Grund zu gehen.

Helmer Aber, liebste Nora, wäre das denn was für dich gewesen?

Nora Da sind wir bei der Sache. Du hast mich nie verstanden. – Es ist viel Unrecht an mir verübt worden, Thorvald. Erst von Papa und dann von dir.

Helmer Was! Von uns beiden, – von uns beiden, die dich mehr als alle anderen geliebt haben!

Nora [*Durchgestrichen:* Ach], ihr habt mich nie geliebt. Ihr habt nichts weiter geliebt als eure eigene Verliebtheit [*korrigiert zu:* hat euch nur amüsiert, in mich verliebt zu sein].

Helmer Nora, was sind das für Worte?

Nora Als ich ein kleines Mädchen von vier, fünf Jahren war, sagte Papa, ich hätte so eine merkwürdige Lust, Französisch zu lernen, da ließ er mich lange Stücke auswendig lernen; später sagte er, ich hätte so seltene Anlagen, Verse zu schreiben, und da schrieb ich viele. Aber ich hatte weder Lust zu Französisch noch dazu, Verse zu schreiben, aber ich glaubte es, weil Papa es gesagt hatte. Dann erzählte er, seine altmodischen Schränke und diese hochlehnigen Stühle mit dem Lederbezug wären die schönsten, und da meinte ich, sie wären es. Dann sagte er, seine hohe weiße Halsbinde und sein Stock mit dem Goldknopf gäben ein vornehmes Aussehen, und da meinte ich, es wäre so. Papa hat mir seine Meinungen über alles erzählt, und so hatte ich dieselben Meinungen, und wenn ich andere hatte, dann hab' ich das verheimlicht, denn das hätte er nicht gemocht. Er nannte mich seine Puppe und er spielte mit mir, wie ich mit meinen Puppen gespielt hab'. Dann kam ich zu dir, Thorvald –

Helmer Du kamst zu mir?

Nora Ja, ich mein', dann bin ich aus Papas Händen in deine übergegangen. Du wolltest nicht, daß ich mich mit dem Französischen beschäftigte, der vielen unmoralischen Bücher wegen, und du hieltest auch nichts davon, daß wir Frauen Verse machen. Aber du mochtest Musik, und da wolltest du, daß ich Monologe aufsagte, die wir im Theater gehört hatten, und daß ich mich mit malerischen Kostümen verkleidete. Du hast unser Haus nach deinem Geschmack eingerichtet, und so bekam ich denselben Geschmack, – oder ich tat so, ich weiß nicht genau, oder ich glaub', es war von beidem was, bald das eine, bald das andere. Du und Papa, ihr habt euch gegen mich versündigt. Ihr seid schuld daran, daß ich mir das Lügen zur Gewohnheit gemacht habe und daß aus mir nichts geworden ist.

Helmer Du bist ungerecht und undankbar, Nora! Bist du hier nicht glücklich gewesen?

Nora Nein. Ich hab' es geglaubt, aber ich bin es nicht gewesen.

Helmer Nicht – nicht glücklich!

Nora Nein, nur lustig, fröhlich. Unser Heim war eine Puppenstube. Hier war ich deine Puppe, so wie ich früher Papas war. Und die Kinder, die waren wieder meine Puppen. Und es hat mich amüsiert, mit dir zu spielen, so wie es sie amüsiert hat, daß ich mit ihnen spielte. Das war unsere Ehe, Thorvald.

Helmer Es ist etwas Wahres an dem, was du sagst, so übertrieben und überspannt es auch ist. Aber von jetzt an soll es anders werden. Die Zeit des Spielens ist vorbei. Jetzt kommt die der Erziehung.

Nora Wessen Erziehung? Meine oder die der Kinder?

Helmer Sowohl deine als auch die der Kinder, meine geliebte Nora.

Nora Ach, Thorvald, du bist nicht der Mann, um mich zu einer richtigen Frau für dich zu erziehen.

Helmer Und das sagst du?

Nora Und ich – wie bin ich darauf vorbereitet, unsere Kinder zu erziehen?

Helmer Nora!

Nora Hast du es nicht vorhin selbst gesagt, – diese Aufgabe wagst du mir nicht anzuvertrauen.

Helmer In der ersten Erregung. Wie kannst du das ernstnehmen.

Nora Du hast die Wahrheit gesprochen. Ich kann diese Aufgabe nicht bewältigen. Zuerst muß eine andere Aufgabe gelöst werden. Ich muß versuchen, mich selbst zu erziehen. Und du bist nicht der Mann, mir dabei zu helfen. Das muß ich allein schaffen. Und darum geh' ich jetzt weg von dir.

Helmer *springt auf:* Was sagst du da?

Nora Ich muß auf meinen eigenen Füßen stehen, wenn ich mir über mich und alles andere klar werden will. Deshalb kann ich nicht mehr hier bleiben.

Helmer Nora, Nora!

Nora Ich werd' noch heut abend von hier weggehen. Es hat keinen Zweck, sowas aufzuschieben. Kristine wird mich wohl für heut nacht bei sich aufnehmen –

Helmer Du bist wahnsinnig. Das erlaub' ich dir nicht. Ich verbiete es dir.

Nora Es nützt nichts, mir jetzt noch was zu verbieten. Ich nehm' mit, was mir gehört. Von dir will ich nichts haben, weder jetzt noch später.

Helmer Was für ein Wahnsinn!

Nora Morgen fahr' ich nach Hause, – ich mein', in meine alte Heimat. Dort wird es am leichtesten für mich sein, irgendwo unterzukommen.

Helmer Oh du verblendetes unerfahrenes Geschöpf!

Nora Ich muß versuchen, Erfahrungen zu sammeln, Thorvald!

Helmer Dein Heim verlassen, deinen Mann und deine Kinder! Und du denkst nicht daran, was die Leute sagen werden?

Nora Darauf kann ich keine Rücksicht nehmen. Ich weiß nur, daß es für mich notwendig ist.

Helmer Oh, es ist empörend! So kannst du deine heiligsten Pflichten verraten!

Nora Was sind meine heiligsten Pflichten?

Helmer Das muß ich dir erst noch sagen! Sind es nicht die Pflichten gegen deinen Mann und deine Kinder?

Nora Habe ich nicht andere ebenso heilige Pflichten?

Helmer Nicht in erster Linie. Was für Pflichten sollten das wohl sein?

Nora Die Pflichten gegen mich selbst.

Helmer Du bist vor allen Dingen Frau und Mutter.

Nora Daran glaub' ich nicht mehr. Ich glaube, daß ich vor allen Dingen ein Mensch bin – oder daß ich versuchen muß, es zu werden. Ich weiß, daß die meisten dir rechtgeben werden, Thorvald, oder daß sie so etwas sagen. Aber ich kann mich nicht mehr damit begnügen, was die Männer [*korrigiert zu:* Menschen] sagen und was in den Büchern steht. Ich muß selbst über die Dinge nachdenken und versuchen, mir darüber klar zu werden.

Helmer Du solltest dir über deine Stellung in deinem eigenen Heim nicht klar sein. Hast du in sowas nicht einen untrüglichen Führer? Hast du nicht die Religion?

Nora Ach, Thorvald, ich weiß doch gar nicht richtig, was die Religion ist.

Helmer Was sagst du da?

Nora Ich weiß doch nichts weiter als das, was Pastor Nilsen im Konfirmandenunterricht gesagt hat. Er hat erzählt, die Religion wäre das und das. Wenn ich aus all dem hier rauskomme, [*durchgestrichen:* dann will] und mit mir allein bin, will ich auch die Sache untersuchen. Ich will sehen, ob es richtig ist, was Pastor Nilsen gesagt hat, oder jedenfalls, ob es für mich richtig ist.

Helmer Also, das ist doch unerhört von einer so jungen Frau! Aber da die Religion dich nicht auf den rechten Weg führen kann, will ich doch dein Gewissen aufrütteln. Denn moralisches Gefühl hast du doch? Oder, antworte mir, – hast du vielleicht keins?

Nora Ach, Thorvald, was soll ich dir antworten? [*korrigiert zu:* es ist nicht leicht, darauf zu antworten]. Ich weiß das doch gar nicht. Ich bin mir über die Dinge ganz im Unklaren. Ich weiß nur, daß ich über das Moralische eine ganz andere Meinung habe als du. Ich weiß ja jetzt auch, daß die Gesetze dir rechtgeben, aber das will mir einfach nicht in den Kopf. Ich kann nicht begreifen, daß das Gesetz da richtig ist, wo es mich angeht. Daß eine Frau nicht das Recht haben sollte, ihren alten sterbenden Vater zu schonen oder ihrem Mann das Leben zu retten!

Helmer Du redet wie ein Kind. Du verstehst die Gesellschaft nicht, in der du lebst.

Nora Nein, das tu' ich auch nicht. Aber mit ihr will ich mich jetzt auseinandersetzen. Ich muß versuchen, dahinterzukommen, wer recht hat, die Gesellschaft oder ich. *Sie geht ins Nebenzimmer rechts und holt ihren Hut und ihren Mantel.*

Helmer Nora, du bist krank, du hast Fieber, du bist nicht bei Verstand.

Nora Ich habe mich nie so klar und sicher gefühlt wie heute nacht.

Helmer Und klar und sicher verläßt du deinen Mann und deine Kinder?

Nora Ja.

Helmer Dann ist nur eine Erklärung möglich.

Nora Welche?

Helmer Du liebst mich nicht mehr.

Nora Ja, Thorvald, so ist es.

Helmer Nora! Oh, oh!

Nora Ich will es dir nicht verheimlichen, – ich liebe dich nicht mehr. Darum geh' ich.

Helmer *mit erkämpfter Fassung:* Ist das auch eine klare und sichere Überzeugung?

Nora Ja, vollkommen klar und sicher.

Helmer Und kannst du mir vielleicht auch erklären, wodurch ich mir deine Liebe verscherzt habe?

Nora [*Durchgestrichen:* Ach, Thorvald, die Sache ist die, du hast nicht verscherzt] Das kann ich. Du hast meine Liebe verscherzt, als mir heute abend aufging, daß du mich nie so geliebt hast, wie ich dich liebte. Du hast sie verscherzt, als ich sah, daß du nicht der Mann bist, für den ich dich hielt, – als ich nicht mehr zu dir aufsehen konnte als zu einem Höheren und Überlegenen, das bist du nämlich nicht.

Helmer Wodurch habe ich all dies an den Tag gebracht?

Nora Das will ich dir sagen. Das, was du mein Verbrechen nennst, daß ich den Namen meines Vaters nachschrieb, um dir das Leben zu retten, war mein stolzes und frohes Geheimnis, bis mir die Augen geöffnet wurden für die Folgen, die das nach sich ziehen konnte. Eine ganze Woche habe ich in ununterbrochener Todesangst durchlebt.

Helmer Das begreife ich wohl.

Nora Aber du begreifst nicht, warum. Oder kannst du es mir sagen?

Helmer Nun, Strafe und Skandal brauchtest du ja nicht zu fürchten. Du mußtest ja wissen, daß ich aber auch jedes Mittel aufbieten würde, um dich zu retten, daß ich genötigt wäre, auf aber auch jede Bedingung einzugehen –

Nora Hm. Was also, glaubst du, hat mich dazu getrieben, meinem Leben ein Ende machen zu wollen?

Helmer Du hast meinen Zorn gefürchtet.

Nora Nein, Thorvald, ich wollte meinem Leben ein Ende machen, um zu verhindern, wovon ich unsagbar fest überzeugt war, was dir deine Dankbarkeit, deine Liebe und deine hohe männliche Gesinnung gebieten würden zu tun. Nicht mit einem Gedanken ist mir eingefallen, daß du dich auf die Bedingungen dieses Menschen einlassen könntest, daß du dich bereitfinden könntest, deine Handlungen nach dem Willen eines anderen zu richten. Ich war felsenfest sicher, daß du zu ihm sagen würdest: Machen Sie die Sache nur der ganzen Welt bekannt. Und wenn das geschehen war –

Helmer Ja, was denn? Ich sollte dich der Strafe und der Entehrung preisgeben.

Nora Nein, wenn das geschehen war, dann, da war ich

felsenfest sicher, würdest du vortreten und alles auf dich nehmen und sagen: Ich bin der Schuldige –

Helmer Nora!

Nora Du meinst, so ein Opfer hätt' ich nie angenommen? Nein, selbstverständlich nicht. Aber was würden meine Worte gelten gegenüber deinen? Ich war felsenfest davon überzeugt, daß du dich selbst für mich opfern würdest – hört nicht auf sie, würdest du sagen – sie ist unzurechnungsfähig, sie ist wahnsinnig – du würdest sagen, es sei die Liebe zu dir – du würdest Himmel und Erde in Bewegung setzen. Ich dachte, du würdest Doktor Rank veranlassen zu bezeugen, ich sei irre, verrückt, durchgedreht. Ich hab' felsenfest geglaubt, du würdest zugrunde gehen, um mich zu retten. Davor grauste mir, und deshalb wollte ich mir das Leben nehmen.

Helmer Oh, Nora, Nora!

Nora Und wie kam es dann? Kein Dank, kein Ausbruch von Liebe, nicht die Spur eines Gedankens, mich zu retten. Nur Vorwürfe – Hohn gegen meinen Vater – kleinliches Erschrecken – die Mißhandlung des wehrlosen Opfers durch den Tyrannen.

Helmer Ja, ja –

Nora Und dann, im selben Augenblick, als die Gefahr vorbei war, da war es für dich, als ob nichts geschehen wäre. Ich war wieder deine kleine Singlerche, deine Puppe, die du in Zukunft doppelt vorsichtig auf Händen tragen mußtest, weil sie ja so zart und zerbrechlich ist. Thorvald, in dem Augenblick warst du [*korrigiert zu:* ist mir aufgegangen] für mich ein [*korrigiert zu:* daß ich hier zusammengelebt habe mit einem] fremder(n) Mann, und mit einem fremden Mann kann ich nicht weiter zusammenleben [*korrigiert zu:* das kann nicht so weitergehen].

Helmer Ja, ja, ja, ein Abgrund hat sich zwischen uns aufgetan. Aber, Nora, Nora, sollte er sich nicht überbrücken lassen?

Nora So, wie ich jetzt bin, bin ich keine Frau für dich.

Helmer Ich habe die Kraft, ein anderer zu werden.

Nora Möglich, – wenn dir die Puppe weggenommen wird.

Helmer Trennen – von dir trennen! Nein, nein, Nora, ich kann den Gedanken nicht fassen.

Nora Desto dringender muß es geschehen! *Sie holt ihre Reisetasche aus dem Zimmer rechts.*

Helmer Nora, Nora! [*Eingeschoben:* Nicht jetzt. Warte bis morgen.

Nora Ich kann nicht in der Wohnung eines fremden Mannes übernachten.

Helmer Bruder und Schwester.

Nora Redensarten, du weißt sehr gut, – das würde nicht lange der Fall bleiben.]

Nora *zieht den Mantel an:* Leb wohl, Thorvald. Ich will die Kleinen nicht sehen. Ich weiß, sie sind in besseren Händen als meinen. Aber wache über sie, du auch, so gut du kannst. So, wie ich jetzt bin, kann ich nichts für sie sein.

Helmer Aber später mal, Nora, – später –?

Nora Wie soll ich das wissen? Ich weiß ja gar nicht, was aus mir wird.

Helmer Aber du bist meine Frau, so wie du bist und so, wie du sein wirst.

Nora Hör mir zu, Thorvald, – wenn eine Frau das Haus ihres Mannes verläßt, so wie ich es jetzt tu', dann ist er, das hab' ich jedenfalls gehört, nach dem Gesetz von allen Verpflichtungen ihr gegenüber befreit. Ich befreie dich wenigstens von jeder Verpflichtung. Du sollst dich durch kein Band gebunden fühlen, genauso wenig, wie ich es sein will. Es muß auf beiden Seiten volle Freiheit herrschen. So, da hast du deinen Ring zurück. Gib mir meinen.

Helmer Auch das?

Nora Das auch.

Helmer Da ist er.

Nora So. Jetzt ist es also vorbei. Hier leg' ich die Schlüssel hin. Über den Haushalt wissen die Mädchen Bescheid – besser als ich. Morgen, wenn ich abgereist bin, kommt Kristine her, um die Sachen zusammenzupacken, die mir noch von früher gehören. Die will ich nachgeschickt haben.

Helmer Vorbei, vorbei! Nora, wirst du nie mehr an mich denken?

Nora Wenn eine Frau mit einem Mann acht Jahre lang zusammengelebt hat, wird er ihr, glaub ich, nie ganz fremd werden. Ich werde oft an dich und an die Kinder und an das Haus hier denken.

Helmer Nora, darf ich dir auch schreiben?

Nora Nein, – nie. Das erlaub' ich dir nicht.

Helmer Aber schicken darf ich dir doch –

Nora Nichts, nichts.

Helmer – dir helfen, falls du es brauchst.

Nora Nichts, nichts, sag' ich. Ich nehme von Fremden nichts an.

[*Durchgestrichen:*

Helmer Ich seh' es wohl, ich bin für dich ein Fremder geworden.

Nora Das bist du geworden, ebenso wie ich für dich. Und darum, leb wohl!]

Helmer Nora, werd ich für dich niemals mehr als ein Fremder sein können?

Nora Ach, Thorvald, dann müßte das Wunderbarste geschehen –

Helmer Nenn dieses Wunderbare!

Nora Dann müßten wir beide, du und ich, uns so verwandeln, daß – ach, Thorvald, ich glaube nicht mehr an Mirakel.

Helmer Aber ich glaube daran! Nenn es! Uns so verwandeln, daß –

Nora Daß ein Zusammenleben zwischen uns beiden eine Ehe werden könnte. Leb wohl. *Sie nimmt schnell ihre Reisetasche, winkt und geht hinaus.*

Helmer *sinkt auf einen Stuhl neben der Tür:* Nora! Nora! – – Das Wunderbarste –?!

Vom 3. 8. 79

3. [TEILENTWÜRFE]

3.1. [ENTWURF ZUM ANFANG DES ZWEITEN AKTES]

Seite 49 – Seite 51, Zeile 2

ZWEITER AKT

Dasselbe Wohnzimmer. Hinten in der Ecke beim Klavier steht der Weihnachtsbaum, er ist geplündert und mit kleinen heruntergebrannten Kerzenstümpfen.

Nora *unruhig umher:* Da kommt jemand! *An der Tür:* Nein, niemand. Natürlich nicht; heute kommt er nicht, Heiligabend, Erster Weihnachtstag – und morgen auch nicht –. Aber vielleicht – *öffnet* nein – nichts im Briefkasten – ganz leer. Ah, dummes Zeug! Er tut es natürlich gar nicht – Das kann ja nicht sein. Das ist unmöglich. Ich hab' ja drei kleine Kinder.

Das Kindermädchen *mit einem Bündel von links:* Hier hab' ich die Sachen für den Maskenball gefunden –

Nora Danke, das ist gut.

Das Mädchen Aber sie sind arg in Unordnung.

Nora Ja, ich wollte Frau Linde holen, daß sie mir ein bißchen hilft –

M. Aber bei dem häßlichen Wetter – die gnädige Frau wird sich erkälten, krank werden.

N. Die Leute haben Mitleid mit Kranken – was machen die Kinder.

M. Ach, die Armen, die amüsieren sich, so gut sie können.

N. Fragen nach mir. Wenn ich nun von jetzt an nicht mehr so viel mit ihnen zusammensein könnte wie bisher –

M. Kleine Kinder gewöhnen sich an alles.

N. Wenn ich ganz fort von ihnen wäre, glaubst du, sie würden mich vergessen –

M. Gott bewahre, ganz fort –

N. Ist dir deine Tochter nicht fremd geworden –

M. Wieso weiß Frau Nora –

N. Daß du auch ein Kind gehabt hast – das hab' ich gewußt, seitdem ich zwölf, dreizehn Jahre alt war – sonst hättest du ja nicht meine Amme sein können. Ach, es muß entsetzlich sein, von seinem eigenen (Kind; *d. Übers.*) fortgerissen zu werden.

M. Wir einfachen Leute nehmen es nicht auf diese Weise. Mir kam meine kleine Nora wie mein eigenes Kind vor –

N. Du darfst die Kleinen nie verlassen, versprich mir das.

M. Hab' ich nicht für Nora gesorgt, als sie ein kleines Mädchen war und keine andere Mutter hatte.

N. Doch, doch, sie sind bei dir in guten Händen. Geh hinein.

Seite 51

6-7. *nach links hinein.*

8. 10-11.

N. nur inzwischen nichts passiert, während ich weg bin –

14-21. Gar nicht drum – kommen sie] Gar nicht drum kümmern. 1. 2.3.4. 5. 6. *schreit auf:* Ah, wer ist das. *Frau Linde kommt.*

Nora Ach, du bist's Kristine. Wie gut, daß du gekommen bist.

24-Seite 53, Zeile 17

No- Wie nett, daß du kommst.

Frau L. Ich komme, um deinem Mann zu danken.

Nora Anstellung.

Frau L. Ja – Ist er vielleicht nicht zu Hause.

N. Ist so beschäftigt. Aber jetzt mußt du mir helfen. Also, Kostümball oben in der 3. Etage bei Stenborg. Ich soll als neapolitanisches Mädchen gehen und Tarantella tanzen – habe es da unten gelernt – habe es Thorvald versprochen – Kannst du helfen –

Frau L. Werde versuchen – Aber ich hab' ja völlig vergessen, dir für den gemütlichen Abend gestern zu danken –

Nora Oh, Thorvald versteht es, alles gemütlich zu machen.

Frau L. Du nicht weniger – Aber sag mal, ist Doktor Rank immer so ernst wie gestern –

N. Er leidet an einer gefährlichen Krankheit – Aber gestern war es allerdings auffallend –

F. L. Er kommt ja öfter hierher.

N. Jeden Tag – er gehört gewissermaßen zur Familie, ich glaube, er könnte uns nicht entbehren.

Seite 53

18. noch] *fehlt*

20. Ich will dir etwas sagen] *später eingeschoben*

21. da] *fehlt*

23. Wo] Wo [*durchgestrichen:* meinst du?]

24.-25. Sowohl – erzählt] Gestern hast du (von einem reichen Verehrer) gesprochen

27. **N.** Und weiter.

30. für – zu sorgen?] Familie –

32. er – her] er kommt jeden Tag

35. kann dieser feine Mann] (können) sie

Seite 54

2-4. **Frau L.** Glaubst du, ich versteh' nicht, daß du die 1200 sp. von ihm bekommen hast.

5. Du – Ideen!] *fehlt*

6-7. hier – wär' das!?] hierher kommt; wie konnte es dir einfallen

8. er] *fehlt*

9-Seite 55, Zeile 29

N. Ich versichere dir. Aber, Doktor R.? Ich weiß genau, daß, wenn ich ihn bitten würde –

F. L. N. N. hinter dem Rücken deines Mannes – warum redest du nicht mit deinem Mann –

N. Ach, du verstehst das Ganze nicht, kennst Torvald nicht.

Fr. L. Vor allem nicht Dr. R.

N. Wäre mir nie eingefallen, obwohl ich genau weiß, er täte es.

Fr. L. Aber raus mußt du da. Diese Geheimniskrämerei ist nahe daran, alle Wahrhaftigkeit im Verhältnis zu deinem Mann zu untergraben –

N. Und das kannst du auch sagen. Ja, ich muß da raus. Hör mal, wenn man alles bezahlt, was man schuldig ist, dann bekommt man doch seinen Schuldschein zurück?

Fr. L. Ja, natürlich.

N. Wer da Geld hätte, Kristine –

Fr. L. Sollte nicht dein Mann –?

N. Ach, es gibt viele wie ihn – *summt* Nur Mut – hineinspringen, nicht hineinkriechen –

Fr. L. Aber keine Geheimnisse mehr vor deinem Mann, N.

N. Pah, ein Mann braucht nicht alles zu wissen. Pst, da kommt er. [*Später eingeschoben:* Liebes, setz dich ins Kinderzimmer. Torvald mag Schneiderkram nicht] *ins Entree hinaus:* Oh, bist du da, lieber Torvald – wie kalt du bist. Hast du unten in der Bank nicht gefroren. Na, dann ist es gut.

H. Ist das Nähmädchen bei dir?

N. Nein, das ist K., sie bringt mein Kostüm in Ordnung. Ach, du wirst sehen, ich werd' mich schon machen.

H. Ja, ich glaub', das war eine glückliche Idee von mir –

N. Eine prächtige Idee. Aber ist es nicht auch nett von mir, dir nachzugeben, denn da gehört doch wirklich Mut dazu –

H. Du bist ein kleiner Schelm, du willst allzu gern –

N. – dir gefallen, Torvald.

H. Hübsch gesagt. Aber ich will dich nicht stören – du wirst wohl anprobieren müssen, nehm' ich an – –

N. Und du wohl arbeiten?

H. Ja. *geht zur Tür.*

Seite 59, Zeile 32-Seite 60, Zeile 13

Und – zu tun.] H. – – Sollte R. kommen, dann findet er mich hinten im Büro – *in sein Zimmer.*

N. Doktor R – Ja, er kommt ja um diese Zeit – Es muß sein. Jetzt hat er bald den Brief – Es klingelt, da ist er. Nein, das ist er nicht – Ah, Doktor, Sie sind's. Bring die Lampe, Helene – Kommen Sie her, Doktor, ich glaube mein Mann hat etwas zu tun –

Seite 60

15-16. *Regieanweisung fehlt*

17. ein Stündchen] Zeit

18. werde] will

22-23. Sollte – dazwischenkommen?] Was sollte dazwischen kommen?

24. Dazwischenkommen – das] Nichts anderes als das

27-28. **N.** Doktor R., was haben Sie erfahren. Sagen Sie es.

29. *Regieanweisung fehlt*

31. *atmet*] *fehlt*
33-34. Ich – ich] Ich habe in diesen Tagen
Seite 61
1-2. Bankrott – vielleicht] Dies ist das letzte Weihnachten, das ich erlebe, N. heute in einem Jahr liege ich
4-Seite 67, Zeile 33
R. Eine häßliche Sache läßt sich nicht mit hübschen Worten sagen. Na, einmal muß man ja 'ran. Aber so für die Schuld eines anderen zu büßen. Ist da irgendeine Gerechtigkeit drin? Und doch herrscht in jeder Familie eine unerbittliche Vergeltung. Unter dem lustigen Leutnantsleben meines Vaters hat mein armes Rückgrat zu leiden.
N. Aber lieber Doktor R – Sie können noch lange leben.
R. Hm über die Sache bin ich jetzt mit mir im reinen. Das ist das letzte Weihnachten, an dem ich hier im Hause zu Gast bin. Ja, wie wird es hier in einem Jahr aussehen –
N. Wer das wüßte.
R. – Na, die, die fortgehen, sind bald vergessen –
N. Glauben Sie –
R. Man knüpft neue Verbindungen –
N. *heftig:* Wer knüpft neue Verbindungen –
R. Sie und Ihr Mann. Haben Sie nicht schon angefangen. Was sollte diese Frau Linde gestern abend hier –
N. Ah so, Sie sind eifersüchtig auf Kristine –
R. Ja, das bin ich. Ich sehe es im voraus, sie wird hier im Haus meine Nachfolgerin werden; wenn ich weg bin, wird dieses Frauenzimmer –
N. Pst, sprechen Sie nicht so laut, sie ist da drin –
R. Sehen Sie, sehen Sie.
N. Nur um an meinem Kostüm zu nähen. Seien Sie jetzt nicht böse, lieber Dr. R. Pfui, gestern abend waren Sie so unfreundlich zu ihr. Seien Sie jetzt lieb. Sie sind ja unser erster und bester Freund, das wissen Sie doch – Morgen werden Sie auch sehen, wie hübsch ich auf dem Ball sein werde – R. jetzt will ich Ihnen was zeigen. Hier.
R. Was ist das.
N. Sehen Sie.
R. Seidenstrümpfe.

N. Fleischfarbene – Nein, nein, nein, Sie dürfen nur die Füße sehen. – Na gut, Sie können auch den oberen Teil sehen.

R. Glauben Sie, daß die Strümpfe Ihnen passen werden.

N. Warum nicht –

R. Ich weiß ja nicht –

N. *schlägt ihm mit dem Strümpfen leicht auf die Wange:* Ach pfui, schämen Sie sich.

R. Nora – Frau Helmer – wenn man sterben soll.

N. Sie sollen uns nicht wegsterben, Sie sollen weiter Torvalds und mein bester und liebster Freund sein –

R. Ach, ich habe nie Gelegenheit gehabt, Ihnen meine Freundschaft zu beweisen. Ich habe bloß genommen, was Sie mit vollen Händen über mir ausgegossen haben, die Wärme, Wohlergehen – ich hätte fast gesagt, das Glück –

N. Und wenn ich Sie nun bitten würde um – nein –

R. Um was?

N. Um einen großen Beweis Ihrer Freundschaft?

R. Ach, tun Sie's, N. Sie wissen nicht, wie gern ich etwas hinterlassen würde – eine Erinnerung, etwas, was mich vor dem Vergessen bewahren könnte. Aber was ist es?

N. Ach nein, ich kann nicht – Jetzt, da ich es Ihnen sagen soll, scheint es mir eine Unmöglichkeit – ich weiß doch nicht, wie Sie über mich urteilen –

R. Dann will ich Ihnen eines sagen. Jetzt sollen Sie wissen, was Sie nie geahnt haben, nie haben ahnen können – Ein Sterbender, wie ich, kann sprechen, bisher habe ich geschwiegen.

N. Dr. R. schweigen Sie auch jetzt.

R. Nein, Sie sollen es erfahren, ich habe Sie geliebt, N. geliebt, so lange ich Sie gekannt habe. Jede Stunde, die ich mit Ihnen zusammen war, ist wie ein großes unbeschreibliches Glück gewesen, das einzige, von dem ich habe sagen können.

N. Sprechen Sie leise – jemand könnte Sie hören.

R. Selbst Helmer dürfte gern von jedem einzigen [Wort; *d. Übers.*] wissen, das ich an Sie gerichtet habe; wenn ich fort bin, soll er alles erfahren; aber Sie sollen es jetzt erfahren, damit Sie sich in vollem Vertrauen an mich wenden können. Ich will Ihnen nichts weiter sagen als das. Niemand hat Sie abgöttischer geliebt als ich.

Nora *geht zur Tür:* Helene, bring die Lampe rein.

R. Nora –

Nora Ach, lieber Dr. R. – das war häßlich von Ihnen –

R. Was? Was denn?

N. Warum mußten Sie mir das sagen. Es war gerade alles so schön, das war doch gar nicht nötig –

R. Was meinen Sie? Haben Sie gewußt –

Das Mädchen kommt mit der Lampe.

Nora Danke. Stell sie auf den Tisch –

Das Mädchen ab.

R. Nora, ich frage Sie, haben Sie gewußt –

N. Ach, ich weiß nicht, was ich [gewußt; *d. Übers.*] hab', etwas ahnt man ja, oder – nein, ich weiß gar nicht –

R. So wissen Sie jetzt auch, daß Sie auf mich rechnen können – Raus mit der Sprache –

N. Jetzt noch?

R. – Lassen Sie mich für Sie tun, was in menschlicher Macht steht.

N. – Jetzt können Sie nichts mehr für mich tun –

R. Jetzt nicht? Jetzt, da Sie wissen –

N. – Gerade nicht jetzt. Ach Gott, daß ein Mann doch nicht begreifen kann –

R. Ja, N., ich hätte es begreifen müssen.

N. Zu spät.

R. Soll ich gehen – für immer.

N. Nein, das sollen Sie nicht. Sie sollen nach wie vor herkommen; Torvald kann Sie nicht entbehren.

R. Aber Sie –

N. Ach, ich, ich – aber jetzt sollen Sie solange zu Torvald gehen –

R. Sind Sie böse?

N. Nein, aber jetzt sollen Sie zu ihm gehen. Er wartet auf Sie hinten im Büro.

R. Wenn Sie sich daran erinnern, was ich Ihnen gesagt habe, dann sollen Sie auch daran denken, daß ich ein sterbender Mann bin. *Er geht in Helmers Zimmer.*

N. Es ist besser so. Nicht an jemand gebunden. Er kommt nicht. Es passiert nichts. –

Sie will ins Zimmer links gehen, im selben Moment öffnet das Hausmädchen die Tür zum Vorzimmer.

Das Mädchen *leise:* Gnädige Frau.

N. Was ist.

M. Der Herr, der gestern abend beim Herrn Direktor war –

N. Welcher Herr, da waren ja so viele –

M. Er hat seine Karte abgegeben –

N. Ah – wo ist er –

M. Er ist die Hintertreppe 'raufgekommen, er wollte mit der gnädigen Frau allein sprechen.

N. Ach Gott, jetzt, ich ich kann nicht –

M. Er hat gesagt, er geht nicht, bevor er nicht mit der gnädigen Frau gesprochen hat.

N. Dann laß ihn reinkommen, Helene, sag nichts, es ist eine Überraschung für meinen Mann –

M. Ja, ja, ich versteh' schon –

N. Oh, dieses Entsetzliche – *sie schiebt den Riegel an Hs Tür vor.*

Das Mädchen öffnet die Tür für K. und schließt sie wieder.

3.1.1. [WEITERER ENTWURF ZUM ANFANG DES ZWEITEN AKTES]

Seite 66

32. ihr] *fehlt*

34, 35. *Regieanweisung fehlt.*

Seite 67

2-3. **N.** Nein, nein – es ist mein Kostüm – das gebracht wird –

4-11. **R.** Da liegt es doch –
N. Ja – es gibt noch eins –
R. Aha, Geheimnisse hinter dem Rücken des Ehemannes. Jetzt begreife ich das gr. . . .

N. Gehen Sie zu T. – Laß ihn reinkommen –, gehen Sie, er sitzt hinten im Büro –

R. – Ich werde ihn festhalten –

3.2. [ENTWURF ZUM SCHLUSS DES ZWEITEN AKTES]

Seite 68

14-16. **Kr.** Also nicht. Meinte auch nicht, daß es meinem gutem T. H. ähnlich sähe, soviel Mut zu zeigen.

19-21. Gott bewahre – daß] Gott bewahre. Aber wenn die gnädige Frau es so ängstlich geheimhält, nehme ich an, daß

24. jemals] *fehlt*

25. solch ein] ein so

27-28. Nur – müssen.] Ich habe seit gestern viel an Sie gedacht.

30. wohl auch sowas wie Herz.

33-Seite 69, Zeile 2

Kr. Ihr Mann hat nicht an meine gedacht, aber gleichwohl –. Ich will Ihnen sagen, daß Sie die Sache nicht allzu ernst nehmen sollen. Von meiner Seite wird keine Anzeige erfolgen.

4-Seite 72, Zeile 4

Kr. Ein solches Geldgeschäft mit einer Unmündigen ist ja streng genommen nicht einmal bindend –

N. Nicht? Ja, ja, das ist egal, ich werde doch noch bezahlen.

Kr. Gut, gut, aber das war's, was ich sagen wollte; sollten Sie sich also mit irgendeinem verzweifelten Entschluß tragen –

N. Das tue ich.

Kr. Unterlassen Sie dergleichen. Sollten Sie vielleicht die Absicht haben, heimlich abzureisen –

N. Woher wissen Sie das? Wer hat Ihnen gesagt –

Kr. Oder vielleicht das, was schlimmer ist –

N. Oh, sprechen Sie nicht davon – dieses Entsetzliche –

Kr. Ja, es muß entsetzlich sein, besonders für eine so feine Dame. Das eiskalte Wasser, schwarz, tief –

N. Woher wissen Sie das alles –

Kr. Und dann ans Ufer treiben im Frühling, wenn das Eis schmilzt – häßlich, unkenntlich – ich hatte nicht den Mut dazu, und das war noch bei Sommerwetter – und jetzt mitten im Winter –

N. Nie – ich bring' den Mut dazu nicht auf.

Kr. Das wär' auch eine große Dummheit. Sie haben ein glückliches Heim, Mann und Kinder, an denen Sie hängen. Gute Freunde in Menge, Achtung bei allen – und das Leben liegt vor Ihnen.

N. Oh ja, ja –, das Leben könnte so schön sein –

Kr. Darum sollen Sie auch nicht hingehen und es wegwerfen, aus Unbesonnenheit; ich fürchte, ich habe Sie gestern zu sehr erschreckt, und darum will ich jetzt mit Ihnen sprechen – Sie vorbereiten –

N. Worauf?

Kr. Ich habe über diese Dinge genauer nachgedacht. Meine Lage ist nicht derart, daß ich auf die Oberhand verzichten kann, die ich nun einmal über Helmer habe – ich werde sie nicht mißbrauchen, wenn er vernünftig ist.

N. Was wollen Sie tun?

K. Ich habe den Weg nicht gewählt; das hat Ihr Mann getan. Ich hätte mich am liebsten damit begnügt, Schritt für Schritt wieder allgemeine bürgerliche Achtung zu gewinnen. Das geht nicht, gut, mit diesem Papier habe ich meinen guten T. H. in der Tasche;

N. Das werden Sie nie haben;

K. Das werde ich; innerhalb von drei Monaten werde ich wieder in den Diensten der Bank sein. Innerhalb von einem Jahr werde ich die rechte Hand des Direktors sein. Er wird nicht wagen zu mucksen. N. K. und nicht T. H. wird dann die Aktienbank leiten –

N. Wissen Sie, daß dies seine Lebensaufgabe ist [*später eingeschoben:* die gibt er nie auf, er will Freiheit und niemand über sich.]

K. Geht mich nichts an – [*später eingeschoben:* Ihretwegen muß er sich fügen –]

Nora Nun gut, dann habe ich zu allem Mut.

K. [*korrigiert von:* Pah – das haben Sie nicht – soviel hab' ich gesehen –] Sich in dem kalten Wasser ertränken?

N. Ich tue es –

K. Was nützt das, ich habe ihn dennoch in der Tasche – ich drohe ihm mit Ihrem guten Ruf (nach Ihrem Tode; *d. Übers.*) – Sehen Sie, da ist der Brief.

N. Geben Sie ihn mir.

K. Um ihn zu besorgen –

N. Ja, ja –

K. Danke, aber es ist vielleicht sicherer, wenn ich selbst –

N. Sie kommen nicht zu ihm hinein; Sie können jetzt nicht mit ihm reden –

K. Es ist mir eine Beruhigung, daß Sie keine Dummheiten machen –

N. Er geht, er überlegt es sich – ah – im Briefkasten –

Seite 72

5-6. *kommt – links*] *von l.*

8, 9. *Regieanweisung fehlt*

9. Was] N. was

14.-15. **N.** Er ist von K –

Fr. L. Ah N. von ihm hast du das Geld geliehen –

16.20. **N.** Ja, und jetzt verrät er mich bei Torvald –

Fr. L. Verrät –

N. Das ist nicht alles, ich hab' eine Unterschrift gefälscht –

24-Seite 74, Zeile 4

Fr. L. Was, weshalb?

N. Wenn ich den Verstand verlieren sollte oder mir etwas zustoßen sollte – und wenn jemand kommen sollte und die Schuld auf sich nehmen –

Fr L Was dann –

Nora Dann sollst du sagen, daß es nicht wahr ist – ich bin jetzt bei vollem Verstand und ich sage dir, daß ich es allein war, es ist niemand anders schuldig als ich –

Fr. L. Ich will mit K. reden.

N. Geh nicht zu ihm, er ist böse auf dich –

Fr. L. Gleichviel. Wo wohnt er?

N. Ach, wo weiß ich –? Doch, hier ist seine Karte –

Helmer *von drinnen:* Darf man immer noch nicht reinkommen –

N. Nein, nein, wir probieren – du kannst dir nicht vorstellen, wie hübsch ich werde –

Fr. L. Das ist ja gleich um die Ecke –

N. Ja ja – aber es ist alles vergebens –

Fr. L. Er soll seinen Brief zurückholen – nur verhindern, daß dein Mann –

N. Ja, geh – Ach, wenn du uns retten könntest –

Fr. L. Es muß sein.

Seite 74

7. *im Hinterzimmer*] *von drinnen*

7-8. endlich – betreten] jetzt endlich eintreten

11. **N.** Nun?

14-15. Ich – aber] Ja, ich hab' deine Frau so verstanden, ich (hab' mich offenbar geirrt)

16-17. Ja – bewundern] Eben deshalb hab' ich abgeschlossen, vor morgen darf mich auch keiner in meiner Pracht sehen

20. Nein, gar nicht –

22. Das – Torvald] höchst notwendig

24. völlig] *fehlt*

25-Seite 75, Zeile 5

H. Das werden wir schon schaffen.

N. Ja, ja, nimm dich meiner an, T. versprichst du mir das. Ach, ich hab' solche Angst – die große Gesellschaft –, heute abend mußt du dich ganz für mich opfern, weder Feder noch Buch in die Hand. Wie? Nicht wahr, lieber Torvald.

H. Das versprech' ich dir –; heut abend werde ich allein für dich da sein. Hm, das heißt, zuerst will ich doch noch – *geht zur Ausgangstür.*

N. Wo willst du hin?

H. Bloß nachsehen, ob nicht vielleicht Briefe gekommen sind.

N. Nein, nein, Torvald.

H. Nanu?

N. Nein, nein, ich bitte dich T. es sind keine da –

Seite 75
9. Ich] Torvald, ich
11. *Regieanweisung fehlt*
13-15. Ja – korrigier' mich,] Ja, ja – laß mich mit dir probieren – spiel für mich,
18-Seite 76, Zeile 8
H. Gern, gern, wenn du es wünscht – *setzt sich ans Klavier.*
N. *nimmt das Tambourin:* Spiel für mich, jetzt bin ich so aufgelegt zum Tanzen.
H. Das Kind soll seinen Willen haben.
Er spielt die Einleitung des Tanzes, Nora wirft sich in aller Eile einen Schal als Drapierung um – der Tanz beginnt – Doktor R. sieht hinter H. zu.
H. *während des Tanzes:* Nicht so stürmisch am Anfang –
N. Ich kann es nicht anders – halt' den Takt.
H. Piano, langsam, gemessener –
Nora *tanzt wilder:* Unmöglich –
H. Nein, aber so geht das überhaupt nicht –
N. *lacht und schlägt das Tambourin:* Hab' ich's dir nicht gesagt –
H. Ich kann nicht für dich spielen, wenn du nicht etwas weniger –
R. Laß mich spielen; ich halte besser den Takt mit ihr.
H. Ja, nimm meinen Platz, dann werde ich sie anleiten –
R. setzt sich ans Klavier und spielt für N. die den Tanz fortsetzt. Helmer stellt sich als Zuschauer an den Ofen; sie macht Tanzfiguren auf ihn zu; er versucht, sie durch korrigierende Bemerkungen zu unterbrechen, aber vergebens. Frau L. kommt aus dem Vorzimmer –
F. L. *bleibt ängstlich an der Tür stehen:* Ah –
N. *lacht tanzend:* Hier geht's hoch her, K.
Seite 76
9. beste] *fehlt*
12. ja] *fehlt*
14. *hört auf zu spielen*] *hält inne*
16.-18. **Helmer** – möglich gehalten] H Liebe N.
19-Seite 77, Zeile 12
wirft das Tambourin hin: – Hab' ich's dir nicht gesagt –

H. Da hilft wirklich nur gründliche Unterweisung –

N. Ja, das kann niemand außer dir – hilf mir bis zum letzten Augenblick – ein Wort, versprich mir, für mich allein da zu sein, bis morgen bis morgen – bis alles vorbei ist –

H. Hab keine Angst –

N. Du s[iehst es ein?]; du öffnest nicht den Briefkasten vor morgen nacht –

H. Aha, ist es die Angst vor diesem Menschen –.

N. Ja, es darf nichts Häßliches bei uns eintreten – bevor alles vorüber ist;

H. Gut – keine Feder in die Hand – keinen Brief gelesen vor morgen nacht – aber dann –

N. Dann bist du frei –

Das Hausmädchen Der Tisch ist gedeckt –

N. [*eingeschoben:* Wir wollen] Champagner trinken, Helene –

Das Hausmädchen Ist recht gnädige Frau – *geht.*

H. Ah, ein großes Gelage –

N. Bacchanal, bis spät in die Nacht –

Seite 77

13. *Regieanweisung fehlt*

16. schon mal] jetzt

17-18. du – aufzustecken] hilf mir, das Haar ein bißchen in Ordnung zu bringen.

19-23. **R.** *leise, während sie hinausgehen:* Da steht doch nicht etwas – etwas bevor?

H. Kein Gedanke, mein Lieber, es ist nichts weiter als diese lächerliche Angst – von der ich dir erzählt habe.

sie gehen hinein.

27. Er] Aber er

35-Seite 78, 1, 2

Fr. L. *geht nach rechts hinaus.*

N. *sieht auf ihre Uhr.*

3.3. [ENTWURF ZU EINEM ABSCHNITT DES DRITTEN AKTES]

Seite 84
26. Schal –] *andere Schreibweise, entspricht etwa Shawl*
27. offenen] *fehlt*
29. nicht da rein!] *fehlt*
32-33. ich bitt' dich ganz furchtbar lieb] *fehlt*
34. eine *wörtl. eine einzige* [einzige] *fehlt*
35-Seite 85, Zeile 1
 stehst hier 'rum und] *fehlt*
Seite 85
5. so spät] *fehlt*
9.-10. nicht – oben;] zu spät gekommen
13. *Regieanweisung fehlt*
20-21. Stellen Sie sich – vor] Stellen Sie sich – nur vor
23-25. [*Korrigiert von:*
 N. Ach, daß du uns nicht nur noch eine Stunde bleiben lassen konntest –]
30. der Kunst] *zuerst geschrieben:* der Schön . . .
31-32. Die Hauptsache – Erfolg] *fehlt*
33. Erfolg] Erfolg –, ihr Tanz ist unbedingt der Glanzpunkt des Abends.
35-Seite 86, Zeile 1
 meine reizende kleine Ischiatanerin
Seite 86
5-7. Ein – nicht möglich.] *an den Rand geschrieben*
6. Frau Linde] *fehlt*
7. (das) Nora] ihr (das)
9. was – Ach ja] Dunkel, na ja
10. *Er – Kerzen an] er zündet drinnen ein paar Kerzen an*
11, 12. *Regieanweisung fehlt, ebenso in Zeile 15.*
14. **Fr. L.** Du mußt deinem Mann alles sagen.
16-17. Von – befürchten] Du hast nichts zu befürchten
22. *Regieanweisung fehlt, ebenso in Zeile 26*
24. gutnacht sagen] mich empfehlen
35. leichten] hübschen
Seite 87

4. die Stricknadeln] die Nadeln
10. **H.** Bravo –
12. *Regieanweisung fehlt*
14.-18. gerne –, aber es sind ja nur ein paar Schritte – *begleitet sie hinaus* [*korrigiert von: zur Tür*], *sie grüßt und geht*
Helmer *kommt wieder herein:* So, die hätten wir endlich rausbefördert. Schrecklich langweilig, diese Person.
20. nicht im geringsten] keineswegs
22-23. im Gegenteil – munter] *fehlt*
29-30. als ob sie ein Mensch wäre] wie ein Mensch
31. lustig] munter
35-Seite 88, Zeile 1
Regieanweisung fehlt, ebenso in den Zeilen 8, 10, 12
Seite 88
1. herrlich] schön
11. merk' ich] *eingeschoben*
12. Nora] *eingeschoben*
15. meine einzig geliebte Nora] *fehlt*
18-19. dir – zuwerfe] (nur zuweilen einen verstohlenen Blick) mit dir wechsle
21-23. und – irgendetwas ist.] – ohne daß es jemand ahnt
24. Ja, ja, ja] Ja
33. bebende] *fehlt*
33-34. hatt' ich nur nach dir Sehnsucht] hab' ich nur an dich gedacht
34-Seite 89, Zeile 1
Als ich – mein Blut,] Mein Blut kochte, als ich dich bei der Tarantella sah –
Seite 89, 5-10
H. Was willst du nicht? Es gibt nichts, was du nicht wollen darfst, wenn ich es will. Bin ich nicht dein Mann? Was willst du nicht?
N. Nichts. Ich will alles, was du willst.
H. Oh, ich abscheulicher – ich rasender Mensch. Aber der Gedanke daran, dich zu besitzen, kann mich zu Zeiten verrückt machen. *Küßt viele Male ihre Hände:* Kannst du

mir verzeihen, meine geliebte Nora – kannst du – ich schwöre dir –

Es klopft an der Wohnungstür.

N. *mit einem Schrei:* Wer kommt da?

H. *ruft:* Wer ist da?

11. ich] man

13-19. *fehlt*

28. ich (in mich)] *korrigiert von:* man (in sich)

29-30. *Im Gegensatz zur Endfassung findet sich hier das Verb im Perfekt, in der Endfassung Imperfekt. Wegen der differierenden Zeitenverwendung im Norwegischen ist der Unterschied an dieser Stelle nicht wiederzugeben.*

32. hinterher] *fehlt*

Seite 90

1-4. **H.** Ach, gut genutzt, dessen kann ich mich nicht rühmen.

R. Aber ich kann das

5. Doktor Rank] Ah, Dr. R.

10. darf ich Sie] darf ich Sie also

13-14. **R.** Das beste, was ein Arzt sich wünschen kann – [*durchgestrichen:* volle] Gewißheit –

15. *schnell und forschend*] *sieht ihn schnell an*

18-19. **N.** Doch, das sag' ich auch –

20. Das sag' ich auch] Sicher solltest du das,

25. komische] spaßige

33-34. ausdrücken kann] ausdrückt *siehe Anmerkung*

Seite 91

1. durch die Welt] *fehlt siehe Anmerkung*

3. treffend] *korrigiert von:* vorzüglich

3-4. weißt – gehen wirst] als was wirst du selbst gehen –

5-6. **R.** Als was ich gehen werde, steht fest, mein lieber Freund.

10. (ein) putziger Einfall] (eine) komische Erfindung

18. dunklen] guten

19-20. **H.** *reicht ihm eine:* Mit dem größten Vergnügen, lieber Freund.

[*Durchgestrichen:* **N.** *streicht ein Wa . . .*]

R. *schneidet die Spitze ab:* Danke, jetzt geh' ich.

21. Darf ich] *korrigiert von:* Ich werde
23. vielmals] *eingeschoben*
26. lieber Freund] *fehlt*
29. Wünschen] *korrigiert von:* Und wünschen
30. Ihnen?] Sie?
32. (erheblich) getrunken] *korrigiert von:* wirklich (erheblich) getrunken
33-Seite 92, Zeile 1
N. Kann sein. Was machst du?

Seite 92
2. **Helmer.**] **H.** *am Briefkasten*
3. so] so geht nichts mehr rein – sonst ist
4. **N.** Aber du willst doch heut nacht nicht arbeiten –
5-6. Was – war] Aber was ist das – war da
8-20. **H.** Ja, ganz bestimmt u.s.w. – *Fortsetzung wahrscheinlich auf einem anderen Papier notiert; d. Übs....* angehäuft hat. Aber was ist das?
21. **N.** Der Brief! Nein, nein, T.
22. Rank] Dr. R –
23. Doktor] *fehlt*
28-29. Über – Einfall.] Ein schwarzes Kreuz über dem Namen, das ist ungemütlich –
32. Wie] *fehlt*
33-34. hat – genommen] will er dich nicht mehr wiedersehen –
35-Seite 93, Zeile 12

Die erste Replik teilweise durchgestrichen

H. Mein armer Freund. Es ahnte mir, daß ich ihn nicht mehr lange behalten würde. [Aber so bald. Und da versteckt er sich wie ein verwundetes Tier. Ich gestehe es dir, N. ich bin dankbar dafür – mir schaudert davor, die Auflösung zu sehen. Du meinst, das sei egoistisch von mir. Ja, das stimmt, ich bin Rank gegenüber egoistisch gewesen.] Geh hinein, meine geliebte Nora – Findest du es egoistisch von mir –

N. Du sollst jetzt arbeiten.

H. Ich will bei dir sein, meine geliebte Frau –

N. Mit Gedanken an den Tod deines Freundes – Heut nacht sollst du arbeiten T.
umarmt sie: Oh, du meine geliebte Frau
Seite 93
26-27. Bis dahin –. Wir wollen] *korrigiert von:* jetzt wollen wir

3.4. [BRUCHSTÜCK EINES ENTWURFS ZUM ZWEITEN AKT]

Seite 61
34. *Von dieser Zeile ist ein Wort bewahrt:* Pasteten
Seite 62
2. Austern, Austern] Austern
6-8. **R.** Ja, besonders auf irgendwelche unglücklichen Knochen, die nichts davon hatten –
9. dabei] wohl
10, 11. *Regieanweisung fehlt*

4. [VORLÄUFIGER ENTWURF ZU EINEM REPLIKENWECHSEL IM ERSTEN AKT]

Die oberen Klassen. Schulgeld, Bedürfnisse. Es ging nicht mehr in einem solchen Nest. Muß Büroarbeit finden – Frau St. Das anstrengende Leben – lieber eine Reise in den Süden – Frau L. Habe keinen Vater, der mir das Reisegeld verehren könnte. Fr. St. Dann soll mein Mann dir helfen. Frau L. Daran dachte ich, als ich von seiner Beförderung hörte. Das ist das Unglück an einem Leben wie meinem, daß wir so egoistisch und bitter werden – ich habe mich meinetwegen und nicht deinetwegen gefreut. Ja, ich könnte dir gegenüber Bitterkeit empfinden, Nora. Hier hast du gelebt im Glück und ohne Sorgen – aber dann empfinde ich auch Stolz, denn ich habe doch für die Meinen etwas ausgerichtet.

5. [NOTIZ ZU EINEM MOTIV IM ZWEITEN AKT]

N. Sie sprachen vom lustigen Leben Ihres Vaters –
Dr. Essen – und trinken
Das Kausalverhältnis

DIE REINSCHRIFT

Seite 9
21-22. *draußen*] *später eingeschoben*
Seite 11
4. Regieanweisung später eingeschoben
34. Ivar] *korrigiert von:* Harald
Ebenso Seite 19, 11 und 25, Seite 33, 35 und Seite 34, 16
Seite 20
21. Mutter] *korrigiert von:* alte Mutter
Seite 21
26, 27. habe . . . gefreut] *Die Erstausgabe wählt hier eine altertümlichere Schreibweise als Ibsen in seinem Manuskript.*
Seite 24
27. lieb] *Die Erstausgabe wählt wieder eine altertümlichere Schreibweise als Ibsen.*
Seite 29
32. Sie] Sie [*durchgestrichen:* glück . . .]
Seite 31
15. so daß Torvald es hört] *korrigiert von:* in Gegenwart von Torvald
Seite 32
2-3. meiner Frau] *korrigiert von:* von Nora
Seite 33
1. Höchstens eine Stunde] *zuerst geschrieben:* Nein, nein, bestimmt nicht.
Seite 34
3. Mama (wird)] *korrigiert von:* ich (werde)
Seite 39
14-15. daß Sie, glaub' ich,] *zuerst geschrieben:* daß ich glaube, daß Sie
Seite 43
22. holen] *korrigiert von:* bringen
Seite 45
2. beschäftigt] *Im Gegensatz zur Erstausgabe verwendet Ibsen hier die altertümlichere Schreibweise. In Zeile 15, 16 wählt er ebenfalls die modernisierte.*

19. feinen] *später eingeschoben*
30. lieb] *In der Erstausgabe findet sich wieder die altertümlichere Schreibweise.*
Seite 50
19. Klein-Noras] *korrigiert von:* Noras
26-27. hat nämlich an mich geschrieben] *korrigiert von:* hat an mich nämlich geschrieben
28. geheiratet hat] *Die Erstausgabe verwendet eine altertümlichere Schreibweise als Ibsen.*
Seite 51
26. Morgen] *korrigiert von:* Morgen abend
Seite 55
28. Schau her] *später eingeschoben*
Seite 56
28. hast du] *zuerst geschrieben:* hast du doch
28-29. unsagbar] *korrigiert von:* unbeschreiblich
Seite 58
23. verlaß dich drauf] *zuerst geschrieben:* all . . .
Seite 59
9. jetzt] *später eingeschoben*
23. *Regieanweisung später eingeschoben*
Seite 61
141. Ich] *zuerst geschrieben:* Darum
30. Rückgrad] *zuerst geschrieben:* Knoche . . .
Seite 62
3. Champagne] *korrigiert von:* Champagner *siehe Anmerkung.*
Seite 64
34. *Korrigiert von:* **Nora** Doch.
Seite 65
23. Jedenfalls] *Die Erstausgabe verwendet eine altertümlichere Schreibweise als Ibsen.*
Seite 67
16-17. Hast du – bei mir ist?] *Zuerst geschrieben:* Und er geht nicht wied . . .
Seite 69
17. doch nicht] *zuerst geschrieben:* jetzt doch nicht
Seite 71

34. *unten auf (der Treppe)*] *zuerst geschrieben: (die Treppe) hinunter*

Seite 76

7. keinen Brief] *zuerst geschrieben:* nicht den Briefkasten –

Seite 77

7. Champagne] *zuerst geschrieben:* Champagner; *ebenso in Zeile 10. Siehe Anmerkung.*

Seite 85

35. Caprimädchen *zum ersten Mal*] *zuerst geschrieben:* Ischiatanerin

Seite 91

1-2. durch] *korrigiert von:* hier auf der *siehe Anmerkung*

18. dunklen] *korrigiert von:* starken

Seite 93

34. *flüstert*] *korrigiert von: sagt*

Seite 96

5. Art] *zuerst geschrieben:* Weise

Seite 97

14. *Reißt*] *zuerst geschrieben: er reißt*

Seite 98

32. (dich) verstoßen] *zuerst geschrieben:* (dir etwas) vorwerf . . .

Seite 101

30. Ach] *zuerst geschrieben:* Oh

Seite 106

5. nicht] *zuerst geschrieben:* üb . . .

13. acht Jahre lang] *zuerst geschrieben:* (mit einem fremden Mann) zusammengelebt habe.

MATERIALIEN

DIE GESCHICHTE DES NORA-MODELLS

Henrik Ibsen an Laura Petersen

Dresden, den 11. Juni 1870

Fräulein Laura Petersen!

Für Ihre Aufmerksamkeit, mir Ihr Buch zu widmen, bitte ich Sie, meinen aufrichtigsten Dank entgegenzunehmen. Wenn ich indessen irgendeine Meinung über die Arbeit aussprechen sollte, so befände ich mich in gewisser Weise in Verlegenheit. Sie wollen das Buch ja doch als ein Erbauungsbuch betrachtet sehen, und diese Art Literatur verstehe ich nicht zu beurteilen. Was mich beim Lesen angesprochen und interessiert hat, ist die Charakterschilderung und überhaupt Ihre unverkennbare Anlage für das rein Dichterische. Aber inwieweit das in Ihren Augen ein Lob ist, weiß ich ja gar nicht.

Es klingt ja beinah, als würden Sie erschrecken bei dem Gedanken, »einen Roman« geschrieben zu haben. In diesem Fall verstehen wir beide einander nicht, »Brand« ist ganz und gar ein ästhetisches Werk und nicht ein bißchen anderes. Was er zerbrochen oder aufgebaut haben mag, geht mich überhaupt nichts an. Er ist zu seiner Zeit entstanden als das Resultat von etwas Durchlebtem – nicht Erlebtem –; es war mir eine Notwendigkeit, mich durch dichterische Formen von etwas zu befreien, womit ich in meinem Inneren fertig war; und da ich es auf diese Weise losgeworden war, hatte mein Buch kein Interesse mehr für mich.

Wie Sie nun diese Art weltlicher Wirksamkeit betrachten, ist mir nicht ganz klar. Daß Sie die natürlichen Voraussetzungen haben, um auf diesem weltlichen Gebiet Schriftstellerin zu werden, dessen bin ich gewiß. Aber man kann nicht zwei Dinge vereinigen, die miteinander nichts zu tun haben. Und möglicherweise ist es Ihnen auch noch nicht klargeworden, was Kunst und Dichtung eigentlich sind: glauben Sie aber in dem Fall bis auf weiteres, daß sie nicht von Übel sind!

Was mich weit über die Lektüre von »Brands Töchter« hinaus als ein Problem beschäftigt hat, ist die Persönlichkeit der Verfasserin, Ihr inneres seelisches Verhältnis zum Buch.

Es könnte sich wohl ergeben, daß man, wenn man dem auf den Grund ginge, trotz Ihres Protestes herausbekäme, daß das Buch in seiner Entstehung doch ein Gedicht, ein ästhetisches Werk ist, oder was für schlimme Namen man dergleichen Arbeiten sonst zu geben pflegt. All das nämlich, was im Buch nur Ihres religiösen Augenmerks wegen steht, läßt sich ja heraustrennen, ohne dem Organismus im Ganzen zu schaden. Gedenken Sie nun, auf der Schriftstellerlaufbahn weiter zu gehen? Dazu gehört noch anderes und mehr als die bloße Naturbegabung. Man muß etwas haben, worüber man dichten kann, einen Lebensinhalt. Hat man das nicht, dann dichtet man nicht, man schreibt nur Bücher. Nun weiß ich sehr wohl, daß ein Leben in Einsamkeit nicht ein Leben in Inhaltslosigkeit ist. Aber der Mensch ist doch im geistigen Sinne ein weitsichtiges Geschöpf; wir sehen am klarsten in einem großen Abstand; die Details verwirren; man muß heraus aus dem, was man beurteilen will: den Sommer schildert man am besten an einem Wintertag.

Ich hätte tausend Dinge zu sagen; aber in einem Brief kann man nur Andeutungen geben. Ratschläge zu geben, ist eine mißliche Sache, und dergleichen haben Sie ja auch nicht verlangt. Die Hauptsache ist, wahr und treu zu bleiben im Verhältnis zu sich selbst. Es kommt nicht darauf an, dieses oder jenes zu wollen, sondern darauf, das zu wollen, was man absolut muß, weil man man selbst ist und nicht anders kann. Alles übrige führt nur in die Lüge hinein. –

Früher oder später gedenke ich, Norwegen zu besuchen, und möglicherweise werde ich dann Gelegenheit haben, Sie persönlich zu begrüßen, denn meine Reise wird wohl auch den nördlichen Gegenden gelten. Sie sollen nicht glauben, daß ich gegen meine Landsleute so unfreundlich gestimmt bin, wessen mich viele beschuldigen. Und wie dem auch sei, kann ich Ihnen versichern, daß ich jedenfalls gegen mich selbst nicht freundlicher bin als gegen andere.

Und hiermit zeichne ich mich für diesmal mit den besten Wünschen

hochachtungsvoll Ihr
Henrik Ibsen

Henrik Ibsen an Laura Petersen

Dresden, den 14. Januar 1871

Fräulein Laura Petersen!
Ihr Brief vom 6. des Monats traf erst heute ein; als Antwort sende ich die verlangte Erklärung. Sie ist kurz, aber lange Geschichten sind hier nicht nötig. Wieviel hatten Sie die Absicht zu beantragen? Wenn Sie überhaupt etwas bekommen, zweifle ich daran, daß es mehr als 100 Spd. sein werden. Sie sind natürlich unpraktisch in solchen Dingen. Hören Sie nun, was Sie tun sollen. Wünschen Sie, 100 Sp. zu bekommen, dann sollen sie 150 beantragen. Es gibt viele Antragsteller, niemand bekommt die volle beantragte Summe. Denken Sie also daran!
Ich habe eigentlich zwei Briefe von Ihnen zu beantworten, aber ich habe überhaupt keine Zeit, da ich mitten im Ordnen meiner verstreuten Gedichte sitze, die herausgegeben werden sollen. Es ist mir inzwischen immer lieb, von Ihnen zu hören, und je längere Briefe, desto besser.
Grüßen Sie die Limnellsche Familie! Hat Frau Limnell mein ausführliches Schreiben erhalten, das am Heiligabend von hier abging?
Ihr Antrag muß einen kurzgefaßten Reiseplan enthalten mit Angaben über die ungefähre Dauer der Reise. Übrigens keine Weitläufigkeiten, alles kurz und klar. Die Zeit für einen Antrag ist übrigens nicht, wie Sie schreiben, in drei Wochen vorbei, sie läuft erst mit Ende Februar aus.
Möge also alles nach Wunsch gehen! – Zu mitternächtlicher Zeit sitze ich hier und schreibe das.

Freundschaftlichst Ihr
Henrik Ibsen.

Henrik Ibsen an Laura Kieler

München, den 26. März 1878

Liebe Frau Kieler!
Den Brief, den Sie uns geschrieben haben – denn er war natürlich auch dazu bestimmt, von mir gelesen zu werden – sehe ich mich erst heute imstande zu beantworten.

Auf gar keine Weise kann ich weder noch will ich Hegel das zugesandte Manuskript »Ultima Thule« empfehlen. Anonym könnten Sie bei den kleinen dänischen Verhältnissen nicht bleiben, und eine solche in jeder Hinsicht verfehlte Flüchtigkeitsarbeit würde für lange Zeit, und das mit vollem Recht, Ihren literarischen Namen und Kredit zerstören. Die ganze Schilderung ist ohne eine Spur von Wahrscheinlichkeit, Glaubwürdigkeit und Realität. Ich kann wohl verstehen, daß so etwas von Ihnen niedergeschrieben wurde, aber es ist mir unbegreiflich, daß sich Ihr Mann der Veröffentlichung von etwas so Unfertigem nicht auf das Bestimmteste widersetzt hat. Er muß es doch als seine Pflicht und Schuldigkeit empfinden, Ihre Begabung zu schützen, und das empfindet er natürlich auch: es ist unmöglich anders, als daß er Sie ermahnt, langsam und überlegt zu arbeiten und nur mit voll gereiften Plänen hervorzutreten. Aber Sie handeln unverantwortlich gegen sich selbst, indem Sie seinem Rat nicht folgen. Sie schreiben in Ihrem Brief von Verhältnissen, die diese forcierte Arbeit notwendig machen. Das verstehe ich nicht. In einer Familie, wo der Mann am Leben ist, kann es niemals notwendig sein, daß die Frau, so wie Sie, ihr geistiges Herzblut anzapft. Ich verstehe auch nicht, daß Ihnen so etwas erlaubt wird. Es muß etwas geben, was Sie in Ihrem Brief verschweigen und was den Zusammenhang gänzlich verändert: diesen Eindruck habe ich beim Lesen des Briefes mehrmals bekommen. Gehe ich darin fehl, stehen die Dinge wirklich so, wie Sie sie darstellen, dann sollen Sie sich zusammennehmen und dem ein Ende machen. Es ist undenkbar, daß Ihr Mann ganz Bescheid weiß; Sie müssen es ihm also sagen: er muß den Kummer und die Sorgen, die Sie jetzt quälen und die Ihnen Angst einjagen, auf sich nehmen. Sie haben schon mehr geopfert als sich gebührt. »Everil« ist nicht geworden, was er hätte werden können, wenn Sie sich Zeit gegeben hätten, die Komposition reifen zu lassen; solche übereilte Flüchtigkeitsarbeit ist im höchsten Grad unverantwortlich gegen Sie selbst. Ich kann mir nicht denken, daß ein anderer als Sie selbst die Schuld dafür trägt.

Es ist sehr bedauerlich, daß Sie in diese kleinen und kleinlichen Provinzstadtverhältnisse hineingesetzt werden mußten; für solche Kreise sind Sie zu gut; Ihr Platz wäre in Kopenhagen gewesen, wenn Sie überhaupt irgendwo in Dänemark hingehören, woran ich doch zweifle. Kann sich Ihr Mann nicht überlegen, in der Hauptstadt Wohnung zu nehmen? Die Rücksicht auf Sie und auf Ihre geistige Berufung muß doch das Überwiegende sein und allem anderen vorangestellt werden. Unter allen Umständen, denken Sie daran, daß Sie eine Naturbegabung haben, für die Sie Rechenschaft ablegen müssen. –

Nun das Praktische. Hegel hätte Ihr Manuskript nie für den Verlag angenommen, auch wenn ich es ihm mit einer Empfehlung geschickt hätte; und am allerwenigsten hätte er 30 rdlr. pro Bogen an einen Anonymen bezahlt, der also, wie in diesem Fall, keinen erarbeiteten Leserkreis hat. Das Manuskript sende ich Ihnen jetzt zurück. Soll etwas Brauchbares daraus gemacht werden können, muß es ganz und gar umgearbeitet werden. Einfaches, natürliches, glaubwürdiges Erzählen, weg mit der ganzen kränklichen Hochgeschraubtheit! Und dann lassen Sie sich von niemand beeinflussen. In Dänemark gibt es so viel geistlose Korrektheit. Hüten Sie sich davor, und hüten Sie sich ebenso davor, dänisch zu agieren, schämen Sie sich nicht, weiter norwegisch zu denken und zu fühlen; un-norwegisch kann man Sie bestimmt machen, aber dänisch werden Sie deswegen nicht.

Die Skizzen werde ich gern an Hegel schicken: wozu er sich entschließt, kann ich natürlich nicht sagen. Verlassen Sie sich auf nichts. Aber legen Sie alles, was Sie bedrückt, in die Hände Ihres Mannes. Er ist doch derjenige, der es zu tragen hat. – Schreiben Sie noch einmal, wenn es notwendig ist.

Ihr ergebener Henrik Ibsen.

Henrik Ibsen an Frederik Hegel

München, den 10. April 1878

. . .

Auf dringendes Ersuchen von Frau Laura Kieler in Hillerød schicke ich Ihnen die beigelegten zwei Skizzen mit der

Anfrage, inwieweit für sie irgendeine Möglichkeit besteht, diese zusammen mit den in die »Illustr. Tid.« Nr. 871, 893, 94, 95 aufgenommenen Schilderungen in Ihrem Verlag herauszugeben. Es geschieht nicht selten, daß jüngere Schriftsteller mich in ähnlichen Angelegenheiten um meine Vermittlung bitten. Ich habe es mir inzwischen ein für allemal zur Regel gemacht, dergleichen Ansuchen abzuschlagen, und wenn ich diesmal die Regel breche, dann bitte ich Sie, in der Übersendung nicht irgendeinen Versuch zu sehen, auf Ihren Entschluß einwirken zu wollen; es ist ja eine Selbstverständlichkeit, daß kein Außenstehender, weder ich noch ein anderer, eine begründete Ansicht darüber haben kann, was Sie für den Verlag aufnehmen sollten. Das habe ich auch an Frau Kieler geschrieben, und will dergleichen Kommissionen nicht öfter auf mich nehmen.

. . .

Henrik Ibsen an Frederik Hegel

München, den 2. August 1878

. . .

Mit Frau Laura Kieler ist es, wie Sie vermutlich wissen, zu einer traurigen Katastrophe gekommen. Ihr Mann hat uns ganz kurz unterrichtet, daß sie in eine Nervenheilanstalt gebracht worden ist. Wissen Sie den näheren Zusammenhang und ob sie sich noch dort befindet?

. . .

Henrik Ibsen an Frederik Hegel

München, den 8. Oktober 1878

. . .

P.s. Sollten Sie, wenn Sie mir einmal schreiben, etwas näheres, Frau Kieler angehend, mitzuteilen wissen, würde mich das außerordentlich interessieren.

Aus »Aftenposten«
Korrespondenz aus Kopenhagen

Kopenhagen, 22. Dezember 1879

Über die Wirklichkeit, die »Ein Puppenheim« zugrunde liegt.

Je näher man der Aufführung von »Ein Puppenheim« kam, desto mehr wurde dieses Schauspiel selbstverständlich in vielen Kreisen diskutiert und desto mehr Kreise wußten Bescheid. Ich wußte nicht Bescheid, aber ich habe zugehört und referiere jetzt. Die Geschichte ist wirklich wahr, wenn auch nicht in den Details, so doch in der Hauptsache, wenn auch nicht direkt in der Hauptstadt, so doch in der Nähe derselben, in der und der seeländischen Stadt (nomina sunt odiosa.). Frau N. N. war verheiratet, sie hatte etwas »eigenes Geld« in Händen, der Mann war etwas schwächlich, die Einnahmen waren sehr klein, der Schönheitssinn etwas größer. Die liebenswürdige Frau verbrauchte ihr eigenes Geld zur Verschönerung des Hauses, als dieses aber ausging, kaufte sie auf Rechnung, und zuletzt schrieb sie falsche Wechsel. Der Mann, der aus Schwäche, Unverstand oder Vertrauen ihrem »eigenen Geld« eine unwahrscheinliche Dauer zugetraut hatte, bekam eines schönen Tages alles zu wissen. Was dann? Ja, jetzt beginnt der Ablauf in den Erzählungen zu divergieren, wie wenn ein Fluß sich an seiner Mündung in ein Delta teilt. Natürlich wurde der Mann böse, natürlich war die Rede von Scheidung; einige sagen, die Frau sei in Gnaden wieder aufgenommen worden, nachdem der Betrag auf den falschen Wechseln gedeckt worden war; andere sagen, sie habe sich genauso verhalten wie Nora in »Ein Puppenheim«, sie habe Mann (und Kinder?) verlassen, damit die beiden einander finden könnten.

Jens Peter Jacobsen an Edvard Brandes

30/XII 1879 Thisted

. . .

Nach meiner Annahme basiert das Puppenheim auf der Geschichte um die Schriftstellerin Laura Kieler (norwegisch), die auf einem Wechsel die Unterschrift ihres Mannes nachahmte (Adjunkt Kieler in Frederiksborg), um ihren Schneider zu bezahlen, und von der sich der Mann bei dieser Gelegenheit scheiden ließ. –

. . .

John Paulsen im Gespräch mit Henrik Ibsen über die Entstehung von »Ein Puppenheim«

[Berchtesgaden, Sommer 1880]

. . .

Unser Gespräch bei Tisch hatte sich besonders um »Ein Puppenheim« gedreht. Wir hatten auch die vielen Gerüchte darüber berührt, wie Ibsen auf die Idee zu seinem aufsehenerregenden Schauspiel gekommen und wer das Modell der Heldin gewesen war . . .

Ibsen schüttelte den Kopf, als ich ihm erzählte, von welcher Art diese Gerüchte waren . . . Der wirkliche Sachverhalt war ganz anders.

Frau Colletts Theorien über die Sache der Frau lagen, Ibsen selbst mehr oder weniger bewußt, im Hintergrund: aber dann kamen Momente aus der Wirklichkeit hinzu, Momente, auf denen er seine lebende Menschenschilderung aufbaute.

Ibsen, der an diesem Abend in guter Stimmung war, erzählte mir also die Genesis von »Ein Puppenheim«.

Eine aus Norwegen gebürtige, in Dänemark ansässige Frau hatte ihm Briefe gesandt, worin sie ihm anvertraute, sie sei so unglücklich . . . Ibsen hatte sie kennengelernt, als sie sich als junges Mädchen in Dresden aufhielt. Sie wohnte ein paar Schritte von der Wohnung der Ibsens entfernt in einem Pensionat und kam oft zu ihnen zu Besuch. Ibsen und seine Frau standen der kleinen netten Landsmännin bald sehr freundschaftlich gegenüber, die so aufgeweckt und begabt war, nicht zum wenigsten in literarischer Hinsicht.

Es betrübte Ibsen jetzt, daß sie in ihrer Ehe weniger zufrieden war, obwohl ihr Mann brav und ehrenhaft war. Er hatte diesen Mann selbst kennengelernt, als das Paar auf einer

Reise nach Italien bei Ibsens in München vorsprach und einen Abend bei ihnen verbrachte. Aber die Frau hatte auch andere Sorgen. Sie schrieb Ibsen, daß sie trotz ihrer schlechten Gesundheit ununterbrochen schreiben müsse, ein Romankapitel nach dem andern – und wenn sie nicht sofort einen Verleger fände und die große Summe verdiente, die sie zur Zeit brauchte, wäre es aus mit ihr –

– – –

Ibsen schrieb teilnehmend zurück und gab ihr literarische Ratschläge.

Dann kam plötzlich ein Brief von ihrem Ehemann, der Ibsen meldete, daß seine Frau aufgrund starker geistiger Leiden in eine Nervenklinik verbracht worden sei – und das eigentliche Motiv für ihre Geisteskrankheit sollte er auch bald erfahren.

In Ibsens Phantasie bildete sich allmählich das Bild von Nora – der kleinen mutigen Ehefrau, die eine Unterschrift fälscht, um zu Geld zu kommen und ihrem Mann das Leben zu retten, und die zum Schluß, als »das Wunderbare« nicht geschieht, aus der Ehe ausbricht. –

Wenn Ibsen einen Mann wie Rechtsanwalt Krogstad in »Ein Puppenheim« so ausgezeichnet schildern konnte, dann aufgrund persönlicher Studien und Erfahrungen von bitterer Natur im Hintergrund.

Diese sogenannten »Rechtsanwälte« waren oft heimliche Wucherer, zu denen Ibsen in seiner ökonomischen Jugendmisere Zuflucht nehmen mußte und die ihm wohl oft übel mitspielten.

So hat für Krogstad ein Rechtsanwalt in Bergen Modell gestanden. Ibsen hat mir selbst den Namen gesagt, der im Stück nur eine leichte Veränderung erfahren hat.

Während meiner Kindheit hatte ich mehrmals Gelegenheit diesen Mann zu sehen, eine unsympathische, bäuerische Gestalt. Er wurde »Blutsauger« genannt aufgrund der Herzlosigkeit, mit der er seine Schuldforderungen eintrieb.

Henrik Ibsen an Laura Kieler

München, den 23. Juli 1888

Liebe Frau Kieler!

Wenn ich erst heute Ihren freundlichen Brief vom 23. Juni beantworte, so ist der Grund der, daß ich in dieser Zeit beschäftigt war und auch weiter beschäftigt bin, ein großes neues Schauspiel zu schreiben und deshalb alles Briefeschreiben beiseite lassen mußte. Mit Ihnen will ich jedoch eine Ausnahme machen und sende Ihnen darum diese Zeilen.

»Männer von Ehre« habe ich mit lebhaftem Interesse gelesen und ich meine, alle unsere Theater müßten sich beeilen, dieses Stück zur Aufführung zu bringen.

Vielleicht könnten einige Zusammenziehungen und Streichungen im Dialog hier und da stattfinden. Diese können mit Leichtigkeit während der Einstudierung vorgenommen werden, falls Sie es nicht vorziehen, es eigenhändig zu machen.

Daß Sie sich nicht gern dazu bequemen möchten, etwas am Ausgang des Stückes zu ändern, kann ich Ihnen nicht verdenken. Überlegen Sie sich die Sache inzwischen. Vielleicht finden Sie einen Ausweg.

Im übrigen stimme ich in allen Punkten dem Urteil bei, das Direktor Cetti über Ihre Arbeit ausgesprochen hat.

Auf dem zugesandten Manuskript haben Sie sich nicht als Verfasser genannt. Das müssen Sie doch unbedingt tun. Ihr guter Schriftstellername wird ja nur eine Empfehlung mehr für das gutgeschriebene und interessante Stück sein.

Was die Einreichung an die Theater angeht, müssen Sie sich diesbezüglich an Herrn Hofmusikhändler Hennings wenden, der, soweit ich weiß, eine Theateragentur eingerichtet hat. Auf alle Fälle wird Ihnen Herr Hennings sicher mit Bereitwilligkeit Ratschläge geben, was die Art und Weise der Anbringung (an den Theatern, d. Übs.) betrifft.

Sollten wider alles Erwarten die Theater Ihr Schauspiel nicht nehmen, müssen Sie es deshalb nicht, wie Sie in Ihrem Brief sagen, in der Schublade liegen lassen. Sie müssen es im Gegenteil zu einer großen Erzählung umschreiben. Mit Ihrem bedeutenden Talent und mit Ihrer großen Übung auf

dem novellistischen Gebiet wird eine solche Umarbeitung mit Leichtigkeit vorgenommen werden können.
Gleichzeitig mit diesem Brief sende ich das Manuskript zurück. Aber da die Paketpost etwas langsamer als die Briefpost zu gehen pflegt, bekommen Sie es wahrscheinlich erst ein paar Tage später als den Brief.
Meine Frau sendet Ihnen die herzlichsten Grüße, und ich wünsche Ihnen alles mögliche Glück zu Ihrer Arbeit, womit ich mich zeichne

Ihr stets ergebener
Henrik Ibsen.

Georg Brandes in einer Rezension

Kopenhagen, 6. August 1889

. . .

Es ist bekannt, daß es die wirkliche Wechselfälschung einer (damals jungen) verheirateten Frau war, die den Anlaß für den Kern von »Ein Puppenheim« gab, ein Verbrechen, das jedoch nicht aus so idealen Gründen begangen war wie im Stück. Die betreffende Dame hatte lange in Briefwechsel mit Ibsen gestanden, als letzterer entdeckte, daß sie von Geldsorgen gequält wurde. Im wirklichen Leben wie im Schauspiel wurde die Sache vertuscht. Inzwischen wird erzählt, daß der wirkliche Ehemann, nachdem er auf der Bühne gesehen hatte, wie sich Helmer nach der Entdeckung auf seine Frau stürzt, herausgeplatzt sein soll: »Genau wie ich!«

Camilla Collett – ein Leserbrief

Kopenhagen, 7. Oktober 1889

Herr Redakteur!
In Ihrem geehrten Blatt Nr. 184 findet sich unter dem Zeichen G. B. ein Artikel, der in einem bestimmten Punkt eine Berichtigung erfordert; es ist nur zu beklagen, daß die Umstände das frühere Erscheinen einer solchen verhindert haben.
Der Einsender ergreift hier den Anlaß von Bibliothekar Halvorsens, unserem hochverdienten Biografen, kürzlich er-

schienenem Buch über Ibsen, um damit übereinstimmend auch die Huldigung des Dichters hervorzuheben, die ihm jetzt im Ausland in so reichem Maße zufließt.
Dieser Huldigung schließen sich gewiß alle an, die sich mit wahrem Verstehen von Ibsens Wert und Bedeutung auch für seine Landsmannschaft dadurch geehrt fühlen, diese mehr und mehr europäische Anerkennung gewinnen zu sehen, etwas, das niemals zuvor in so außerordentlich hohem Grad einem norwegischen Verfasser geglückt ist.
Aber diesen Ibsenaltar, den zu bekränzen wir alle dabei sein werden, hat der Einsender nun für gut befunden, auf ihm ein Opfer darzubringen, das der Gott selbst, zu dessen Ehre es geschieht, kaum gutheißen würde – ein Opfer, daß selbst eine jetzt herrschende Moral der Zeit, die sonst das, was wir Unverletzlichkeit des Privatlebens nennen wollen, nicht sonderlich respektiert, unbarmherzig als unzulässig abstempeln müßte.
Wer Gelegenheit gehabt hat, den Artikel zu lesen, wird sofort verstehen, worum es hier geht. Jeden, der sich eine Spur Gefühl erhalten hat, wird es, mitten in den schmeichelnden Tönen der Huldigungshymnen berühren wie ein kreischender Mißton. Eine Episode wird hier hervorgezogen aus dem früheren Leben einer bekannten Dame, der achtungswürdigen Mutter einer Familie, welches den Anstoß gegeben haben soll für Ibsens »Ein Puppenheim«.
Mag sein, aber nicht auf die Weise, wie der Einsender es erklärt haben möchte, indem er es abstempelt, als läge hier etwas bewußt Gesetzwidriges zu Grunde.
Es verhält sich anders.
Wahr ist, daß eine unglückliche Krise im Leben der Betreffenden eingetreten war. Pekuniäre Sorgen, denen eine geistige Überanstrengung vergebens abzuhelfen suchte, trafen hier zusammen mit einer zerrütteten Gesundheit. Anfälle von Geistesverwirrung, die mit einem glücklicherweise nur kurzzeitigen Aufenthalt in einer Anstalt für Geisteskranke endeten, waren die Folge davon. In einem solchen Anfall wurde sie zu der Tat getrieben, die später für sie so schicksalsschwanger werden sollte.

Wenn eine andere ebenso Unglückliche von Mordmanie ergriffen wird oder der Lust, am Hause Feuer zu legen, wird das als unzurechnungsfähig beklagt. Gewinnt sie dann den Verstand zurück und ist sie dazu geschätzt in ihrem Kreis, wird das mit der Freude aufgenommen, mit der man eine glückliche Heilung begrüßt. Aber geht sie hin und schreibt einen fremden Namen auf ein dummes Stück Papier und dieses gerät unversehens in die Unerbittlichkeit der Gesetzesmaschinerie, dann ist das etwas anderes! Das ist etwas Neues, ein für den Klatsch dankbareres Thema.

. . .

Es ist diese Art von Klatschzubereitung in ihrer äußersten Konsequenz, die Herr G. B. als ein Motiv in seiner Charakteristik von Ibsens Dichtung benutzt hat.

Eine vorausgehende Korrespondenz mit dem Dichter hat, soweit wir erfahren haben, auch nicht stattgefunden. Nach der Heilung unternahm die Betreffende eine Rekreationsreise ins Ausland, und auf dieser suchte sie die Ibsensche Familie auf. Und hier wird sie nun ganz natürlich die Begebenheit erzählt haben, ihr nun glücklich überstandenes Fatum, nicht ahnend, daß sie einmal als Stoff für des Dichters »Arbeit nach Modell«, wie der Einsender sich ausdrückt, dienen würde. Ebenso harmlos, wir können sagen unschuldig, hättet Ihr es aufgefaßt. Es war die Idee von der *unbewußten Schuld* und deren Konflikten mit »dem Unerbittlichen«, welche den Dichter ergriffen und ihn bestimmt hat, sie dramatisch zu behandeln; hätte er gewußt oder geglaubt, in der Betreffenden eine bewußt Schuldige vor sich zu haben, hätte er seine Nora kaum geschaffen.

Ebensowenig will die Charakteristik, die Herr G. B. von dem betreffenden Gemahl als einem brutal aufbrausenden Helmer gibt, der dennoch auf diese Weise prahlt, die Sache auf sich zu nehmen, mit der Wirklichkeit übereinstimmen. Lernt man diesen Mann, der in seinem Kreis eine angesehene Lehrerstellung einnimmt, näher kennen, bekommt man einen ganz anderen Eindruck von ihm. In einer traurigen Periode in seinem und dem Leben seiner Frau, die glücklicherweise jetzt lange zurückliegt, wird er gewesen sein, wie jeder brave Ehemann unter solchen Umständen gewesen wäre. Sie leben jetzt in sorgenfreien Verhältnissen in einem hübschen, gemütlichen Heim, umgeben von einer braven Kinderschar, angesehen und beliebt, wie auch sie ist, von jedem, der Gelegenheit hat, sie näher kennenzulernen. Was mich betrifft, die ich mich dessen schon eine Reihe von Jahren habe erfreuen können, kann ich nur hinzufügen, daß ich selten geistige Begabung vereint mit einer so milden, etwas durch Stille geprägten persönlichen Liebenswürdigkeit getroffen habe wie bei ihr. Ich schließe diese notgedrungene Einlage, indem ich dem Verfasser eindringlich vorhalte, diese Sache nicht weiter zu verfolgen, sondern mit der Unglückssaat zufrieden zu sein, die er in seinem ominösen Ibsenartikel bereits ausgesät hat.

Henrik Ibsen an Fredrika Limnell

München, den 1. Juli 1890

Liebe Fredrika Limnell!

Es war für mich eine große Überraschung und Freude, endlich nach so langer Zeit einen Brief von Dir zu erhalten. Ich selbst bin so stark beansprucht von Federarbeiten anderer Art, daß ich jeden privaten Briefwechsel habe einstellen müssen, selbst mit meinen nächsten und besten Freunden. Das muß mir als Entschuldigung dienen, wenn ich auch heute und dir gegenüber, der ich doch so mancherlei zu sagen hätte, gezwungen bin, mich in Kürze zu fassen und mich ausschließlich an Laura Kielers Anliegen zu halten.

Die zugesandten Zeitungsausschnitte habe ich durchgelesen. Ein Teil davon war mir im voraus bekannt, wie ich überhaupt den Streit genau verfolgt habe, der anläßlich ihres Stücks »Männer von Ehre« entstand.

Es ist mir indessen nicht ganz klar, was Laura Kieler eigentlich bezweckt, wenn sie den Versuch macht, mich in diese Streitigkeiten hineinzuziehen. Eine Erklärung von mir, wie sie sie wünscht, nämlich »daß sie nicht Nora ist«, wäre sowohl bedeutungslos als auch lächerlich, nachdem ich ja nie das Gegenteil behauptet habe. Wenn oben in Kopenhagen unwahre Gerüchte darüber verbreitet worden sind, daß zu einem früheren Zeitpunkt in ihrem Leben etwas vorgegangen ist, was eine gewisse Ähnlichkeit mit der Wechselgeschichte in »Ein Puppenheim« hat, so sind wohl sie selbst oder ihr Mann am allerbesten beide vereint, die einzigen, die durch eine offene und bestimmte Dementierung die falschen Gerüchte niederschlagen können. Ich begreife nicht, daß Herr Kieler nicht schon vor langer Zeit zu diesem Mittel gegriffen hat, das der üblen Nachrede sofort ein Ende machen würde.

Daß ich Deinem Ersuchen, hier einzugreifen, nicht nachkommen kann, tut mir aufrichtig leid. Aber ich glaube, daß du bei näherer Überlegung der Sache, betrachtet von allen Seiten und mit allen Einzelheiten vor Augen, soweit Dir solche bekannt sein dürften, mir darin beistimmen wirst, daß ich unserer gemeinsamen Freundin den besten Dienst erweise, wenn ich schweige und mich heraushalte.

...

Henrik Ibsen an Laura Kieler

Dienstag vormittag
[Zweite Novemberhälfte 1891]

Liebe Laura Kieler. Gestern abend spät fand ich Ihren Brief vor. Heute bin ich eingeladen und kann Sie daher nicht empfangen. Aber kommen Sie morgen um 14.30 Uhr, dann essen wir zusammen zu Mittag und können ungestört über die Dinge sprechen. Achten Sie auf die Adresse: 7 B. Herzlich willkommen. Ihr ergebener Henrik Ibsen.

Georg Brandes in einem Essay über Henrik Ibsen

[Kopenhagen 1906]

...

Der Keim zum »Puppenheim«, das heißt zu Noras Gestalt, findet sich schon in »Bund der Jugend«. Selma beklagt sich darüber, daß man sie außerhalb aller häuslichen Sorgen gehalten, sie wie eine Puppe behandelt habe. Ich bemerkte

1869 in einer Kritik des Stückes, daß sie hier keinen Platz habe, sich zu rühren; es ließe sich ein ganzes Drama schreiben über ihr Verhältnis zur Familie. Zehn Jahre später schrieb Ibsen dieses Drama.

Er soll da eine Zeitlang in Briefwechsel mit einer damals jungen Dame gestanden haben, deren Vorname dem Namen Nora übrigens ein wenig ähnlich war. Sie erzählte ihm in ihren Briefen öfter von Bekümmernissen, die sie quälten, ohne genauer darauf einzugehen. Nach seiner Gewohnheit grübelte Ibsen über diese Sorgen einer ihm fremden Persönlichkeit, und eines Tages sagte er mit der Gleichgültigkeit des Dichters für die Wirklichkeit ganz vergnügt über seinen Fund: Ich glaube, ich habe es jetzt herausgefunden; es sind Geldsorgen, die sie quälen. So verhielt es sich auch. Einer in Halvorsens Ibsen-Bibliographie aufgezeichneten Zeitungskorrespondenz zufolge hatte sich die Dame (wie später Nora) durch eine falsche Unterschrift Geld beschafft, allerdings zu einem weniger idealen Zweck, nicht, um ihrem Ehemann das Leben zu retten, sondern zur Verschönerung des Hauses. Der Mann soll aufgebracht gewesen sein, als er es erfuhr.

Diese kümmerliche Alltagsgeschichte war ausreichend für Ibsen, dessen Einbildungskraft sie in Bewegung setzte, das Meisterwerk »Ein Puppenheim« zu schaffen. Er formte sie um, bis sie ein zweckmäßiges Organ für die neuen Ideen über die Selbständigkeit der Frau wurde (die ihn zunächst abgestoßen hatten) und besonders für die Idee über das Recht der Individualität, auch das der weiblichen Individualität, auch das der Ehefrau, ihr eigenes Leben zu führen und nicht das anderer.

. . .

HENRIK IBSEN UND DIE FRAUENFRAGE

Henrik Ibsen an den Skandinavischen Verein in Rom

8. Februar 1879

An die Leitung des Skandinavischen Vereins in Rom.
Hiermit erlaube ich mir, folgende Anträge zur Änderung der Vereinsstatuten einzubringen

a) Es wird beantragt, in den Abschnitt, der den Bibliothekar betrifft, Nachstehendes aufzunehmen:
   »Bei der Besetzung des Bibliothekarpostens sollen vorzugsweise dazu geeignete Damen in Betracht kommen, sofern sich solche melden.«
b) § VII der Statuten soll lauten:
   »Stimmberechtigt in den Angelegenheiten des Vereins ist jedes Mitglied, welches das für eine einzelne Person festgesetzte Kontingent erlegt hat. – Von ein und demselben Hausstand ist im allgemeinen nur die Person stimmberechtigt, welche den Hausstand repräsentiert. Wünscht eine weitere Person desselben Hausstandes das Stimmrecht in den Angelegenheiten des Vereins zu erlangen, kann das dadurch geschehen, daß das für eine einzelne Person festgesetzte Kontingent erlegt wird. – Die Generalversammlung, welche aus allen in Rom anwesenden stimmberechtigten Mitgliedern des Vereins besteht, wird einberufen . . .« usw.
   Der jetzt geltende § XI der Statuten fällt weg.

Rom, den 8. Februar 1879.
Hochachtungsvoll
Henrik Ibsen.

[Dieser § XI lautete:
»Damen aus Dänemark, Schweden und Norwegen haben das Recht, Lokale und Bibliothek des Vereins unter denselben Bedingungen wie die übrigen Mitglieder zu benutzen, jedoch haben sie nicht Sitz und Stimme in den Verhandlungen.«]

Henrik Ibsen:
Rede im Skandinavischen Verein in Rom

[13. Februar 1879]

I.

Antrag, den Bibliothekar betreffend

Indem ich mir erlaube, in Kürze meinen Antrag zu begründen, daß der Bibliothekarsposten vorzugsweise mit einer dazu geeigneten Dame besetzt werden soll, sofern sich eine solche meldet, will ich, obwohl es wohl eigentlich überflüssig scheinen mag, beginnen mit der Bitte an die Versammlung, während der Debatte über diesen Antrag ständig vor Augen zu haben, daß zwischen diesem Antrag und dem zweiten von mir gestellten Antrag über das Stimmrecht für Damen in Angelegenheiten des Vereins keineswegs ein derartiger innerer organischer Zusammenhang besteht, daß man sich durch Abstimmen für oder gegen den einen Antrag auf irgendeine Weise bindet in seiner Stimmabgabe, den andern betreffend. Beide Anträge haben nichts weiter gemeinsam, als daß sie zur selben Zeit gestellt werden und daß sie beide von Damen handeln.

Was mich veranlaßt hat, diesen ersten Antrag zu stellen, sind Betrachtungen verschiedener Art. Zum ersten habe ich aus früheren Zeiten die Erfahrung, wie außerordentlich schwierig es ist, den Bibliothekarposten zufriedenstellend zu besetzen. Der Posten ist nicht so bezahlt, daß wir, wenn wir ihn in den nordischen Zeitungen als vakant ausschreiben, erwarten können, einen geübten Bibliothekar hierher zu bekommen. Diejenigen, die auf dieses Ausschreiben reflektieren werden, werden in der Regel ganz junge Männer sein, die entweder schon vorher die Absicht hatten, in irgendeinem Zweck nach Rom zu reisen, oder die sich entschließen zu reisen, wenn ihnen freies Logis usw. für die Zeit geboten wird, die sie für einen Aufenthalt hier erübrigen können. Ein solcher Aufenthalt ist aber im allgemeinen von sehr kurzer Dauer; ein junger Mann, der auf Reisen geht, hat auch andere Orte zu besuchen; er hat kaum Zeit, sich mit den hiesigen Verhältnissen ein wenig bekannt zu machen, und dann muß er auch schon wieder fort; es wird in den meisten Fällen nie die Rede davon sein, daß der Bibliothekar in seinem Interesse mit dem Verein und der Bibliothek zusammenwächst, und ebensowenig wird von irgendeiner Kontinuität in der Art und Weise der Bibliotheksleitung die Rede sein. So geht es im allgemeinen; daß wir ausnahmsweise einmal Glück haben können, verändert die Sache nicht. Die Regel ist, daß der Posten mit so gut wie unbrauchbaren Personen besetzt wird.

...

Aber auch in ihrer Eigenschaft als Sekretäre haben sich die meisten dieser jungen Männer als unbrauchbar erwiesen;

...

Sollte es nun nicht zweckmäßig sein, wenn dem Vorstand die Möglichkeit gegeben würde, für die Besetzung des Bibliothekar- und Sekretärpostens ein ausgedehnteres Feld zu suchen als bisher? Ich meine, ja: und darum habe ich meinen Antrag gestellt, daß dazu auch geeignete Damen gewählt werden können. Der Antrag besagt ja nicht, daß eine Dame gewählt werden muß, sondern nur, daß sie soll, wenn angenommen wird, daß sie sich besser qualifiziert als ihre männlichen Mitbewerber. Und ich glaube allerdings, daß dies bei der ersten sich bietenden Gelegenheit der Fall sein wird. Es kann kaum jemand in dieser Versammlung unbekannt sein, welchen Aufschwung die weibliche Ausbildung in den letzten Jahren in unseren Heimatländern genommen hat, und in welcher großen Anzahl von Stellungen Frauen, ausgebildete Damen, jetzt Verwendung finden. Es sind Damen, die den schwedischen Volksunterricht zum ersten in Europa gemacht haben, in Kristiania sind die meisten Posten in den großen Versicherungsgesellschaften, auch Buchhalter- und Kassiererposten, mit Damen besetzt; im Telegrafenwesen ebenso, ebenso in den großen Handelshäusern und anderen Geschäften und überall, wo der Versuch gemacht ist, hört man nichts weiter als die größte Zufriedenheit; überall sagt man: Schafft uns nur mehr! Nun könnte vielleicht jemand einwenden, daß, wenn nach der geistigen Arbeitskraft der Damen daheim eine solche Nachfrage besteht, wir nur geringe Aussichten haben, eine Dame für unseren Bibliothekarposten zu gewinnen. Ach nein, damit hat's wohl keine Gefahr! Die Sache ist, daß trotz all der praktischen Tauglichkeit, die die Damen unstreitig an den Tag legen, das Vorurteil doch noch nicht ganz zerstört ist, oder die Herren Männer benutzen das Neue an der Situation zu ihrem eigenen Vorteil. Faktum ist, daß die nützliche Damenarbeit daheim geringer bezahlt wird als die mittelmäßige Herrenarbeit. Und damit finden die Frauen sich ab, weil ihre Lebensbedürfnisse billiger sind als unsere. Aber gerade deshalb können wir auch eher erwarten, den gering besoldeten Bibliothekarposten mit einer qualifizierten Dame besetzen zu können als mit einem dazu geeigneten jungen Herrn. Daß der Posten die Kräfte einer Dame überfordert, wird wohl niemand behaupten; in Bibliotheken hat man ja seit langem häufig und vorzugsweise Damen beschäftigt; in Leihbibliotheken fast ausschließlich. Daß der Sekretärposten von einer Dame nicht gemeistert werden könnte, kann nur von solchen Leuten behauptet werden, die nicht wissen, auf welcher Stufe von Intelligenz und Einsicht viele von unseren jüngeren Damen stehen. Die Ordnung und Genauigkeit der Damen in Geschäftsdingen ist bekannt; auch dem ökonomischen Status des Vereins dürfte mit einer Dame wohl gedient sein: ein kompetenter Mann hat mir gegenüber einmal geäußert, daß, würde der Staat Damen als Steuereinnehmer anstellen, man Kassendefiziten und Unterbilanzen aus dem Wege ginge. Außerdem wäre es angenehm für neuangekommene Damen, eine erfahrene Dame hier am Ort zu haben, an die sie sich wenden können; und, was für mich von sehr großer Bedeutung ist: Bei einem weiblichen Bibliothekar könnten wir damit rechnen, ihn für längere Zeit zu behalten; auf die Damen wartet daheim keine Anstellung als Beamter, und es liegt nicht in ihrer Natur, einen einmal erworbenen Platz aufzugeben, um etwas Neues und Unsicheres zu versuchen. Wie wünschenswert es ist, daß bei unseren Zusammenkünften im Verein nicht bloß ein Wirt fungiert, sondern auch eine Wirtin, darüber werden sich, wie ich annehme, alle einig sein, insofern man wirklich will, daß der Verein das Bild eines Heims bietet, eines großen Familienheims für die

Skandinavier hier unten, und daß er nicht zu einem Klub oder einem Asyl für mehr oder weniger betagte Junggesellen herabsinkt. Aber das wird doch natürlich niemand wünschen, am allerwenigsten irgendein Künstler; und deshalb empfehle ich den Antrag zur Annahme; man verpflichtet sich ja zu nichts; man läßt nur dem Vorstand freiere Hand, als es jetzt der Fall ist und das wird, glaube ich, zum größten Vorteil des Vereins sein. –

II.

Der von mir gestellte Antrag, das Stimmrecht in Angelegenheiten des Vereins davon abhängig zu machen, daß das betreffende Mitglied ein persönliches Kontingent erlegt hat, hat, worauf ich schon bei dem versuchten Diskussionstreffen am Sonnabend aufmerksam machte, zwei Seiten. Er will eine jetzt bestehende Bestimmung ändern, und er will eine neue einführen. Was ich zu ändern beantrage, ist die Bestimmung, daß sämtliche männliche Mitglieder einer Familie stimmberechtigt sein sollen durch Erlegung des bloßen und nur des Familienkontingents. Diese Seite des Antrags mit Ausführlichkeit zu motivieren, davon werde ich absehen. Ich denke, die meisten werden mit mir darin einig sein, daß die jetzt geltende Bestimmung unbillig ist den einzelnen Personen gegenüber, die ein verhältnismäßig soviel größeres Kontingent zu erlegen haben; und die Unbilligkeit ist, finde ich, um so einleuchtender, als wir ja wissen, daß reisende Familien in der Regel ökonomisch günstiger gestellt sind als die meisten einzelnen jungen Leute, Damen und Herren, Künstlerinnen und Künstler, Studierende usw., die hierher kommen. Wenn unter den Mitgliedern der zugereisten Familien ein wirkliches Interesse für die Angelegenheiten des Vereins vorhanden ist, so wird der Vereinskasse mit der Annahme meines Antrags wohl gedient sein; im entgegengesetzten Fall haben wir zumindest den Gewinn, daß unsere Generalversammlungen in Zukunft nicht leicht eine größere oder kleinere Anzahl von Teilnehmern zählen werden, die sich weder über die anliegenden Dinge ausreichend informiert haben, noch ihnen mit besonderer Wärme begegnen. So ist es oft gesche-

hen; soll man aber ein Entrée von 8 Liren entrichten, dann werden wohl die meisten von denen, die nicht wirklich interessiert sind, sich's gut überlegen.
Die andere Seite des Antrags ist die, daß das Stimmrecht auch auf die weiblichen Mitglieder des Vereins ausgeweitet werden soll. Dieser Antrag, von dem ich angenommen hatte, daß sich alle um ihn sammeln würden, ist auf eine Weise aufgenommen worden, die mich sowohl überrascht als auch, ich will es hinzufügen, empört hat. Nun, es ist nicht das erste Mal, daß die Stellung der Damen im Verein das skandinavische Lager in Aufruhr versetzt hat. Als die Statuten des Vereins 1860 angenommen wurden, bezog man wohl eine Bestimmung ein, daß Damen Zutritt hätten; aber es war eine stillschweigende Voraussetzung bei den skandinavischen Herren und bei den skandinavischen Damen in Rom, daß diese Bestimmung nur als leere Buchstaben zu betrachten seien; lange Zeit wagte keine Dame, ihren Fuß in die Lokale des Vereins zu setzen; und keiner der Herren ließ sich träumen, daß irgendeine Dame es jemals wagen würde. Da kamen eines Tages, vermutlich, als niemand anwesend war, zwei mutige Damen hierher, pflanzten eine Fahne in den Saal und gaben eine Erklärung ab, daß sie sich als Mitglieder des Vereins betrachteten. Damals entstand unter den Herren ein Aufruhr ungefähr wie jetzt. Aber die zwei Damen hielten Wort; sie kamen hierher; sie ließen sich nicht vertreiben; im Gegenteil, sie zogen andere Damen nach sich, und innerhalb kurzer Zeit hatte man sich an sie gewöhnt. Gibt es jetzt jemand, der sich die Damen aus dem Verein fortwünschen würde?
Diese Geschichte liegt 17 bis 18 Jahre zurück. Vieles hat sich seit diesen Tagen in der Welt verändert, und vieles hat sich auch in unserem Verein verändert. Es ist ein Kontingent eingeführt worden, und das muß von Damen erlegt werden so gut wie von Herren; aber dadurch ist die Stellung der Damen im Verein eine ganz andere geworden, als sie früher war. Deshalb kommen auch die Damen jetzt wieder, nicht zwei, wie damals, sondern 10 bis 12, mit vielen hinter sich, und pflanzen eine Fahne in den Saal und fordern die natürli-

chen Rechte, die ihnen bisher verweigert worden sind; sie fordern das Recht, dabei sein und die Männer wählen zu dürfen, die das Kontingent verwalten sollen, das sie selbst erlegt haben, und die die Staatszuschüsse verwalten sollen, die unsere Länder bewilligt haben, zum Nutzen der hiesigen skandinavischen Frauen ebensogut wie dem der Männer.
Ist daran etwas Unbilliges? Wenn unser Verein heute gegründet würde, anstatt vor 19 Jahren, glaubt da jemand, daß unsere Damen vom Stimmrecht ausgeschlossen wären? Nein, Vereine von der Art wie unserer werden heute nicht ohne die vollständige Gleichstellung der Frauen gegründet. Und wovor fürchtet man sich? Wenn man die Gegner des Antrags hört und ihr großes Erschrecken bei dieser kleinen Sache bemerkt, dann möchte man annehmen, wir hielten zwei- bis dreimal in der Woche das ganze Jahr hindurch Generalversammlungen ab und wählten einen neuen Vorstand. Und doch halten wir in der Regel nur eine einzige ordentliche Generalversammlung im Jahr, und ich will, daß zu dieser die Damen Zutritt haben. Und wieviele Damen, glaubt man wohl, würden dort erscheinen? In der ersten Zeit jedenfalls sehr wenige. Sie würden weiter in der Majorität bleiben, meine Herren, Sie brauchen sich nicht zu ängstigen. Die meisten Damen verlangen das Stimmrecht nicht, um praktischen Gebrauch davon zu machen, sondern weil sie das jetzt Bestehende als eine Demütigung empfinden. Und das ist es in Wirklichkeit auch, – eine unverdiente und unberechtigte Demütigung. Warum schließen wir sie aus? Gibt es jemand in dieser Versammlung, der zu behaupten wagt, daß unsere Damen an Bildung oder an Intelligenz oder an Kenntnissen oder an künstlerischer Begabung unter uns stehen? Ich nehme nicht an, daß sich sehr viele zu einer derartigen Behauptung erdreisten werden. Was fürchtet man also? Ich höre, hier geht die Überlieferung um, daß die Damen so schlimm intrigieren sollen, und darum will man sie fernhalten. Nun, ich habe in meinem Leben allerhand männliche Intrigen in Erfahrung gebracht, – nicht zum wenigsten in der letzten Zeit; und außerdem, sollten hier wirklich, was ich noch sehr bezweifle, Damen zu finden sein, denen das

Intrigieren Spaß macht, so muß man doch bedenken, daß sie das weitaus leichter tun können, solange sie außerhalb der Dinge stehen, als wenn sie eine Verantwortung tragen. Das kann also kein gültiger Grund für die Ausschließung sein. Ich frage also weiter, was man fürchtet? Ist es vielleicht die vermeintlich unpraktische Art der Damen in Geschäftsdingen? Selbst wenn die Damen wirklich so unpraktisch wären, wie mancher unpraktische Herr zu behaupten geruht, sind denn die Künstler so besonders praktische Geschäftleute? Nein, meine Herren, in der Hinsicht habe ich keine Bedenken. Ich halte es für gut und nützlich, wenn wir die Damen in die Generalversammlung bekommen, ebenso halte ich es für gut und nützlich, daß wir die Jugend behalten, diese Jugend, die man jetzt vertreiben will durch den Antrag, das Stimmrecht solle davon abhängig gemacht werden, daß man sich ein Jahr in Rom aufgehalten hat. Ich wiederhole es, ich fürchte nicht die sogenannten unpraktischen Frauen; die Frauen haben etwas gemeinsam mit den wahren Künstlern, ebenso mit der Jugend überhaupt, etwas, was den praktischen Geschäftskniff ersetzt. Schauen Sie daheim auf unsere Studentenvereine! Dort werden Sachen erledigt, zehnmal so verwickelt wie unsere; und geht nicht alles gut, obwohl die Jugend, diese ungeübte und unerprobte und unpraktische Jugend, dort in einer außerordentlichen Majorität ist? Und warum? Ja, weil die Jugend diesen genialen Instinkt hat, der unbewußt das Rechte trifft. Aber gerade dieser Instinkt ist es, den die Frau mit der Jugend und mit den wahren Künstlern gemeinsam hat. Und darum wünsche ich mir die Damen in die Generalversammlung. Ich fürchte die Damen oder die Jungen und Unerprobten ebensowenig wie ich die wahren Künstler fürchte. Aber was ich fürchte, das ist die Altmänner-Vernünftigkeit; was ich fürchte, sind die Männer mit den kleinen Aufgaben und den kleinen Gedanken, die Männer mit den kleinlichen Rücksichten und den kleinen Besorgnissen, diese Männer, die ihre ganze Denkweise und alle ihre Handlungen danach richten, gewisse kleine Vorteile zu erlangen für ihre eigenen alleruntertängisten kleinen Persönlichkeiten. Sollten die Angelegenheiten des Vereins einmal in solche Hände kommen, dann wäre Gefahr im Verzug für sein Bestehen, jedenfalls für seine Prägung als ein Künstlerverein. Und deshalb will ich die Damen hier herein haben, damit sie im Verein mit der Jugend die Macht in die Hände wahrer und wirklicher Künstler legen.

. . .

Gunnar Heiberg:
Galaabend im skandinavischen Verein in Rom

[Frühling 1879]

. . .

Niemand hatte es geglaubt – aber Ibsen kam. Er sah brillant aus. Große Gala mit Orden. Er strich sich häufig durch das graumelierte Haar. Er begrüßte niemand im besonderen, sondern alle. Es lag eine große Ruhe über seinem Antlitz, aber die Augen, das rechte wie das linke, waren wach, oh, so wach. Er setzte sich für sich. Wir glaubten alle, er hätte seinen Mitmenschen vergeben, einer meinte jedoch, es täte ihm leid. Das trug dazu bei, daß die Stimmung unter all den aufgeputzten und gesellschaftsdurstigen Skandinaviern besonders festlich und gehoben war. Dann stand er plötzlich auf und ging nach vorn vor einen großen Tisch, so daß er den ganzen Festsaal mit den tanzenden Paaren vor sich hatte.
»Meine Damen und Herren!« – Der Augenblick war voller dramatischer Erwartung. Was würde geschehen? Würde er seine Sünden bekennen? Er konnte doch unmöglich nur einen Toast ausbringen wollen! Er, Ibsen! . . . Er strich sich versonnen durchs Haar. Dann begann es gedämpft, aber schrecklich, schrecklich ernst. Er habe dem Verein kürzlich einen großen Dienst erweisen wollen, eine große Freude, dürfe er sagen, indem er die Strömungen der Zeit seinen Mitgliedern nahebrachte. Den großen Ideen könne niemand entkommen. Selbst hier nicht! In diesem Verein! In diesem Entenpfuhl! Er gebrauchte nicht das Wort Entenpfuhl, aber die Verachtung um seinen Mund verkündete es laut. Und wie sei seine Gabe aufgenommen worden? Wie ein Ein-

bruch! Wie ein verbrecherisches Attentat! Überstimmt durch einige wenige Stimmen! Und wie hätten sich die Frauen dazu gestellt – die Frauen, für die seine Gabe bestimmt war? Sie hätten gegen ihn intrigiert und agitiert. Sie hätten seine Gabe in den Schmutz geworfen. Was für Frauen denn das wohl sind? Sie sind schlimmer – schlimmer als die niedrigsten, schlimmer als der Auswurf –

Jetzt sprach er nicht mehr ruhig, strich sich nicht mehr versonnen durchs Haar. Er schüttelte den Kopf mit der grauen Mähne. Er verschränkte die Arme über der Brust. Seine Augen funkelten. Seine Stimme zitterte, sein Mund bebte, und er schob die Unterlippe vor. Er glich einem Löwen, oder, viel mehr, er glich dem großen Volksfeind Dr. Stockmann. Und er sagte es noch einmal und noch einmal: Was sind das für Frauen, für Damen, was für ein weibliches Geschlecht, unwissend, im tiefsten Sinne ungebildet, unmoralisch, auf einem Niveau mit den niedrigsten, den elendsten – den –

Padauz! Eine Dame, Gräfin B., brach zusammen. Sie wie wir anderen erwarteten eine entsetzliche Vokabel. Aber sie kam dem Lauf der Ereignisse zuvor und fiel in Ohnmacht. Sie wurde hinausgetragen. Ibsen sprach weiter. Vielleicht etwas ruhiger. Aber beredtsam und klar, ohne nach Worten zu suchen. Er berauschte sich an seiner Beredsamkeit über die Erbärmlichkeit der Menschen, besonders der Frauen, ihrem Unverstand, ihrem beständigen Widerstand gegen die neuen Gedanken, die die Menschen größer, reicher, besser machen würden. Er sah fern und entrückt aus. Während seine Stimme donnerte, war es, als ob er sich selbst läuterte, während seine Zunge züchtigte, war es, als ob sein Geist heimlich den dunklen Hintergrund für das durchstreifte, was zu dieser Zeit sein geistiges Wirken war, seine Dichtung. Es war, als ob er praktisch seine Theorien durchlebte, als ob er persönlich seine Gestalten erlebte. Und als er fertig war, ging er hinaus ins Entrée, zog seinen Wintermantel an und ging nach Hause. Still und ruhig.

Jens Peter Jacobsen an Edvard Brandes

23/III 1879. Rom

...

Ibsen hält sich etwas zurück (aus den Aktivitäten des Skandinavischen Vereins in Rom; d. Übs.), seitdem sein Antrag, daß Damen einen Sitz in der Generalversammlung des Vereins haben sollten, durchfiel, und ich sehe ihn nicht besonders oft.

...

Jens Peter Jacobsen an Edvard Brandes

30/XII 1879. Thisted

...

Das Stück (»Ein Puppenheim«; d. Übs.) läßt mich Ibsens Auftreten in Rom verstehen, als es um das Stimmrecht der Frauen auf den Generalversammlungen im Skand. Verein ging, in welcher Sache ich ihm übrigens, was billig war, durch dick und dünn folgte. Wie hinreißend unverschämt war er gegen seine Gegner! Falls du einmal den Reaktionär Rosenstand siehst, dann frage ihn nach diesen Verhandlungen, und er wird aus der Haut fahren. Es hat nicht viel gefehlt, daß ein gewisser Marinekapitän Buchwaldt Ibsen aufgrund dieser Frauenfrage gefordert hätte.

...

John Paulsen über Henrik Ibsen und die Frauenfrage

...

Ibsen, der Verfasser von »Ein Puppenheim«, welches eine einzige Verherrlichung der Frau ist, war ursprünglich gegenüber dem Gedanken von einer Befreiung der Frau wenig wohlwollend gestimmt.

So erzählt Georg Brandes in seinem bekannten Essay über den Dichter, daß ihm Mills Buch von der Unterjochung der Frau keinerlei Sympathie eingeflößt habe, als es erschien, und daß ihm Mills Schriftstellerpersönlichkeit zuwider gewesen sei.

Ibsen kam ja aus einem streng pietistischen Haus in der Provinz. Die Frauen, zu denen er zuerst aufsah, seine Mutter und seine Schwester, waren stille, demütige, fromme Naturen, die sich immer des so mißverstandenen und mißbrauchten Bibelwortes erinnerten, daß die Frau dem Mann untertan sein soll.

. . .

Es hat denn auch lange gedauert, bis Ibsen zu einer freieren, sympathetischen Auffassung von der Stellung der Frau in der modernen Gesellschaft kam.

. . .

Was Ibsen zuerst zu einer neuen Sicht auf die Frau verhalf, war seine Ehe, das tägliche Zusammenleben mit seiner Frau, die den Frauen seiner eigenen Familie so unähnlich war, . . . Dann lernte er allmählich Frau Colletts Schriften kennen, . . .

Eine Reihe von Jahren vergeht und Frau Collett besucht auf dem Weg nach Italien Ibsen in Dresden. Der Gedanke liegt nahe, daß sich im täglichen Umgang mit Frau Collett das Gespräch wesentlich um das Thema drehte, das sie am meisten interessierte und daß Ibsen dadurch viele weckende und fruchtbare Impulse empfangen hat.

Frau Collett erinnerte sich oft an diesen merkwürdigen Dresdner Besuch. Sie entdeckte ja sofort, daß Ibsen noch nicht der »Ritter der Frau« war, den sie . . . sich vorgestellt hatte – und sie fand ihn in vielen Stücken altmodisch.

So suchte Ibsen, erzählte mir Frau Collett, die Damen als unbedeutendere, für logisches Denken minder veranlagte Wesen aus ernsten Diskussionen auszuschließen, was sie sehr verwunderte. Er wollte eigentlich nur mit Männern disputieren. –

Als ich später Ibsen in München traf, hatte ich dieselbe Wahrnehmung. Seine Bewunderung für die Frau war noch, trotz aller Beeinflussung, recht platonisch. Wenn er die Wahl hatte zwischen dem Gespräch mit einer Dame, die dazu noch hochbegabt war, oder einer ganz gewöhnlichen Mannsperson, zog er, möglicherweise auch aus Bequemlichkeitsgründen, die Gesellschaft des letzteren vor. –

. . .
Für Frau Ibsen hatte die erste Begegnung mit Frau Collett, – sie hatte wohl in Dresden in den sechziger Jahren stattgefunden, – eine entscheidende Bedeutung gehabt.
. . . Es wurde Frau Colletts Mission, ihr die Augen für die mißliche gesellschaftliche Stellung der Frau und für die Notwendigkeit ihrer Verbesserung zu öffnen.
. . .

John Paulsen über Henrik Ibsen, »Ein Puppenheim« und die Frauenfrage

. . .
Als Ibsen seinerzeit Kritiken von »Ein Puppenheim« las, ärgerte es ihn nicht wenig, daß das Stück als ein Beitrag zur Sache der Frau betrachtet wurde.
»Ich habe an die Sache der Frau gar nicht gedacht«, konnte er sagen. »Ich habe nur Menschen schildern wollen.«
Ibsen verließ früh diesen engen Standpunkt in der Sache der Frau und kam statt dessen zu einem höheren und liberaleren, der auf den Menschen im geschlechtlichen Wesen sah und Mann und Frau recht gab. – Nicht feindlich voneinander getrennt, nur vereint würden Mann und Frau etwas zum Gedeihen und Glück der Gesellschaft ausrichten können.
Gegen die sogenannten Frauenrechtlerinnen nährte er Unwillen. . . .
Einer der Gründe, warum Ibsen Frau Collett so sehr schätzte, war, daß sie trotz ihres lebenslangen Kampfes für die Gleichberechtigung dieses feine altmodische weibliche Wesen behielt. Sie träumte nicht davon, Hosen zu tragen oder sich die Haare kurz zu schneiden.
. . .
Mit all seiner bewundernden Freundschaft für sie war Ibsen nicht blind für ihre Fehler und kleinen Exzentrizitäten.
. . .
»Frau Professor Collett klagt immer über die mißliche Stellung der Damen«, sagte Ibsen, »aber das weibliche Geschlecht besteht nicht ausschließlich aus Damen. Ob Frau

Professor jemals an die Stallmägde gedacht hat? Ich zweifle daran.«

Ibsen hatte recht mit seiner scharfen Äußerung. Frau Collett fühlte sich mit all ihrem Interesse an der Gesellschaft zu sehr als Oberklassenmensch. Sie dachte weniger – Aristokratin die sie war – an die Frau aus dem Volk, sondern zumeist an ihren eigenen Stand, an die ausgewählte Klasse derjenigen, die Frau Professor, Frau General oder Frau Amtmann waren.

Für sie wurde die Frauenfrage, ohne daß sie es selbst wußte, so etwas wie eine Damenfrage.

...

Henrik Ibsen an Bjørnstjerne Bjørnson

Rom, den 23. März 1884

Lieber Bjørnson!

Mit großem Vergnügen bin ich dabei, mich der übersandten Eingabe an das Storting anzuschließen und schicke sie deshalb hiermit unterschrieben zurück.

Aber ich muß gestehen, daß ich nicht damit rechne, von der ganzen Sache irgendeinen Erfolg zu sehen. Hätte sich die Stortingsmajorität dem Antrag Berners mit ehrlichem Interesse angeschlossen, dann hätte sie den Antrag nicht den Gemeinderäten zur Begutachtung gesandt. Sie hätte überhaupt keine Erklärung von den Männern verlangt, sondern von den Frauen. In einer solchen Sache die Männer um Rat fragen, ist dasselbe, wie die Wölfe fragen, ob sie vermehrte Schutzmaßnahmen zum Vorteil der Schafherden wünschen.

...

Könnte ich es bei uns in der Heimat einrichten, wie ich wollte, dann müßten all die Unterprivilegierten sich zusammentun und eine starke, resolute und draufgängerische Partei gründen, deren Programm ausschließlich auf praktische und produktive Reformen ausgerichtet sein sollte, auf eine sehr ausgedehnte Erweiterung des Stimmrechts, eine Regulierung der Stellung der Frauen, die Befreiung des Volksunterrichts von allem möglichen mittelalterlichen Zeug usw.

Die theoretisch-politischen Fragen könnten gern eine Weile ruhen; sie sind nicht sonderlich produktiv. Käme eine solche Partei zustande, würde sich unsere jetzt bestehende Linkspartei bald als das erweisen, was sie in Wirklichkeit ist und infolge ihrer Zusammensetzung sein muß, – eine Zentrumspartei.
...

Henrik Ibsen:
Rede an den Fahnenzug der Arbeiter

[Trondheim, 14. Juni 1885]

...
Ich habe außerordentliche Fortschritte auf den meisten Gebieten vorgefunden, und ich habe gesehen, daß das Volk, zu dem ich am meisten gehöre, jetzt dem übrigen Europa bedeutend näher gerückt ist als zuvor.
Aber der Besuch in der Heimat hat mir auch Enttäuschungen bereitet. Ich habe erfahren, daß die unentbehrlichsten individuellen Rechte noch nicht in der Weise gesichert sind, wie ich glaubte, sie unter der neuen Staatsform erhoffen und erwarten zu dürfen.
Eine Mehrzahl der Regierenden räumt dem Einzelnen weder Glaubensfreiheit noch Redefreiheit außerhalb einer willkürlich gesetzten Grenze ein. Hier ist also noch viel zu tun, bevor man von uns sagen kann, wir hätten die wirkliche Freiheit erreicht. Aber unserer jetzt bestehenden Demokratie wird es kaum gelingen, diese Aufgaben zu lösen. Es muß ein adeliges Element in unser Staatsleben, in unsere Regierung, in unsere Volksvertretung und in unsere Presse kommen.
Ich denke natürlich nicht an den Adel der Geburt und auch nicht an den des Geldes, nicht an den Adel des Wissens und nicht einmal an den der Fähigkeiten oder den der Begabung. Sondern ich denke an den Adel des Charakters, der Gesinnung und des Willens.
Er allein ist es, der uns befreien kann.
Dieser Adel, der, wie ich hoffe, unserem Volk verliehen

werden wird, er wird zu uns von zwei Seiten kommen. Er wird zu uns von zwei Gruppen kommen, die unter dem Parteiendruck noch keinen nicht wiedergutzumachenden Schaden genommen haben. Er wird durch unsere Frauen und durch unsere Arbeiter zu uns kommen.

Die Umgestaltung der gesellschaftlichen Verhältnisse, die draußen in Europa jetzt vorbereitet wird, sie beschäftigt sich wesentlich mit der zukünftigen Stellung des Arbeiters und der Frau.

Sie ist es, auf die ich hoffe und warte und für die ich wirken will, wo ich nur kann.

...

Henrik Ibsen im Gespräch mit Laura Kieler

[Kopenhagen, Oktober 1885]

...

Ich sympathisiere von ganzem Herzen mit der Sache der Linken, sowohl in Norwegen als auch in Dänemark. Ich bin ein Mann der Linken, insofern die Linke gegen das Konservative kämpft. Aber wenn sie nicht zugleich die Sache der Arbeiter zu der ihren macht, hat die Linke ihre Aufgabe verraten; damit habe ich nichts mehr zu tun.

...

Henrik Ibsen in einem Interview

[17./18. März 1890]

...

»Aus ›Gespenster‹ und ›Ein Puppenheim‹ scheinen viele den Schluß zu ziehen, daß Sie die freie Liebe befürworten. Heißt das nicht diese Werke mißverstehen?« –

»Immer wieder habe ich versucht, dieses Mißverständnis in der Presse zu korrigieren. Aber die Korrektur wurde ebenso hartnäckig mißverstanden, und nun habe ich mich entschlossen, nicht mehr zu versuchen, mich über diese Dinge in der Presse zu erklären. Ich will diese Werke einfach den Kritikern überlassen in der Hoffnung, daß sie sie werden erklären können.«

...

Aus »The Daily Chronicle«
Ibsen und der Sozialismus

Berlin, Dienstag nacht, [12. August 1890]

Infolge der fortgesetzten Anstrengungen der Sozialdemokraten, Henrik Ibsen als einen ihrer Parteigänger hinzustellen, und besonders aufgrund der Tatsache, daß Ibsens Name von gewissen neuen Moralphilosophen in England mißbraucht wurde, nachdem »Ein Puppenheim« zum ersten Mal in London aufgeführt worden war, interviewte ich Ibsen, der seit seiner Rückkehr aus Italien mit seiner Familie seinen festen Wohnsitz in München hat. Ibsen war sehr erfreut, mich zu empfangen, und gern bereit, sich über das Thema zu unterhalten, zu dem ich seine Meinung hören wollte. Er erklärte, daß er niemals, zu keiner Zeit, der Sozialdemokratischen Partei angehört habe. Er habe niemals die sozialdemokratische Frage studiert, noch beabsichtige er, der Sozialdemokratischen Partei zu einem späteren Zeitpunkt beizutreten. Genau gesagt, er erklärte, daß er niemals Sozialdemokrat gewesen sei, noch es jemals sein werde. Er sei überrascht, seinen Namen als Mittel für die Propagierung sozialdemokratischer Dogmen benutzt zu finden. Selbst wenn eine eher zufällige Kombination von gewissen Tendenzen und Prinzipien in seinem Buch »Nora«, die Frage der Ehe und die Frage der Frau betreffend, mit gewissen Teilen des sozialdemokratischen Programms identisch sein oder sie decken sollte, sei seine »Nora« nicht, erklärte er, eine abstrakte Hypothese, die konstruiert sei, um ein gewisses Parteidogma zu demonstrieren, sondern direkt aus dem Leben gegriffen. Nora habe existiert; aber er habe niemals die Absicht gehabt, eine feste Regel aufzustellen, daß alle Frauen in einer ähnlichen Lage wie Nora auch wie Nora handeln sollten und müßten.

Henrik Ibsen an Hans Lien Brækstad

München, den 18. August 1890

. . .

Da eine mich betreffende Korrespondenz aus Berlin, aufgenommen in den Daily Chronicle vom 13. August, mir an verschiedenen Punkten geeignet erscheint, mißdeutet zu werden, was auch in den nordischen Zeitungen bereits geschehen ist, wünsche ich Ihnen und anderen britischen Freunden gegenüber einzelne der mir zugeschriebenen Äußerungen zu korrigieren. Es kommt mir nämlich vor, als wären meine Äußerungen nicht überall in der Korrespondenz mit voller Deutlichkeit und Ausführlichkeit wiedergegeben.

So habe ich nicht gesagt, ich hätte die sozialdemokratische Frage niemals studiert. Ich habe im Gegenteil versucht, nach Kräften und wo ich Gelegenheit hatte und mit lebhaftem Interesse, mich mit dieser Frage vertraut zu machen. Sondern ich habe gesagt, daß ich nie die Zeit gefunden habe, die große umfassende Literatur zu studieren, die die verschiedenen sozialistischen Systeme behandelt.

Wenn der Korrespondent meine Äußerung wiedergibt, ich gehörte nicht zur Sozialdemokratischen Partei, hätte ich mir gewünscht, er hätte das, was ich ausdrücklich hinzufügte, nicht ausgelassen, nämlich, daß ich niemals einer Partei angehört habe und wahrscheinlich niemals einer angehören werde, welcher auch immer.

Es ist mir nämlich zu einer Naturnotwendigkeit geworden, ganz selbständig vorzugehen.

Die Ausführung des Korrespondenten, ich hätte mich gewundert, meinen Namen als Mittel für die Verbreitung sozialdemokratischer Lehrsätze benutzt zu sehen, dürften wohl besonders irreleitend sein.

In Wirklichkeit sprach ich nur meine Verwunderung darüber aus, daß ich, der ich es mir zur hauptsächlichen Aufgabe gemacht hatte, Menschencharaktere und Menschenschicksale zu schildern, an gewissen Punkten, – ohne es bewußt und direkt beabsichtigt zu haben, – zum selben Resultat gekommen war wie die sozialdemokratischen Moralphilosophen durch wissenschaftliche Forschung.

Diese meine Verwunderung – und ich kann hier hinzufügen: Befriedigung – äußerte ich veranlaßt durch den Bericht des Korrespondenten über einen oder mehrere in London gehaltene Vorträge, die nach seinen Angaben wesentlich über »Ein Puppenheim« gehandelt hatten.

. . .

William Archer über einen Besuch bei Ibsen in München

[Sommer 1890]

. . .

In seinem Brief, den ich Dir geschickt habe, erzählt Shaw, daß Ibsen rasend gewesen sein soll darüber, daß G. B. S. ihn als Sozialist betrachtet. Aber mir erklärte er, daß diese Raserei ausschließlich in der Vorstellung des Daily-Chronicle-Interviewers existiert haben soll. Was er in Wirklichkeit gesagt hatte, war, daß er niemals einer politischen Partei angehört habe und wahrscheinlich auch niemals einer angehören werde. Aber er zeigte sich auch freudig überrascht, daß die englischen Sozialisten, die diese Fragen wissenschaftlich bearbeitet hatten, zu ähnlichen Resultaten gekommen waren wie er selbst. Dies hat der Chronicle-Interviewer entstellt zu der Äußerung, wie entsetzt und überrascht Ibsen gewesen sei, daß sich jemand erdreisten könne, seinen Namen für Sozialisten-Propaganda zu benutzen. Der Alte war über all das erregt, denn es hatte seinen Weg auch in die deutschen und dänischen Zeitungen gefunden. Während meiner Anwesenheit erhielt er einen Brief von Wollmar, einem der Sozialistenführer im Reichstag, mit der Frage, was zum Teufel er mit dieser allem Anschein nach verächtlichen Lossagung nicht nur vom Sozialismus, sondern auch von jeder Sympathie mit dem Sozialismus gemeint habe. Ibsen hatte schon einen Brief an Brækstad geschrieben, der für die englische Presse konzipiert war, und er machte sich nun daran, eine deutsche Fassung dieses Briefes an Wollmar zu schrieben.

Im Anschluß daran, erlebte ich eine lustige kleine Episode zwischen Frau Ibsen und ihm. Sie sagte: »Ich habe dich ja gewarnt, als der Mann aus Berlin kam, daß du etwas sagen würdest, was du bereuen müßtest. Du hättest mich ihn empfangen lassen sollen, Frauen sind weit vorsichtiger mit dem, was sie sagen.« Worauf »der Alte« schroff lächelte und sagte, daß Diskretion normalerweise nicht als die starke Seite des schwachen Geschlechts betrachtet würde, und hinzufügte, da der Interviewer auf jeden Fall lügen würde, spiele es kaum eine Rolle, ob er vorsichtig sei oder nicht. Darauf sagte Frau Ibsen, er hätte den Mann überhaupt nicht empfangen dürfen, und ich beendete die Diskussion, indem ich ihr versicherte, daß er in diesem Fall das Interview ebenso geschrieben hätte.

. . .

Elise Aubert über ein Gespräch mit Henrik Ibsen

Christiania, den 7. Februar 1894

. . .

Es hatte besonders die Ehe zum Thema, die Scheidung, die er befürwortete und die ich angriff.

. . .

Er erzählte, daß »diese gräßlichen Menschen« von der Linken ihn hätten einfangen wollen, als er hierher kam, ihn anketten – »mich, der ich vor allem ein freier Mann sein will.«

. . .

Henrik Ibsen an die Leitung des Norwegischen Vereins für die Sache der Frau

Kristiania, den 23. Mai 1898

An die Leitung des Norwegischen Vereins für die Sache der Frau.

Der Unterzeichnete dankt verbindlichst, im Namen seiner Frau und seinem eigenen, für die empfangene Einladung, und werden wir beide das Vergnügen haben, uns einzufinden.

Hochachtungsvoll
Henrik Ibsen

Henrik Ibsen:
Rede beim Fest des norwegischen Vereins für die Sache der Frau

[Kristiania, 26. Mai 1898]

Ich bin kein Mitglied des Vereins für die Sache der Frau. Alles, was ich gedichtet habe, ist nicht aus irgendeiner bewußten Tendenz heraus geschehen. Ich bin mehr Dichter gewesen, weniger Sozialphilosoph, als man im allgemeinen zu glauben geneigt scheint. Ich danke für den Toast, muß aber die Ehre von mir weisen, bewußt für die Sache der Frau gewirkt zu haben. Ich bin mir nicht einmal darüber klar, was die Sache der Frau eigentlich ist. Für mich hat sie sich als eine Sache des Menschen dargestellt. Und liest man meine Bücher aufmerksam, wird man das verstehen. Es ist wohl wünschenswert, die Frauenfrage zu lösen, so nebenbei; aber das ist nicht meine ganze Absicht gewesen. Meine Aufgabe war die Menschenschilderung. Doch sicherlich ist es so, daß, wenn diese einigermaßen treffend ist, der Leser seine eigenen Gefühle und Stimmungen hineinlegt. Man schreibt das dem Dichter zu; aber nein, so ist es nicht; man dichtet es hübsch und fein um, ein jeder nach seiner Persönlichkeit. Nicht allein dic, welche schreiben, auch die, welche lesen, dichten; sie sind Mitdichter; sie sind manchmal poesievoller als der Dichter selbst.

Mit dieser Modifikation erlaube ich mir, für den Toast zu danken, der auf mich ausgebracht wurde. Denn das sehe ich ja, daß die Frauen eine große Aufgabe auf den besonderen Gebieten haben, für die dieser Verein wirkt. Ich will einen Toast des Dankes ausbringen auf den Verein für die Sache der Frau und ihm Glück und Gedeihen wünschen.

Für mich hat es sich immer als Aufgabe dargestellt, das Land emporzuheben und dem Volk einen höheren Standpunkt zu verschaffen. Dabei machen sich zwei Faktoren geltend: Es liegt bei den Müttern, durch angestrengte und langsame Arbeit, eine bewußte Empfindung von Kultur und Disziplin zu wecken. Diese muß im Menschen geschaffen werden, bevor man das Volk weiter emporheben kann. Die Frauen sind es, die die Frage des Menschen lösen werden. Als Mütter werden sie das tun. Und nur da können sie es. Hierin liegt die große Aufgabe für die Frauen. Einen Dank und ein Hoch dem Verein für die Sache der Frau!

ZUR ENTSTEHUNG VON »EIN PUPPENHEIM«

Aus »Bund der Jugend« (1869)

Selma *und* **Thora** *kommen aus dem Wohnzimmer.*

Selma Ist das nicht Eriks Stimme? – Gott, was ist denn los?

Der Kammerherr Nichts. Zurück mit euch ins Wohnzimmer.

Selma Nein, ich gehe nicht. Ich will es wissen. Erik, worum geht es?

Erik Brattsberg Es geht darum, daß ich verloren bin.

Thora Verloren!

Der Kammerherr Da haben wir's!

Selma Was ist verloren?

Erik Brattsberg Alles.

Selma Meinst du dein Geld?

Erik Brattsberg Das Geld, das Haus, das Erbe, – alles!

Selma Ja, für dich ist das alles.

Erik Brattsberg Selma, komm, laß uns gehen. Nun bist du das einzige, was ich noch habe. Wir müssen das Unglück zusammen tragen.

Selma Das Unglück? Es zusammen tragen? *mit einem Schrei:* Bin ich jetzt gut genug!

Der Kammerherr In Gottes Namen –!

Erik Brattsberg Was meinst du?

Thora Aber so faß dich doch!

Selma Nein! Ich will nicht! Ich kann nicht mehr schweigen und heucheln und lügen! Jetzt sollt ihr es wissen. Nichts will ich tragen!

Erik Brattsberg Selma!

Der Kammerherr Kind, was sagst du?

Selma Oh, wie ihr mich mißhandelt habt! Schändlich, alle miteinander! Immer sollte ich nehmen; nie durfte ich geben. Ich bin die Arme unter euch gewesen. Nie seid ihr gekommen und habt ein Opfer von mir verlangt; ich war euch nicht gut genug, etwas zu tragen. Ich hasse euch! Ich verabscheue euch!

Erik Brattsberg Was ist denn das?

Der Kammerherr Sie ist krank; sie ist außer sich!

Selma Wie hab' ich nicht gedurstet nach einem Tropfen eurer Sorgen! Aber wenn ich gebeten habe, hattet ihr für mich nichts weiter als einen feinen Scherz, um mich wegzuschicken. Ihr habt mich wie eine Puppe angezogen; ihr habt mit mir gespielt, wie man mit einem Kind spielt. Oh, ich hätte doch mit Freuden das Schwere getragen; ich hatte Ernst genug für all das, was stürmt und emporhebt und erhöht, und sehnte mich danach. Jetzt bin ich gut genug; jetzt, wo Erik nichts anderes hat. Aber ich will nicht diejenige sein, nach der man zuletzt greift. Jetzt will ich nichts von deinen Sorgen haben. Ich will weg von dir! Eher werde ich auf der Straße singen und spielen –! Laßt mich; laßt mich! *Sie eilt im Hintergrund hinaus.*

Der Kammerherr Thora, war ein Sinn in alledem, oder –?

Thora Oh ja, jetzt sehe ich es erst; es war ein Sinn darin.

. . .

Henrik Ibsen an Frederik Hegel

München, den 5. Mai 1878

. . .

Ich habe angefangen, mich mit dem Plan für ein neues Schauspiel aus dem Leben der Gegenwart zu beschäftigen; es wird ebenso wie das vorige 4 Akte haben. Über den Zeitpunkt, an dem es fertig werden kann, habe ich indessen noch keine Vorstellung.

. . .

Es ist unsere Absicht, in den Ferien an irgendeinen Ort am Bodensee zu fahren, wo ich die nötige Ruhe zu finden hoffe, meine neue Arbeit ernsthaft in Angriff zu nehmen.

. . .

Henrik Ibsen an Bendix Edvard Bendixen

München, den 21. Juli 1878

. . .

Ich beschäftige mich zur Zeit mit dem Plan zu einem neuen Gegenwartsschauspiel, von dem ich hoffe, daß ich es in Rom vollenden kann. Ich bitte Sie jedoch, dies vorläufig nicht zum Gegenstand des öffentlichen Gesprächs werden zu lassen.

. . .

Henrik Ibsen an Nils Lund

Gossensass, Tirol, den
23. September 1878

. . .

Ich habe die Hoffnung, in Rom Ruhe zu finden, eine neue Arbeit zu vollenden, die schon seit längerer Zeit meine Gedanken beschäftigt.

. . .

Henrik Ibsen an Nils Lund

Rom, den 5. November 1878

. . .

Ich beschäftige mich jetzt mit den Vorarbeiten zu einem neuen Schauspiel und hoffe, die Ruhe zu finden, es im Laufe des Winters zu vollenden.

. . .

Henrik Ibsen an Frederik Hegel

Rom, den 7. Dezember 1878

. . .

. . . ich . . . beschäftige mich überhaupt nur mit Vorbereitungen zu meiner neuen dramatischen Arbeit.

. . .

Henrik Ibsen an Lorentz Dietrichson

Rom, den 18. April 1879

. . .

. . . ich bereite mich, unter uns gesagt, darauf vor, im Sommer eine neue dramatische Arbeit zu schreiben.

. . .

Henrik Ibsen an Frederik Hegel

Rom, den 22. Mai 1879

. . .

Als ich gestern die Absicht hatte, Ihnen zu schreiben, war es, um Ihnen mitzuteilen, daß meine neue dramatische Arbeit nun soweit fortgeschritten ist, daß ich annehme, Ihnen den ersten Teil des Manuskripts um den 8. Juli und das übrige in kurzen Abständen schicken zu können. Diese neue Arbeit ist ein Gegenwartsschauspiel von überwiegend ernstem Charakter. Es besteht aus drei langen Akten, und das Buch wird gedruckt ungefähr 160 Seiten, also 10 Bogen ausmachen. Über den Titel will ich noch etwas nachdenken, und deshalb teile ich darüber heute nichts mit.

. . .

Henrik Ibsen an Jonas Lie

Rom, den 25. Mai 1879

. . .

Ich bin in dieser Zeit mit einer neuen dramatischen Arbeit beschäftigt, die ich in einem Monat fertig zu haben hoffe.

. . .

Henrik Ibsen an Frederik Hegel

Rom, den 19. Juni 1879

. . .

Aus Gesundheitsrücksichten haben wir beschlossen, unseren ursprünglichen Plan, den Ort unseres Sommeraufenthalts betreffend, zu ändern. Wir hatten erst daran gedacht, uns in einem der Bergdörfer hier in der Umgebung niederzulassen; aber die sanitären Verhältnisse dort lassen sehr zu wünschen übrig, und so haben wir uns dann entschieden, nach Amalfi zu gehen, an der Küste südlich von Neapel, wo die Gelegenheit besteht, sich mit Seebädern zu erfrischen. Dies wird in gewissem Grad die Vollendung meines Stückes verzögern; und hinzu kommt außerdem, daß ich, um der Sprache und dem Dialog im Ganzen die größtmögliche Vollkommenheit zu geben, mir vorgenommen habe, es noch einmal mit Verbesserungen, Berichtigungen und Änderungen abzuschreiben, bevor ich Ihnen die endgültige Reinschrift schicke. Es ist deshalb höchst wahrscheinlich, daß Sie vor August nichts von mir erhalten werden; aber das ist ja auch noch zeitig genug. Wenn ich erst angefangen habe, Ihnen Manuskripte zu schicken, wird es sehr rasch gehen.

. . .

Unten in Amalfi gibt es ein früheres Kloster mit großen kühlen Zimmern, das jetzt als Hotel benutzt wird; dort beabsichtigen wir einzuziehen; und hoffe ich, von dort aus in einiger Zeit von mir hören lassen zu können.

. . .

Bergliot Ibsen über den Ort der Entstehung von »Ein Puppenheim«

Den Sommer verbrachten sie (Ibsen, seine Frau Suzannah und sein Sohn Sigurd, d. Übs.) in Amalfi; und dort vollendete Henrik Ibsen »Ein Puppenheim«. Sie wohnten im »Albergo della Luna«, einem alten umgebauten Kloster.

Ich habe den Ort zusammen mit Sigurd besucht. Es war rührend, die zwei kleinen Zimmer und die drei einfachen Eisenbetten zu sehen. Alles war noch so wie damals, als die drei dort waren. In einem kleinen Vorzimmer zur Wohnung saß Ibsen und schrieb. Dort stand noch sein Schreibtisch, für den man dem Hotel große Summen geboten hatte.

. . .

Henrik Ibsen an Markus Grønvold

Rom, den 27. Juni 1879

. . .

Es ist jetzt ziemlich heiß hier in Rom, und deshalb begeben wir uns in einer Woche nach Amalfi, wo es aufgrund der unmittelbaren Nähe des Meeres kühler ist und wo wir Gelegenheit haben, Seebäder zu nehmen. Es ist meine Absicht, dort eine neue dramatische Arbeit zu vollenden, mit der ich jetzt beschäftigt bin.

. . .

Henrik Ibsen an Edmund Gosse

Rom, den 4. Juli 1879

. . .

Hier in Rom lebe ich mit meiner Familie seit September, und ich habe mich in dieser Zeit mit einer neuen dramatischen Arbeit beschäftigt, die jetzt bald fertig ist und im Oktober erscheinen wird. Es ist ein ernstes Schauspiel, eigentlich ein Familiendrama, und behandelt gegenwärtige Verhältnisse und Probleme innerhalb der Ehe; das Stück ist in drei ziemlich lange Akte eingeteilt. Sobald es erschienen ist, wird es Ihnen durch meinen Verleger zugeschickt.

. . .

Bergliot Ibsen über die Entstehung von »Ein Puppenheim«

Als er am »Puppenheim« schrieb, konnte er Frau Ibsen erzählen, welches Kleid Nora »heute« anhatte. Er konnte sagen: »Heute hat sie ihr blaues Kleid an«, oder: »Heute trägt sie ihr Grünes.« Die Figuren folgten ihm Tag und Nacht, auch wenn es ihm nicht paßte. Sie konnten ihn auf Gesellschaften zerstreut und verwirrt machen. Ich erinnere mich, daß er einmal während eines Abendessens zu mir kam und ganz erschüttert aussah. Ich fragte ihn, was denn los sei. Es war das Aussehen seiner Tischdame, das ihn so aus dem

Konzept gebracht hatte. Er sagte: »Stell dir vor, sie hatte Noras Hände, aber als ich sie ansah – da war es nicht Nora!«

. . .

Henrik Ibsen an John Paulsen

Amalfi, den 20. September 1879

. . .

Ich war in den letzten Monaten von einer neuen dramatischen Arbeit, die erst jetzt fertig geworden ist, so in Anspruch genommen, daß ich überhaupt keine Zeit zur Beantwortung der eingegangenen Briefe erübrigen konnte, . . .

. . .

VERBREITUNG UND RECHTE

Henrik Ibsen an Frederik Hegel

Amalfi, den 2. September 1879

Lieber Herr Justizrat Hegel!

Hiermit habe ich das Vergnügen, Ihnen die erste Hälfte des Manuskripts zu meinem neuen Stück zuzuschicken. Spätestens in 8 Tagen schicke ich Ihnen 48 Seiten und eine Woche später den Rest, der ungefähr 40 Seiten ausmachen wird. Ich bitte Sie, den Druck sofort beginnen zu lassen: Sie werden auf das Manuskript nicht warten müssen.

Da diese Arbeit Probleme berührt, die man besonders zeitgemäß nennen muß, glaube ich, daß sie auf starken Absatz rechnen kann; und ich nehme nicht an, daß man ein Risiko eingeht, wenn man eine ziemlich hohe Auflage herstellt, so daß das Buch nicht gerade dann ausverkauft sein wird, wenn die Nachfrage am lebhaftesten ist.

In fliegender Eile

Ihr herzlich ergebener Henrik Ibsen.

Henrik Ibsen an Frederik Hegel

Amalfi, den 13. September 1879

...

Heute morgen ging von hier in einer eingeschriebenen Sendung das Manuskript zum 2. Akt meines neuen Stückes ab, und Sie werden dieses hoffentlich gleichzeitig mit diesen Zeilen erhalten. Ich setze voraus, daß sich der am 2. Sept. abgesandte 1. Akt schon längst in Ihren Händen befindet und daß der Buchdrucker schon voll mit der Arbeit an ihm beschäftigt ist. Der 3. Akt, der etwas über 48 meiner geschriebenen Seiten ausmachen wird, wird in einigen Tagen fertig und Ihnen dann unmittelbar zugestellt.

...

Ich glaube, daß mein Manuskript ohne Schreibfehler ist, aber ich empfehle es gleichwohl Herrn Larsens wohlwollender Obhut; das eine oder andere Komma könnte vielleicht vergessen sein, und ich bitte ihn, in einem solchen Fall das

Fehlende zu ergänzen. In einer Parenthese in einer Replik Bogen 23, Seite 1 steht (kæler for hende) (liebkost sie; d. Übs.); gestatten Sie es dem Setzer unter gar keinen Umständen zu setzen »knæler usw.« (kniet vor ihr; d. Übs.)!
...

Henrik Ibsen an Frederik Hegel

Amalfi, den 15. September 1879

...
Es war mir eine große Beruhigung zu erfahren, daß Sie den Anfang meines Manuskriptes richtig erhalten haben. Ich hoffe, dasselbe wird mit der Sendung, die vorgestern morgen von hier abging, der Fall sein. Der Schluß folgt an einem der letzten Tage dieser Woche.
Den Erscheinungstermin des Buches überlasse ich ganz Ihrem Gutdünken; es wäre mir lieb, wenn es so schnell herauskäme, wie es mit einer sorgfältigen Korrekturbehandlung vereinbar ist. Ich teile vollkommen Ihre Ansicht, daß die Buchausgabe des Stücks dem Theaterbesuch nicht schadet. Im Gegenteil. In den Begleitschreiben an die resp. Theaterleitungen in Dänemark und den anderen nordischen Ländern mache ich ausdrücklich darauf aufmerksam, daß das Erscheinen des Buches unter keinen Umständen über die erste Hälfte des Monats November hinaus verzögert wird.
Für die angebotene große Auflage und das noch größere Honorar für diese Auflage spreche ich Ihnen meinen herzlichsten Dank aus. Ich will hoffen, daß dieses Buch einen guten Absatz und eine lebhafte Aufnahme finden wird. Soviel ist jedenfalls sicher, daß mir selbst, soweit ich mich erinnern kann, keines meiner Bücher eine größere Zufriedenheit bei der Ausarbeitung der Einzelheiten bereitet hat als gerade dieses.
Die Zeilen, die ich Ihnen vorgestern abend in einem besonderen Brief schrieb, haben Sie, wie ich hoffe, gleichfalls richtig erhalten. Die notwendigen Begleitschreiben an die Theaterdirektionen werde ich Ihnen nacheinander zuschikken, sobald ich das Manuskript vom Tisch habe.
...

Henrik Ibsen an das Christiania Theater

München, im Oktober 1879

An die Direktion des Kristiania Theaters.

Hiermit gebe ich mir die Ehre, dem Kristiania Theater meine neue dramatische Arbeit »Ein Puppenheim«, Schauspiel in 3 Akten, einzureichen mit der Anfrage, inwieweit das Theater den Wunsch hat, dieses Stück aufzuführen.

Hochachtungsvoll Henrik Ibsen

P.s. Ich muß es auf jeden Fall der Direktion zu einer Ehrenpflicht machen, das eingereichte Expl. nicht in die Hände Unbefugter geraten zu lassen, solange das Stück nicht im Buchhandel ist, d. h. bis zum 15. November. H. I.

Henrik Ibsen an August Larsen

Rom, den 10. Oktober 1879

Herr Buchhalter Larsen!

Erlauben Sie, daß ich Sie hiermit in aller Eile bitte, die Güte zu haben, die Korrekturbögen meines neuen Stückes zu senden an: Herrn Wilhelm Lange. Kastanienallee 19/20, Berlin. Irgendein Begleitschreiben ist nicht nötig. Er soll das Stück übersetzen.

. . .

Henrik Ibsen an August Rasmussen

München, im Oktober 1879

An Herrn Schauspieldirektor August Rasmussen.

Hiermit gebe ich mir die Ehre, Ihnen ein Expl. meiner neuen dramatischen Arbeit, »Ein Puppenheim«, Schauspiel in drei Akten, zuzustellen, mit der Anfrage, inwieweit Sie den Wunsch haben, dieses Stück in den dänischen Provinzstädten zur Aufführung zu bringen.

Ich erlaube mir zu bemerken, daß der Ausgang Ihres Prozesses gegen Herrn Cortes in aller Form ein hinreichendes Präjudikat für die von mir schon früher geäußerte Meinung ergeben hat, daß meine dramatischen Arbeiten in ihrer Eigenschaft als dänische Verlagsschriften von den dänischen

Gesetzen geschützt sind und daß Sie somit von jetzt an keine Konkurrenz zu befürchten haben.

...

Henrik Ibsen an Frederik Hegel

München, Amalienstraße 50a,
II. Etage,
den 1. November 1879

...

Ich hoffe, daß Sie die Anfang vorigen Monats aus Sorrent abgeschickten Begleitschreiben an die verschiedenen Theaterdirektionen richtig erhalten haben; aber ich schwebe jetzt in Ungewißheit, inwieweit das Stück schon fertig und an die Theater geliefert ist oder nicht. In Ihrem freundlichen Brief vom 22. September wird mir in Aussicht gestellt, daß das Buch Anfang Oktober gedruckt sein könnte, und namentlich, was Stockholm angeht, ist es mir von außerordentlich großer Wichtigkeit, daß das Theater so schnell wie möglich in den Besitz eines Expl. kommt, da die Übersetzung ja etliche Zeit erfordert. Hoffentlich hat Herr Wilhelm Lange die Korrekturbögen erhalten, in welcher Angelegenheit ich Herrn Larsen von Rom aus schrieb. In einigen Tagen werde ich mir erlauben, Ihnen Billets an einige Personen zuzustellen, an welche ich gern Exemplare geschickt haben möchte, wenn das Buch in den Handel kommt.

...

Henrik Ibsen an Frederik Hegel

München, den 14. November 1879

Lieber Herr Justizrat Hegel!

Mit großer Freude erfuhr ich aus Ihrem freundlichen Brief vom 8. ds. M., daß »Ein Puppenheim« schon zur Aufführung auf dem Kgl. Theater angenommen worden sein soll. Die Freude währte indessen nicht länger als bis heute abend, da ich von Kammerherr Fallesen einen Brief erhielt, worin er als Bedingung für die Annahme des Stückes fordert, daß das

Buch in Dänemark nicht vor dem 21. Dezember herauskommt und daß das Stück vor dem genannten Tag von keinem anderen Theater aufgeführt wird. Das Erscheinen des Buches fast bis Weihnachten aufzuschieben, wäre ungefähr dasselbe, als es vom Weihnachtsverkauf auszuschließen, und es kommt mir wenig wahrscheinlich vor, daß Herr Kammerherr das nicht erkannt haben sollte. Ich kann deshalb seinen Vorschlag für nichts anderes halten als für eine indirekte Ablehnung des Stückes, und habe ihm schon telegraphisch die Unmöglichkeit mitgeteilt, auf seine Forderungen einzugehen.
Aber jetzt frage ich Sie, ob Sie mir raten, das Stück beim Volkstheater einzureichen? Gibt es an diesem Theater eine Schauspielerin, die die Rolle der Nora übernehmen kann, und darf man dort, des Privilegiums wegen, derartige Stücke spielen? Ist letzteres nicht der Fall, so meine ich doch, daß eine spezielle Genehmigung zu erreichen sein müßte. Für ein paar beratende Worte darüber wäre ich Ihnen sehr dankbar.
Meiner Meinung nach sollte, da wir jetzt auf das Kgl. Theater keine Rücksicht mehr nehmen müssen, das Erscheinen des Buches nicht länger als bis zum 22. ds. M. hinausgeschoben werden. Ich würde es nicht für wünschenswert halten, wenn die deutsche Übersetzung dem Original zuvorkäme, und eine solche Möglichkeit zu verhindern, steht nicht in meiner Macht. Im übrigen haben Sie natürlich in dieser Angelegenheit vollständig freie Hände, nach bestem Ermessen zu handeln.
Schließlich spreche ich Ihnen meinen verbindlichsten Dank für die erhaltenen 1120 Rm. sowie für das mir zugeschickte Exemplar von »Ein Puppenheim« aus.
Die Ausstattung ist ja wie gewöhnlich sehr hübsch, und ich habe bis jetzt keinen Druckfehler entdecken können.
Mit den freundlichsten Grüßen

Ihr herzlich ergebener Henrik Ibsen

Henrik Ibsen an Ludvig Josephson

Amalienstraße 50a, 2. Etage,
München, den 17. November 1879

...

Dem Kgl. Theater ist schon seit langem das ausschließliche Recht, mein neues Schauspiel in Stockholm aufzuführen, zugesichert worden. Es steht daher nicht in meiner Macht, gleichzeitig Ihrem Theater das Recht zu übertragen, das Stück zu spielen. Selbst wenn ich über meine Arbeit noch frei hätte verfügen können, hätte ich mich übrigens nicht imstande gesehen, aus Rücksicht auf das Neue Theater meine Honorarforderungen herabzusetzen; ich bin im Gegenteil gezwungen, aus meinen Schriften soviel wie möglich herauszuschlagen. Zum großen Teil sind es meine Honorare, von denen ich leben muß.

...

Henrik Ibsen an Johan Gustaf Gustafsson

München, den 18. November 1879

Herr Theaterdirektor Gustafsson!

Heute hatte ich das Vergnügen, Ihren freundlichen Brief zu erhalten, und werde mir hiermit erlauben, denselben zu beantworten.

Als Honorar für »Ein Puppenheim« bedinge ich mir – wie seinerzeit für »Stützen der Gesellschaft« – einen Betrag von 1000 Kronen aus, die, bei Annahme des Stückes, an den Gyldendalschen Buchhandel in Kopenhagen einzuzahlen gebeten wird. Mit Erlegung dieses Honorars erhalten Sie das ausschließliche Recht, das Stück in Göteborg aufzuführen, wie es Ihnen dadurch auch freistehen soll, das Stück mit dem von Ihnen geleiteten Schauspielerpersonal andernorts in Schweden zu spielen, doch nicht in Stockholm. Die jetzt geltende Gesetzgebung, die auch nordische dramatische Arbeiten umfaßt, sichert Sie, wie Sie wohl wissen, gegen jede Konkurrenz.

Wie das Stück auf Schwedisch am besten genannt werden sollte, ist für mich schwierig zu beantworten, und überlasse

die Wahl des Titels ganz Ihrem Ermessen. In der deutschen Übersetzung, die jetzt in Arbeit ist, wird das Stück wahrscheinlich »Ein Puppenhaus« heißen; näher an das Original kann man auf deutsch nicht kommen. Ich vermute, daß Hedberg sich jetzt mit einer Übersetzung für das Kgl. Dr. Theater beschäftigt. Wäre es nicht zweckmäßig, mit ihm zu konferieren, so daß das Stück in Göteborg und in Stockholm unter der selben Bennenung gehen könnte?
Mit den besten Grüßen zeichne ich mich

Ihr ehrerbietigst verbundener
Henrik Ibsen.

Henrik Ibsen an Johanne Luise Heiberg

München, 18. Nov. 79

Hochgeehrte Frau Staatsrätin!
Obwohl ich vielleicht annehmen darf, daß Ihnen mein neues Schauspiel nicht mehr unbekannt ist, nachdem es beim Kgl. Theater eingereicht wurde, erlaube ich mir doch, Ihnen hiermit ein Exemplar zu übersenden, das ich Sie bitte, mit derselben wohlwollenden Einstellung anzunehmen, mit der ich schon verschiedentlich geehrt und erfreut worden bin.
. . .

Henrik Ibsen an Marie Rovsing

München, 18. November 79

Frau Prof. Rovsing!
Erlauben Sie mir, hiermit Ihnen und Ihren Töchtern beigelegtes Exemplar meines neuen Buches zu schicken, welches damals begonnen wurde, als wir uns gleichzeitig unten in Rom aufhielten.
. . .

Henrik Ibsen an Camilla Collett

München, 20. November 79

Frau Camilla Collett!

Darf ich Sie bitten, beigelegtes Exemplar meines neuen Schauspiels freundlich anzunehmen und wohlwollend zu lesen?

. . .

Henrik Ibsen an Christian Molbech

München, 22. November 79

Erlaube mir, Dir hiermit ein Exemplar meines neuen Schauspiels zu schicken, das Du in Deiner Eigenschaft als Zensor natürlich schon kennst.

. . .

Henrik Ibsen an Frederik Hegel

München, den 22. November 79

. . .

Von Kammerherr Fallesen habe ich, wie Sie vermutlich wissen, eine Telegramm erhalten und dasselbe sofort schriftlich beantwortet. Die Sache ist also als abgemacht zu betrachten. Ich kann mir allerdings nicht denken, daß es dem Kgl. Theater wird möglich sein können, das Stück noch vor Weihnachten zur Aufführung zu bringen; aber es freut mich jedenfalls über alle Maßen, daß man also mit der Einstudierung sofort beginnt.

An das Kristiania Theater habe ich das Stück für eine Summe von 2500 Kronen verkauft, für welchen Betrag dieses Theater das Recht erhält, das Stück 50mal aufzuführen: von der 51. Vorstellung an wird mir für jedes Mal eine kleine Abgabe gezahlt.

Auch am Theater in Göteborg ist es angenommen, und Herr Gustafsson hat sofort ein Honorar von 1000 Kronen zu zahlen, . . .

Von Stockholm habe ich noch nichts gehört, auch nicht von Bergen, aber man kann es doch wohl als gegeben ansehen, daß das Stück an beiden Orten angenommen wird.

Gleichzeitig nehme ich mir die Freiheit, Begleitbriefe an die Personen beizulegen, an welche ich gern Exemplare des Buches geschickt haben möchte; es sind, wie Sie sehen, vorwiegend Damen, eine getreue Garde, die ich in unseren Ländern hinter mir habe.

. . .

Henrik Ibsen an Nils Lund

München, Amalienstraße 50a,
den 30. November 1879.

. . .

Jetzt ist hoffentlich mein neues Schauspiel daheim in den Buchhandel gekommen. Es ist bereits angenommen und in Vorbereitung an sämtlichen nordischen Theatern. Am Tag nach der ersten Aufführung am Kristiania Theater wollen Sie vielleicht die Güte haben, beim Kassierer desselben 2500 Kronen für mich erheben zu lassen und diesen Betrag an den Gyldendalschen Buchhandel zu senden. Eine deutsche Ausgabe des Stückes habe ich veranstaltet, gedruckt gleichzeitig mit dem Original. Sie ist jetzt fertig und wird in diesen Tagen verschickt.

. . .

Henrik Ibsen an August Rasmussen

München, den 1. Dezember 79.

Herr Direktor Rasmussen!

In Beantwortung Ihres sehr geehrten Schreibens teile ich Ihnen hierdurch mit, daß ich, in Betrachtung der Ausgaben, welche Ihnen Herrn Cortes' Eingriff in Ihre Rechte verursacht hat, bereit bin, das Honorar für »Ein Puppenheim« auf 500 Kronen festzusetzen, unter der Bedingung, daß davon 300 Kronen unmittelbar nach der ersten Aufführung und die restlichen 200 Kronen spätestens am Schluß der Saison beim Gyldendalschen Buchhandel eingezahlt werden.

Daß die Geschichte mit Herrn Cortes sich wiederholen sollte, kann ich unmöglich glauben; denn erstens haben wir

nun ein Urteil, daß meine dramatischen Arbeiten, in ihrer Eigenschaft als dänische Verlagsschriften in Dänemark durch die Gesetzgebung geschützt sind, und zweitens müssen Herr Cortes & Comp. sehr wohl wissen, daß man im Wiederholungsfalle immer einer weit höheren Strafe anheimfällt als beim erstmaligen Übertreten des Gesetzes.
Sollten indessen, wider alles Erwarten, Ihre Rechte auch dieses Mal nicht respektiert werden, bitte ich Sie, die Güte zu haben, mich davon zu unterrichten, wo, wann und durch wen der Eingriff stattgefunden hat. Ich werde dann sofort meinen Freund, den Advokaten am Obersten Gerichtshof Klubien in Kopenhagen, anschreiben und nachfragen, in welcher Form ich selbst, der ich ja in dieser Sache auch der Leidtragende bin, dieses zur Anzeige bringen kann. Aber, wie gesagt, ich habe die Hoffnung, daß dieser Fall nicht eintreten wird.
Gegenüber dem Kgl. Theater, wo man jetzt bei der Einstudierung des Stückes ist, habe ich mich verpflichtet, daß es nicht andernorts in Dänemark gespielt wird, bevor es am Kgl. Theater aufgeführt worden ist; da dieses aber, nach dem, was Kammerherr Fallesen mir mitgeteilt hat, bereits Mitte dieses Monats geschehen wird, oder jedenfalls am 21. Dezember, nehme ich an, daß diese Bedingung keine Bedeutung für Sie hat. Mit der Überzeugung, daß mein Stück bei Ihnen in guten Händen ist, und in der Hoffnung, daß Ihnen mit dessen Erwerbung gedient sein möge, zeichne ich mich

Mit Hochachtung
Ihr sehr verbundener Henrik Ibsen.

Henrik Ibsen an Lorentz Dietrichson

München, den 19. Dezember 1879

. . .

Ich hätte Dir schon lange schreiben sollen; aber die Herausgabe und Verschickung meines neuen Schauspiels an die Theater hat meine Zeit stark mit Beschlag belegt, umso mehr, als gleichzeitig mit dem Original eine deutsche Ausgabe erschienen ist, die mir allerhand Scherereien gemacht hat. Ich setze voraus, daß Dich Hegel, unser gemeinsamer Verleger, mit einem Exemplar bedacht hat, darum habe ich selbst Dir nichts geschickt.

. . .

Henrik Ibsen an Frederik Hegel

München, den 22. Dezember 1879

. . .

Gestern abend hatten wir die große Freude, Ihr Telegramm zu erhalten, wofür ich Ihnen herzlichst danke. Das Stück ist also doch zum festgesetzten Zeitpunkt fertig geworden; ich hatte fast daran gezweifelt, daß dies möglich sein würde, sehe aber jetzt zu meiner großen Zufriedenheit, daß ich mich hierin geirrt habe. Ich schulde Kammerherrn Fallesen und allen übrigen Beteiligten großen Dank für den Eifer, mit dem die Einstudierung vorangetrieben wurde. Jetzt wünsche ich bloß, daß die Rezensenten das Stück richtig bis auf den Grund verstanden haben; die Kritik ist bei uns oft in den Händen von Leuten, die noch nicht die nötige Reife dazu besitzen, eine literarische Arbeit von allen Seiten erklären und beurteilen zu können. Die Korrespondenz an die Veiler Amtszeitung, die Sie die Güte hatten, mir zu schicken, war übrigens sehr warm und hübsch geschrieben.

Meinen besten Dank für die zugesandten Exemplare! Mir kommt der Einband diesmal, wenn möglich, noch geschmackvoller vor als gewöhnlich, besonders der gelbe Einband weckt allgemeine Bewunderung. Aber es ist keineswegs notwendig, mir in Zukunft so viele eingebundene Exemplare zu schicken; 3-4 sind vollauf genug, im übrigen kann ich mich gut mit gehefteten behelfen.

. . .

Ich bin darauf eingegangen, dem Göteborger Theater »Ein Puppenheim« für 500 Kronen zu überlassen; Direktor Rasmussen erhält das Stück für den gleichen Betrag, wovon 300 Kronen nach der 1. Vorstellung und der Rest am Schluß der Saison einzuzahlen sind.

. . .

Henrik Ibsen an Nils Lund

München, 12. Januar 1880

. . .

Mein neues Stück scheint weite Verbreitung zu finden. Die 1. Auflage belief sich auf 8000 Exemplare, und eine neue ist, wie Sie wohl wissen, bereits vereinbart.

. . .

Henrik Ibsen an Frederik Hegel

München, den 13. Januar 1880

. . .

Direkt am Heiligabend erhielt ich das Buchpaket, womit Sie mich so freundlich bedacht haben, und gleichzeitig damit die überraschende Nachricht, daß eine neue Auflage von »Ein Puppenheim« schon so bald notwendig wurde. Das späte Erscheinen des Buches hat also dem Absatz gar nicht geschadet. Ein Exemplar der neuen Auflage habe ich ebenfalls bekommen.

. . .

Die vielen Rezensionen meines Stückes hatte ich gleichfalls das Vergnügen, nach und nach zu erhalten. Vieles davon ist ja voller Mißverständnisse und Unverstand; aber darauf war ich vorbereitet, und es schadet durchaus nicht; allmählich wird sich die Auffassung schon klären.

. . .

Henrik Ibsen an Frederik Hegel

München, den 22. Januar 1880

. . .

Es war mir sehr lieb, durch Ihre freundlichen Zeilen vom 18. ds. M. zu erfahren, daß sich der pekuniäre Ertrag von »Ein Puppenheim« nach den ersten Vorstellungen auf dem Kgl. Theater für mich so günstig gestaltet. Ich danke Ihnen verbindlichst für diese angenehme Mitteilung und ebenfalls für das kürzlich erhaltene Buchpaket. Im Namen meiner Frau habe ich ihren besten Dank für das ihr übersandte Buch auszurichten.

Dagegen war es mir gleichzeitig sehr unangenehm zu hören, daß die deutsche Übersetzung meines Stückes in Kopenhagen gut verkauft wird und daß der Absatz des Originals dadurch Schaden nimmt. Ich habe natürlich wohl in einer der mir von Ihnen zugesandten Zeitungen gesehen, daß »Nora« dort oben für den Verkauf annonciert wird; aber ich glaubte, daß Sie mich auf die Sache nur als auf ein Kuriosum aufmerksam machten, da ich mir nicht vorstellen konnte, daß jemand da oben die deutsche Übersetzung kaufen würde, ohne sie vielleicht mit dem Original vergleichen zu wollen. Nach Ihrer Mitteilung indessen stellt sich mir die Sache anders dar, und ich möchte Ihnen deshalb anheimstellen, unverzüglich die Hilfe der Autoritäten anzurufen, um diesem Treiben, das ja ungesetzlich ist und Ihnen wie mir schadet, ein Ende zu machen. Die deutsche Übersetzung geht mich, als Gegenstand des Buchhandels, gar nichts an; ich habe dem Übersetzer kein Honorar bezahlt, und ich erhalte kein Honorar vom Verleger; der Übersetzer hat mir die nötigen Exemplare zum Gebrauch für die deutschen Theater zu liefern; darüber hinaus bin ich mit der Sache nicht befaßt. Es ist klar, daß wir dem deutschen Verleger nicht verbieten können, Bestellungen nach Dänemark auszuführen; aber es ist doch wohl nicht zu bezweifeln, daß wir dänischen Buchhändlern verbieten können, diese deutsche Übersetzung in Dänemark feilzubieten und zu verkaufen. Unsere Gesetzgebung enthält ja deutliche Bestimmungen über derartige Fälle. Diese Bestimmungen hätten meiner Ansicht nach schon lange zur Anwendung gebracht werden sollen. Die deutsche Übersetzung von »Stützen der Gesellschaft«, ebenfalls bei Reclam jun. in Leipzig erschienen, wird vielleicht auch hierzulande vertrieben, und vermutlich ebenso die Übersetzungen von Bjørnsons »Maria Stuart«, »Die Neuvermählten«, »Das Fallissement«, »Leonarda« usw., die alle, soweit mir bekannt, von W. Lange übersetzt und bei Reclam erschienen sind. Es würde mich sehr interessieren, bald von Ihnen zu hören, was Sie von der Sache halten. Daß diese Dinge durchaus gegen meinen Willen und ohne meine Zustimmung geschehen sind, versteht sich von selbst; es widerspricht ja völlig meinen eigenen Interessen ebenso wie den Ihren. Falls erforderlich, bitte ich Sie, diesen Brief als Vollmacht zu betrachten, auch in meinem Namen einzuschreiten. Ich bin selbstverständlich gern bereit, meinen Teil der eventuellen Unkosten zu tragen.

. . .

Henrik Ibsen an Bendix Edvard Bendixen

München, den 27. Januar 1880

. . .

Sehen Sie eine Möglichkeit, »Ein Puppenheim« auf die Bühne zu bringen?

. . .

Henrik Ibsen an Frederik Hegel

München, den 2. Februar 1880

. . .

Verbindlichsten Dank . . . für die übersandte Jahresabrechnung, aus der ich ersehe, daß Sie mit außerordentlicher Großzügigkeit auch das Honorar für die 2. Auflage von »Ein Puppenheim« berechnet haben, obwohl sie nur 3000 Expl. beträgt.

. . .

Auf Ersuchen von Herrn Axel Krook habe ich dem Göteborger Theater »Ein Puppenheim« für 500 Kronen überlassen, und das ausbedungene Honorar ist also bezahlt. Herr Rasmussen hat das Stück ebenfalls für 500 Kronen bekommen, wovon 300 Kronen sofort einzuzahlen sind und der Rest am Schluß der Saison.

. . .

Henrik Ibsen an Frederik Hegel

München, den 15. Februar 1880

. . .

Eine große Freude war es mir zu erfahren, daß eine dritte Auflage von »Ein Puppenheim« schon jetzt erforderlich ist.

Dieses Jahr scheint in pekuniärer Hinsicht ein »Kronjahr« für mich zu werden.

...

Verbindlichsten Dank für die übersandten 1300 Kronen. Aus der Höhe des Betrags darf ich schließen, daß Herr Rasmussen die bereits erwähnten 300 Kronen auf das Honorar für »Ein Puppenheim« eingezahlt hat.

...

Henrik Ibsen an Emil Stang (Telegramm)

München, den 22. 2. 1880

Bitte vertreten Sie mich betreffend Foght Salicath. Übersende empfangene Telegramme.

Ibsen.

Henrik Ibsen an Emil Stang

München, den 9. März 1880

An den Herrn Advokaten beim Obersten Gerichtshof Stang, Kristiania.

Ich bitte Sie, meinen besten Dank anzunehmen für das, was von Ihrer Seite in der Sache Foght-Salicath unternommen worden ist. Das Telegramm des letztgenannten verstand ich dahingehend, daß er, den ich nicht kannte und für einen Schauspieler hielt, in Foghts frühere Stellung bei der Gesellschaft eingetreten wäre und daher, da ja nach unserem neuen Gesetz über das Eigentumsrecht an Schriften die Berechtigung, eine originale dramatische Arbeit aufzuführen, ein persönliches Recht ist, das vom Inhaber nicht ohne Zustimmung des Verfassers an jemand anderen übertragen werden kann, – darum ersuchte, daß die von Foght beantragte Genehmigung auf ihn überginge, und ich setzte des weiteren voraus, daß dieses Ersuchen mit Foghts Wissen und Zustimmung geäußert wurde. Deshalb willigte ich auch sofort ein, und in Hinblick auf die vermeintliche mißliche Lage der Gesellschaft aufgrund des Direktorwechsels räumte ich Salicath billigere Bedingungen ein, als ich sie gegenüber

Foght aufgestellt hatte. – Bei dem Ausdruck »Winter« in dem Telegramm an Foght dachte ich mir den Zeitraum bis Mitte Mai, wenn bei uns die eigentliche Saison aufhört. Es ist üblicher Theaterbrauch, die Ausdrücke »Winter« und »Saison« ohne Unterschied als gleichbedeutend zu verwenden. Mit herzlichem Dank dafür, was Sie über das »Puppenheim« schreiben und in der Hoffnung, daß die Affäre Foght-Salicath zu aller Zufriedenheit geordnet werden möge, zeichne ich mich

Ihr ergebener und verbundener
Henrik Ibsen.

Henrik Ibsen an Nils Lund

München, den 19. März 1880

. . .

Auf telegrafische Anfrage von Schauspieldirektor Cetti in Trondheim habe ich ihm das Alleinrecht versprochen, im Sommer »Ein Puppenheim« in den schwedischen Provinzstädten auf dänisch zu spielen, falls er sofort ein Honorar von 300 Kronen an Sie einzahlt. Da ich Ihnen schon früher von drei schwedischen Theaterdirektoren geschrieben habe, die gleichfalls das Stück in Schweden zu spielen wünschen und die vereinbarten Honorare vielleicht schon einbezahlt haben, sende ich Ihnen diese Zeilen, um Sie darauf aufmerksam zu machen, daß keine irgendwie gearteten Bedenken bestehen, diese Einzahlung von Herrn Cetti anzunehmen, da sich sein Alleinrecht nur auf Aufführungen des Stückes in dänischer Sprache in Schweden für den genannten Zeitraum bezieht und nicht auf die Aufführung des Stückes in Schweden überhaupt. Die drei erwähnten schwedischen Theaterdirektoren haben nur jeder für sich um ein allgemeines, kein ausschließliches Aufführungsrecht ersucht und dieses auch erhalten.

. . .

Von Advokat Stang habe ich einen Brief bezüglich der Foght-Salicath'schen Affäre erhalten; ich hoffe, daß diese Sache in Güte beigelegt werden wird. Salicaths zweideutiges

Telegramm war die ursprüngliche Ursache für diesen Wirrwarr.

. . .

John Paulsen im Gespräch mit Henrik Ibsen über »Ein Puppenheim«, quantitativ gesehen

[Berchtesgaden, Sommer 1880]

. . .

»Apropos ›Ein Puppenheim‹«, sagte ich zu Ibsen. »Das ist wohl das erste moderne Stück von Ihnen, das in nur drei Akten geschrieben ist.«

Ibsen wurde nun ganz beredt und sagte, daß er von jetzt an nie wieder etwas anderes als dreiaktige Stücke schreiben werde. Was darüber hinaus gehe, sei ein Unding. Ein richtiger Künstler müsse seinen Stoff zu konzentrieren wissen, und dann müsse der Verfasser auch an das Publikum denken, dessen Aufmerksamkeit durch fünf lange Akte abgestumpft werde.

Und Ibsen, der, außer ein Dichtergenie zu sein, ein ungewöhnlich kluger Geschäftsmann war, fügte hinzu, daß man auch den Ladenpreis des Buches im Gedächtnis behalten müsse. Ein auf drei Akte zusammengedrängtes Schauspiel werde billiger als eines mit fünf. Und die Leute kauften nicht gern teure Bücher. Zwei – drei Kronen sollten nach Ibsens Meinung der Durchschnittspreis sein.

. . .

Henrik Ibsen an Nils Lund

München, den 15. Oktober 1880

. . .

Herr Åbjörnsen hat kein Recht, Erstattung seiner Auslagen in der betreffenden Angelegenheit zu verlangen, da alles um seines eigenen Vorteils willen geschehen ist und ich ihm nur Erlaubnis gegeben habe, für seine Rechnung zu protestieren. Trotzdem gehe ich auf seinen Wunsch ein, seinem Nachfol-

ger, Herrn La Cour, zu erlauben, in Schweden »Ein Puppenheim« viermal ohne Honorar zu spielen.
Erlauben Sie mir sodann die Anfrage, ob die Direktoren Landegren und Åbjörnsen junior ein Honorar für das Stück an Sie eingesandt haben? Falls das nicht geschehen ist, bitte ich darum, die Adressen dieser Herren zu erfahren, um sie anschreiben zu können.
Ich hoffe, daß das Gutachten über die Schadenerstattung von Salicath jetzt abgegeben ist; ich darf voraussetzen, daß es um keine geringere Summe geht als die 400 Kronen, die er bei Ihnen deponiert hat, und bitte Sie deshalb, mir diesen Betrag zu schicken nach Abzug von Advokat Stangs Guthaben.
. . .

Henrik Ibsen an Frederik Hegel

München, den 25. Oktober 1880

. . .
Gestatten Sie mir die Anfrage, ob das Kgl. Theater eine weitere Einzahlung meines Honorars für »Ein Puppenheim« getätigt hat; im März wurde das Honorar für die Vorstellungen 2-15 einbezahlt. Gleichfalls wüßte ich gern, ob Direktor Rasmussen die 200 Kronen eingezahlt hat, die er am Schluß der Saison entrichten sollte.
. . .

Henrik Ibsen an Edmund Gosse

Rom, den 26. November 1880

. . .
Mit dem größten Vergnügen gebe ich meine Zustimmung zu der erwähnten Übersetzung und Aufführung von »Ein Puppenheim« auf der englischen Bühne. Es wird mich in hohem Maße interessieren zu erfahren, wie dieses Stück in England aufgenommen wird.
. . .

Henrik Ibsen an Hagbard Emanuel Berner

Rom, den 18. Februar 1882

...

Mit Sicherheit weiß ich, daß in Rußland jedenfalls »Bund der Jugend« übersetzt und gespielt worden ist. Aus Zeitungsberichten habe ich ersehen, daß dasselbe auch mit »Ein Puppenheim« der Fall sein soll.

Das letztgenannte Stück ist auch ins Polnische übersetzt und in Warschau aufgeführt worden.

...

»Die Helden auf Helgeland« ist ins Ungarische übersetzt und gespielt worden. Wie es heißt, auch »Ein Puppenheim«, jedenfalls ist dessen Aufführung beabsichtigt.

...

Um einer Wiederholung der Geschichte mit »Stützen der Gesellschaft« vorzubauen, schlug ich, als das Manuskript zu »Ein Puppenheim« fertig war, W. Lange vor, das Stück in Gemeinschaft mit ihm auf Deutsch herauszugeben. Er ging darauf ein und erhielt die Korrekturbogen nach und nach aus Kopenhagen zugeschickt. Die Bedingungen waren, daß der Übersetzer das ganze Buchhandelshonorar ausschließlich für sich haben sollte. Die Theaterhonorare wollten wir dagegen je zur Hälfte unter uns teilen.

An diesem Stück habe ich so bei den deutschen Theatern einiges verdient, aber trotzdem ist dieses Verfahren für die Zukunft unbrauchbar. Um uns so weit wie möglich gegen die Konkurrenz anderer Übersetzer zu schützen, müßten wir dafür sorgen, daß das Stück gleichzeitig mit dem Original auf Deutsch erscheint. Dies ist bei Ph. Reclam in Leipzig auch geschehen. Aber dieser benutzte sofort die Gelegenheit, seine Billigausgabe in großen Mengen in die skandinavischen Länder zu schicken, wo sie, da sie nur 20 Pfg. kostete, so abgesetzt wurde, daß sie die Originalausgabe, für die man 2 kr. 25 Öre bezahlen mußte, sehr spürbar verdrängte. Durch geschäftliche Verbindungen erhielt ich damals die Mitteilung, daß ein einzelner Buchhändler in Kopenhagen damals 6-800 Exemplare der deutschen »Nora« verkauft hatte. Auf diese Weise kann ich mir ausrechnen, daß ich alles wieder verloren habe, was ich durch Honorare an den deutschen Theatern verdient hatte. Dies alles ergibt sich daraus, daß wir keine literarische Konvention haben.

. . .

Am Kgl. Theater in Kopenhagen verhält es sich folgendermaßen:

. . .

Als »Ein Puppenheim« eingereicht wurde, war die literarische Konvention mit Dänemark bereits in Kraft getreten. Dieses Stück mußte also nach dem Regulativ honoriert werden und brachte mir ca. 9000 Kronen ein.

. . .

Henrik Ibsen an Bendix Edvard Bendixen

Brixen in Tirol, den 18. November 1882

. . .

Ich benutze die Gelegenheit zu der Frage, wie ich den Umstand verstehen soll, daß die mir vom Theater in Bergen zustehenden Honorare für die vorige Saison bei meinem Kommissionär nicht eingezahlt worden sind. Ich habe aus den Zeitungen ersehen, daß Frau Hennings wiederholt in »Ein Puppenheim« aufgetreten ist, . . .

. . .

Henrik Ibsen an August Larsen

Rom, den 13. März 1884

. . .

In aller Eile erlaube ich mir, Sie zu ersuchen, auf meine Rechnung ein gebundenes Exemplar von »Ein Puppenheim« unter beiliegender Adresse nach Berlin zu senden.

Das Buch ist bei Herrn Bernstein für die Prinzessin von Wales bestellt worden und soll so bald wie möglich nach London geschickt werden, wo das Stück zur Zeit in englischer Bearbeitung auf dem Princess-Theater gespielt wird.

. . .

Henrik Ibsen an Generalkonsul W. Christophersen

München, den 30. April 1889

. . .

Was die erwähnte Sache selbst betrifft, muß ich darauf aufmerksam machen, daß »Gespenster« schon ins Französische übersetzt ist. Dasselbe ist mit »Ein Puppenheim« der Fall. Französische Übersetzungen meiner übrigen Gegenwartsschauspiele sind gleichfalls in Vorbereitung, teils in Paris, teils durch einen in Berlin wohnhaften französischen Journalisten.

Allen diesen eventuellen Übersetzungen habe ich meine Autorisation zugesagt, sobald sie jeweils erscheinen.

. . .

Henrik Ibsen an William Archer

München, den 13. Juni 1889

. . .

Ich bitte Sie, meinen verbindlichsten Dank sowohl für das Telegramm wie für Ihren freundlichen Brief anzunehmen, welchen ich bis jetzt versäumt habe, anders zu beantworten als indirekt durch mein Schreiben an Mr. Charrington.

Es war mir eine große Beruhigung zu erfahren, daß Sie selbst die Übersetzung von »Ein Puppenheim« durchgesehen haben. Ich kann so überzeugt sein, daß sie sowohl genau als auch in einer gut fließenden Sprache gehalten ist. So viel hängt ja davon ab. Nun bin ich gespannt zu erfahren, wie die Presse in London das Stück und die Aufführung besprechen wird. Hoffentlich bringen die skandinavischen Blätter Berichte darüber.

. . .

Henrik Ibsen an August Lindberg

München, den 14. Oktober 1889

. . .

Als Antwort auf Ihre freundliche Anfrage teile ich Ihnen mit, daß, soviel ich weiß, kein Hindernis für eine Aufführung

von »Ein Puppenheim« in Göteborg durch Sie besteht. Was das Honorar betrifft, überlasse ich Ihnen, dasselbe selbst zu bestimmen, und bitte Sie, den Betrag gütigst an den Gyldendalschen Buchhandel in Kopenhagen senden zu wollen.
...

Henrik Ibsen an William Archer

München, den 3. November 1889

...
Für alles, was Sie bis jetzt für mich getan haben und weiter tun werden, um meinen Arbeiten Eingang in England zu verschaffen, werde ich Ihnen gegenüber, so fühle ich, immer in tiefer Dankesschuld stehen. (– – –)
Ihre herrliche und kostbare Prachtausgabe von »Ein Puppenheim« ist wohlbehalten angekommen. Auch für dieses schöne Geschenk übermittle ich Ihnen meinen herzlichsten Dank. Ich hätte es schon lange tun sollen. Das Buch habe ich ständig auf meinem Tisch liegen, und es weckt lebhafte Bewunderung bei allen, die es sehen und sich ein wenig auf Kunstwerke innerhalb des typographischen Gebiets verstehen. Ich leuge nicht, einigermaßen stolz darauf zu sein, daß eine Arbeit von mir in dem großen England in einer solchen Ausstattung hat erscheinen können. [– – –]
...

Henrik Ibsen an August Lindberg

München, den 17. März 1890

...
Für die wenigen Male, die Sie »Ein Puppenheim« aufgeführt haben, wünsche ich kein Honorar anzunehmen.
...

Henrik Ibsen an Moritz Prozor

München, den 17. April 1890

. . .

Es war mir wirklich eine große und freudige Überraschung zu erfahren, daß Ihre Übersetzung von »Ein Puppenheim« am Odéon zur Aufführung kommen wird. Diese ganz ungewöhnliche Ehre habe ich zweifellos Ihrem persönlichen Einfluß zu verdanken.

. . .

Henrik Ibsen an Moritz Prozor

München, den 29. Januar 1891

. . .

Für Ihren Brief vom 25. ds. M. spreche ich Ihnen hiermit meinen besten Dank aus, ebenso für das Telegramm, demzufolge ich gestern sofort Herrn Capuana in Rom die Bestätigung für meine Autorisation schickte, »Ein Puppenheim« aufzuführen. Die Vereinbarung, die ich vor mehreren Jahren mit Herrn Galletti abgeschlossen habe, betrachte ich jetzt nämlich als ungültig, da er in dieser langen Zeit das Stück nicht zur Aufführung gebracht und auch nichts für die Konzession bezahlt hat.

. . .

Henrik Ibsen an Madame Aubernon de Neuville

München, den 22. Mai 1891

. . .

Unglücklicherweise ist es mir nicht möglich, München zu verlassen, und das tut mir unendlich leid, da ich entzückt gewesen wäre, bei der Inszenierung von »Ein Puppenheim« mitzuarbeiten.

Es ist mir indessen von großer Wichtigkeit, Ihnen meine Dankbarkeit für Ihre liebenswürdige Einladung auszusprechen, und ich bitte Sie, Madame, meine respektvolle Wertschätzung annehmen zu wollen.

Henrik Ibsen an Jacob Hegel

Kristiania, den 12. Februar 1896

. . .

Es war mir eine große Freude zu erfahren, daß eine neue Auflage von »Ein Puppenheim« und von den »Gedichten« erforderlich ist. Ich habe in diesen Büchern keine Berichtigungen vorzunehmen, und der Druck kann somit von mir aus gern beginnen, wann immer es für Sie günstig ist.

Henrik Ibsen an Julius Jacobsen

Kristiania, den 6. 9. 96

. . .

Als Antwort auf Ihre freundliche Zuschrift muß ich bemerken, daß Herr Rasmussen Ihnen sein Recht, »Ein Puppenheim« in den dänischen Provinzstädten aufzuführen, nicht übertragen kann. Dagegen können Sie dieses Recht erhalten, indem Sie unverzüglich ein Honorar von 150 Kronen an mich einzahlen. Dieses Angebot längere Zeit aufrechtzuerhalten, kann ich nicht versprechen.

. . .

DER ZWEITE SCHLUSS

Aus der »Nationaltidende«
Korrespondenz aus Flensburg

Flensburg, 11. Februar 1880

...

Der derzeitige Theaterdirektor in Flensburg, ein gewisser Herr v. Glotz, ein, wie es heißt, intelligenter und strebsamer Mann, der zugleich unter den Mitgliedern seiner Gesellschaft gute Kräfte hat, überraschte vor einigen Tagen mit einer Bekanntmachung, derzufolge er vom Verfasser die Erlaubnis erhalten habe, das Schauspiel »Nora« zur ersten Aufführung in Deutschland zu bringen, wobei er mit Rücksicht auf die, welche das Stück im Original schon gelesen haben mögen, hinzufügte, daß der Übersetzer und »Bearbeiter«, ein Herr W. Lange, ihm – dem Direktor – aus »des Dichters eigner Hand« einen geänderten Schluß des Stückes zugestellt habe, mit der bestimmten Auflage, davon Gebrauch zu machen.

...

Henrik Ibsen an die
»Nationaltidende«, Kopenhagen

München, 17. Februar 1880

Herr Redakteur!

In Nr. 1360 Ihres geschätzten Blattes habe ich eine Korrespondenz aus Flensburg gelesen, aus der ich erfahre, daß »Ein Puppenheim«, auf deutsch »Nora«, dort aufgeführt worden ist, außerdem, daß der Schluß des Stückes bei der Aufführung geändert wurde – angeblich auf meinen Auftrag hin.

Das letztere ist völlig unzutreffend. Sofort nach dem Erscheinen von »Nora« erhielt ich von meinem Übersetzer und Beauftragten gegenüber den norddeutschen Theatern, Herrn Wilhelm Lange in Berlin, eine Mitteilung des Inhalts, er habe Grund zu befürchten, daß eine zweite Über-

setzung oder »Bearbeitung« des Stücks mit geändertem Schluß erscheinen werde und daß diese wahrscheinlich von verschiedenen norddeutschen Theatern vorgezogen würde.
Um einer solchen Möglichkeit vorzubauen, schickte ich ihm zur Benutzung für den Notfall einen Änderungsentwurf, demzufolge Nora nicht aus dem Haus kommt, sondern von Helmer in die Tür zum Schlafzimmer der Kinder gedrängt wird; hier werden ein paar Repliken gewechselt, Nora sinkt an der Tür zusammen und der Vorhang fällt.
Diese Veränderung habe ich meinem Übersetzer gegenüber selbst als eine »barbarische Gewalttat« gegen das Stück bezeichnet. Es ist also gänzlich gegen meinen Wunsch, wenn von ihr Gebrauch gemacht wird; aber ich nähre die Hoffnung, daß sie von nicht allzu vielen deutschen Theatern benutzt werden wird.
Solange keine literarische Konvention zwischen Deutschland und den skandinavischen Ländern abgeschlossen wird, sind wir nordischen Schriftstellern hier unten völlig rechtlos, ebenso wie es ja die deutschen Schriftsteller bei uns sind. Unsere dramatischen Arbeiten sind hier deshalb häufig gewaltsamer Behandlung ausgesetzt, von Übersetzern und Direktoren, von Regisseuren und von Schauspielern an den kleineren Theatern. Aber droht derartiges mir und meinen Belangen, dann ziehe ich es, durch frühere Erfahrungen belehrt, vor, die Gewalttat selbst zu verüben, statt meine Arbeiten der Behandlung und »Bearbeitung« durch weniger behutsame und weniger kundige Hände auszusetzen.

Hochachtungsvoll Henrik Ibsen.

An die Redaktion!
Ich darf vielleicht erwarten, daß Obiges in Ihr geschätztes Blatt aufgenommen wird. H. I.

Henrik Ibsen an Heinrich Laube

München, den 18. Februar 1880

Sehr geehrter Herr Direktor!
Es war mir eine große Freude, zu erfahren, daß mein neue-

stes Schauspiel »Nora« unter Ihrer weitberühmten Leitung im wiener Stadttheater zur Aufführung gebracht werden wird.
Sie finden, daß das Stück des Schlusses wegen der Kategorie »Schauspiel« nicht entspricht. Aber, verehrter Herr Direktor, legen Sie denn wirklich den sogenannten Kategorien einen so großen Wert bei? Ich jedenfalls glaube, daß die dramatischen Kategorien dehnbar sind, und daß dieselben sich nach den vorhandenen Thatsachen in der Litteratur richten müssen, nicht umgekehrt. So viel steht jedenfalls fest, daß das Stück mit dem jetzigen Ausgang sowohl in Kopenhagen wie in Stockholm und in Kristiania einen dort fast beispiellosen Erfolg gehabt hat.
Den geänderten Schluß habe ich nicht nach Überzeugung abgefaßt, sondern nur auf Wunsch eines norddeutschen Impresario und einer Schauspielerin, die in Norddeutschland als Nora gastieren wird. Ich füge eine Abschrift dieser Aenderung bei, woraus Sie hoffentlich erkennen werden, daß die Wirkung des Stückes durch die Benutzung dieser Aenderung nur abgeschwächt werden kann.
Ich stelle Ihnen deshalb anheim, die Aenderung nicht zu berücksichtigen, sondern das Stück in ursprünglicher Gestalt dem Publikum vorzuführen.

Mit vorzüglicher Hochachtung
Ihr ganz ergebener Henrik Ibsen.

Der geänderte Schluß

Nora Daß ein Zusammenleben zwischen uns beiden eine Ehe werden könnte. Lebe wohl! *Will gehen.*

Helmer Nun denn – gehe! *Faßt sie am Arm:* Aber erst sollst du deine Kinder zum letztenmale sehen!

Nora Laß mich los. Ich will sie nicht sehen! Ich kann es nicht!

Helmer *zieht sie gegen die Thüre links:* Du sollst sie sehen! *Oeffnet die Thür und sagt leise:* Siehst du; dort schlafen sie so sorglos und ruhig. Morgen, wenn sie erwachen und rufen nach ihrer Mutter, dann sind sie – mutterlos.

Nora *bebend:* Mutterlos –!

Helmer Wie du es gewesen bist.

Nora *kämpft innerlich, läßt die Reisetasche fallen und sagt:* O, ich versündige mich gegen mich selbst, aber ich kann sie nicht verlassen. *Sinkt halb nieder vor die Thüre.*

Helmer *freudig, aber leise:* Nora!

Der Vorhang fällt.

Hedwig Niemann-Raabe über den geänderten Schluß

. . .

Der Schluß von Ibsens Nora ist allerdings für mich geändert, doch wurde die Initiative dazu nicht eigentlich von mir ergriffen, weil ich einem Meister wie Ibsen gegenüber eine solche Forderung zu stellen niemals gewagt haben würde, vielmehr war es der berühmte Leiter des hamburger Thalia-Theaters, Chérie Maurice, der in seiner tiefgegründeten Kenntnis des Publikums die zu damaliger Zeit wohl noch berechtigte Besorgnis hegte, ein Ausgang, wie ihn Ibsens »Nora« ursprünglich hatte, würde die Zuschauer unbefriedigt lassen. Als mich Direktor Maurice um meine Meinung fragte, erwiderte ich ihm allerdings: »Ich würde meine Kinder nicht verlassen!!!« Diese Antwort war für ihn entscheidend, und so richtete er an Ibsen die Bitte, dem Drama einen versöhnlichen Ausgang zu geben! Ob ich später in Berlin und anderen Städten mit dem ursprünglichen oder dem geänderten Schlusse gespielt, ist mir nicht mehr erinnerlich. Daß übrigens der geänderte Schluß dem Stücke nicht geschadet, beweisen der Erfolg und die Kassen-Rapporte.

Henrik Ibsen an die »Neue Zeit«

München, den 21. März 1880

Hochgeehrter Herr!

Ich bin Ihnen sehr dankbar, dass Sie die Recension des Herrn Hauptmann Schubert nicht in der »Neuen Zeit« aufgenommen haben. Herr Schubert ist ein guter und lieber

Bekannter von mir, aber in seinen dramaturgischen Anschauungen steht er kaum auf der Höhe unserer Zeit. Daß ihm der Schluß meines neuen Stückes nicht gefällt, finde ich sehr begreiflich, aber grade dieses Schlusses wegen habe ich das ganze Stück gedichtet, und grade der Schluß des Stückes hat hier wie anderswo ein so ausserordentlich reges Interesse und eine so lebhafte Besprechung hervorgerufen. Als Beleg dafür erlaube ich mir ein Paar Zeitungsartikel zu übersenden. Die mir bis jetzt persönlich unbekannt gebliebene Verfasserin derselben ist die hier lebende in weiten Kreisen geschätzte Wittwe des Heinrich Marr.
Indem ich Ihnen meinen nochmaligen besten Dank abstatte, zeichne ich mich

mit vorzüglicher Hochachtung
Ihr ganz ergebener Dr. Henrik Ibsen.

J. B. Halvorsen über einen »Vierten Akt« von »Ein Puppenheim« auf der deutschen Bühne

. . .

Überhaupt fand der deutsche Geschmack, das Stück habe einen Akt zu wenig, dadurch daß der versöhnliche Schluß fehlte. Die Handlung in diesem 4. Akt sollte sich nach deutschem Rezept ungefähr ein Jahr nach dem 3. Akt zutragen. Frau Linde, die Krogstad geheiratet hat und ihre Familie durch Arbeiten auf der Nähmaschine ernährt, kommt zu ihrer Freundin mit dem gerade fertiggestellten Anzug für einen neuangekommenen Weltbürger, der auf Noras Knien ruht. Die Szene atmet Frieden und Glück, aber über Noras Stirn zieht ab und zu ein Schatten; sie ist nachdenklich. Da tritt Helmer, der weiterhin Bankdirektor und allgemein geachtet ist, ins Zimmer ein. Er nähert sich Nora. Wieder geht ein Schatten über ihre Stirn, sie wendet ihm fragend den Blick zu und flüstert: »Hast du mir jetzt wirklich verziehen?« Helmer antwortet nicht sofort; er betrachtet sie ruhig und freundlich. Endlich nimmt er aus seiner Anzugtasche eine große Tüte. Er öffnet sie, und er, der seiner Nora aufs strengste verboten hat, Zuckerzeug zu essen, steckt ihr selbst eigenhändig – eine Makrone in den Mund. Nora stößt einen Freudenschrei aus und ruft hingerissen: »Das Wunderbarste!« (Der Vorhang fällt langsam.)

Henrik Ibsen an Moritz Prozor

München, den 23. Januar 1891

Herr Graf,
Herr Luigi Capuana hat Ihnen, wie ich mit Bedauern sehe, durch seinen Vorschlag, die Schlußszene in »Ein Puppenheim« zum Gebrauch für die italienischen Theater zu ändern, ganz bedeutende Schwierigkeiten verursacht.
Ich bin nicht einen Augenblick darüber im Zweifel, daß Ihre Variante Herrn Capuanas Vorschlag weit vorzuziehen wäre. Aber die Sache ist die, daß ich mich unmöglich darauf einlassen kann, einer Änderung des Stückausgangs, welcher auch immer, direkt meine Autorisation zu geben. Ich könnte fast sagen, daß gerade der Schlußszene wegen das ganze Stück geschrieben wurde.
Und hinzu kommt, daß ich glaube, Herr Capuana irrt, wenn er fürchtet, das italienische Publikum wäre nicht in der Lage, meine Arbeit zu verstehen oder gutzuheißen, wenn sie auf dem Theater in ihrer ursprünglichen Gestalt vorgeführt würde. Auf alle Fälle sollte man den Versuch machen. Stellt es sich dann wirklich heraus, daß es überhaupt nicht geht, dann mag Herr Capuana selbständig Ihre Redaktion des Schlusses benutzen, aber ohne daß ein solcher Schritt von mir formal gebilligt oder autorisiert wird.
Ich habe mich in meinem Brief an Herrn Capuana, der gestern von hier abging, in aller Kürze über die Sache geäußert, und ich hoffe, er läßt seine Bedenken fallen, bis er aufgrund von Erfahrung die Bestätigung erhält, daß sie wirklich begründet sind.
Seinerzeit, als »Ein Puppenheim« ganz neu war, gab ich notgedrungen meine Zustimmung, daß der Schluß für Frau Hedwig Niemann-Raabe geändert wurde, die »Nora« in Berlin spielen sollte. Aber damals hatte ich keine andere Wahl. In literarischer Hinsicht war ich ja in Deutschland

rechtlos und konnte also nichts verhindern. Und außerdem war das Stück in seiner ursprünglichen Gestalt, also unverfälscht, aufgrund der deutschen Ausgabe, die schon gedruckt und in den Buchhandel gekommen war, der deutschen Öffentlichkeit zugänglich. Doch mit dem geänderten Schluß hielt sich das Stück nicht lange auf dem Repertoire. Unverändert wird es dagegen weiterhin gespielt. –

. . .

REALISIERUNG UND INTERPRETATION

Christian Molbech über »Ein Puppenheim«

Kopenhagen, den 8. November 1879

Es handelt sich um eine in dramatischer und psychologischer Hinsicht gleichermaßen vortreffliche Schilderung einer ehelichen Kollision, deren allmählicher Einleitung man mit gespanntem Interesse bis zur letzten Szene folgt, wo das Band zerreißt. Daß ich die Auflösung selbst nicht bloß peinlich und unbefriedigend, sondern bis zu einem gewissen Grad psychologisch unerklärlich finde, kann meine Meinung über die Brauchbarkeit des Schauspiels für die Bühne nicht ändern, und ich schlage es unbedingt zur Annahme vor.

Henrik Ibsen an Bendix Edvard Bendixen

Müchen, Amalienstraße 50a,
den 12. November 1879

...

Mein neues Schauspiel »Ein Puppenheim« befindet sich hoffentlich nun in Ihren Händen; es kommt wahrscheinlich kaum vor Ende dieses Monats in den Buchhandel, und ich hoffe, daß das eingelieferte Exemplar bis dahin Unbefugten nicht zugänglich gemacht wird. Beim Kgl. Theater in Kopenhagen ist es bereits angenommen worden. Inwieweit Noras Rolle in Bergen zufriedenstellend besetzt werden kann, würde mich sehr interessieren. Nach den Beschreibungen, die ich über Fräulein Reimers' äußere Erscheinung bekommen habe, paßt sie nicht für die Rolle, und es ist auch nicht ratsam, diese von einer Anfängerin spielen zu lassen. Aber das Theater wird wohl einen Ausweg finden.

...

Henrik Ibsen an das Christiania Theater

Amalienstraße 50a, 2. Etage.
München, den 16. Novbr. 79

An die Direktion des Kristiania Theaters.

Als Antwort auf das sehr geschätzte Schreiben der Direktion vom 11. ds. M. erlaube ich mir mitzuteilen, daß ich mir als Honorar für »Ein Puppenheim« einen Betrag von 2500 – zweitausendfünfhundert – Kronen ausbedingen muß, der einen Tag, nachdem die dortige Erstaufführung des Stückes stattgefunden hat, an meinen Kommissionär, Buchhändler Nils Lund in Kristiania, auszuzahlen ist. Durch die Entrichtung dieser Summe erwirbt das Kristiania Theater das Recht, das Stück 50mal zu spielen. Von der 51. bis zur 100. Vorstellung bedinge ich mir eine Abgabe von 10 – zehn – Kronen je Vorstellung aus. Von der 101. Vorstellung an und für jede weitere Vorstellung innerhalb eines Zeitraums, in welchem unsere jetzt geltende Gesetzgebung einem Autor und seinen Erben das Eigentumsrecht an gedruckten Schriften garantiert, erhalte ich eine Vergütung von 5 – fünf – Kronen. Die Abgaben von der 51. Vorstellung an können jeweils für eine Spielzeit an deren Schluß bezahlt werden, doch muß ich zur Bedingung machen, daß, falls die Abgabe in zwei aufeinanderfolgenden Jahren nicht entrichtet wird, das Theater damit sein Recht auf jede weitere Aufführung des Stückes verscherzt hat. Ich möchte bemerken, daß diese Bedingungen im wesentlichen mit denen übereinstimmen, die ich für »Stützen der Gesellschaft« aufgestellt habe.

Es scheint mir, daß mein neues Schauspiel, was die Besetzung der Rollen betrifft, für das Personal des Kristiania Theaters besonders geeignet ist. Einen Vorschlag will ich nicht machen, die Verteilung der Rollen muß natürlich immer der Direktion überlassen bleiben; aber es mag mir vielleicht gestattet sein, die Besetzung des Stückes zu nennen, so wie ich sie mir gedacht hatte: Nora – Frau Juel. Helmer – Herr Reimers, (nicht Herr Gundersen). Doktor Rank – Herr Hammer. Frau Linde – Fräulein Neelsen, (nicht Frau Gundersen). Krogstad – Herr Isachsen. Das Kindermädchen – Frau Wolf (auf keinen Fall Fräulein Pare-

lius). Das Kindermädchen hat eigentlich nur eine einzige Szene, aber auf diese lege ich aus mehreren Gründen großes Gewicht. Übrigens glaube ich nicht, daß zwischen der Leitung und mir besonders geteilte Meinungen über die Besetzung herrschen werden.
Das Stück erfordert in hohem Maße ein natürliches Spiel und einen raschen, aber durchgearbeiteten Dialog. Ich hoffe, daß die Regie die Wichtigkeit dieses Punktes erkennen und ebenso wie die Darsteller bei der Einstudierung und bei der Inszenierung keine Mühe scheuen wird.

Hochachtungsvoll Henrik Ibsen

John Paulsen über den Abend der Uraufführung von »Ein Puppenheim«

[München, 22. Dezember 1879]

. . .

Am Abend, an dem es (»Ein Puppenheim«; d. Übs.) Premiere hatte, war ich bei Ibsens zu Gast. Der Dichter war äußerst nervös, was mich nicht überraschte . . .

. . .

Es entstanden lange Pausen im Gespräch, und schließlich kam es ganz zum Erliegen . . . Hin und wieder sah Ibsen unruhig auf seine Uhr – oder er sah zur Tür, als ob er jemanden erwartete . . . Ich hatte das Gefühl zu stören und brach zeitiger auf als sonst . . . Ibsen begleitete mich auf seine höfliche Weise ins Entrée, und als er mir beim Verabschieden die Hand reichte, merkte ich, wie sie zitterte.
Am nächsten Tag traf ich auf der Ludwigstraße Frau Ibsen, die ungewöhnlich aufgeräumt aussah. »Aber warum haben Sie uns gestern so eilig verlassen?« sagte sie. »Kurz nachdem Sie gegangen waren, kam das Telegramm von Kammerherr Fallesen, auf das Ibsen den ganzen Abend lang gewartet hatte . . . Großer Erfolg, viele Vorhänge, Frau Hennings eine glänzende Nora.«

. . .

Edvard Fallesen an Henrik Ibsen (Telegramm)

Kopenhagen, 22. Dezember 1879

Immenser Erfolg. Durchgängig exzellente Interpretation. Nora eine bewunderswürdige Création von Frau Hennings; sie gibt ihr eine Intelligenz, eine Anmut, eine Kunst ohnegleichen. Meine aufrichtigen Glückwünsche.

Henrik Ibsen an Erik af Edholm

München, Amalienstraße 50a,
den 3. Januar 1880

Hochwohlgeborener Herr Hofmarschall!

Mit verbindlichem Dank bestätige ich hiermit den Empfang von Herrn Hofmarschalls sehr geehrtem Schreiben vom 30. November vor. Jahres, das ich mir hiermit erlaube zu beantworten.

Es verhält sich ganz richtig so, wie der Herr Hofmarschall vermutet, daß der Name meines Stückes »Ein Puppenheim« ein neues Wort ist, das ich selbst gemacht habe, und es ist mir lieb, daß man das Wort auf Schwedisch in direkter Übersetzung wiedergeben wird.

Der Ausdruck »das Wunderbare«, dessentwegen auch Frau Hvasser die Güte hatte, mich anzuschreiben, muß, soweit ich beurteilen kann, auf Schwedisch am besten mit »det underbara« übersetzt werden. Das Wort ist ein Lieblingsausdruck, dessen sich Nora im Stück öfter bedient; schon im ersten Akt spricht sie davon, »wie wunderbar schön es ist, zu leben und glücklich zu sein«, u.s.w.

Helmer wünscht ganz gewiß, Nora zurückgewinnen zu können. Was sie angeht, so sagt sie ja, daß sie im Augenblick nichts darüber weiß, und nichts wissen kann; in dem Augenblick, wo sie ihr Heim verläßt, soll ihr Leben eigentlich erst anfangen. Der Herr Hofmarschall fragt, ob sie beabsichtigt, sich neue Puppen zu verschaffen. Nein. Noras Verhältnis zu Doktor Rank beweist ihre moralische Reinheit in dieser Hinsicht. Weiter wird gefragt, wie es mit den Kindern weitergehen soll, wer sie denn erziehen soll. Hierzu ist die Antwort, daß es im Stück ein großes erwachsenes Kind gibt,

Nora, das ins Leben hinein muß, um sich selbst zu erziehen und dadurch vielleicht irgendwann einmal geeignet zu sein, die Kleinen zu erziehen – oder vielleicht nicht; niemand kann das wissen. Aber soviel ist sicher, mit der Sicht auf ihre Ehe, die Nora in dieser letzten Nacht erlangt hat, wäre es unmoralisch von ihr, wenn sie das Zusammenleben mit Helmer fortsetzte; das kann sie nicht, und darum geht sie.
Ich kann unmöglich glauben, daß etwas Anstößiges in der Art liegen sollte, auf die sich Helmers Sinnlichkeit nach dem Ball zu erkennen gibt; auf jeden Fall ist es bei der Schilderung einer solchen Ehe eine Unmöglichkeit, an dieser Seite der Sache vorbeizugehen; es wäre nicht ehrlich, hier etwas zu verschweigen, und ich bin ganz sicher, daß ich hier die Wirklichkeit nicht schlimmer geschildert habe, als sie in mannigfaltigen Fällen ist. Herr Fredrikson wird übrigens bestimmt mit gewohnter Noblesse diesen Auftritt innerhalb der rechten Grenzen zu halten wissen.
Da der Herr Hofmarschall fragt, wohin das Honorar zu gegebener Zeit gesandt werden soll, erlaube ich mir, darum zu ersuchen, daß es an den Gyldendalschen Buchhandel in Kopenhagen gesandt wird.
In Dänemark hat dieses mein neues Stück, wie der Herr Hofmarschall vielleicht weiß, eine außerordentlich starke Erregung geweckt; die Parteien stehen erbittert gegeneinander; die ganze große Auflage des Buches, 8000 Exemplare, wurde im Lauf von wohl 14 Tagen ausverkauft, und eine neue Auflage ist bereits gedruckt. Es ist indessen nicht der ästhetische Wert des Stückes, um den gestritten wird, sondern das im Stück aufgestellte moralische Problem. Daß dieses vielerorts auf Widerspruch treffen würde, wußte ich im voraus; wenn unsere nordische Allgemeinheit so weit fortgeschritten wäre, daß sich alle über dieses Problem einig wären, dann wäre es überflüssig gewesen, das Buch zu schreiben.
Mit hochachtungsvollem Gruß und Dank für alles erwiesene Entgegenkommen zeichne ich mich

Herrn Hofmarschalls
immer ehrerbietigst verbundener Henrik Ibsen

John Paulsen über Henrik Ibsen nach der Münchner Erstaufführung von »Ein Puppenheim« am 3. März 1880

Als Ibsens »Ein Puppenheim« unter dem Titel »Nora« zum erstenmal in München aufgeführt wurde, war Ibsen bei fast allen Proben anwesend ...

Das Stück wurde im ganzen gut gespielt – besonders Frau Ramlo, die Darstellerin der Nora, war ausgezeichnet –, und nach der Vorstellung dankte Ibsen allen Darstellern herzlich. Man könnte geneigt sein zu glauben, daß es in Ibsens Augen eine Mustervorstellung war. Aber später, als ich mich in der Wohnung der Ibsens mit ihm über die Aufführung unterhielt, die ich für meinen Teil sehr lobte, hatte Ibsen Einwendungen zu machen.

Nicht nur, daß ein paar Darsteller ihre Rollen nur teilweise verstanden hatten, er war auch nicht zufrieden mit der Farbe der Tapeten im Wohnzimmer – sie gaben nicht die richtige, von ihm gewünschte Stimmung – und dann kam er noch mit solchen Finessen, wie, daß die Nora nicht die richtigen Hände habe (ob sie zu groß oder zu klein waren, weiß ich nicht mehr).

...

Aber wir dürfen nicht vergessen, ... daß Ibsen in seiner Phantasie das Stück tausendmal hat spielen sehen, daß er jede Person genau kennt, ihr Aussehen und ihre Kleidung, ihre Haltung und ihre Gesten, ihre Art und ihre Unarten. Er weiß also, ob Nora groß oder klein ist, ob sie blond ist oder brünett, ob sie langsam geht oder schnell, er hat jede kleine Eigentümlichkeit ihres Wesens studiert, und er hat bemerkt, daß sie eine unruhige, fast wollüstige Bewegung mit den Schultern macht, wenn sie von den verbotenen Makronen ißt.

Aber bei der Aufführung hat das von Ibsen in seinen intimsten Details ausgearbeitete Phantasiebild einen Kampf mit der krassen Realität hinter der Rampe zu bestehen. Es bereitet ihm Leiden zu entdecken, wo die szenische Darstellung von der seines Traums abweicht. Jene Nora, die wie eine Lerche auf die Bühne hüpft, ist gut, sogar sehr gut, und sie weckt die Begeisterung des Publiums – aber sie ist nicht s e i n e Nora.

. . .
Bei Frau Ramlo (. . .) war ich also mehrere Male zu Gast. Wenn sie auf ihre anmutige Weise den Tee servierte, betrachtete ich immer ihre Hände und fragte mich, was nach Ibsens Meinung mit ihnen nicht stimmte – in meinen Augen waren sie schön genug.*

* Die wirkliche Nora hat wahrscheinlich ungewöhnlich große Hände gehabt – und diese Eigentümlichkeit von ihr hat Ibsen nicht vergessen können.

John Paulsen über den Tag nach der Münchner Erstaufführung von »Ein Puppenheim«

[München, 4. März 1880]

Als Ibsen eine Weile in sein Arbeitszimmer ging, blieb ich allein mit Frau Ibsen und Sigurd. Frau Ibsen erzählte dann einige interessante Züge aus der Genesis von »Ein Puppenheim«. Ibsen war die ganze Zeit sehr unruhig gewesen und mehr als gewöhnlich von seinem Gegenstand in Anspruch genommen.

Zuerst habe das Ganze wie eine Nebelwelt vor ihm gestanden, hatte er ihr gesagt, dann lösten sich einzelne formlose Gestalten aus dem Chaos, und schließlich wurden diese Gestalten klarer und deutlicher. Eines Tages überraschte er sie mit der Mitteilung: »Jetzt habe ich Nora gesehen. Sie kam auf mich zu und legte die Hand auf meine Schulter.«

»Was für ein Kleid hatte sie an?« hatte Frau Ibsen darauf gefragt – eine echt weibliche Frage.

»Sie trug ein einfaches blaues Wollkleid«, antwortete Ibsen ungeheuer ernst.

(In meinem späteren Leben habe ich mehrmals an dieses »einfache blaue Wollkleid« denken müssen, nicht zum wenigsten, als ich im Nationaltheater in Kristiania die Darstellerin der Nora ein rotes Gesellschaftskleid tragen sah mit einem Spitzenfichu um den Hals, was um so verwunderlicher war, als eine der Repliken des Stücks ausdrücklich betont, wie ärmlich die Garderobe der kleinen Nora ist. Sie, die all ihr Geld darauf verwendet, die heimlichen Schulden abzu-

zahlen, hat nicht die Mittel, sich feine Kleider zu kaufen.) Sigurd, der schon damals eine sehr kritische Natur war, fragte mich, ob ich den Wohnzimmerton im Stück richtig natürlich fände. Er befürchtete, der lange Auslandsaufenthalt seines Vaters könne dem Ton einen weniger heimeligen Klang ohne die rechte norwegische Prägung gegeben haben. Als ich dann den Dialog lobte, stutzte er und sagte: »Aber findest du denn nicht, daß zwischen dem zweiten und dem dritten Akt eine Art Kluft ist? Es kommt mir so vor, als ob plötzlich ein Bruch in der Charakterentwicklung der Heldin stattfindet.«
»Das ist richtig«, antwortete ich. »Die kleine leckermäulige Nora, die in einem Augenblick an den verbotenen Makronen knabbert, verwandelt sich im nächsten in einen weiblichen Philosophen, der Stuart Mill gelesen hat und die Sache der Frau diskutiert. Aber gerade dieser psychologische Fehler in der Schilderung wird zum großen Vorzug des Buches beim Publikum werden, besonders eben bei den Damen. Man wird nicht fragen: Was ist Nora? sondern im Gegenteil: Was will sie?

Henrik Ibsen an Bendix Edvard Bendixen

München, den 26. März 1880

. . .

Es war mir besonders lieb, durch Ihr letztes freundliches Schreiben die Bestätigung zu erhalten, daß die Aufführung von »Ein Puppenheim« auf dem Theater in Bergen so glücklich verlaufen ist und namentlich, daß eine junge vielversprechende Schauspielerin dadurch eine Gelegenheit gefunden hat, sich auszuzeichnen.

. . .

Henrik Ibsen an Valfrid Vasenius

München, den 30. März 1880

. . .

Aus den Zeitungen, die ich erhalten habe, ersehe ich, daß zur Zeit in Helsingfors, ebenso wie anderenorts, ein harter

Streit über »Ein Puppenheim« im Gange ist. Was mir von Ihrer Auslegung des Stückes bekanntgeworden ist, findet in allen Punkten meine Zustimmung; und ich habe das sichere Gefühl, daß die Zukunft uns schon Recht geben wird.

...

Henrik Ibsen an Frederik Hegel

München, den 14. April 1880

...

Hier unten hat »Ein Puppenheim« dieselbe Erregung hervorgerufen wie daheim. Man hat leidenschaftlich für und gegen das Stück Partei ergriffen, und es ist kaum jemals zuvor in München geschehen, daß eine dramatische Arbeit so lebhaft diskutiert wurde wie diese.

...

John Paulsen über Motive in »Ein Puppenheim«

[Berchtesgaden, Sommer 1880]

...

Ibsen erwähnte dann den dänischen Dichter Vilhelm Bergsøe, mit dem er damals im Sommer auf Ischia zusammengewesen war, ohne ihm doch näherzukommen. ...

...

Ich hatte ... den Eindruck, daß Ibsen Bergsøes naturwissenschaftliche Arbeiten am meisten schätzte. So empfahl er mir, ein Buch von ihm über die Tarantella zu lesen.

Ibsen vermied immer, vom Tod zu sprechen, jedenfalls mochte er das Wort nicht nennen. Er umschrieb es am liebsten.

»Falls ich einen Ziegelstein auf den Kopf kriegen sollte,« ...

...

John Paulsen über Henrik Ibsen und die »Puppenheim«-Kritik

... Ibsen erzählte mir mehrere amüsante Beispiele dafür, wie sich die Kritiker, selbst die klügsten, irren können.

»Ein Puppenheim« beginnt bekanntlich damit, daß Nora auf die Bühne kommt, gefolgt von einem Dienstboten, der einen Weihnachtsbaum trägt. Nora nimmt das Portemonnaie heraus und gibt dem Dienstboten, der für seine Arbeit fünfzig Öre verlangt, eine ganze Krone, wobei sie sagt:
»Da ist eine Krone, behalten Sie das Ganze!«
Soll dieser Auftritt etwas charakterisieren, muß es der mangelnde ökonomische Sinn der kleinen gedankenlosen Frau sein, weiter nichts. Aber jetzt hören Sie, was ein symbolsuchender schwedischer Kritiker in die Szene hineinlegte!
Daß Nora dem Mann eine ganze Krone bezahlt anstelle von fünfzig Ören, hat eine große verborgene Bedeutung. Schon hier in der ersten Szene offenbart sich die tiefe Symbolik des Dichters. Auf das Verhältnis der Arbeit zum Kapital spielt der Dichter an. Nora ist im Grunde Sozialist. Daß sie dem Dienstboten soviel gibt, beweist auf das deutlichste, daß sie eine gerechte Teilung zwischen Kapitalist und Arbeiter will ... Ibsen lachte sehr, als er diese Besprechung erwähnte.
...

John Paulsen über Henrik Ibsen und »Ein Puppenheim«

[Rom, Winter 1880]

– Als »Ein Puppenheim« erschien, erlaubte ich mir, Ibsen zu fragen, warum er die weibliche Hauptperson des Stückes »Nora« genannt habe (Der Name kam mir so alltäglich vor.). Er antwortete ruhig, ohne sich zu bedenken: »Sie wissen ja, daß sie eigentlich Leonore hieß, aber alle nannten sie dann Nora, sie war das verhätschelte Kind in der Familie.« An dieser Antwort können wir sehen, wie intim sich Ibsen mit seinen erdichteten Figuren zusammen lebt. Er zweifelt nicht an ihrer Wirklichkeit.
Da sich dänische Rezensenten sehr damit beschäftigten, ob Nora zurückkam oder nicht, fragte ich Ibsen nach seiner eigenen Meinung. Er nahm mir die Frage durchaus nicht übel.
»Was weiß ich?« sagte er, und indem er Nora als ein selb-

ständiges, lebendes, von ihm unabhängiges Wesen betrachtete, fügte er hinzu: »Sie kann vielleicht zu ihrem Mann und ihren Kindern zurückkehren – aber sie kann auch eine herumvagabundierende Dame vom Zirkus werden.« –
Ibsen machte mich auf eine einzelne Replik im Gespräch zwischen Nora und Doktor Rank aufmerksam, Nora sagt: »Als ich noch zu Hause war, liebte ich natürlich Papa am meisten. Aber ich fand es immer unwahrscheinlich amüsant, wenn ich mich runter in die Mädchenkammer stehlen konnte, denn die machten mir keine Vorschriften, und dann erzählten sie sich immer so viele lustige Sachen.«
Die Replik ist grammatikalisch unkorrekt. Das Pronomen »die« steht dort scheinbar bedeutungslos, es bezieht sich auf überhaupt nichts.
»So schreibt man nicht«, sagte Ibsen mit einem belehrenden Lächeln, »aber so spricht man.« –
...

Henrik Ibsen an Frederik Hegel

Rom, den 18. Juni 1881

...
Den Titel des Stückes werde ich später mitteilen: heute will ich nur bemerken, daß ich es als »Ein Familiendrama in drei Akten« bezeichne. Daß dieses Stück nicht das geringste mit »Ein Puppenheim« zu tun hat, ist wohl überflüssig hinzuzufügen.
...

Henrik Ibsen an Sofie Adlersparre

Rom, den 24. Juni 1882

...
Aber »Gespenster« mußte geschrieben werden: ich konnte beim »Puppenheim« nicht stehen bleiben; nach Nora mußte unbedingt Frau Alving kommen.
...

Henrik Ibsen an Rasmus B. Anderson

Gossensass in Tirol.
den 14. September 1882

...

Mit großem Vergnügen erkläre ich durch dieses Schreiben, daß ich meine Zustimmung dazu gebe, daß Herr Wm. M. Lawrence unter Ihrer, Herr Professor Rasmus. B. Andersons Aufsicht meine Bücher für Amerika ins Englische übersetzt, und soll diese Übersetzung dortselbst als die einzige vom Verfasser autorisierte zu betrachten sein.
Die von Herrn Lawrence angebotenen Bedingungen weiß ich zu schätzen und nehme sie an und bitte Sie, demselben meine schuldige Danksagung zu übermitteln.
Ich lege großes Gewicht darauf, daß man die Sprache in der Übersetzung so nahe wie möglich in Übereinstimmung mit der einfachen alltäglichen Umgangssprache hält; alle Wendungen und Ausdrücke, die nur in Bücher gehören, müssen in dramatischen Arbeiten auf das sorgfältigste umgangen werden, namentlich in solchen wie meinen, die es darauf anlegen, beim Leser oder Zuschauer ein Gefühl davon hervorzurufen, daß er bei der Lektüre oder Aufführung Zeuge von einem Stück Wirklichkeit ist.
Sie sagen, die Übersetzung von »Gespenster« sei nun bald fertig; ich würde es aber nicht für angemessen halten, wenn dieses Schauspiel als e r s t e s herauskäme. Es ist das weitestgehende von den drei Arbeiten, die Sie nennen, und sollte daher das letzte in der Reihe sein. Diese müßte eigentlich mit »Stützen der Gesellschaft« eröffnet werden, danach müßte »Ein Puppenheim« kommen, da dieses gleichsam eine Einleitung oder eine Vorbereitung zu »Gespenster« bildet.

...

Henrik Ibsen an Frederik Hegel

Rom, den 11. Februar 1885

...

Es (ein Exemplar von »Die Wildente«, d. Übs.) ist für meinen italienischen Biographen und Übersetzer Alfred

Mazza bestimmt, der eine vortreffliche Übersetzung von »Ein Puppenheim« geliefert hat.
Das letztgenannte Stück ist im Großen Theater in Warschau wieder aufgenommen worden, mit einer Schauspielerin, die in der Hauptrolle einen außerordentlich großen Erfolg hat. Aber von einem Autorenhonorar ist natürlich keine Rede.
. . .

Henrik Ibsen an Frederikke Gossmann (Telegramm)

[München, 19. März 1888]

Mit allen Wünschen unserer Herzen sind wir bei Ihnen.

Henrik Ibsen

Henrik Ibsen an Suzannah Ibsen

Hotel du Nord, Berlin, 5. März [1889]

. . .
Gestern vormittag Generalprobe, die zu meiner vollen Zufriedenheit verlief. . . ., übermorgen »Nora« in Blumenthals Lessingtheater.
. . .

Henrik Ibsen an Gabrielle Réjane
(Auszug aus einem Telegramm)

[Kristiania, 20. 4. 1894]

[Ibsen dankt Mme. Réjane dafür, daß sie] seinen schönsten Traum verwirklicht hat: »Nora in Paris kreiert.«

Henrik Ibsen an Agnes Sorma

[Februar 1895]

Zerbrochen ist das Tambourin der allerbesten Nora, – zerbrochen schicke ich es wieder. Meine Dankbarkeit bleibt aber immer, immer heil.

In Ergebenheit
Henrik Ibsen.

Jules Claretie über ein Gespräch mit Henrik Ibsen

[Sommer 1897]

. . .

Einmal hatte er doch eine ausgezeichnete Interpretin seiner Arbeiten gehabt, eine Schauspielerin voll von Inspiration und spielerischem Leben, blond wie ein wirkliches Mädchen aus Norwegen, aber sie starb, als sie erst dreißig Jahre alt war, aufgezehrt von ihrer Kunst (Frau Reimers?). Und er war zufrieden mit Frau Duse, als er sie Nora in Wien spielen sah. Falls etwas daraus wird, daß Mme. Réjane im Sommer nach Kopenhagen kommt, wird er dorthin reisen, um auch die französische Nora zu sehen.

. . .

Bergliot Ibsen über Henrik Ibsen

. . .

Ibsen konnte zuweilen auch sehr hintergründig sein. Einmal nach dem Abendessen kam er zu mir, und während er in seiner Kaffeetasse rührte, sagte er: »Neulich fragte mich eine Dame nach mehreren Dingen in »Ein Puppenheim«. Ich antwortete ihr, daß sie danach die Journalisten fragen solle. Die wüßten es viel besser.«

. . .

Henrik Ibsen in einem Interview

Kristiania, 11. Dezember 1899

. . .

Was ich in diesem Zusammenhang mit der Bezeichnung Epilog gemeint habe, ist bloß, daß das Stück den Epilog zu einer Reihe meiner dramatischen Arbeiten bildet, die ihren Anfang mit »Ein Puppenheim« nimmt und die jetzt mit »Wenn wir Toten erwachen« abgeschlossen ist.

. . .

ANHANG

DAS STÜCK

Anmerkungen zur Übersetzung

Seite 10 mein lockeres Vögelchen
Seite 12 lockere Vögel
Seite 13 Mein Vögelchen
so ein Vögelchen
Es handelt sich hier um freie Übersetzungen jeweils desselben norwegischen Wortes, das, wörtlich übersetzt, »Spielvogel« heißt und ein Idiom für einen leichtsinnigen Menschen, einen »Spielbruder« ist. Im Norwegischen ist so beibehalten, daß Helmers Kosenamen für seine Frau größtenteils aus der Ornithologie stammen. Eine vergleichbare deutsche Sprachbildung ist »Spaßvogel«, diese erscheint auch im Norwegischen. (Siehe Seite 89)

Seite 15. Sterne für den Weihnachtsbaum – In Norwegen pflegt man den Weihnachtsbaum oft mit Papierblumen zu schmücken, was im deutschen Sprachraum eher unüblich ist. In der Übersetzung sind die »Blumen für den Weihnachtsbaum« durchgängig durch »Sterne« ersetzt.

Seite 15. so wunderschön – Wörtlich heißt es hier »wunderbar schön«, was u. U. zu ungeschickt klingt. Der Hinweis ist jedoch notwendig, weil »das Wunderbare« im weiteren Verlauf des Stücks zu einem zentralen Begriff wird. (Siehe Ibsens Brief an Erik af Edholm Seite 294)

Seite 20. wunderschön – siehe vorige Anmerkung

Seite 22. Du siehst eben nur auf mich herab –
Ich seh' ganz bestimmt auf niemand herab –
Wörtlich übersetzt lautet diese Stelle: »Du übersiehst mich so ganz – »Ich überseh' ganz bestimmt niemand –« Der Ausdruck ist dem Entwurf gegenüber, wo von einer gewissen Überheblichkeit der Frau Linde die Rede war, verstärkt. Nora meint: Ich bin für dich gar nicht vorhanden.

Seite 27. der Himmel ist hoch und blau – Im Gegensatz zum Entwurf heißt es hier wörtlich eingeteilt: »– die Luft ist hoch und blau.«

Seite 31. Verflucht nochmal – Der hier verwendete Fluch heißt, wörtlich übersetzt, »Tod und Marter (oder Folter)«. Doktor Rank verwendet im Entwurf einen ganz ähnlichen Fluch, und in seine »etwas starke« Sprache paßt er auch hinein (siehe Seite 133). Im Hinblick auf seinen tatsächlichen Stellenwert ist dieser Fluch aus dem Mund einer wohlerzogenen jungen Frau nämlich ganz unmöglich, so daß u. U. Flüche wie »Himmelkreuzdonnerwetter« oder »Verdammte Scheiße« vorzuziehen wären.

Seite 32. eine Schulfreundin – Wörtlich übersetzt lautet dieser Ausdruck »Kindheitsfreundin«. Die freie Übersetzung ist gewählt, um den Unterschied in Helmers Sprache deutlich zu machen, der, wenn es um ihn geht, nur von »Jugendfreunden« spricht.

Seite 33. Auf Wiedersehen –

Seite 33. Auf Wiedersehen –
Der vorgeschriebene norwegische Ausdruck heißt »Leb wohl«. Seine Verwendung ist allerdings nicht so förmlich. Übersetzungen wie »Mach's gut« oder »Adieu« wären denkbar.

Seite 42. vor Kummer und Sorgen zu bewahren – Gegenüber dem Entwurf sind hier eigentlich nur »Kummer und Sorgen« hinzugefügt (siehe Seite 141), so daß die Wendung wörtlich heißt: »vor Kummer und Sorgen schonen«, ein Ausdruck, der im Norwegischen so geläufig ist.

Seite 43. ein Stern – siehe erste Anmerkung zu Seite 15.

Seite 45. die roten Sterne – siehe erste Anmerkung zu Seite 15.

Seite 51. Wie gut, daß du da bist – Eigentlich ist Noras Bemerkung an dieser Stelle, verglichen mit dem ganz schlichten Ausdruck im Entwurf (siehe Seite 155), geradezu ein Stoßseufzer: »Wie gut, daß du gekommen bist.«

Seite 52. in deinem Kostüm – Wie auch im Entwurf (siehe Seite 168) heißt es hier wörtlich: »geputzt«, »geschmückt«.

Seite 54. Du hast Ideen! – Die wörtliche Übersetzung lautet: »Kannst du dir sowas denken!«

Seite 54. das eklige, beschissene Papier – Dieser Ausdruck

könnte u. U. etwas weniger drastisch wiedergegeben werden. Das betreffende norwegische Wort erinnert in seinen Konnotationen eher an das norddeutsche Wort »Schiet«.

Seite 58. dem soll ein Ende gemacht werden, verlaß dich drauf – Wörtlich: »Dem soll zuverlässig ein Ende gemacht werden.« Gegenüber dem Entwurf ist also nur »zuverlässig« ergänzt (siehe Seite 149).

Seite 62. Champagner – Tatsächlich wählt Ibsen hier die Schreibweise »Champagne«, in der norwegischen Literatur sind beide Schreibweisen üblich. Im ersten Entwurf hatte er noch durchgängig »Champagner« geschrieben, im Stücktext schreibt er ausnahmslos »Champagne«, was vielleicht auf eine französische Aussprache des Wortes hindeuten soll.

Seite 66. denn die machten mir keine Vorschriften – Diese Wendung ist eine freie Übersetzung des norwegischen Wortes »vejlede«, das im weiteren Verlauf des Stückes noch sechsmal vorkommt, und zwar in problematischer Weise. Wörtlich heißt es etwas »einen Weg leiten«, es bezeichnet im weitesten Sinne das Verhalten einer Autoritätsperson zu einem Untergebenen, Schutzbefohlenen oder Zögling. An dieser Stelle verwendet Nora »vejlede« negativ, indem sie es als positiv vermerkt, daß die Mädchen im Hause ihres Vaters ihr gegenüber die »vejlede«-Haltung nicht eingenommen haben (im Gegensatz zu ihrem Vater). Gegenüber Helmer gebraucht sie es positiv (Seite 75, Seite 76), wie dieser selbst es auch tut (Seite 75, Seite 76, Seite 98, Seite 103). Da es im Deutschen ein Unterschied ist, ob man jemand Vorschriften macht oder ihn führt oder ihn unterweist, wird das für das Stück zentrale Autoritätsproblem nicht so deutlich wie im Norwegischen, wo die Verwendung eines einzigen Begriffes möglich ist, welcher Autoritätsverhalten par excellence kennzeichnet.

Seite 71. Auf Wiedersehen – siehe Anmerkung zu Seite 33. »Leben Sie wohl« wäre hier auch angemessen.

Seite 75. gib mir Anweisungen – siehe Anmerkung zu Seite 66.

Seite 75. Kann nicht anders – u. U. wäre hier »Ich (kann nicht anders)« zu ergänzen, obwohl es im Norwegischen nicht steht, wo es aber geläufiger und nicht so hölzern klingt.

Seite 75. dann kann ich sie besser anleiten – siehe Anmerkung zu Seite 66.

Seite 76. gründliche Unterweisung – siehe Anmerkung zu Seite 66.

Seite 76. Du mußt mir helfen – siehe Anmerkung zu Seite 66.

Seite 84. Nicht eine Minute – Wörtlich: Nicht eine einzige Minute. Im Unterschied zum Entwurf ist das »einzige« ergänzt.

Seite 85. in ihrem Kostüm – siehe Anmerkung zu Seite 52.

Seite 86. du mußt deinem Mann alles sagen – Gegenüber dem Entwurf ist das »alles« hier verstärkt, eigentlich »alles miteinander«.

Seite 89. du machst wohl Witze, du kleiner Spaßvogel – Wörtlich: »Du willst wohl Spaßvogel mit mir spielen« – siehe Anmerkung zu den Seiten 10, 12, 13.

Seite 90. aber laß dir dazu ein passendes Kostüm einfallen – Wörtlich: »aber laß dir ein Kostüm einfallen, das das ausdrücken kann.« Siehe Entwurf Seite 206.

Seite 91. wie sie so geht und steht – Wörtlich: »wie sie so steht und geht durch die Welt.« Siehe Entwurf Seite 206.

Seite 91. nun lebt wohl –
Lebwohl, lebwohl – siehe Anmerkung zu Seite 33.

Seite 98. ich werde dich führen und leiten – siehe Anmerkung zu Seite 66. Im Entwurf hatte Ibsen statt des problematischen »vejlede« das einfache »lede« gewählt, siehe Entwurf Seite 179.

Seite 98. im Alkoven – Dieses Wort könnte u. U. regional unbekannt sein, es bezeichnet eine bestimmte Form von Schlafraum.

Seite 98. daß es so ist – Wörtlich: »daß ich es getan habe« (verziehen nämlich). Dem Entwurf gegenüber ist der Ausdruck also verstärkt.

Seite 101. eine Puppenstube – Im Gegensatz zum Entwurf

heißt es hier wörtlich »Spielstube« (siehe Entwurf Seite 182). »Puppenstube« ist also eigentlich falsch, ruft aber die richtigeren Assoziationen hervor. »Spielstube« klingt im Deutschen holperig, unter dem Ausdruck »Kinderzimmer« stellt man sich nach hiesigen Gewohnheiten auch nicht das Gemeinte vor, nämlich einen Raum, in dem nur gespielt wird, wo viel Platz und viel Spielzeug ist.

Seite 103. einen untrüglichen Führer – siehe Anmerkung zu Seite 66.

Seite 108. Leb wohl – siehe Anmerkung zu Seite 33.

DIE VORARBEITEN

Zu den Manuskripten

Die Beschreibung der Manuskripte und ihres Zusammenhangs erfolgt gemäß Henrik Ibsen, »Efterladte Skrifter«, III, Seite 456 ff., wobei die Manuskriptbezeichnungen übernommen werden. Durch einige erst nach dem Erscheinen der »Efterladte Skrifter« aufgefundene Handschriften, die in die »Hundreårsutgave« aufgenommen wurden, hat sich die chronologische Einordnung und Interpretation der Manuskripte geändert, dieser Tatsache ist bei der Darstellung entsprechend dem Forschungsstand der »Hundreårsutgave« Rechnung getragen.

Ibsen siedelte im September 1878 von München nach Rom über. Am 5. Juli ließ er sich in Amalfi nieder, wo er den Rest des Sommers verbrachte. Am Tag vor seiner Abreise nach Amalfi schrieb er an Edmund Gosse (E. Gosse, Henrik Ibsen, London 1907, Seite 157), daß er sich während der Zeit seines Aufenthalts in Rom mit einer neuen dramatischen Arbeit beschäftigt habe, die nun bald fertig sei. Zwischen den ersten »Aufzeichnungen« im Oktober 1878 und dem Beginn der ersten Ausarbeitung scheint indessen eine verhältnismäßig lange Zeit verstrichen zu sein. Noch in einem Brief vom 18. April 1879 (Seite 256) erwähnt er nur, er »bereite sich darauf vor, im Sommer eine neue dramatische Arbeit zu schreiben«, und man kann sich deshalb sehr wohl vorstellen, daß das 14 Tage später begonnene Manuskript B.a. die erste zusammenhängende Ausarbeitung ist, eine Vermutung, die durch die Untersuchung des Manuskripts nicht widerlegt, sondern eher bestärkt wird. Es ist allerdings deutlich, daß B.a. auf älteren Replikenentwürfen aufbaut (ein Beispiel dafür ist C.), dies geht aus Schreibfehlern hervor, die im vollständigen Entwurf sofort berichtigt wurden. Dadurch sind einzelne Repliken ausgefallen. Doch die Ausarbeitung enthält zugleich innere Widersprüche, die darauf hinzudeuten scheinen, daß sie die erste ausgeführte Form ist, – so etwa Fräulein Linds plötzlicher Übergang zu Frau Lind (später Linde) im 1. Akt, wodurch ihre Vorgeschichte so ganz anders werden muß, – und Krogstads Kündigung, die im 1. Akt als schon erfolgt vorausgesetzt wird, aber darauf im 2. Akt noch einmal stattfindet. Charakteristisch ist auch, daß das Hausmädchen zuerst Kristine genannt wird, der Name, der gleich darauf zum Vornamen Frau Lindes wird.

Die Aufzeichnungen zum Szenenablauf in A liegen offenbar der Ausarbeitung B.a. zugrunde, doch sind sie nicht unverändert durchgeführt. Besonders ist zu bemerken, daß der Doktor im 1. Akt in A nicht auftritt, und es ist sehr wohl denkbar, daß er dem Personenverzeichnis erst später hinzugefügt wurde. Im übrigen ist es deutlich, daß das Personenverzeichnis vor Beginn der Ausarbeitung aufgesetzt wurde. Dies geht zum Teil aus der Bezeichnung »Fräulein Lind«, zum Teil aus dem Namen »Karen« für das Kindermädchen hervor (welches im 1. Akt in B.a. Anne genannt wird, im 2. Akt Lene, in der endgültigen Form Anne-Marie). Doktor Hank wird im 2. Akt von B.a. zu Rank, Stenborg am Schluß dieses Aktes (Seite 164) zu Helmer.

Die Aufzeichnungen zum Szenenablauf sind nicht vor der ersten vollständigen Ausarbeitung im Zusammenhang niedergeschrieben worden. Der Szenenablauf für den 1. Akt enthält keinerlei Namen, deshalb ist das Personenverzeichnis wohl jünger. Der Szenenablauf für den 2. Akt, der auf einem neuen Bogen beginnt, muß von einem späteren Zeitpunkt stammen, da die Überschrift »Szenenablauf« wiederholt ist. Er enthält die Namen aller Hauptpersonen, und die Namensform »Frau Linde« beweist, daß er jünger als der 1. Akt in B.a. ist. Der Szenenablauf für den 3. Akt ist wiederum jünger als der 2. Akt in B.a., denn er enthält die Namensform »Helmer«. Eigentümlich ist, daß die Szenenabläufe die Bezeichnung »Handlung« beibehalten, während die Ausarbeitung sie gleich von Anfang an mit »Akt« vertauscht hat. Die zuletzt hinzugefügten Aufzeichnungen für

den 2. Akt auf der 8. Seite von A. erweisen sich als jünger als das ganze Manuskript B.a., da sie im wesentlichen mit B.b., c. übereinstimmen. Die Notiz in A scheint während der Ausarbeitung niedergeschrieben worden zu sein; der Replikenentwurf C. dagegen *vor* der Ausarbeitung. Die Entwürfe und Notizen B.b., c., d. und D. liegen später als B.a. und enthalten Umarbeitungen, die das Stück seiner endgültigen Form näherbringen. Der Entwurf für den Anfang des Zweiten Aktes in B.b. wird unten auf der 3. Seite von Bogen 4 durch eine weitere Umarbeitung der letzten Szene dieses Teils (des Gesprächs zwischen Nora und dem Doktor) ergänzt. Die Notiz D. bezieht sich ebenfalls auf dieses Gespräch und scheint die letzte Stufe vor der endgültigen Form darzustellen, zusammen mit B.e. Ob die Notiz in A ebenfalls in diese Arbeitsphase einzuordnen ist und nicht in die des ersten vollständigen Entwurfs B.a., ist anscheinend nicht eindeutig zu klären.
Daß B.b., c., die neue Entwürfe zum 2. Akt enthalten, wirklich jünger sind als der 3. Akt in B.a., geht klar aus der Namensform »Torvald« hervor, die im ganzen Manuskript B.a. »Thorvald« geschrieben wird. Alle diese Umarbeitungen stammen aus dem Monat August 1879. Ibsen beendete den ersten vollständigen Entwurf am 3. 8. 79 und konnte seinem Verleger am 2. September mitteilen, daß er die erste Hälfte des Manuskripts, d. h. der Reinschrift, an ihn abgeschickt habe (Seite 260).

Die Manuskripte

A. 2 Bogen im Großoktavformat, dieselbe Papiersorte wie eine Manuskriptpartie von »Stützen der Gesellschaft«. A enthält »Aufzeichnungen zur Gegenwarts-Tragödie, Rom, 19. 10. 78« mit Personenverzeichnis (2 Seiten) und »Szenenablauf« (5 Seiten). Sie wurden übersetzt nach der »Hundreårsutgave«, VIII, Seite 368 ff.: die Übersetzung findet sich unter 1.1. auf Seite 111.
Auf der 8. Seite befinden sich Aufzeichnungen zum »2.

Akt«; Übersetzung nach der »Hundreårsutgave«, VIII, Seite 372 f., unter 1.2. auf Seite 115.
Der Einschub auf Seite 111 ist auf dem Rand der 2. Seite notiert. Auf einem abgerissenen Blatt (liniertes Papier) im Quartformat liegt eine Notiz zum Zweiten Akt vor. Übersetzung nach der »Hundreårsutgave«, VIII, Seite 373, unter 1.3. auf Seite 116.
Diese Handschriften gehören unter der Ms. Nr. 1113 qv., 1 zum Bestand der Universitätsbibliothek in Oslo.

B.a. 12 numerierte Lagen in Quartformat, jede Lage zu 6 Blättern, ausgenommen Lage 12, die 4 Blätter hat. B.a. enthält eine vollständige Ausarbeitung, die am Anfang und am Schluß jeden Aktes folgendermaßen datiert ist: 1. Akt 2. 5. 79-24. 5. 79; 2. Akt 4. 6. 79-14. 7. 79; 3. Akt 18. 7. 79-3. 8. 79. Der erste vollständige Entwurf wurde nach der »Hundreårsutgave«, VIII, Seite 374 ff. übersetzt und befindet sich unter 2. auf Seite 117 ff.
B.a. gehört unter der Ms. Nr. 1113 qv., 2 zum Bestand der Universitätsbibliothek in Oslo.

b. 4 numerierte Bogen in Quartformat, dieselbe Papiersorte wie B.a. b enthält einen Entwurf zur endgültigen Ausformung des Anfangs von Akt II. Der Entwurf wurde übersetzt nach der »Hundreårsutgave«, VIII, Seite 450 ff. und befindet sich unter 3.1. auf Seite 190 ff.
Die untere Hälfte der dritten Seite von Bogen 4 enthält einen neuen Entwurf zu einem Teil des Zweiten Aktes. Übersetzung nach der »Hundreårsutgave«, VIII, Seite 459, unter 3.1.1 auf Seite 197 f. Die letzte Seite ist unbeschrieben.

c. 4 Bogen, gekennzeichnet a-d, Bogen a in Quartformat, dieselbe Papiersorte wie B.a., b.; Bogen b-d in Oktavformat. Von Bogen b sind nur 2 Seiten beschrieben, von Bogen d etwas über eine Seite. c. enthält einen Entwurf zum Schluß des Zweiten Aktes, wurde nach der »Hundreårsutgave«, VIII, Seite 459 ff. übersetzt und findet sich unter 3.2. auf Seite 198 ff.

d. 3 numerierte Bogen in Quartformat, dieselbe Papiersorte wie B.a., b. d enthält einen Entwurf zu einem Abschnitt des Dritten Aktes, wurde übersetzt nach der »Hundreårsutgave«, VIII, Seite 466 ff. und befindet sich unter 3.3. auf Seite 204 ff.

e. 1 abgerissenes Blatt im Quartformat, dieselbe Papiersorte wie B.a., b., d. Es enthält auf einer Seite das Bruchstück eines Entwurfs zum Zweiten Akt, wurde übersetzt nach der »Hundreårsutgave«, VIII, Seite 470, und befindet sich unter 3.4. auf Seite 208.

Diese Handschriften gehören unter der Ms. Nr. 1113 qv., 1 zum Bestand der Universitätsbibliothek in Oslo.

C. Vorläufiger Entwurf zu einem Replikenwechsel im Ersten Akt.

Dieser Entwurf, der mit Sicherheit vor dem ersten vollständigen Entwurf liegt, wurde unter Ibsens Papieren bei Bergliot Ibsen gefunden. Er ist übersetzt nach der »Hundreårsutgave«, VIII, Seite 449 f. und befindet sich unter 4. auf Seite 209.

D. Notiz zu einem Motiv im Zweiten Akt.

Die Notiz findet sich auf der Rückseite eines Briefes, den Sigurd Ibsen an seinen Vater geschrieben hat und der mit »Albano, den 12. April (1879)« datiert ist. Die Sammlung, zu der dieser Brief gehört, wurde der Universitätsbibliothek von Bergliot Ibsen übergeben. Übersetzt wurde die Notiz nach der »Hundreårsutgave«, XIX, Seite 53, sie befindet sich unter 5. auf Seite 209.

1. AUFZEICHNUNGEN

1.1. Aufzeichnungen zur Gegenwartstragödie (A)
Personenverzeichnis
Szenenablauf
1.2. Aufzeichnungen zum 2. Akt
1.3. Notiz zum 2. Akt

2. ERSTER VOLLSTÄNDIGER ENTWURF (B.a.)

Anmerkungen zur Übersetzung

Seite 118. lockeres Vögelchen
Seite 118. mein Vögelchen
Seite 118. so ein Vögelchen
Ibsen verwendet hier dasselbe Wort wie im endgültigen Text. Siehe dortige Anmerkung.

Seite 123. es ist doch wunderschön – Wie im endgültigen Text wird auch hier schon Noras Traum angekündigt, ihr Hoffen auf »das Wunderbare«. Sie sagt eigentlich »wunderbar schön«.

Seite 124. Du bist überheblich mir gegenüber – Wörtlich: »Du erhebst (»hochmütigst«) dich über mich«. Frau Linde schließt sich dann an: »Ich erhebe (s. o.) mich ganz bestimmt über niemand«.

Seite 128. von der Westküste – Wörtlich: »aus dem Westland«. Das norwegische Vestlandet umfaßt nicht nur die Küste.

Seite 131. Jugendfreund – Wörtlich: »Jugendbekannter«. Nora spricht also von einem etwas weniger engen Verhältnis.

Seite 133. verdammt nochmal – Wörtlich: »Tod und Plage«. Etwas abgewandelt (»Tod und Marter») wird dieser Fluch von Nora im endgültigen Text benutzt, wo er dann deplaziert wirkt.

Seite 145. soviel Wunderbares – Das hier verwendete norwegische Wort ist nicht identisch mit »dem Wunderbaren«, lediglich verwandt. Es hat mehr den Akzent »verwunderlich«.

Seite 148. Die Elfe – Wörtlich: »Elfenfrau«. An allen übrigen Stellen und im endgültigen Text heißt es »Elfenmädchen«.

Seite 150. Meine liebe Nora – Wörtlich: »Liebe gesegnete Nora« (u. U. »Liebe teure Nora«). Der Ausdruck ist im Norwegischen allerdings nicht so betulich wie »teure« im Deutschen.

Seite 151. Leben Sie wohl

Seite 151. Leben Sie wohl
Die Übersetzung ist hier eigentlich zu förmlich. »Auf Wiedersehen« ist manchmal möglich, hier vielleicht »Adieu«. Siehe Anmerkung Stück.

Seite 164. Lebwohl – Siehe vorige Anmerkung.

Seite 168. in dem Kleid – Wörtlich: »geschmückt«. Die in der Übersetzung des endgültigen Textes verwendete Formulierung »im Kostüm« geht auf dasselbe norwegische Wort zurück.

Seite 178. Ich hab' kaum den Mut – Wörtlich: Ich hab' »knapp« den Mut. Im endgültigen Text heißt es auch im Norwegischen »kaum«.

Seite 179. daß es so ist – Wörtlich: »daß ich es habe« (verziehen nämlich). Im endgültigen Text ist diese Formulierung verstärkt.

3. DIE TEILENTWÜRFE

Bei der Übersetzung der Teilentwürfe wurde versucht, Aufschluß zu geben über das Verhältnis zwischen dem Text der Entwürfe und dem Text der Erstausgabe von 1879, die in der »Hundreårsutgave« – mit Ausnahme einer differierenden Zeichensetzung – abgedruckt ist.
Auf der linken Seite des Klammerzeichens ist der Text der Erstausgabe (1879) übersetzt, zitiert mit Seiten- und Zeilenangabe nach dem vorliegenden Band. Auf der rechten Seite ist der Text der Entwürfe übersetzt. Wenn eine ganze Zeile wiedergegeben ist, erscheint sie ohne Klammerzeichen direkt nach der Zeilenangabe.
Zwei Punkte bedeuten, daß das betreffende Wort in der Handschrift nicht fertiggeschrieben ist.
Wo die vom Deutschen abweichende norwegische Wortstellung eine Kennzeichnung der differierenden Textteile an anderen Stellen, d. h. durch andere Worte erfordert, als sie in der »Hundreårsutgave« genannt sind, werden ohne besonderen Hinweis die dem Deutschen entsprechenden Kennzeichnungen durchgeführt.

Wo aufgrund der deutschen Wortstellung die differierenden Textteile erweitert werden müssen, stehen die zusätzlich aufgenommenen Worte in Klammern.
Wo eine Differenz zwischen den Entwürfen und der Erstausgabe im Norwegischen vorliegt, im Deutschen aber nicht wiederzugeben ist, wurde darauf hingewiesen.

Anmerkungen

3.1. Entwurf zum Anfang des 2. Aktes (B.b.)

. . . H. Ja. *Geht zur Tür.*

Am Schluß dieses Szenenentwurfs befinden sich in einem nicht beschriebenen Zwischenraum zwei Kreuze, wahrscheinlich, um daran zu erinnern, daß die nähere Ausarbeitung dieser Szene noch ausstand. Die Szene Seite 55, Zeile 30-Seite 59, Zeile 32 fehlt hier.

. . . *sie will ins Zimmer links gehen, im selben Moment öffnet das Hausmädchen die Tür zum Vorzimmer.*

Von hier ab ist die Szene noch einmal umgearbeitet. Der neuerliche Entwurf findet sich in B.b., in der unteren Hälfte der dritten Seite von Bogen 4. (3.1.1.). Von hier an wird Doktor Ranks Abgang durch das Auftreten des Hausmädchens motiviert. Vom endgültigen Text weicht der Entwurf in den aufgeführten Punkten ab.

3.2. Entwurf zum Schluß des 2. Aktes (B.c.)

. . . F. L. Es muß sein.

Hier folgen zwei unbeschriebene Seiten, auf dem nächsten Bogen, Bogen c, beginnt dann der Entwurf, der zu Seite 74, 5, 6 gehört.

3.3. Entwurf zu einem Abschnitt des 3. Aktes (B.d.)

Dieser kurze Entwurf bezieht sich auf Seite 84, Zeile 22-Seite 93, Zeile 34 bis zum Wort »Domino«. (B.d.)

. . . N. Du sollst jetzt arbeiten.

Man ist der Ansicht, daß die drei folgenden Sätze auch ausfallen sollten, daß aber der Schluß des ersten Satzes bleiben und fortgesetzt werden sollte wie Seite 93, Zeile 12; das Manuskript setzt nämlich, wie abgedruckt, fort: *umarmt sie:* Oh, du meine geliebte Frau

3.4. Bruchstück eines Entwurfs zum 2. Akt (B.e.)
Von diesem Entwurf zu einem Teil des Gespräches zwischen Nora und Dr. Rank existieren nur noch die aufgeführten Zeilen, die erste Zeile ist halb durchgerissen, so daß nur noch das Wort »Pasteten« erhalten ist. Der Entwurf bezieht sich auf Seite 61, Zeile 34-Seite 62, Zeile 16.

4. Vorläufiger Entwurf zu einem Replikenwechsel im 1. Akt (C)
Dieser Entwurf liegt mit Sicherheit vor dem 1. vollständigen Entwurf unter 2. (B.a.)

5. Notiz zu einem Motiv im 2. Akt (D)
Diese Bleistiftnotiz auf der Rückseite eines Briefes von Sigurd Ibsen an seinen Vater bezieht sich auf das Gespräch zwischen Nora und Dr. Rank im 2. Akt (Seite 61). Das Motiv in der Notiz scheint den Übergang zwischen der Fassung im 1. vollständigen Entwurf (Seite 150, Seite 151) und der Endfassung zu zeigen, zusammen mit dem Replikenentwurf auf Seite 208.

DIE REINSCHRIFT

Die Reinschrift von »Ein Puppenheim« befindet sich in der Universitätsbibliothek in Oslo (Ms. Nr. 952, 80) auf 44 numerierten Bogen. Außerdem gibt es eine Abschrift dieser Reinschrift, die zum Bestand derselben Bibliothek gehört (Ms. Nr. 1113, qv. 13). Offensichtlich wurde sie von Ibsen angefertigt, bevor er das Manuskript zum Druck einsandte, und mit der Aufschrift versehen: Abschrift des Originalmanuskriptes zu »Ein Puppenheim«. Für den Text ist die Abschrift ohne Bedeutung. Im Abschnitt »Die Reinschrift« wurde die Reinschrift mit der Erstausgabe 1879 verglichen, wobei auf die z. T. differierende Zeichensetzung nicht eingegangen wurde.
Da es sich um eine Übersetzung handelt, konnten auch hier bestimmte Unterschiede zwischen Reinschrift und Erstaus-

gabe nicht wiedergegeben werden. Es handelt sich dabei hauptsächlich um Unterschiede in der Schreibweise einiger norwegischer Wörter. Inwieweit diese Unterschiede für das Verständnis Ibsens erhellend sind, sollen einige Bemerkungen zur Problematik der norwegischen Sprache erläutern.

Exkurs:

Die offizielle Amts- und Schriftsprache des seit 1397 zu Dänemark gehörenden Norwegens war das Dänische, das so auch zum Träger der literarischen Tradition dieser Zeit wurde. Die alte norwegische Sprache, jener der Edda vergleichbar, war für die vier Jahrhunderte bis 1814 von der literarischen Bildfläche verschwunden. Die Personalunion mit Schweden 1814 brachte eine gewisse Selbständigkeit auf innenpolitischem Gebiet, jedoch nicht die nationale Unabhängigkeit. Die einsetzenden Bemühungen, das politische und kulturelle Leben in Norwegen von dänischen Elementen zu befreien und ihm eine norwegische Prägung zu geben, führten zu Erneuerungsbewegungen auf zahlreichen Gebieten und mündeten schließlich in die norwegische Unabhängigkeitsbewegung hinein.

Das gilt in erster Linie für den radikalsten Ansatz zur Neuregelung der Sprache, der dann auch nicht aus Kristiania mit seinen dänischsprachigen Theatern, Zeitungen etc. kam, sondern aus dem ländlich geprägten Westen. Er versuchte nicht, das vor allem in den Städten des Südens gesprochene Dänisch-Norwegisch zu reformieren. Der Bauernautodidakt Ivar Aasen nahm in seine »Grammatik der norwegischen Volkssprache« (1848) und in sein »Wörterbuch der norwegischen Volkssprache« (1850) Elemente von Dialekten der Westküste und des Hochlandes auf, die aufgrund der geographischen Lage dieser Gebiete von der dänisch geprägten Umgangssprache Kristianias und seiner Umgebung nahezu unbeeinflußt waren. Er nannte diese Sprache ab 1853 »Landsmaal«, ein Name, der von den Benutzern dieser Dialekte verwendet worden sein soll und zunächst nur darauf hindeutet, daß sie auf dem Land gesprochen wird. Den zweiten Aspekt dieses Namens, nämlich die Sprache des ganzen Landes zu bezeichnen, begründete Aasen damit, daß das Landsmaal die einzige von fremden Elementen freie, ursprünglich norwegische Sprache von alters her sei, die sich vor allem im Inneren des Landes unter der bäuerlichen Bevölkerung erhalten habe. Die Sprache des Südens, des Nordens und des Ostens, die Aasen ihres Zusammenhangs mit dem Dänischen wegen (in gewissen Gebieten gibt es auch schwedischen Einfluß) als »korrupt« bezeichnete, waren im Landsmaal kaum repräsentiert. Dennoch begann es sich nach anfänglicher Bedeutungslosigkeit durchzusetzen, nachdem seine Befürworter sich mit der wachsenden norwegischen Linken (Venstre) im Parlament (Stortinget) verbunden hatten. Die Venstre befand sich in der Opposition und arbeitete einerseits auf die Auflösung der Union und andererseits auf die Reformierung des Wahlrechts hin – nur Grundbesitzer durften die Abgeordneten ins Storting wählen. Durch diese Bestimmung hatten sich die konservativen Befürworter der Union bis 1884 als stärkste Partei im Parlament gehalten. In diesem Jahre stürzte die Venstre auf unblutige Weise das königstreue Kabinett und veränderte das Wahlrecht nach dem englischen Vorbild. Dieser bedeutende Schritt auf die nationale Unabhängigkeit hin wurde 1885 durch eine Resolution ergänzt, die eine Gleichstellung der »norwegischen Volkssprache« mit der allgemeinen Amtssprache zum Ziel hatte. Das Landsmaal wurde im weiteren Verlauf in zahlreichen Sprachkongressen noch modifiziert und ist heute aufgrund seines politischen Verwertungszusammenhangs als »Nynorsk« (»Neunorwegisch«) zur weiterverbreiteten Sprache im offiziellen Bereich geworden, obwohl es keineswegs die Muttersprache aller Norweger repräsentiert und an die literarische Tradition der Zeit vor 1850 nicht anknüpfen kann.

Dieser letztgenannten Aspekte wegen hat sich Ibsen gegen die generelle Verwendung des Landsmaal, zumal in der Literatur, stets gewehrt. Er hielt es für realistisch, einer dramatischen Figur einen ihrer sozialen und geographischen Herkunft entsprechenden Dialekt zu geben, fand es aber unsinnig, einen Stadtbürger Landsmaal sprechen zu lassen, da diese Sprache zur Beschreibung abstrakter Zusammenhänge ungeeignet sei. Überdies hielt er es für gefährlich, durch ein Abschaffen der nun einmal dänisch geprägten gewachsenen Sprache den Zugang zur eigenen Geschichte und Bildungstradition zu verschließen.

So gab es auch neben der Landsmaal-Bewegung Versuche zur sprachlichen Neugestaltung, die, solchen Überlegungen Rechnung tragend, die bisher übliche offizielle Sprache nicht einfach durch eine völlig andere ersetzen, sondern sie durch allmähliche Reformen zu einer norwegischen machen wollten. Hierfür gab es einen umfangreichen Fundus, denn das Dänische erschien zwar im geschriebenen Wort rein und unverändert, im gesprochenen hatten sich aber je nach Verwendungszusammenhang verschiedene Typen herauskristallisiert. Reines Dänisch wurde nur von wenigen eingewanderten dänischen Offiziellen und auf der von dänischen Schauspielern dominierten Bühne gesprochen, eine Modifikation zu einer norwegischen Aussprache hin erfuhr das Dänische bereits beim Lesen zu offiziellen und feierlichen Gelegenheiten wie in Gottesdiensten (Literary Standard), und die tägliche Sprache der gebildeten Klassen in den Städten (Colloquial Standard) zeigte schon einen Austausch mit der von Stadt zu Stadt verschiedenen z. B. von Arbeitern und Künstlerkreisen benutzten Umgangssprache (Urban Substandard), deren Unterschiede sich wiederum aus den Unterschieden der sie umgebenden ländlichen Dialekte erklären. Die Veränderungen im Colloquial Standard bezogen sich so nicht mehr allein auf die Aussprache, sondern auch auf den Wortschatz, auf die Semantik und auf die Syntax.

Der Dichter Henrik Wergeland, der schon 1835 in seiner Schrift »Über die norwegische Sprachreformation« dem Land einen »literarischen Bürgerkrieg« prophezeit hatte, wies als erster auf die Möglichkeit einer Spracherneuerung durch die gesprochene Sprache hin, indem er in seinem Werk Schreibweisen nach der Aussprache und norwegische Wort- und Satzbildungen benutzte. In Form einer Grammatik wurde der Colloquial Standard zum erstenmal 1856 von dem Lehrer Knud Knudsen in seinem »Handbuch der dänisch-norwegischen Sprachlehre« isoliert und »gesprochene

Sprache der Stadtbevölkerung« genannt, diesen Begriff erweiterte er 1876 auf »die für das Land gültige norwegische Aussprache«. Knudsen setzte sich in zahllosen Artikeln für eine reformierende Spracherneuerung ein, was zunächst eher geringfügige Modifikationen zur Folge hatte wie die Eliminierung stummer Buchstaben (1862) und die Abschaffung der Großschreibung am Wortanfang (1877). Er hatte sich in seiner Reformbewegung nicht nur mit den Konservativen der Rechten auseinanderzusetzen, die jede Veränderung ablehnten, sondern auch mit den Landsmaal-Revolutionären in der Linken, die das »Dänisch-Norwegisch« als völlig unbrauchbar verwarfen. Die Situation begann sich zu verändern, als die Venstre 1884 die Führung im Stortinget übernahm und als Bjørnstjerne Bjørnson die Anregungen Knudsens zu realisieren begann. Als Befürworter der Unabhängigkeitsbewegung und führende Gestalt in der Venstre hatte sich Bjørnson wohl anfangs gelegentlich des Landsmaal bedient, erklärte es dann aber als Kultursprache für untauglich. Gleichwohl erkannte er, daß eine mögliche norwegische Sprache vom »Stigma« des Dänischen befreit sein müsse, wozu ihm Knudsens Vorschläge geeignet schienen, da sie neben einer Orthographie nach der Aussprache auch die Entfernung fremder Wörter aus der Sprache und ihre Ersetzung durch norwegische Wortbildungen zum Ziel hatten. In einer Rede im Oktober 1899 verteidigte er seine eigene literarische Sprache, die Kultursprache, die er als Norwegens wahre nationale Sprache, als »Rigsmaal« (Reichssprache) beschrieb. Die Rigsmaal(später Riksmaal)-Bewegung begann.
Wie das Landsmaal wurde auch das Riksmaal in Sprachkongressen weiter verändert und ist heute als »Bokmål« (Buchsprache, die ursprüngliche Benennung der dänisch-norwegischen Schriftsprache) die zweite offizielle Sprache Norwegens neben dem Nynorsk. Tatsächlich hat die Institutionalisierung dieser beiden Sprachen für ganz Norwegen bis heute beträchtliche Kämpfe und Verwirrungen verursacht, was nicht zuletzt den zahlreichen orthographischen Reformen zu verdanken ist, die vor allem im Bereich des Bokmål ethymo-

logische Zusammenhänge unsichtbar gemacht haben. Zudem ist das heutige Nynorsk von den ursprünglichen Landsmål-Dialekten fast ebenso weit entfernt wie das heutige Bokmål von der Sprache Ibsens, Bjørnsons und dem Oslo von heute und seiner Umgebung, die das heute offiziell nicht mehr existierende Riksmål repräsentiert.
Ibsen wollte nicht sein eigener »Scharfrichter« sein, indem er durch Unterstützung des Landsmål der literarischen Tradition, zu der er selbst gehörte, die sprachliche Grundlage entzog, war aber für eine Veränderung und Bereicherung durch Elemente der natürlichen Sprache. Nachdem er sich anfangs der üblichen Orthographie bedient hatte, übernahm er allmählich Knudsens Orthographie nach der Aussprache und begann schon vor der offiziellen Abschaffung der Großschreibung von Substantiven etwa ab 1865 mit der Kleinschreibung. In den meisten Erstausgaben seiner Dramen, die ja in Kopenhagen erschienen, gibt es so Differenzen zu Schreibweisen in Ibsens Manuskripten, die meist eine »norwegisierte« Schreibweise wählen, wo in der Erstausgabe die alte, dänische Orthographie erscheint. Diese Unterschiede sind insofern von Bedeutung, als sie einerseits Ibsens Standort in der politischen Auseinandersetzung des Sprachstreits beschreiben, andererseits auf dem dänischsprachigen Theater Norwegens eine entscheidende Neuerung bedeuten: Sie beinhalten die Anweisung, sich keiner literarischen, künstlichen Sprache zu bedienen, sondern des gesprochenen Norwegisch.
Die Erstausgaben haben diesen Punkt zu einem wenn auch geringen Teil verdeckt, in späteren Ausgaben wurden diese Fehler im wesentlichen korrigiert. Im Vergleich des Manuskripts zu »Ein Puppenheim« mit der Erstausgabe wurde auf solche Unterschiede hingewiesen.

Titelverzeichnis der im Sprach-Exkurs benutzten Schriften in ihrer dortigen Reihenfolge

Ivar Aasen: Det norske Folkesprogs Grammatik, Christiania 1848

ders.: Ordbog over det norske Folkesprog, Christiania 1850

ders.: Prøver af Landsmaalet i Norge, Christiania 1853

ders.: Norsk Grammatik, Christiania 1864

ders.: Norsk Ordbog med dansk Forklaring, Christiania 1873

Henrik Ibsen: Interview mit der Zeitschrift »Verdens Gang« vom 28. 10. 1899. Aus: »Hundreårsutgave« Bd. XV, Seite 433 f.

Einar Haugen: Language Conflict and Language Planning. The Case of Modern Norwegian, Cambridge 1966

Henrik Wergeland: Om norsk sprogreformation, 1835. In: H. Wergeland, Samlede Skrifter, Hrsg. D. A. Seip, H. Jæger, Oslo 1924, Bd. 4.

Knud Knudsen: Haandbog i Dansk-Norsk Sproglære, Christiania 1856

ders.: Den landsgyldige norske uttale, Kristiania 1876

Bjørnstjerne Bjørnson über das »Rigsmaal« in: Norsk Riksmaalsforenings smaaskrifter, Nr. 4, 1900.

Allgemein zur Sprache Ibsens:

Joh. Storm: Ibsen og det norske sprog. In: Henrik Ibsen Festskrift. Red. Gerhard Gran, Bergen, Stockholm, Kjøbenhavn 1898.

DIE MATERIALIEN

DIE GESCHICHTE DES NORA-MODELLS

Henrik Ibsens Beziehung zu der norwegisch-dänischen Schriftstellerin Laura Kieler, geb. Petersen, erstreckt sich über einen Zeitraum von 21 Jahren. Der Kontakt war entstanden, als die damals 19-Jährige Ibsen ihr Erstlingswerk zuschickte, einen Roman mit dem Titel »Brands døtre« (»Brands Töchter«), mit dem Laura Petersen nach ihren eigenen Worten in die religiöse Verwirrung eingreifen wollte, die Ibsens »Brand« im pietistischen Norwegen angerichtet hatte. Im selben Jahr 1870 lernten sich beide in Kopenhagen kennen, und Ibsen lud die junge Autorin zu sich und seiner Familie nach Dresden ein, wo sie sich im Sommer 1871 einige Monate aufhielt. Ibsen hatte ihr geraten, sich zu ihrer weiteren Ausbildung um ein Reisestipendium des norwegischen Staates zu bemühen und sich auch in Form eines Gutachtens für sie eingesetzt. Da der zuständige norwegische Professor von einem derart »unweiblichen« Ansinnen abriet, reiste Laura Petersen auf eigene Rechnung. Nach dem Tode ihres Vaters siedelte sie mit ihrer Mutter 1872 von Nordnorwegen nach Dänemark über, wo sie 1873 den Lehramtskandidaten Victor Kieler heiratete. Dieser zog sich bald nach der Eheschließung eine Lungenkrankheit zu, die einen längeren Aufenthalt im Süden erforderlich machte und weder durch Kielers Gehalt – er war als Referendar zunächst in Kopenhagen und dann in Viborg tätig – noch durch die Einnahmen aus Laura Kielers schriftstellerischer Tätigkeit finanziert werden konnte. Als Kieler sich weigerte, bei seinen vermögenden Verwandten Unterstützung zu suchen, nahm seine Frau ohne sein Wissen ein Darlehen auf, für das ein Freund der Familie bürgte.

1876 reiste das Ehepaar in die Schweiz und nach Italien, wo Kieler tatsächlich geheilt wurde. Um das Darlehen zurückzuzahlen, schrieb sie auf der Reise zahlreiche Korrespondenzen an die skandinavische Presse, die aber nur zu einem geringen Teil angenommen wurden, und veröffentlichte 1876 die Novelle »Everil«, die Geschichte einer schwierigen Ehe, die nach Ansicht der Literaturwissenschaftler aufschlußreiche autobiographische Züge enthält. Auf der Rückreise besuchten die Kielers Ibsen und seine Familie in München, wo Ibsen direkt oder durch seine mit Laura Kieler befreundete Frau Suzannah zum erstenmal von den finanziellen und auch persönlichen Schwierigkeiten der Kielerschen Ehe erfuhr.

Diese sollten indes noch größer werden, als Laura Kielers Bürge selbst in eine finanzielle Notlage geriet und von der Bürgschaft zurücktreten mußte. Ohne über die näheren Einzelheiten Auskunft zu geben, bat Laura Kieler Ibsen um Vermittlung bei seinem Verleger Frederik Hegel in Kopenhagen, in dessen Gyldendal-Verlag sie eine inzwischen entstandene Erzählung veröffentlichen wollte und sich dafür einen größeren À-conto-Betrag erhoffte. Nachdem Ibsen abgelehnt hatte und sich die finanzielle Situation der Famile – die Kielers hatten inzwischen zwei Kinder – durch einen Umzug in die dänische Kleinstadt Hillerød weiter verschlechterte, schrieb Laura Kieler einen falschen Wechsel, der sofort aufflog.

Kieler, mittlerweile Mittelschullehrer in Frederiksborg, schloß sich den empörten Reaktionen der provinziellen Umgebung an, sorgte für die Zwangsverlegung seiner Frau in eine Nervenheilanstalt und leitete die Scheidung ein. Ibsen hatte sich bei seinem Verleger wiederholt nach dem Schicksal seiner Bekannten erkundigt und wohl im Herbst 1878 davon erfahren: Im Oktober schrieb er seine »Aufzeichnungen zur Gegenwarts-Tragödie«, und die in ihnen enthaltene Fabel basiert auf der Wechselgeschichte.

Als es zur Uraufführung von »Ein Puppenheim« kam, war Laura Kieler in aller Munde. Nicht nur in der Presse konnte man in mehr oder weniger eindeutigen Andeutungen von ihrem »Verbrechen« lesen. Von der Tatsache, daß sie nach zwei Jahren auf Bitten ihres Mannes zu diesem zurückgekehrt war, nahm man kaum Notiz. Ibsen nahm in dieser für Laura Kieler wohl recht zermürbenden Pressekampagne

nicht Stellung, so daß die Beziehung zwischen beiden in den folgenden Jahren nahezu einschlief.
Dessen ungeachtet schickte sie ihm 1888 ihr Schauspiel »Mænd of ære« (»Männer von Ehre«) zu. Wie der Direktor des Dagmartheaters in Kopenhagen, bei dem sie das Stück eingereicht hatte, lobte Ibsen das Drama, irrte sich allerdings, als er ihm einen erfolgreichen Weg über die Bühnen prophezeite. Nach dem Bankrott des Dagmartheaters wurde es dem Königlichen Theater vorgelegt und abgelehnt, angeblich aufgrund der Initiative von Edvard Brandes, der in der Leitung saß. Inzwischen gab es nämlich Stimmen, die »Männer von Ehre« als eine Verunglimpfung der Gebrüder Brandes und der Brandesianer betrachteten, und noch vor der Uraufführung 1890 am zweitrangigen Casinotheater standen die Person der Verfasserin und ihre Beziehung zu Nora Helmer wieder im Mittelpunkt des Interesses und des Klatsches, an welchem Georg Brandes nicht unmaßgeblich beteiligt war.
Durch die gemeinsame Bekannte Fredrika Limnell ließ Laura Kieler Ibsen bitten, mit einer Erklärung zu ihren Gunsten in die Kampagne gegen das Nora-Modell einzugreifen, was er ablehnte. Beim letzten Zusammentreffen der beiden 1891 wiederholte er seine Ablehnung, was das Ende der Beziehung zwischen Henrik Ibsen und Laura Kieler bedeutete.
Das Kapitel »Die Geschichte des Nora-Modells« enthält außer Ibsen-Briefen Notizen aus der zeitgenössischen Presse und Beiträge von Jens Peter Jacobsen, John Paulsen, Georg Brandes und Camilla Collett.
Der dänische Dichter Jens Peter Jacobsen war gleichzeitig mit Ibsen in Rom gewesen, als »Ein Puppenheim« entstand, und korrespondierte mit Edvard Brandes. Bruder Georg griff wohl am nachhaltigsten in die Debatte ein. Die norwegische Schriftstellerin Camilla Collett setzte sich nicht nur für Laura Kieler, sondern allgemein für die Sache der Frau ein; auf sie wird im Kapitel »Ibsen und die Frauenfrage« noch näher eingegangen. Von dem norwegischen Schriftsteller John Paulsen stammen weitere Materialien in den übrigen

Kapiteln, obwohl ihre Heranziehung problematisch sein mag. Nachdem Paulsen 1876 durch die Vermittlung Edvard Griegs mit Ibsen bekanntgeworden war, entwickelte sich zwischen beiden eine nahezu enge Freundschaft, nicht zuletzt wegen Suzanna Ibsen, die wie Paulsen aus Bergen stammte. Zur Zeit von »Ein Puppenheim« war Paulsen zweifellos einer der wichtigsten Gesprächspartner Ibsens, und so erklären sich viele wichtige Aufschlüsse über Ibsen in Paulsens Erinnerungen, die fünf Bände umfassen. Der plötzliche Bruch zwischen beiden 1882 war durch Ibsens Einschätzung von Paulsens Buch »Familie Pehrsen« begründet, das nach Ansicht vieler Zeitgenossen seine Motive aus dem Leben der Familie Ibsen bezog. Auf einen Brief, den Paulsen kurz nach Erscheinen des Buches an Ibsen schrieb, reagierte dieser mit einem Billett, das als einzigen Text das Wort »Schurke« enthielt (HU XIX, Seite 261).
Suzannah Ibsens Äußerung in einem Brief an Paulsen aus dem Jahr 1903 berücksichtigt diesen eher privaten Streit nicht: »Sie wissen, was Ibsen über Ihre »Erinnerungen« sagte? Eine unschätzbare Quelle für spätere Literaturforscher, in dieser Hinsicht klassisch.« (HU XIX, Seite 227.)
Literatur:
B. M. Kinck: Henrik Ibsen og Laura Kieler. In: Edda 35, Seite 498-543
Reinert Torgeirson: Henrik Ibsen og John Paulsen. In: Ibsenårbok 1960-1962, Seite 231-235.

Anmerkungen

Henrik Ibsen an Laura Petersen

11. Juni 1870

HU XVI, Seite 301 ff. (Dort nach Abschrift)

215. Ihr Buch – Die von Laura Petersen 1869 unter dem Pseudonym »Lili« veröffentlichte Erzählung »Brands døtre« (»Brands Töchter«).

215. Brand – Das von Ibsen 1866 veröffentlichte Drama.

215. ein ästhetisches Werk – Laura Petersen wollten ihren Roman als »Erbauungsbuch« verstanden wissen.
216. den nördlichen Gegenden – Laura Petersens Vater, Vogt in Tromsø, war nach Lø bei Steinkjer nördlich von Trondheim versetzt worden.
216. daß ich gegen meine Landsleute so unfreundlich gestimmt bin – Nach allgemeiner Ansicht hatte Ibsen Norwegen 1864 aus Empörung über Norwegens Haltung im Preußisch-Dänischen Krieg verlassen.

Henrik Ibsen an Laura Petersen

14. Januar 1871

HU XVI, Seite 335.
217. Ihr Brief – In ihrem Brief hatte Laura Petersen Ibsen um ein Gutachten für ein Reisestipendium gebeten, das sie beim norwegischen »Kirkedepartementet« beantragen wollte. Tatsächlich beantragte sie es nicht. (Siehe Einleitung.)
217. Spd., Sp. – Speziestaler, Spezies. 100 Speziestaler waren etwa 400 Kronen. Zum Vergleich: Ibsens Reisestipendium 1865 hatte 350 Speziestaler betragen.
217. Frau Limnell – Fredrika Limnell, in zweiter Ehe mit einem hohen schwedischen Beamten verheiratet, war in Stockholm Gastgeberin eines literarischen Salons. In der Villa der Limnells hatte Ibsen im Sommer 1869 einige Tage gewohnt, als er sich zum Rechtschreibungskongreß in Stockholm aufhielt. Laura Petersen verbrachte den Winter 1870/71 im Hause der Limnells.

Henrik Ibsen an Laura Kieler

26. März 1878

HU XVII, Seite 303 ff.
217. Den Brief, den Sie uns geschrieben haben – Laura Kieler hatte sich ursprünglich an Suzannah Ibsen gewandt, die ihr ihrerseits ebenfalls antwortete. Sie »habe sich mit ihrer ganzen Kraft bei Ibsen für Sie eingesetzt«, hatte

Suzannah Ibsen Laura Kieler versichert (Kinck, Seite 507).

218. Hegel – Frederik Hegel, Besitzer des Gyldendal-Verlags in Kopenhagen, seit 1866 der Verleger Ibsens.

218. »Ultima Thule« – Seit 1876 hatte Laura Kieler an »André fra Kautokeino, en fortælling fra Ultima Thule« geschrieben (»André aus Kautokeino, eine Erzählung aus Ultima Thule«).

218. Ihr Mann – Laura Petersen hatte 1873 den Lehramtskandidaten Victor Kieler geheiratet.

218. »Everil« – Laura Kielers 1876 veröffentlichte Novelle (siehe Einleitung.)

219. Provinzstadtverhältnisse – Nach der Rückkehr der Kielers aus der Schweiz und Italien hatte Victor Kieler eine Stelle in der dänischen Kleinstadt Hillerød angenommen, angeblich aus Gesundheitsrücksichten. Vorher hatte er in Kopenhagen und an der Kathedralschule in Viborg gearbeitet.

219. rdlr. – dänische Reichstaler.

219. an einen Anonymen – Laura Kieler wollte »Ultima Thule« ohne Nennung ihres Namens bei Gyldendal veröffentlichen. Bis zu diesem Zeitpunkt hatte sie nur unter Pseudonym publiziert.

219. Die Skizzen – Einige der Reiseschilderungen, die Laura Kieler im Ausland geschrieben hatte.

Henrik Ibsen an Frederik Hegel

10. April 1878

HU VXII, Seite 305 f. (Kgl. Bibliothek Kopenhagen)

220. Illustr. Tid. Nr. 871, 893, 94, 95 – Vier der oben erwähnten Reiseschilderungen waren bereits in den genannten Nummern der Zeitschrift »Illustreret Tidende« erschienen.

Henrik Ibsen an Frederik Hegel

2. August 1878

HU XVII, Seite 318 f. (Kgl. Bibliothek Kopenhagen)

Henrik Ibsen an Frederik Hegel

8. Oktober 1878

HU XVII, Seite 321 f. (Kgl. Bibliothek Kopenhagen)

Aus »Aftenposten«:
Korrespondenz aus Kopenhagen

22. Dezember 1879

J. B. Halvorsen, Norsk Forfatter- Lexikon 1814-1880 III, Seite 61, 1889.

Diese am Tag nach der Uraufführung von »Ein Puppenheim« erschienene Pressenotiz wurde von Halvorsen 1889 wieder veröffentlicht und war dann ein wichtiger Bestandteil der Auseinandersetzungen um Laura Kielers Schauspiel »Männer von Ehre«.

221. (und Kinder?) – Die Kielers hatten inzwischen zwei Kinder, von denen Laura Kieler nach der Wechselaffäre für längere Zeit getrennt wurde.

Jens Peter Jacobsen an Edvard Brandes

30. Dezember 1879

Georg og Edvard Brandes Brevveksling med nordiske Forfattere og Videnskabsmænd, II, Seite 343 f.

222. um ihren Schneider zu bezahlen – Tatsächlich hatte Frau Kieler außer der Reise auch noch eine neue Wohnungseinrichtung finanziert, nachdem der Umzug nach Hillerød notwendig geworden war.

John Paulsen im Gespräch mit Henrik Ibsen

Sommer 1880

John Paulsen, Samliv med Ibsen. Anden Samling. Seite 140 ff.

222. Unser Gespräch bei Tisch – Paulsen erzählt hier über ein Abendessen bei dem Dichter Richard Voß.

222. Frau Colletts Theorien – Die norwegische Schriftstellerin Camilla Collett hatte sich als erste in Skandinavien in ihren Werken mit der Stellung der Frau beschäftigt (siehe »Ibsen und die Frauenfrage«).

223. Ein Rechtsanwalt in Bergen – Möglicherweise ein Bergenser Rechtsanwalt namens Chr. v. Krogh, der in den Bankrott einer mit Ibsen befreundeten Familie in Bergen verwickelt gewesen war. Paulsen war in Bergen aufgewachsen, wo Ibsen 1851-1857 Theaterleiter war.
(Siehe Arne Duve, Ibsen-bak kulissene. Oslo 1971, Seite 206 ff. u. Anmerkungen)

Henrik Ibsen an Laura Kieler

23. Juli 1888

HU XVIII, Seite 174 f.

224. ein großes neues Schauspiel – Ibsen schrieb an »Die Frau vom Meer«.

224. »Männer von Ehre« – Laura Kieler hatte Ibsen das Manuskript von »Mænd of ære« zugeschickt. In Buchform erschien es erst 1890 in Kristiania.

224. Direktor Cetti – Frederik A. Cetti war Direktor des Dagmartheaters in Kopenhagen seit 1887, nachdem er zuvor in Norwegen und am Königlichen Theater in Kopenhagen tätig gewesen war. Er hatte einige Tourneen mit Dramen Ibsens unternommen. Das Dagmartheater leitete er ohne ökonomischen Erfolg bis 1888, ab 1889 war er mit Unterbrechungen bis 1899 Chef des Kopenhagener Casinotheaters, wo Laura Kielers Schauspiel am 21. Mai 1890 schließlich uraufgeführt wurde, nachdem das Dagmartheater Bankrott gegangen war. Die dortige Aufführung war ebenso erfolglos wie die norwegische Inszenierung 1891 am Christiania Theater.

224. Hofmusikhändler Hennings – Henrik Hennings war von 1880 bis 1895 Direktor des Königlichen Musikhandels in Kopenhagen, seit 1877 Ehemann der dänischen

Schauspielerin Betty Hennings, der Nora der Kopenhagener Uraufführung.

Georg Brandes in einer Rezension

6. August 1889

Camilla Collett, Samlede Værker III, Seite 526.
Der Text stammt aus einer Rezension, in der Georg Brandes in der Zeitschrift »Verdens Gang«, Nr. 184 das Ibsen-Heft von Halvorsens Forfatterlexikon besprach, das Anfang August erschienen war (»Henrik Ibsens Liv og Forfattervirksomhed, aktmaessig fremstillett« – »Henrik Ibsens Leben und Autorenwirksamkeit, in Akten vorgestellt«). In der Schrift war die Korrespondenz aus »Aftenposten« vom 22. Dezember 1879 abgedruckt. Brandes hatte seine Rezension mit »G. B.« unterschrieben.

Camilla Collett – ein Leserbrief

7. Oktober 1889

Camilla Collett, Samlede Værker III, Seite 464 ff.
Mit diesem Brief reagierte Camilla Collett auf Georg Brandes' Rezension. Sie hatte ihn »Galeotto i Norden« überschrieben, in Anlehnung an das 1881 erschienene Drama »El Gran Galeoto« des Spaniers Echegaray y Eizaquirre, das, die Wirkung von Tratsch und übler Nachrede für die betroffenen Personen beschreibend, einen Siegeszug über die Bühnen Europas hinter sich hatte. Durch die Veröffentlichung des Artikels in »Verdens Gang« Nr. 238 am 7. Oktober 1889 fühlte sich nun Laura Kieler ihrerseits ermutigt, zu den grassierenden Gerüchten Stellung zu nehmen. In »En Protest« erklärte sie am 29. November in der Nr. 285 desselben Blattes, daß weder sie noch ihr Mann sich »Ein Puppenheim« angesehen hätten, daß Ibsen über die Wechselgeschichte nur gerüchtweise informiert gewesen sei und daß tatsächlich keine gesetzwidrige Handlung vorgelegen habe.
225. Der Einsender – Gemeint ist der Verfasser der Rezension, Brandes.

Henrik Ibsen an Fredrika Limnell

1. Juli 1890

HU XVIII, Seite 250 f. (Universitätsbibliothek Oslo)

Nachdem in zahlreichen Zeitungen statt sachlicher Kritiken des Schauspiels »Mænd of ære« Artikel über die »anrüchige« Vergangenheit von dessen Verfasserin erschienen waren, erhoffte Laura Kieler von Ibsen eine Erklärung des Inhalts, daß sie nicht Nora sei, was nach ihrer Ansicht dem Klatsch ein Ende gemacht hätte. Sie bat ihre gemeinsame Bekannte, die von Ibsen geschätzte Fredrika Limnell, zwischen ihr und Ibsen in dieser Sache zu vermitteln und bei Ibsen auf eine derartige Erklärung zu dringen.

228. Federarbeiten anderer Art – Ibsen schrieb an »Hedda Gabler«.

228. Die zugesandten Zeitungsausschnitte – Fredrika Limnell hatte die ihr von Laura Kieler zugeschickten Ausschnitte aus dänischen Zeitungen, darunter die genannten Artikel sowie Besprechungen aus »Dagens Nyheder« und »Politiken«, wiederum ihrem Brief an Ibsen beigelegt.

Henrik Ibsen an Laura Kieler

Zweite Novemberhälfte 1891

B. M. Kinck: Henrik Ibsen og Laura Kieler. Edda 35, Seite 528 f.

Im Herbst 1891 hatte sich Laura Kieler einige Zeit bei Fredrika Limnell in Stockholm aufgehalten, und machte auf dem Rückweg in Kristiania Station, wohin Ibsen nach 27jährigem Aufenthalt im Ausland zurückgekehrt war. Nachdem ihm Laura Kieler ihre Situation noch einmal in einem Brief dargestellt hatte, lud er sie auf dem Billett, dessen Text hier aufgeführt ist, zum Essen ein. Wie bereits berichtet, ließ sich Ibsen auch durch dieses Gespräch zu keiner öffentlichen Stellungnahme bewegen.

229. 7 B – Nach seiner Rückkehr nach Kristiania war Ibsens erste Wohnung Victoria Terrasse 7 B.

Georg Brandes in einem Essay 1906

Georg Brandes, Samlede Skrifter XVIII, Seite 127 f.

HENRIK IBSEN UND DIE FRAUENFRAGE

»Das Wunderbare geschieht nicht so alle Tage«, schrieb die norwegische Frauenrechtlerin Gina Krog am 12. Januar 1880 in der Zeitung »Aftenbladet«, »aber für uns, die wir darauf gewartet haben, daß es gesagt werden sollte, für uns war es, als wir es hörten, als wenn jetzt das Fest eingeläutet würde nach diesen vielen Alltagen, als ob jetzt das Wunderbare seinen Anfang nähme.« Und sie endete mit einem Dank an ihn, »dem wir dieses Wunderbare verdanken, wir rufen ihn aus, wir können die schwere Dankesschuld nicht länger in Schweigen tragen. Wir danken . . ., weil er das Urteil über uns spricht, so klar und streng und ohne Schonung, danken für den Kampf gegen Lüge und Unrecht und für die keimende Hoffnung auf einen verjüngenden Frühling.«

In seiner Rezeption wurde »Ein Puppenheim« zum Drama der Frauenbewegung. War Ibsen auch ihr Dichter? Diese Frage hat Ibsens Mit- und Nachwelt zeitweise mehr beschäftigt als seine Stücke. Gegner und Befürworter der Frauenbewegung rechneten ihn abwechselnd zu den Ihren oder bezeichneten ihn als Verräter, einmal wurde er zum Sozialisten erklärt, dann stellte man wieder triumphierend fest, er sei doch keiner. Ibsens akzentuierter Standort ging, sich verändernd, gelegentlich widersprüchlich, nicht pauschal auch an Einzelproblemen orientiert, oft im Parteienhader unter.

Das Kapitel »Ibsen und die Frauenfrage« enthält Darstellungen von John Paulsen, die über Ibsens Einschätzung der weiblichen Emanzipation vor »Ein Puppenheim« berichten, Texte von Ibsen, Briefauszüge von Jens Peter Jacobsen und einen Bericht des norwegischen Dichters Gunnar Heiberg, die in die Entstehungszeit von »Ein Puppenheim« gehören – Jacobsen und Heiberg hielten sich wie Ibsen im Winter 1878/79 in Rom auf.

Ergänzt werden diese Texte durch Materialien aus den folgenden Jahren bis 1898: Briefe, Reden und Interviews von Ibsen geben weitere Aspekte zum Thema. Besonders zu erwähnen ist hier eine Pressefehde aus dem Jahr 1890, die mit einem Vor-

trag George Bernard Shaws über den »Sozialismus bei Ibsen« in London ihren Anfang nahm und zu der Ibsens englischer Übersetzer William Archer Stellung bezog.
In den folgenden Anmerkungen wird auch der für Ibsen in erster Linie relevante Hintergrund erläutert: die Situation der Frau und der Linken in Norwegen.

Anmerkungen

Henrik Ibsen an den Skandinavischen Verein in Rom
8. Februar 1879

Øyvind Anker: Henrik Ibsen og Den Skandinaviske Forening i Roma. In: Edda 56, Seite 167.
Ibsen war Ende September 1878 in Rom eingetroffen und hatte ab Weihnachten wieder den Skandinavischen Verein besucht, wie er es auch bei seinem Aufenthalt in Italien 1864-1868 schon getan hatte. Bereits damals war er, wie aus den Protokollen des Vereins hervorgeht, in dessen Angelegenheiten aktiv gewesen. Aus dem Beschwerdebuch des Vereins wird deutlich, daß er sich z. B. um die Bestellung von Zeitungen und die Ersetzung der schadhaften Lampen kümmerte (»I den Skandinaviske forenings ankerprotokoll«, HU XIX, Seite 130 ff.; »Henrik Ibsen als Beschwerdeführer«. In: Die neue Rundschau, Heft 12, Seite 1527 f., 1906). Auch diesmal sollte es nicht lange dauern, bis Ibsen, abgesehen von seiner gewohnten Zeitungslektüre im Vereinslokal, in einer für ihn weit ernsteren Sache im Vereinsleben tätig wurde. Zur Diskussion auf der Generalversammlung am 28. Januar 1879 lieferte er, wie aus dem Protokoll zu ersehen, umfangreiche Beiträge und deutete schließlich einen Antrag an, den er noch formell einbringen werde: Ob es nicht denkbar sei, daß eine Dame Bibliothekar würde? Ob man nicht, entsprechend der veränderten Stellung der Frau in der Gesellschaft, auch ihre Position im Verein ändern müsse?
Eine Woche später brachte Ibsen seinen formellen Antrag ein, dessen Text hier übersetzt ist.

Henrik Ibsen:
Rede im Skandinavischen Verein in Rom

13. Februar 1879

HU XV, Seite 396 ff.

Ibsens am 8. Februar gestellter Antrag wurde auf der Generalversammlung am 13. Februar zur Diskussion gebracht. Zunächst begründete Ibsen seinen Antrag in einer Rede, zu der das Manuskript vorliegt und hier in größeren Auszügen übersetzt ist. Ibsen hat sein Manuskript nicht datiert und nur den ersten Teil überschrieben. Möglicherweise ist Ibsens Vortrag noch entschiedener ausgefallen als sein Entwurf, an den er sich nach Sigurd Ibsens Auskunft, der an der Versammlung teilnahm, nur teilweise hielt und im übrigen improvisierte (HU XV, Seite 469). Der erste Teil von Ibsens Antrag wurde unter Streichung des Wortes »vorzugsweise« akzeptiert, die Entscheidung über den zweiten Teil auf den 27. Februar vertagt.

236. Als die Statuten des Vereins 1860 angenommen wurden – Der bis 1859 lose Zusammenschluß von Skandinaviern in Rom wurde institutionalisiert, als Dänemark, Schweden und Norwegen sich bereit erklärten, ein Versammlungslokal und eine Bibliothek mit Lesezimmer zu finanzieren. Die 1860 angenommenen Vereinsstatuten enthielten die Bestimmung, daß jede am Beitritt interessierte Familie wie auch jede Einzelperson eine bestimmte Aufnahmegebühr zu entrichten hatte, die später auf 8 Lire festgesetzt wurde. Dadurch erhielten alle Mitglieder das Recht, die Einrichtungen des Vereins zu benutzen, alle männlichen Mitglieder einer Familie und alle männlichen Einzelpersonen darüber hinaus Sitz und Stimme in den Generalversammlungen und das Recht, Ämter zu bekleiden.

Gunnar Heiberg:
Galaabend im Skandinavischen Verein in Rom

Frühling 1879

HU XIX, Seite 159 ff. (Zuerst in »Aftenposten« Nr. 217, 1911)

Der norwegische Schriftsteller Gunnar Heiberg, der an den betreffenden Versammlungen des Vereins teilnahm, veröffentlichte diesen Artikel als ersten in einer Reihe von dreien unter dem Titel »Ibsen som Menneske. Af Samtaler og Møder med ham« (»Ibsen als Mensch. Aus Gesprächen und Zusammentreffen mit ihm«).
Auf der Generalversammlung am 27. Februar wurde der zweite Teil von Ibsens Antrag behandelt und abgelehnt, da er nicht die erforderliche Zwei-Drittel-Mehrheit erreichte (19 gegen 11 Stimmen). Für den Antrag stimmten außer einem, nach dem Namenszug zu urteilen, sehr aufgebrachten Ibsen u. a. Gunnar Heiberg und Jens Peter Jacobsen. Von beiden wird berichtet, daß Ibsen rasend gewesen sein soll. Er habe die Versammlung verlassen, heißt es, sich allein in ein Café gesetzt und all diejenigen ignoriert, die gegen seinen Antrag gestimmt hatten. Dennoch erschien er auf dem kurz danach stattgefundenen Frühlingsfest des Vereins, auf dem er die von Gunnar Heiberg referierte Rede hielt. Der Wortlaut von Heibergs Wiedergabe ist zu bezweifeln, da er sich in verschiedenen Einzelheiten irrt, so im Datum, das er mit 1878 angibt. Der Gesamteindruck mag jedoch zutreffend sein.

Jens Peter Jacobsen an Edvard Brandes

23. März 1879

Brandes Brevveksling II, Seite 322 f.
Mit dem dänischen Dichter Jens Peter Jacobsen war Ibsen im Winter 1878/79 oft zusammengewesen. Jacobsen hatte 1872 und 1875 Charles Darwins Hauptwerke »Über die Entstehung der Arten« (»On the Origin of species by means of natural selection or The Preservation of favoured races in the struggle for life«, 1859) und »Die Abstammung des Menschen« (»The Descent of Man and selection in relation to sex«, 1871) ins Dänische übersetzt. Jacobsens Einfluß hat sich im ersten vollständigen Entwurf von »Ein Puppenheim« recht deutlich niedergeschlagen, in der Endfassung hat vor allem der »Darwinismus« von Doktor Rank merkbar abge-

nommen. Edvard Brandes war im März 1879 noch mit seiner Promotion beschäftigt, im April ging er ebenfalls nach Rom, wo er mit Ibsen zusammentraf.

241. Ibsen hält sich etwas zurück – Im Gegensatz zu dieser Information geht aus den Protokollen des Vereins hervor, daß Ibsen auch weiterhin am Vereinsleben teilnahm. Ein halbes Jahr später wurden seine Anregungen nachträglich aufgenommen: Auf einer Generalversammlung am 7. November 1879 wurde mit großer Mehrheit beschlossen, »Künstlerinnen« das Stimmrecht zuzubilligen.

Jens Peter Jacobsen an Edvard Brandes

30. Dezember 1879

Brandes Brevveksling II, Seite 343 f.

241. den Reaktionär Rosenstand – der dänische Maler Vilhelm Rosenstand, der 1869-1881 in Rom lebte. Er hatte an den betreffenden Verhandlungen des Skandinavischen Vereins teilgenommen und gegen die Anträge Ibsens gestimmt.

241. ein gewisser Marinekapitän Buchwaldt – Aus dem Protokoll der Generalversammlung vom 13. Februar geht hervor, daß sich ein Vereinsmitglied »Buchwald« an der Abstimmung beteiligte. Es handelt sich um den dänischen Offizier F. J. Buchwaldt.

John Paulsen über Henrik Ibsen und die Frauenfrage

John Paulsen, Erindringer. In: Henrik Ibsen, Festskrift, Seite 36 f. – John Paulsen, Samliv med Ibsen, Seite 156 ff.

241. Georg Brandes in seinem bekannten Essay – Der dänische Literaturhistoriker Georg Brandes hatte 1898 einen Essay mit dem Titel »Henrik Ibsen« veröffentlicht, der Beiträge aus den Jahren 1867, 1882 und 1898 enthielt. In ihm gibt er Ibsens Ansichten über John Stuart Mill wieder (Georg Brandes, Samlede Skrifter III, Seite 237 ff.)

241. Mills Buch von der Unterjochung der Frau – John Stuart Mills 1869 erschienenes Buch »The Subjection of

Women« war noch im gleichen Jahr von Georg Brandes ins Dänische übersetzt worden.

241. Mills Schriftstellerpersönlichkeit – In seinem Essay berichtet Brandes, Ibsen habe an Mill eines ganz besonders lächerlich gefunden: seine Behauptung, das Beste an seinen Schriften sei seiner Frau zu verdanken. Man müsse doch wissen, habe Ibsen erklärt, ob man bei der Lektüre eines Buches »Herrn oder Frau Krause vor sich hätte!« (Georg Brandes, Samlede Skrifter III, Seite 305.)

242. aus einem streng pietistischen Haus in der Provinz – Die zunächst eher heitere Lebensweise in Ibsens Elternhaus in Skien muß sich grundlegend geändert haben, als der Vater, Knud Ibsen, 1834 bankrott ging. Er wurde agressiv und jähzornig, die Mutter, Marichen Ibsen, scheu und still. Ibsens Schwester Hedvig schildert ihre Mutter u. a. folgendermaßen: »Sie war eine stille liebe Frau, die Seele im Haus, alles für Mann und Kinder. Sie brachte sich ständig selbst zum Opfer. Es war keine Bitterkeit und kein Vorwurf in ihr.« (Henrik Jæger: Henrik Ibsen. Et Livsbillede, Christiania 1888, Seite 5.)

242. die den Frauen seiner eigenen Familie so unähnlich war – Suzannah Ibsen, mit der Ibsen seit 1858 verheiratet war, wurde von ihrem Mann als mit »einem fast gewalttätigen Haß gegen die kleinlichen Rücksichten« begabt geschildert. So berichtet Meyer in seiner Ibsen-Biographie, sie habe nach der Taufe des Sohnes Sigurd beim Verlassen der Kirche vernehmlich geäußert, nun wolle sie keine Kinder mehr, was das ehrbare Kristiania als eine Aufkündigung der sexuellen Beziehungen zu ihrem Mann auffaßte und mit entsprechender Empörung registrierte. (Michael Meyer: Henrik Ibsen. Oslo 1971, Seite 172) Selbst wenn, wie Meyer vermutet, diese Anekdote übertrieben oder erfunden ist, gibt sie doch Aufschluß über Suzannah Ibsens »Image«.

242. Frau Colletts Schriften – Die norwegische Schriftstellerin Camilla Collett, Schwester des Dichters Henrik Wergeland, hatte seit Beginn ihrer schriftstellerischen Tätigkeit die Rechtlosigkeit der Frau in der Gesellschaft ange-

prangert. Ihr Roman »Amtmandens Døttre« (»Töchter des Amtsmanns«), dessen zwei Teile schon 1854 und 1855 erschienen, setzte die erste weitläufigere Diskussion in Skandinavien über die Stellung der Frau in Gang.

242. Eine Reihe von Jahren – Camilla Collett hielt sich in den Wintern 1870/71 und 1871/72 in Dresden auf, wo die Ibsens damals lebten.

242. für logisches Denken minder veranlagte Wesen – Halvdan Koht vermutet in seiner Einleitung zu »Et dukkehjem« in der HU VIII (Seite 250), Ibsen habe, wie es gelegentlich seine Gewohnheit war, auch Camilla Collett durch eine Advocatus-diaboli-Haltung zu einer vorbehaltlosen Darlegung ihres Standpunktes in der Frauenfrage bewegen wollen. Der Zweifel an der Logik der Frauen mag in erster Linie Camilla Collett selber gegolten haben. Wie Ibsen seinem Verleger Hegel schrieb, hegte er ernste Zweifel, daß sie jemals nach Italien gelangen würde, »denn sie ist ohne jeden Begriff davon, wie man sich auf einer solchen Reise einrichten sollte.« (HU XVI, Seite 385)

242. später ... in München – Familie Ibsen und John Paulsen hatten sich 1876 in Ibsens Feriendomizil Gossensass kennengelernt, waren dann gemeinsam nach Kaltern gereist und im September zusammen nach München zurückgekehrt. Paulsen blieb dort bis Dezember und war täglicher Gast im Hause Ibsen.

243. in Dresden in den sechziger Jahren – Camilla Colletts Besuch in Dresden im Winter 1870/71.

243. eine entscheidende Bedeutung – Die Bedeutung der Begegnung und Freundschaft zwischen Suzannah Ibsen und Camilla Collett wurde von Sigurd Ibsen in einem Brief an Emil Reich aus dem Jahr 1902 bestätigt. Nachdem Camilla Collett ab 1874 in der Zeitschrift »Ny illustreret Tidende« Kampfartikel zur Befreiung der Frau unter dem Titel »Aus dem Lager der Stummen« (»Fra de Stummes Lejr«, in: Camilla Collett, Samlede Værker II, Seite 343 ff.) veröffentlicht hatte, besorgte sich Suzannah Ibsen von Dresden und München aus die Texte und las sie

mit ihrem Mann. (Emil Reich, Henrik Ibsens Dramen, Dresden 1894; Seite 211). Als Camilla Collett die Ibsens 1877 in München besuchte, war Ibsen gerade mit der Fertigstellung von »Stützen der Gesellschaft« beschäftigt. In diesem Stück hatte er in der Figur der Dina Dorf eine Gestalt geschaffen, die Camilla Colletts Theorien vertrat.

John Paulsen über Henrik Ibsen, »Ein Puppenheim« und die Frauenfrage

John Paulsen, Samliv med Ibsen, Anden Samling, Seite 207 f.

243. »Ich habe nur Menschen schildern wollen« – Paulsen bezieht sich hier in seinem 1913 erschienenen Buch offensichtlich auf Äußerungen Ibsens aus späterer Zeit (Siehe Ibsens Rede beim Fest des Norwegischen Vereins für die Sache der Frau, Seite 251).

243. Gegen die sogenannten Frauenrechtlerinnen nährte er Unwillen – Wahrscheinlich spielt Paulsen hier auf die Malerin Aasta Hansteen an, die neben Camilla Collett die zweite Vorkämpferin in dieser frühen Periode der norwegischen Frauenbewegung war. Ihre Vortragsweise soll recht ungeschickt und ihr Auftreten etwas männlich gewesen sein, was ihr, da sie überdies keine Schönheit wie Camilla Collett war, das Gelächter und den Hohn ihrer Zuhörer eintrug (siehe Anna Caspari Agerholt, Den Norske Kvinnebevegelses Historie, Oslo 1973, Seite 28 ff.). Ibsens Unwillen ist dennoch anzuzweifeln: Aasta Hansteen, die 1880 nach Amerika auswanderte, war das Vorbild für Lona Hessel in »Stützen der Gesellschaft«.

244. Aristokratin die sie war – Camilla Collett war als Tochter eines Pastors in Eidsvoll geboren worden und zusammen mit ihrem Bruder Henrik aufgewachsen; Henrik Wergeland sollte einer der berühmtesten norwegischen Dichter seiner Zeit werden. Camilla Collett hatte eine ausgezeichnete Bildung genossen. Ihre Beziehung zu dem anderen großen Dichter dieser Zeit, zu Johan Sebastian Welhaven, führte nicht zur Ehe. 1841 heiratete sie den

Professor Jonas Collett, der 1851 starb. Abgesehen von Kontakten mit den kulturellen Größen der Zeit wird von Besuchen Camilla Colletts bei den Bernadottes berichtet sowie von einer Korrespondenz mit Oscar II. Als sie 1895 starb, fiel bei ihrem Begräbnis der Kranz der schwedischen Königin Sophie allgemein ins Auge.
Ibsen hat den Einfluß Camilla Colletts auf seine Dichtung mehrfach bestätigt, so in einem Brief vom 3. Mai 1889, den er ihr aus Anlaß von »Die Frau vom Meer« schrieb: »Es ist jetzt doch viele Jahre her, daß Sie, durch Ihren geistigen Lebensweg, begonnen haben, in der einen oder anderen Form in meine Dichtung hineinzuspielen.« (HU XVIII, Seite 212 f.)

Henrik Ibsen an Bjørnstjerne Bjørnson

23. März 1884

HU XVIII, Seite 15 ff. (Universitätsbibliothek Oslo)

244. der übersandten Eingabe – Der Dichter Bjørnstjerne Bjørnson, zu Beginn der achtziger Jahre einer der einflußreichsten Männer in der norwegischen Linken (Venstre), hatte sich 1882 in Paris niedergelassen und initiierte von dort aus eine Eingabe an das norwegische Storting, die vor allem die Gütertrennung in der Ehe und damit eine mögliche Selbständigkeit von verheirateten Frauen zum Ziel hatte.

244. dem Antrag Berners – Der Venstre-Abgeordnete H. E. Berner (siehe im Kapitel »Verbreitung und Rechte«) hatte sich seit 1879 für die Gütertrennung in der Ehe eingesetzt und brachte 1882 den ersten diesbezüglichen Antrag im Odelstinget ein, der zweiten Kammer des norwegischen Parlaments. Der Antrag wurde dem Storting übergeben, das ihn zur Begutachtung an die 525 Gemeinderäte Norwegens weiterleitete. Ein solcher Prüfungsvorgang dauerte erfahrungsgemäß recht lange. Ibsens Mißtrauen war nicht ganz unbegründet: Als das Papier 1884 seinen Weg durch die norwegischen Kommunen beendet hatte, waren 505 Gemeinderäte für die Gü-

tergemeinschaft, die »natürliche Ordnung«, 3 hatten sich nicht geäußert und nur 17 hielten eine Einführung der Gütertrennung für denkbar. Von Frauen wurde die Eingabe Bjørnsons, der sich außer Ibsen auch Jonas Lie und Alexander Kielland angeschlossen hatten, dankbar aufgenommen (Norsk Kvinnebevegelses Historie, Seite 130 f.), direkte Folgen hatte sie nicht. Eine neue Ehegesetzgebung gab es erst 1888. Sie basierte immer noch auf der Gütergemeinschaft, räumte der Ehefrau aber ein Mitspracherecht ein. Die Gütertrennung als Prinzip wurde 1927 eingeführt.

244. In einer solchen Sache die Männer um Rat fragen ... – Dieser Satz wiederholt sich fast wörtlich in Ibsens Aufzeichnungen zur »Wildente«, die er im April 1884 niederschrieb.

244. Erweiterung des Stimmrechts – Im norwegischen Zensuswahlrecht waren Beamte, Kaufleute und Grundbesitzer stimmberechtigt. Als die Venstre 1884 an die Regierung kam, war eine ihrer ersten Amtshandlungen, das erweiterte Stimmrecht einzuführen. Die Erweiterung bezog sich auf männliche Personen, die mindestens 500 Kronen – auf dem Land – oder mindestens 800 Kronen – in den Städten – Jahreseinkommen hatten. Obwohl schon damals eine beträchtliche Anzahl von Frauen diese Bedingungen erfüllte, wurden auch 1891 bei der Einführung des allgemeinen gleichen Wahlrechts die Frauen nicht miteinbezogen. Ab 1907 gab es ein Zensuswahlrecht für Frauen (untere Einkommensgrenze 400 Kronen), erst 1913 erhielten sie das allgemeine gleiche Wahlrecht, aktiv und passiv.

244. eine Regulierung der Stellung der Frauen – Einige Beispiele für die kulturelle, soziale und ökonomische Stellung der Frau in Norwegen zu dieser Zeit: Ab 1863 wurde Frauen die Mündigkeit zugestanden, ab 1866 durften sie in begrenztem Umfang Handel treiben, seit 1878 hatten sie Zugang zu höheren Schulen und seit 1882 zum Abitur. 1884 wurde Frauen der Zugang zu universitären Examen gestattet. Ab 1904 durften Frauen als Anwalt am Ober-

sten Gerichtshof tätig werden und ab 1912 standen ihnen staatliche Ämter offen.

244. die Befreiung des Volksunterrichts von allem möglichen mittelalterlichen Zeug – Ibsen spielt hier darauf an, daß die Gestaltung des schulischen und universitären Unterrichts vor allem in den Händen der Kirche lag. Bjørnson bestätigt diese Vermutung in seinem Antwortbrief vom 26. März 1884, indem er schreibt: »Hätten wir nicht diese verdammten Priester, dann wären sie (gemeint sind die norwegischen Bauern) auch bei einer freisinnigeren Schulgesetzgebung dabei.« (Øyvind Anker, Utrykte brev mellem Bjørnson og Ibsen 1882-1898, In: Edda 38, Seite 114)

245. eine Zentrumspartei – Die norwegische Venstre war keine Arbeiterpartei. Einer norwegischen Arbeiterbewegung, nach ihrem Initiator Marcus Thrane Thraniter-Bewegung genannt, hatte Ibsen in der Mitte des Jahrhunderts Sympathie entgegengebracht. So hatte er an Versammlungen der ab 1848 gegründeten Arbeitervereine teilgenommen und für das »Blatt der Arbeitervereine« geschrieben. Als sein Freund Thrane 1854 in einem aufsehenerregenden politischen Prozeß zu vier Jahren Zwangsarbeit verurteilt wurde, war Ibsen einer Verfolgung eher zufällig entgangen. Nach der Vernichtung der Thraniter-Bewegung gab es bis zu diesem Zeitpunkt keine politische Organisation der Arbeiter. Bjørnson weist in seinem Brief darauf hin, wie notwendig die Bildung einer Arbeiterpartei sei, eine solche sei jedoch schwierig, solange Arbeiter noch nicht einmal das Stimmrecht hätten. (Utrykte brev . . ., Seite 114.) Die 1887 gegründete Norwegische Arbeiterpartei begann gleich nach ihrer Konstituierung mit der Venstre zusammenzuarbeiten. (Siehe Oddvar Bjørklund, Marcus Thrane, Oslo 1951)

Henrik Ibsen:
Rede an den Fahnenzug der Arbeiter

14. Juni 1885

HU XV, Seite 407 f. (Zuerst in »Dagsposten« Nr. 135, 1885.)

Ibsen war am 11. Juni 1885, von Kristiania kommend, nach Trondheim gefahren, wo er sich mit seiner Familie einen Monat aufhielt. Daß er die Huldigung der Arbeiter akzeptierte, ist insofern bemerkenswert, als er es drei Monate später ablehnte, sich durch einen Fackelzug der Studentenvereinigung Kristiania ehren zu lassen, deren Vorsitzender Ibsens Freund Lorentz Dietrichson war. Der in der Gruppe herrschende, wie es hieß, reaktionäre Geist soll der Grund für Ibsens Weigerung gewesen sein.

245. der Besuch in der Heimat – Ibsen war am 6. Juni in Kristiania eingetroffen. Nach seinem Aufenthalt in Trondheim bereiste er die Westküste, hielt sich zwei Monate in Molde auf, dann in Bergen und schließlich noch einige Tage in Kristiania, von wo er am 29. September nach Kopenhagen abreiste.

245. Enttäuschungen – Ibsen hatte am 10. Juni als Zuhörer eine Storting-Debatte erlebt, in der es um die Entscheidung ging, ob dem Dichter Alexander Kielland eine staatliche Dichtergage zu zahlen sei. Kielland hatte öffentlich erklärt, Freidenker zu sein. Die Debatte entwickelte sich zu einer prinzipiellen Diskussion über die Denkfreiheit in religiösen Angelegenheiten und endete mit einer Absage für Kielland.

245. unter der neuen Staatsform – Als Ibsens erster Antrag auf eine Dichtergage 20 Jahre zuvor abgelehnt worden war, hatte die Rechte (Høyre) die Regierung gestellt. 1884 war sie von der Linken (Venstre) abgelöst worden. Ibsen hatte damit gerechnet, daß die erste liberale Regierung Norwegens auf Kiellands Persönlichkeit und sein sozialkritisches Werk mit mehr Toleranz reagieren würde und war über die Ablehnung von Kiellands Gesuch entsetzt, obwohl er selbst Zweifel am Wert der Romane und Erzählungen Kiellands hegte.

Henrik Ibsen im Gespräch mit Laura Kieler

Oktober 1885

Laura Kieler, Silhouetter, Odense 1887, Seite 13.
Laura Kieler, 1885 Mitarbeiterin der Zeitung »Morgenbladet«, interviewte Ibsen auf der Durchreise von Norwegen nach München. Die durch Ibsens Schweigen im Klatsch um das Nora-Modell tiefgekränkte Interviewerin schrieb einen ungewöhnlich unpersönlichen Artikel »Henrik Ibsen i København«.

246. Aber wenn sie nicht zugleich die Sache der Arbeiter zu der ihren macht – Dieser Satz gibt möglicherweise in nuce eine treffende Erklärung für Ibsens Antipathie gegen die Linke seines Landes, eine Haltung, die ihn von Bjørnson trennte und ihm oft den Vorwurf persönlicher Feigheit eintrug.

Henrik Ibsen in einem Interview

17./18. März 1890

HU XIX, Seite 181 ff. (Veröffentlicht von Didrik Aarup Seip in »Nordisk Tidskrift« 1932, Seite 30-39.)
Der norwegisch-amerikanische Journalist J. J. Skordalsvold interviewte Ibsen in München für die amerikanische Zeitschrift »The North«. Der Artikel erschien am 9. April 1890. Skordalsvold, ursprünglich in Minneapolis ansässig, hatte 1889/90 in Berlin studiert und dort eine »Ibsen-Klasse« von deutschen und amerikanischen Damen geleitet, die Ibsen im Original lesen wollten.

246. die freie Liebe – Dieser Topos war in den kulturellen Auseinandersetzungen der achtziger Jahre ein Reizwort. »Sedelighetskampen«, der Sittlichkeitskampf, eng verflochten mit der Frauenbewegung, wollte mit der traditionellen gesellschaftlichen Moral aufräumen, deren Doppelmoral Prostitution und Kaufehen zuließ. Die Lösungsvorschläge waren unterschiedlich. Kennzeichnend für die sich bekämpfenden Richtungen waren Bjørnsons Drama »Ein Handschuh« (»En Hanske«) und Hans Jægers Roman »Fra Kristiania-Bohèmen« (1883 und 1885). Bjørnsons

sprichwörtlich gewordene »Handschuh-Moral« forderte Eheschließungen nicht aus materiellen, sondern aus emotionalen Beweggründen und wollte der herrschenden Doppelmoral abhelfen, indem sie voreheliche Enthaltsamkeit nicht nur der Frau, sondern auch des Mannes empfahl. Mit dem ersten Aspekt dieser Haltung ist sicher die Ibsens in »Ein Puppenheim« und »Gespenster« zu vergleichen. Jægers Buch ist ein vehementer Angriff gegen die bürgerliche Ehe überhaupt, an deren Stelle ein sexueller Anarchismus gesetzt werden soll. Die präzisen Schilderungen der von ihm geforderten »freien Liebe« trugen dem Verfasser die Beschlagnahme seines Buches und eine Gefängnisstrafe ein. (Siehe Elias Bredsdorff, Den store nordiske Krig om Seksualmoralen, Oslo 1973)

Aus »The Daily Chronicle«:
Ibsen und der Sozialismus

12. August 1890

HU XIX, Seite 186 f. (Dort nach »Telegram from Berlin«, The Daily Chronicle vom 13. August 1890. Im Original englisch.)

Der Berliner Korrespondent von The Daily Chronicle interviewte Ibsen in München.

Der Anlaß war ein Vortrag, den George Bernard Shaw – auf ihn spielt der Interviewer mit der Wendung »von gewissen neuen Moralphilosophen« an – am 18. Juli 1890 in London für die Fabian-Society hielt; er bildet den Kern zu Shaws Buch »The Quintessence of Ibsenism« (London 1891). Im Vorwort zur Erstausgabe dieses Buches erzählt Shaw, sein hauptsächlich über »Ein Puppenheim« handelnder Vortrag sei Teil einer Vortragsreihe gewesen, die die Fabian-Society von verschiedenen Rednern unter dem Titel »Der Sozialismus in der Literatur der Gegenwart« habe ausarbeiten lassen. Aus diesem Grunde habe er sich absichtlich so provozierend wie möglich ausgedrückt. (Siehe G. B. Shaw, Collected Letters 1874-1897, Seite 257 f.)

247. »Ein Puppenheim« zum ersten Mal in London – Die

Erstaufführung von »Ein Puppenheim« in England fand am 7. Juni 1889 am The Noveltry Theatre in London statt. (Über diese Aufführung im Kapitel »Verbreitung und Rechte«).

247. seit seiner Rückkehr aus Italien – Ibsen war 1880 zum zweiten Mal nach Italien gegangen und 1885 nach München zurückgekehrt.

Henrik Ibsen an Hans Lien Brækstad

18. August 1890

HU XVIII, Seite 251 f. (Universitätsbibliothek Oslo)

Brækstad hatte zwanzig Jahre vorher indirekt für die Verbreitung der Werke Ibsens in England gesorgt, indem er, damals Buchhändler in Trondheim, dem englischen Kritiker und Bibliothekar Edmund Gosse Ibsens Werk empfahl (siehe im Kapitel »Zur Entstehung von »Ein Puppenheim««). Seit 1877 war er als Journalist und Rezensent in London ansässig, wo er später norwegischer Konsul wurde. Er sorgte für die Veröffentlichung von Ibsens richtigstellendem Brief in The Daily Chronicle vom 28. August 1890 (in englischer Übersetzung).

William Archer über einen Besuch bei Ibsen

Sommer 1890

William Archer, Ibsen as I knew him, in: Monthly Review, London, Juni 1906, Seite 14-15.

Auf dem Weg nach Oberammergau besuchte der englische Übersetzer Ibsens (siehe im Kapitel »Verbreitung und Rechte«) diesen in München. In einem Brief an seinen Bruder Charles berichtet er über diesen Besuch.

249. erzählt Shaw – Über die Beziehung zwischen Shaw und Archer in: Charles Archer, William Archer, London 1931. Shaw hatte seine Information ausschließlich aus dem Artikel in The Daily Chronicle vom 18. August. Obgleich er sich Anfang August ebenfalls auf dem Weg nach Oberammergau befand, suchte er Ibsen nicht auf,

und zwar, wie er an Archer schrieb, aufgrund seines »vollständigen Mangels an Kenntnissen in der norwegischen Sprache«. (George Bernard Shaw, Collected Letters, Seite 258)

249. Wollmar – Wahrscheinlich der Sozialdemokrat Georg von Vollmar, den Ibsen aus München kannte; Vollmar war 1881-1887 Herausgeber der »Münchener Post«. Schon 1876 Mitglied der SPD, hatte Vollmar aufgrund der Sozialistengesetze 1878 ein Jahr im Gefängnis gesessen und war nach deren Aufhebung 1890-1918 Reichstagsabgeordneter.

249. eine deutsche Fassung dieses Briefes – Der Brief an Vollmar erschien in der Münchener Post Nr. 200, 1890.

Elise Aubert über ein Gespräch mit Henrik Ibsen

7. Februar 1894

HU XIX, Seite 194 f. (Dort nach Sofie Aubert Lindbæk, Årgang 1875, Oslo 1948, Seite 90 f.)

Elise Aubert berichtet über das Gespräch mit Ibsen in einem Brief an ihre Tochter Sofie. Die Bekanntschaft stammt aus dem Jahr 1862. Bei einer Reise durch Norwegen, auf der er norwegische Volkslieder und Sagen sammelte, hatte Ibsen einige Zeit bei Elise Auberts Eltern im Pfarrhaus in Lom gewohnt. Nach einem Besuch bei Elise Aubert und ihrem Mann 1877 in Stockholm schickte ihr Ibsen »Stützen der Gesellschaft« und hob in seinem Begleitbrief ihr Verständnis für die von ihm behandelte Problematik hervor. Zuletzt hatten sich die Ibsens und die Auberts 1891 in München getroffen.

Henrik Ibsen an die Leitung des Norwegischen Vereins für die Sache der Frau

23. Mai 1898

HU XVIII, Seite 412. (Universitätsbibliothek Oslo)

Ibsen, der sich bis zum 17. Mai anläßlich seines 70. Geburtstags in Stockholm aufgehalten hatte – dort wie zuvor in

Kopenhagen hatte es Festvorstellungen und Bankette zu seinen Ehren gegeben –, wurde von der »Norsk Kvindesagsforening« zusammen mit seiner Frau zu einem eigens für ihn organisierten Fest eingeladen.

Henrik Ibsen:
Rede beim Fest des Norwegischen Vereins
für die Sache der Frau

26. Mai 1898

HU XV, Seite 417 f. (Dort nach »Morgenbladet« 1898, Nr. 338)

Die »Norsk Kvindesagsforening« war, abgesehen von einem Diskussionsclub der ersten weiblichen Studenten in Kristiania 1883, die erste politische Gruppierung von Frauen in Norwegen. Die Gründung war von H. E. Berner 1884 in die Wege geleitet worden, nachdem ihn mehrere Frauen in der Zeitung »Dagbladet« (Nr. 82) dazu aufgefordert hatten. Zunächst gab Berner im gleichen Blatt (Nr. 87) seinem Erstaunen darüber Ausdruck, daß die Frauen diese Sache nicht selbst in die Hand nähmen (Frühling 1884). Dann regte er jedoch eine Gründungsversammlung an, die am 28. Juni 1884 zustande kam und auf der er zum Vorsitzenden gewählt wurde. Als bald darauf die Schriftsteller Jonas Lie und Alexander Kielland beitraten, reagierte die Rechte unfreundlich und schlug die Bildung eines entsprechenden konservativen Vereins vor. Die Spaltung fand zu diesem Zeitpunkt noch nicht statt, doch als Ibsen 1898 seine Rede hielt, hatte sich die Frauenbewegung geteilt. Der Kampf um das Stimmrecht, das die »Kvindesagsforening« gemäß dem norwegischen Grundgesetz nach Maßgabe eines Zensus anstrebte, also für relativ wohlhabende Frauen, brachte bürgerliche und Arbeiterfrauen auseinander. Zudem betrachtete der 1895 gegründete Frauenverein der Arbeiterpartei die Frauenbewegung als einen Teil des Kampfes um den Sozialismus. »Wir kämpfen für etwas weit größeres als für die Gleichstellung der Frau mit dem Mann«, hieß es. (»Dagbladet« 1889, Nr. 314).

Ibsens Rede hat auf die Mitglieder des Vereins äußerst befremdlich gewirkt, und nicht nur auf sie. Die oben erwähnten Tatsachen mögen für seine Argumentation eine Rolle gespielt haben, mit der er auf die Toastrede der Vorsitzenden Gina Krog reagierte.

ZUR ENTSTEHUNG VON »EIN PUPPENHEIM«

An den Materialien in diesem Kapitel läßt sich in erster Linie der chronologische Ablauf in der Entstehung von »Ein Puppenheim« verfolgen. Wie es seine Gewohnheit war, informierte Ibsen seine Freunde und Bekannten erst am Schluß einer Arbeit im einzelnen über deren Inhalt. Dementsprechend enthalten die oft recht langen Briefe Ibsens aus dieser Zeit meist nur ein – zwei Sätze, die sich auf »Ein Puppenheim« beziehen, den weitaus größeren Raum nehmen Schilderungen der Lebensumstände und Interessen ein, wie die Einrichtung einer Wohnung, der Kauf italienischer Gemälde und Sigurd Ibsens Studium.
Neben einer Textpassage aus »Bund der Jugend«, die u. U. den Handlungskern von »Ein Puppenheim« enthält, finden sich in diesem Kapitel Auszüge aus Ibsens Briefen und Berichte von Bergliot Ibsen, Ibsens Schwiegertochter.

Anmerkungen

Aus »Bund der Jugend« 1869
HU VI, Seite 432 f.
Daß in der Gestalt der Selma der Stoff für ein ganzes Drama stecke, hatte Georg Brandes schon 1869 vermutet, als er »De Unges Forbund« in der Zeitschrift »Illustreret Tidende« besprach.
Der Zusammenhang wird auch von Gerhard Gran dargestellt (Gerhard Gran: Henrik Ibsen. Der Mann und sein Werk. Leipzig 1928, Seite 214 ff.).

Henrik Ibsen an Frederik Hegel

5. Mai 1878

HU XVII, Seite 307 f. (Kgl. Bibliothek Kopenhagen)

254. am Bodensee – Tatsächlich reisten die Ibsens nicht an den Bodensee, sondern nach Gossensass in Tirol.

Henrik Ibsen an Bendix Edvard Bendixen

21. Juni 1878

HU XVII, Seite 316 f. (Universitätsbibliothek Bergen)

Der norwegische Archäologe und Historiker B. E. Bendixen war ursprünglich Schulleiter in Bergen und Leiter des dortigen Museums. Nachdem er den Theaterverein in Bergen geleitet hatte, wurde er 1876/77 Direktor von Bergens Theater, »Den Nationale Scene«. 1886-1888 war er Abgeordneter der Venstre im Storting.

Henrik Ibsen an Nils Lund

23. September 1878

HU XVII, Seite 320 f. (Universitätsbibliothek Oslo)

Nils Lund besaß ab 1863 einen Buchhandel in Kristiania. Er war Kommissionär des Gyldendal-Verlags und Ibsens Bevollmächtigter für Norwegen. Ibsen bittet Lund in dem Brief außerdem, einen kurz zuvor bestellten norwegischen Käse abzubestellen, da sich die Familie entschlossen habe, an die Sommerferien in Tirol einen Winteraufenthalt in Italien anzuschließen, zunächst in Florenz, dann in Rom.

Henrik Ibsen an Nils Lund

5. November 1878

HU XVII, Seite 322 ff. (Universitätsbibliothek Oslo)

Man habe den Plan, nach Florenz zu reisen, aufgegeben, teilt Ibsen Lund mit, in Rom gedenke man den Winter über zu bleiben, dann solle wieder ein Sommeraufenthalt in Tirol folgen, und im Herbst (1879) werde man nach München zurückkehren.

Henrik Ibsen an Frederik Hegel

7. Dezember 1878

HU XVII, Seite 328 f. (Kgl. Bibliothek Kopenhagen)

Henrik Ibsen an Lorentz Dietrichson

18. April 1879

HU XVII, Seite 342 ff. (Universitätsbibliothek Oslo)
Dietrichson, zu diesem Zeitpunkt Professor in Oslo, hatte Ibsen 1864 in Rom näher kennengelernt; er war 1862-1865 Bibliothekar im Skandinavischen Verein und wurde als solcher 1864 beauftragt, dem Neuankömmling Ibsen die Stadt zu zeigen. Die entstandene Freundschaft sollte – mit einer mehrjährigen Verstimmung in den Jahren 1885 bis ca. 1890 – bis zu Ibsens Tod dauern. Der wie Suzannah Thoresen, Ibsens spätere Frau, in Bergen aufgewachsene Kunsthistoriker hatte Anfang der sechziger Jahre Vorlesungen an der Universität in Uppsala gehalten, war 1869-1875 außerordentlicher Professor an der Kunstakademie in Stockholm. 1875-1877 war er in München. 1877 erhielt er den Ehrendoktortitel der Universität Uppsala. Als man Dietrichson seine Ehrung ankündigte, die anläßlich des vierhundertjährigen Jubiläums der Universität noch weiteren verdienten Personen zuteil werden sollte, schlug er Ibsen vor, der dann auch den Ehrendoktorhut in Empfang nehmen konnte.
Ab 1877 Professor in Oslo, wurde Dietrichson später Vorsitzender des Studentenvereins Kristiania. Der Zwist zwischen ihm und Ibsen entstand, als letzterer sich 1885 weigerte, die Huldigung durch einen Fackelzug des Vereins zu akzeptieren.
In Dietrichsons Erinnerungen »Svundne Tider« (»Entschwundene Zeiten«), die er Suzannah Ibsen gewidmet hatte, finden sich viele wertvolle Aufschlüsse über Ibsen.

Henrik Ibsen an Frederik Hegel

22. Mai 1879

HU XVII, Seite 344 ff. (Kgl. Bibliothek Kopenhagen)

Henrik Ibsen an Jonas Lie

25. Mai 1879

HU XVII, Seite 346 ff. (Universitätsbibliothek Oslo)

Dieser Brief Ibsens an den norwegischen Schriftsteller Jonas Lie beschäftigt sich hauptsächlich mit Schilderungen des Lebens in Deutschland und Österreich. Nachdem Lie 1871-1874 in Italien gelebt hatte, verließ er Norwegen 1878, um wie Ibsen in Deutschland zu leben. Ibsens Beschreibungen über das teure Dresden und das billigere, klimatisch günstige München kamen etwas zu spät; Lie hatte sich bereits in Stuttgart niedergelassen. 1879 ging er doch für drei Jahre nach Dresden. Ibsens Empfehlung von Berchtesgaden als Sommerfrische folgte er: 1880 hielten sich beide, wie John Paulsen, den Sommer über dort auf. Ibsens Freundschaft mit Lie stammte aus Kristiania 1850/51, wo sich beide in Heltbergs »Studentenfabrik« auf das Abitur vorbereiteten. Die Zeitschrift »Illustreret Nyhedsblad«, deren Hauptanteile Jonas Lie 1862 erworben hatte, setzte sich für die Verbreitung von Ibsens Frühwerk ein, so erfolgte in ihr der Erstdruck von Ibsens »Svanhild« (später »Komödie der Liebe«). (Siehe Erik Lie, Erindringer fra et dikterhjem, Oslo 1928; ders. Jonas Lie. Oplevelser, Kristiania 1908).

Henrik Ibsen an Frederik Hegel

19. Juni 1879

HU XVII, Seite 349 ff. (Kgl. Bibliothek Kopenhagen)

257. und hinzu kommt außerdem – Ibsen schrieb gewöhnlich für ein Stück zwei bis drei Fassungen, bevor er in Schönschrift die endgültige Reinschrift anfertigte.

Bergliot Ibsen über den Ort der Entstehung von »Ein Puppenheim«

Bergliot Ibsen, De tre. Erindringer, Oslo 1948, Seite 78.
Bergliot Ibsen, eine Tochter Bjørnstjerne Bjørnsons, war seit Oktober 1892 mit Ibsens Sohn Sigurd verheiratet.

Henrik Ibsen an Markus Grønvold

27. Juni 1879

HU XVII, Seite 351 ff.
Der norwegische Maler Markus Grønvold hatte Norwegen 1869 verlassen, um nach München zu gehen. Die nähere Bekanntschaft mit Ibsen stammt nicht aus Bergen, wo Grønvold aufgewachsen war, als Ibsen dort als künstlerischer Leiter von »Det Norske Theater« arbeitete, sondern von einem Italienaufenthalt 1875. Ab 1881 hatte Grønvold seinen festen Wohnsitz wieder in München. In seinem recht langen Brief an Grønvold erzählt Ibsen dem Maler von Bildern, die er in Italien gekauft habe, und berührt eventuelle Pläne, wegen Sigurd Ibsens Studium wieder für einige Zeit nach Kristiania zu gehen.
In seinem Buch »Fra Ulrikken til Alperne« (Oslo 1915) schildert Grønvold u. a. seine Beziehung zu Henrik und Suzannah Ibsen.

Henrik Ibsen an Edmund Gosse

4. Juli 1879

HU XVII, Seite 353 f. (Dort nach Abschrift.)
Der Engländer Edmund Gosse hatte als 21jähriger auf einer Norwegenreise in einem Buchhandel in Trondheim Ibsens »Gedichte« (»Digte«) gekauft, nachdem sie ihm vom Inhaber des Geschäfts, Hans Lien Brækstad, empfohlen worden waren. Zwei Jahre später besprach er sie – inzwischen Bibliothekar im British Museum – in der Zeitschrift »Spectator«. Seine Rezension vom 3. März 1872 war die erste Pressenotiz über Ibsen in England überhaupt. Gosse schickte das Blatt an Ibsen nach Dresden, und dieser antwortete ihm

mit einem freundlichen Brief. In den folgenden Jahren begann Gosse mit dem Erlernen der norwegischen Sprache und übersetzte einige Stücke Ibsens. Nach allgemeiner Ansicht sind seine Kenntnisse des Norwegischen jedoch immer unzureichend geblieben, so daß sein Einsatz für den Autor in Form von Presseartikeln und Rezensionen von größerer Bedeutung ist. Persönlich begegnet sind sich Ibsen und Gosse erst 1899 in Kristiania bei der Eröffnung des neuen Nationaltheaters.
In seinem Brief an Gosse bedankt sich Ibsen in erster Linie für Gosses neues Buch, das dieser ihm zugeschickt hatte. Gosses »Studies in the Literature of Northern Europe« enthielt auf den Seiten 35-69 ein Kapitel über Ibsen.
Literatur: Elias Bredsdorff, Sir Edmund Gosse's Correspondence with Scandinavian Writers, Copenhagen 1960.
Edmund Gosse, Ibsen, London 1907.

Bergliot Ibsen über die Entstehung von »Ein Puppenheim«
Bergliot Ibsen, De tre. Erindringer, Seite 186.
Eine Äußerung Ibsens in bezug auf Noras Kleidung findet sich auch bei John Paulsen, Seite 297.

Henrik Ibsen an John Paulsen

20. September 1879

HU XVII, Seite 360 f.
Paulsen hatte Ibsen seine Erzählung »Margherita« zur Begutachtung gesandt, da der Verleger Frederik Hegel sie nicht annehmen wollte, ihm überdies von seinen Plänen berichtet, in Paris zu studieren. Ibsen empfahl ihm, statt nach Paris nach München zu gehen, was Paulsen im Oktober auch tat.

VERBREITUNG UND RECHTE

Das Kapitel »Verbreitung und Rechte« handelt – sowohl in seinen Materialien als auch in seinen Anmerkungen – zu einem großen Teil von Geld. Auf viele, die sich damit beschäftigt haben, hat es befremdlich gewirkt, daß in Ibsens Briefen so oft davon die Rede ist. Das sei nicht die Haltung eines Künstlers, sondern eines Spießbürgers, wurde geurteilt.

Berücksichtigt man allerdings den juristischen Hintergrund, vor dem diese Briefe geschrieben sind, dürfte sich die Beurteilung relativieren. Die für alle Schriftsteller gleichermaßen problematische Rechtslage war die folgende: In Deutschland gab es seit dem 11. Juni 1870 ein »Gesetz betr. das Urheberrecht an Schriftwerken, Abbildungen, musikalischen Kompositionen und dramatischen Werken«, das jedoch die Urheber und ihre Werke nur in den Ursprungsländern schützte. Ibsen hatte also keinerlei Einfluß auf in Deutschland angefertigte Übersetzungen oder Bearbeitungen seiner Werke, es sei denn, die Übersetzer oder Bearbeiter arbeiteten freiwillig mit ihm zusammen. Ein Entgelt für seine Arbeit erhielt er so entweder gar nicht oder in einer im Ermessen des Bearbeiters liegenden Höhe. Des weiteren hatte er keinen Einfluß auf die Aufführungen. Da jedes Theater berechtigt war, Ibsens Stücke zur Aufführung zu bringen, wann, wie und wie oft es ihm angebracht schien, konnte Ibsen keinem Theater in Deutschland ein Exklusivrecht für ein Stück zusichern, mit einer gleichzeitigen Inszenierung desselben Stückes in der selben Stadt mußte immer gerechnet werden. Aus diesem Grunde investierten die Theater in Ibsen-Inszenierungen oft nur lächerliche Summen, es wurden Ausstattungen aus älteren Inszenierungen verwendet und die Probezeiten kurz gehalten. Die Qualität war meist entsprechend. – Etwas besser sah es für Ibsen in Skandinavien aus, wo seit 1877 ein »Regulativ« existierte: War ein dramatisches Werk als Manuskript bei einem Theater eingegangen, mußte ein gewisser Prozentsatz der Abendeinnahmen an den Autor entrichtet werden – daher Ibsens Eifer bei der Versendung seiner Stücke an die Theaterleitungen. Die »Konvention, das literarische Eigentumsrecht betreffend«, die seit 1878 zwischen Norwegen und Schweden, seit 1880 auch für Dänemark galt, erstreckte sich wie das entsprechende deutsche Gesetz nur

auf Veröffentlichungen innerhalb dieser Länder. Daher konnten beispielsweise deutsche Übersetzungen von Ibsens Stücken in Skandinavien verkauft werden, ohne daß der Autor finanziell profitierte; im Gegenteil: Die deutschen Übersetzungen in den billigen Reclamheften verdrängten zuweilen die teureren Originalausgaben.
Als am 9. September 1886 die Berner Konvention abgeschlossen wurde, trat ihr Deutschland sofort bei, im Gegensatz zu Norwegen, Schweden und Dänemark, die bis 1896 bzw. 1903 bzw. 1904 warteten. Norwegen hatte mit Italien (1884) und Frankreich (1893) separate Konventionen abgeschlossen, in allen anderen Ländern waren Ibsens Texte nach wie vor ungeschützt.
Das Kapitel »Verbreitung und Rechte« enthält außer einem kurzen Bericht von John Paulsen ausschließlich Briefe von Ibsen und Auszüge aus ihnen.

Anmerkungen

Henrik Ibsen an Frederik Hegel

2. September 1879

HU XVII, Seite 357. (Kgl. Bibliothek Kopenhagen)

Henrik Ibsen an Frederik Hegel

13. September 1879

HU XVII, Seite 358 f. (Kgl. Bibliothek Kopenhagen)

260. Herrn Larsen – August Larsen, Korrektor und Buchhalter im Gyldendalschen Verlag in Kopenhagen unter Frederik Hegel. Unter dessen Sohn Jacob wurde er Prokurist des Verlages.

Henrik Ibsen an Frederik Hegel

15. September 1879

HU XVII, Seite 359 f. (Kgl. Bibliothek Kopenhagen)

Henrik Ibsen an das Christiania Theater

im Oktober 1879

Henrik Ibsens brevveksling med Christiania Theater 1878-1899. Herausgegeben von Øyvind Anker, Oslo 1965, Seite 19 f.

Ibsens Datierung »im Oktober« weist darauf hin, daß er den Brief über Gyldendal in Kopenhagen nach Kristiania schickte. Aus den Geschäftsprotokollen des Theaters geht hervor, daß Brief und Stück am 8. November eintrafen, woraufhin die Theaterleitung unter Hans Schrøder an Ibsen schrieb und sich nach seinen Bedingungen erkundigte. Gleichzeitig wurde dem neuen künstlerischen Konsulenten des Theaters, dem späteren Ibsen-Biographen Henrik Jæger, das Stück mit der strengen Auflage übergeben, es nicht in die Hände Unbefugter geraten zu lassen.

Ibsens Antwort findet sich – wegen einer Reihe von Inszenierungsvorschlägen – im Kapitel »Realisierung und Interpretation, Seite 292.

262. Kristiania Theater – Obwohl das Christiania Theater nicht zur moderneren Schreibweise überging, bestand Ibsen auf seinem »Kristiania Theater«.

Henrik Ibsen an August Larsen

10. Oktober 1879

HU XVII, Seite 362 f. (Universitätsbibliothek Oslo)

262. Herrn Wilhelm Lange – Der deutsche Journalist übersetzte Ibsens Stücke für den Reclam-Verlag. Bei »Stützen der Gesellschaft« hatte Ibsen eine eigene deutsche Ausgabe veranstaltet, die auf dem Markt von der Langeschen Übersetzung im Reclam-Heftchen verdrängt worden war. Um eine Wiederholung zu vermeiden, hatte Ibsen diesmal mit Lange die deutsche Ausgabe verabredet.

Henrik Ibsen an August Rasmussen

im Oktober 1879

HU XVII, Seite 363. (Universitätsbibliothek Oslo)

Der Schauspieler August Rasmussen hatte 1869 begonnen,

Tourneen in Dänemark und Norwegen zu organisieren. 1871-1876 arbeitete er in Bergen, 1884-1887 war er Direktor des Kopenhagener Casinotheaters. Seine Inszenierungen sollen sich durch Präzision und Realismus ausgezeichnet haben.

262. der Ausgang Ihres Prozesses gegen Herrn Cortes – Der Schauspieler Thomas Cortes leitete 1855-1899 verschiedene Tourneentheater. Er war der Vorgänger von Rasmussen in Bergen. Die von Cortes und Rasmussen geleiteten Tourneetheater galten als die besten unter den zahlreichen in der dänischen und norwegischen Provinz umherreisenden Theatergruppen; ein gewisses Konkurrenzverhalten zwischen den beiden Prinzipalen war nicht zu übersehen, und die gelegentlichen Streitigkeiten zwischen ihnen mögen auch im Kampf um den »Ersten Platz« begründet gewesen sein (siehe Gunnar Sandfeld, Thalia i Provinsen 1870-1920, København 1968, insbes. Seite 25 ff.). Eine davon war der Prozeß um »Stützen der Gesellschaft«. Obwohl Ibsen das Exklusivrecht für Aufführungen von »Stützen der Gesellschaft« in der dänischen Provinz August Rasmussen zugesagt hatte, war die Cortes-Gesellschaft damit auf Tournee gegangen. Rasmussen hatte einen Prozeß gegen Cortes angestrengt, in dessen Verlauf dieser die Behauptung aufstellte, die von Rasmussen vorgelegte Beglaubigung Ibsens sei nicht echt. Ibsen nannte Frederik Hegel und August Larsen als Zeugen für die Echtheit und distanzierte sich von Cortes. Rasmussen gewann den Prozeß.

Henrik Ibsen an Frederik Hegel

1. November 1879

HU XVIII, Seite 363 ff. (Kgl. Bibliothek Kopenhagen)

263. was Stockholm angeht – Ibsen spricht vom Kungliga Dramatiska Teatern (Königliches Dramatisches Theater).

Henrik Ibsen an Frederik Hegel

14. November 1879

HU XVII, Seite 367 ff. (Kgl. Bibliothek Kopenhagen)

263. Kgl. Theater – Det Kongelige Theater Kopenhagen.

263. Kammerherr Fallesen – Morten Edvard Fallesen, Chef des Kgl. Theaters Kopenhagen von 1876 bis 1894, ursprünglich Militär. Fallesen war für seinen finanzpolitischen und diplomatischen Talente bekannt; daher ist es nicht unverständlich, daß Ibsen seine Bedingungen als indirekte Ablehnung von »Ein Puppenheim« auffaßte. Nachdem Fallesen dem Urteil des Zensors Chr. F. Molbech vom 8. November 1879 am 12. November beigetreten war (siehe im Kapitel »Realisierung und Interpretation« Seite 291), versuchte er, die Buchausgabe des Stükkes sowohl im Inland als auch im Ausland vor der Uraufführung, also vor dem 21. Dezember 1879, vertraglich zu unterbinden. Als Hegel Fallesen nun wissen ließ, daß das Erscheinen des Buches auf keinen Fall über den 4. Dezember hinaus verzögert würde – schließlich müsse das Weihnachtsgeschäft berücksichtigt werden –, erklärte sich Fallesen einverstanden, nicht ohne vorher den Versuch gemacht zu haben, Ibsen zu einem Verkauf des Stückes an das Kgl. Theater zum Preise von 4000 Kronen zu bewegen. Ibsen ging darauf nicht ein, und so wurde »Ein Puppenheim« das Stück, bei dem Ibsen zum erstenmal in den Genuß von Tantiemen am Kgl. Theater kam. Fallesen konnte dennoch den Erfolg für sich verbuchen, daß die Presse das Erscheinen des Buches »Ein Puppenheim« nahezu völlig ignorierte. Eine Flut von Besprechungen sowohl der Aufführung als auch des Buches setzte erst nach der Uraufführung am 21. Dezember ein.

264. Volkstheater – »Folketeatret« in Kopenhagen.

264. des Privilegiums wegen – Das Privilegium des Kgl. Theaters bezog sich auf Erst- und Uraufführungen.

264. Rm. – Deutsche Reichsmark.

Henrik Ibsen an Ludvig Josephson

17. November 1879

HU XVII, Seite 369 f. (Kgl. Bibliothek Stockholm)

Der Schwede Ludvig Josephson war Direktor des Christiania Theater von 1873-1877, wo er 1873 »Die Kronprätendenten« inszeniert hatte, außerdem »Komödie der Liebe« und »Peer Gynt«. 1877 mußte er kündigen und übernahm dann das Nya Teatern (»Neues Theater«) in Stockholm. (Siehe Ludvig Josephson, Ett och annat om Henrik Ibsen och Kristiania teater, Stockholm 1898.)

265. Kgl. Theater – Kungliga Dramatiska Teatern, Stockholm.

265. aus Rücksicht auf das Neue Theater – Es war bekannt, daß Josephson mit einem völlig unzureichenden Budget arbeiten mußte.

265. Zum großen Teil – Ibsen hatte mittlerweile auch (geringe) Einnahmen aus Wertpapieren.

Henrik Ibsen an Gustaf Gustafsson

18. November 1879

Dieser Brief wurde freundlicherweise von der Universitätsbibliothek Oslo zur Verfügung gestellt.

Der schwedische Schauspieler J. G. Gustafsson war ab 1877 Chef des Nya Teatern (später Stora Teatern) in Göteborg. Wie den Direktoren der übrigen größeren skandinavischen Bühnen war Gustafsson »Ein Puppenheim« mit einem kleinen Begleitschreiben zugestellt worden; und er hatte sich dann nach Ibsens Bedingungen erkundigt.

266. »Ein Puppenhaus« – In der Kommunikation zwischen Ibsen und Wilhelm Lange hatte es einige Unstimmigkeiten gegeben. Daß Lange das Stück schließlich »Nora« nannte, erfuhr Ibsen erst, als das Reclam-Heft in Kopenhagen verkauft wurde (siehe Seite 272).

266. Hedberg – Der schwedische Schriftsteller Frans Hedberg, 1862-1881 literarischer Mitarbeiter an den Kgl. Theatern in Stockholm, 1871-1881 zugleich Intendant der Oper.

266. Kgl. Dr. Theater – Kungliga Dramatiska Teatern, Stockholm

Henrik Ibsen an Johanne Luise Heiberg

18. November 1879

HU XIX, Seite 255 f. (Danske Riksarkivet)

Johanne Luise Heiberg war lange Schauspielerin am Kgl. Theater Kopenhagen, außerdem Autorin einiger der zu dieser Zeit beliebten Vaudevilles. Sie führte auch Regie, u. a. bei der ersten Ibsen-Inszenierung am Kgl. Theater, bei »Bund der Jugend« am 16. Februar 1870. Aus diesem Jahr stammt auch die Freundschaft zwischen ihr und Ibsen. Eine frühere Begegnung 1852 war nicht besonders harmonisch gewesen (Johanne Luise Heiberg, Et Liv gjenoplevet i Erindringen, Kopenhagen 1892).

Ihre Ansicht über »Ein Puppenheim« findet sich in J. L. Heiberg, Breve til Krieger II, Seite 327 f.

Henrik Ibsen an Marie Rovsing

18. November 1879

HU XVII, Seite 370. (Faksimiliert in »Dagbladet« und »Politiken« am 25. Mai 1906)

Maria N. T. Rovsing, geb. Schack, hielt sich mit ihrem Mann, dem dänischen Pädagogen Professor Kristen Rovsing, und ihren Töchtern 1879 in Rom auf. Im Skandinavischen Verein hatte sie sich für die Gleichstellung der Frauen eingesetzt.

Henrik Ibsen an Camilla Collett

20. November 1879

HU XVII, Seite 371. (Universitätsbibliothek Oslo)

Zur norwegischen Schriftstellerin Camilla Collett im Kapitel »Henrik Ibsen und die Frauenfrage«.

Henrik Ibsen an Christian Molbech

22. November 1879

Theaterhistorisk Museum Kopenhagen. (Text nach Verner Arppe, Henrik Ibsen II, Seite 52)

Chr. Molbech war Zensor des Kgl. Theaters Kopenhagen seit 1871. Er hatte seine Professur für nordische Literatur in Kiel 1864 niederlegen müssen, hielt sich 1865/66 in Rom auf, wo er und Ibsen sich kennenlernten, und ließ sich dann in Kopenhagen nieder. Er war zunächst Mitarbeiter der Zeitung »Dagbladet«, wo er vor allem Theaterkritiken schrieb. Eines seiner Theaterstücke, das Ibsen gewidmete Drama »Ambrosius« (1877), war am Kgl. Theater recht erfolgreich und wurde auch in Deutschland gespielt. Nach beständigen Querelen mit dem »Kavalier«, Theaterchef Fallesen, verließ er sein Zensoramt 1881, nachdem man seine Zensur von Bjørnsons Stück »Leonarda« gegen alle Gepflogenheit veröffentlicht hatte. Über Molbechs »Puppenheim«-Zensur im Kapitel »Realisierung und Interpretation«.

Henrik Ibsen an Frederik Hegel

22. November 1879

HU XVII, Seite 371 f. (Kgl. Bibliothek Kopenhagen)

267. ein Telegramm – Wie bereits berichtet, ging Fallesen auf Ibsens Bedingungen schließlich doch ein und telegrafierte seine Zustimmung.
267. Theater in Göteborg – Das »Nya Teatern«.
267. Stockholm – Das »Kungliga Dramatiska Teatern«.
267. Bergen – »Den Nationale Scene«.
268. Begleitbriefe – Die vier vorausgegangenen Briefe gehören dazu. Es ist hier nur von privaten Briefen die Rede, die Schreiben an die Theaterleitungen hatte Ibsen kurz nach Absendung der Manuskripte an Hegel geschickt.

Henrik Ibsen an Nils Lund

30. November 1879

Dieser Brief wurde freundlicherweise von der Universitätsbibliothek Oslo zur Verfügung gestellt.

268. eine deutsche Ausgabe des Stückes – Die bereits genannte Übersetzung von Wilhelm Lange in Reclams Universalbibliothek, die noch 1879 erschien.

Henrik Ibsen an August Rasmussen

1. Dezember 1879

HU XVII, Seite 373 f. (Universitätsbibliothek Oslo)

268. Herrn Cortes' Eingriff in Ihre Rechte – Die bereits erwähnten Streitigkeiten um »Stützen der Gesellschaft«.

269. Klubien – Der Rechtsanwalt Anton H. F. Klubien.

Henrik Ibsen an Lorentz Dietrichson

19. Dezember 1879

HU XVII, Seite 374 ff. (Universitätsbibliothek Oslo)

269. allerhand Scherereien – Siehe Brief an Frederik Hegel vom 22. Januar 1880, Seite 272.

Henrik Ibsen an Frederik Hegel

22. Dezember 1879

HU XVII, Seite 376 f. (Kgl. Bibliothek Kopenhagen)

270. allen übrigen Beteiligten – Die Besetzung der Inszenierung war die folgende: Nora – Betty Hennings, Helmer – Emil Poulsen, Rank – Peter Jerndorff, Frau Linde – Agnes Dehn, Krogstad – Sophus Petersen, Anne-Marie – Louise Phister. Die Einstudierung leitete H. P. Holst. Von einer Regiearbeit im uns vertrauten Sinne kann hier jedoch keine Rede sein; es blieb den Akteuren weitgehend selbst überlassen, ihre Rollen zu gestalten. Genau betrachtet sah dann die »Einstudierung« auch folgendermaßen aus: 25. November: Probe mit dem gesamten Personal; 26. November: wie 25. November; 8 weitere Proben mit einzelnen oder einigen Mitgliedern des Ensembles; 19. Dezember: Kostümprobe.

Die für den 20. September angesetzte zweite Kostümprobe mußte ausfallen, weil Betty Hennings sich krank gemeldet hatte. (Frederick & Lise-Lone Marker, The First Nora: Notes on the World Première of A Doll's House. In: Contemporary Approaches to Ibsen 2, 1970/71)

270. Korrespondenz an die Veiler Amtszeitung – Die größeren dänischen Provinzblätter, so auch die »Vejle Amts

Avis«, beschäftigten fast alle Korrespondenten in Kopenhagen, die über das Theaterleben der Hauptstadt berichteten, bevorstehende Premieren vorbesprachen und stattgefundene rezensierten, was in Anbetracht des regen Theaterinteresses der Provinz nicht erstaunlich war. Die Korrespondenz selbst war mir nicht zugänglich, doch handelte es sich vielleicht um eine der erwähnten Premieren-Vorbesprechungen, nämlich die der Uraufführung.

Henrik Ibsen an Nils Lund

12. Januar 1880

Dieser Brief wurde freundlicherweise von der Universitätsbibliothek Oslo zur Verfügung gestellt.
»Et dukkehjem« war am 4. Dezember 1879 in einer Auflage von 8000 Exemplaren erschienen. Diese Auflage war in etwa 2 Wochen ausverkauft.
271. eine neue – Die 2. Auflage war am 4. Januar in 3000 Exemplaren erschienen.

Henrik Ibsen an Frederik Hegel

13. Januar 1880

HU XVII, Seite 379 f. (Kgl. Bibliothek Kopenhagen)
271. Die vielen Rezensionen – Eine Auswahl der ersten Rezensionen ist bibliographiert in Robert Neiiendam, Det Kongelige Teaters Historie, Kopenhagen 1921-1930, Bd. 5, Seite 205 und in Halvorsens Forfatterlexikon, III, Seite 61 f.
Die Tendenz war – wie später in Deutschland – widersprüchlich. Erstaunlicherweise kamen die Kritiken nach der Uraufführung kaum auf das im Stück gestellte theoretische Problem zu sprechen; eine Ausnahme macht Herman Bang in »Et Dukkehjem« paa Nationaltheatret«, Kopenhagen 1880, der das Stück als »Beitrag zu einer der Fragen der Zeit« bezeichnet. Zunächst hatte man formale Einwände (Fædrelandet, 22. Dezember 1879), den offenen Schluß betreffend. Man beklagte sich, daß einen der

Besuch der Aufführung nicht in »gehobene Stimmung« versetze, was doch seit den großen griechischen Tragödien die Aufgabe eines Dramas sei (Aftenbladet 9. Januar 1880; Dags-Telegrafen 23. Dezember) und beschwerte sich über Noras psychologisch »unerklärliches« Verhalten (Dagbladet 22. Dezember; Folkets Avis 24. Dezember; Berlinske Tidende 22. Dezember). Das Wohlwollen der Kritik war überwiegend auf seiten Helmers. Edvard Brandes dagegen analysierte Helmer als den »intellektuellen Aristokraten ohne Intellekt« (Ude og Hjemme 4. Januar 1880). Viele Kritiken lobten die meisterliche Technik und die sprachliche Qualität; in einigen Kritiken wurde der Ausgang des Stückes problematisiert und schließlich machte man sich über die juristischen Aspekte der Handlung Gedanken (Gran, Seite 248 f.).

Henrik Ibsen an Frederik Hegel

22. Januar 1880

HU XVII, Seite 380 ff. (Kgl. Bibliothek Kopenhagen)

271. der pekuniäre Ertrag – Die Uraufführung brachte die bis zu diesem Zeitpunkt am Kgl. Theater nicht erreichte Rekordeinnahme – bei verdoppelten Preisen an der Abendkasse – von 4699 Kronen ein. Ibsen hatte nach der 10. Aufführung – alle vor ausverkauftem Haus – bereits um 4000 Kronen verdient; insgesamt erhielt er am Kgl. Theater 1879/80 8778 Kronen (Michael Meyer, Seite 476). Ibsens Anteil an den Vorstellungen betrug ein Drittel der Einnahmen aus den nichtabonnierten Plätzen (L. C. Nielsen, Frederik V. Hegel: Et Mindeskrift II, Seite 343 f.)

271. daß die deutsche Übersetzung meines Stückes in Kopenhagen so gut verkauft wird – Siehe Ibsens Brief an Hagbard Emanuel Berner vom 18. Februar 1882, Seite 278.

272. diesem Treiben, das ja ungesetzlich ist – Das war es keineswegs, siehe Ibsens Brief an H. E. Berner.

Henrik Ibsen an Bendix Edvard Bendixen

27. Januar 1880

HU XVII, Seite 382. (Universitätsbibliothek Bergen)
Siehe Ibsens Brief an B. E. Bendixen vom 26. März 1880, Seite 298.

Henrik Ibsen an Frederik Hegel

2. Februar 1880

HU XVII, Seite 384 f. (Kgl. Bibliothek Kopenhagen)

273. mit außerordentlicher Großzügigkeit – Ibsen hatte vom Gyldendal-Verlag für die 1. Auflage 5288, für die 2. Auflage 1969 Kronen erhalten.
273. Axel Krook – Der schwedische Schriftsteller Axel Krook war 1860-1880 Mitarbeiter der Zeitung »Göteborgs-Posten« und ab 1873 künstlerischer Berater von Göteborgs Nya Teatern, an dessen Leitung er ab 1874 beteiligt war.
273. für 500 Kronen – Ibsen hatte von J. G. Gustafsson, der Regie führte, zunächst 1000 Kronen verlangt.

Henrik Ibsen an Frederik Hegel

15. Februar 1880

HU XVII, Seite 385 ff. (Kgl. Bibliothek Kopenhagen)

273. eine dritte Auflage – Die 3. Auflage von »Ein Puppenheim« erschien am 8. März 1880 in 2500 Exemplaren. Ibsen erhielt für sie 1406 Kronen.
274. ein »Kronjahr« – Ibsens Einnahmen für das Jahr 1880 betrugen schließlich 21 536 Kronen. Zum erstenmal hatte er über 20 000 Kronen verdient. Das nächste »Kronjahr« sollte vierzehn Jahre auf sich warten lassen.
274. die übersandten 1300 Kronen – Gyldendal übersandte Ibsen in unregelmäßigen Abständen Beträge von unterschiedlicher Höhe, die sich aus den Einnahmen aus dem Buchhandel und den Zahlungen der dänischen und schwedischen Theater zusammensetzten – die Zahlungen aus Norwegen regelte Nils Lund in Kristiania.

Henrik Ibsen an Emil Stang

22. Februar 1880

HU XVII, Seite 389. (Universitätsbibliothek Oslo). Im Original deutsch.

Ibsen kannte den Juristen Stang seit dem Anfang der sechziger Jahre in Kristiania, wo er das Norwegische Theater geleitet hatte. 1864 war ihm Emil Stang bei der Beschaffung seines Reisestipendiums behilflich gewesen; Regierungschef war damals Emil Stangs Vater, Staatsrat Fredrik Stang. Emil Stang wurde 1889 der Nachfolger des Venstrepolitikers Johan Sverdrup als Staatsminister. – Ibsen ließ sich ab 1872 in allen Rechtsangelegenheiten, die Norwegen betrafen, von ihm vertreten.

274. Foght Salicath – Chr. W. Foght, Direktor einer dänischen Theatergruppe, die in Norwegen Tourneen unternahm, hatte bereits »Stützen der Gesellschaft« inszeniert. Oscar Salicath war Geschäftsführer des Folketheatret (»Volkstheater«) in Kristiania.

274. empfangene Telegramme – Nachdem Ibsen der Foght-Gesellschaft am 14. Februar 1880 telegraphisch das ausschließliche Aufführungsrecht in Norwegen außerhalb Kristianias und Bergens für »Ein Puppenheim« zum Preis von 500 Kronen überlassen hatte, erhielt er am 20. Februar ein Telegramm von Salicath, des Inhalts, daß die Foght-Gesellschaft sich aufgelöst habe und er nunmehr um die Übertragung des Aufführungsrechts bitte. Am 21. Februar übertrug Ibsen das Aufführungsrecht telegraphisch an Salicath mit der Einschränkung »Umgebung von Kristiania« und verlangte die Hinterlegung von 400 Kronen bei Nils Lund. Nachdem Salicath den Betrag noch am selben Tag einbezahlt hatte, ließ er am 23. Februar durch den Stadtvogt in Drammen Protest gegen die Arbeit Foghts einlegen, der dort für den 27. Februar die Erstaufführung vorbereitete. Foght hinterlegte die von Ibsen verlangten 500 Kronen am 26. Februar bei Nils Lund und protestierte nun seinerseits in einem Telegramm an Ibsen: Seine Gesellschaft habe sich keineswegs aufgelöst. Unter gegenseitigen Vorwürfen begannen nun beide Gesellschaften

ihre Tourneen, Foght, wie geplant, am 27. Februar in Drammen, Salicath in Fredrikshald.

Henrik Ibsen an Emil Stang

9. März 1880

HU XVII, Seite 389 f. (Universitätsbibliothek Oslo)

274. was von Ihrer Seite ... unternommen worden ist – Foght gastierte vereinbarungsgemäß in ganz Norwegen; im Mai erreichte die Gesellschaft z. B. Tromsø und Hammerfest. Aber auch die Salicath-Gesellschaft entfernte sich um einiges aus der Umgebung von Kristiania. Als sie am 5. März in Trondheim gastierte, fühlte sich Ibsen genötigt, einzuschreiten, und ließ Salicath durch Emil Stang auf eine Geldbuße, Schadenersatz und die Prozeßkosten verklagen.

274. billigere Bedingungen – Wie bereits erwähnt, hatte Ibsen von Foght 500, von Salicath nur 400 Kronen verlangt.

Henrik Ibsen an Nils Lund

19. März 1880

HU XVII, Seite 390 f. (Universitätsbibliothek Oslo)

275. Schauspieldirektor Cetti – Der Däne Frederik A. Cetti, der sich Ende der achtziger Jahre als Direktor des Kopenhagener Dagmartheaters und des Casinotheaters für Laura Kielers Schauspiel »Mænd af ære« einsetzte. Zu diesem Zeitpunkt gastierte er bei der Salicath-Gesellschaft in Trondheim als Helmer.

275. drei schwedischen Theaterdirektoren – Wahrscheinlich die im Brief an Nils Lund vom 15. Oktober 1880 erwähnten Theaterleiter »Åbjörnsen«, »Åbjörnsen junior« und »Landegren«. Siehe dort.

John Paulsen im Gespräch mit Henrik Ibsen über »Ein Puppenheim«, quantitativ gesehen

Sommer 1880

John Paulsen, Samliv med Ibsen. Anden Samling, Seite 101 f.

276. Zwei – drei Kronen – »Ein Puppenheim« kostete zunächst 2 Kronen 25 Öre.

Henrik Ibsen an Nils Lund

15. Oktober 1880

HU XVII, Seite 410 f. (Universitätsbibliothek Oslo)

276. Herr Åbjörnsen – Vielleicht der schwedische Schauspieler Christian Eberhard Abjörnsson, der in den siebziger und achtziger Jahren Schweden mit einem eigenen Tourneetheater bereiste. Die »betreffende Angelegenheit« konnte ich nicht ermitteln.

277. Herrn La Cour – Möglicherweise der dänische Schauspieler Charles la Cour, der Ehemann von Ella la Cour, die im »Puppenheim« der Rasmussen-Gesellschaft 1880 die Frau Linde gespielt hatte. Der als Schauspieler eher erfolglose la Cour ging nach der Scheidung von seiner Frau nach Norwegen, versuchte sich dort und in Schweden als Provinztheaterleiter und arbeitete schließlich in Kristiania als Journalist.

277. die Direktoren Landegren und Åbjörnsen junior – Bei »Landegren« handelt es sich wahrscheinlich um einen Schreibfehler für (Johan Fredrik) Lundgrén, einen schwedischen Dramatiker, Lustspielautor, Schauspieler und auch Provinztheaterdirektor. Daß der Göteborger Kaufmann Lorentz Lundgrén, der 1883 Direktor des Stora Teatern (»Großes Theater«) in Göteborg werden sollte, schon zu diesem Zeitpunkt im Theaterleben aktiv gewesen wäre, ist nicht bekannt. Das Tourneetheater des Direktors William Abjörnsson befand sich im Jahre 1880 mit »Ein Puppenheim« auf Tournee in Schweden. In der Inszenierung spielte Abjörnssons Ehefrau Mimi die Nora.

277. das Gutachten über die Schadenerstattung – Nachdem

die Salicath-Gesellschaft auch in Kristianssund gastiert hatte, wurde sie dort im Juli 1880 wegen Übertretung einer Bestimmung aus dem Autorenschutzgesetz zur Zahlung von 50 Kronen an die Staatskasse, Schadenersatz an Ibsen und Prozeßkosten verurteilt. Die Höhe von Ibsens Schadenersatzansprüchen sollten in einem gesonderten Gutachten ermittelt werden. (Aftenposten, 25. Februar 1930)

Henrik Ibsen an Frederik Hegel

25. Oktober 1880

HU XVII, Seite 411 f. (Kgl. Bibliothek Kopenhagen)
»Ein Puppenheim« wurde in der Saison 1879/80 am Kgl. Theater 21mal gespielt.

Henrik Ibsen an Edmund Gosse

26. November 1880

HU XVII, Seite 415 f. (Dort nach Abschrift)
277. der erwähnten Übersetzung – Trotz Ibsens Genehmigung übersetzte Gosse das Stück nicht. »Ein Puppenheim« erschien in England erst 1883 in Form einer »Bearbeitung« (siehe Ibsens Brief an August Larsen vom 13. März 1884, Seite 279), die auch inszeniert wurde. Bis zur ersten werkgetreuen Übersetzung und Inszenierung in England (1889), wurde »Ein Puppenheim« in London nur bei einer Wohltätigkeitsveranstaltung 1885 und auf einem »Rezitationsabend« 1886 vorgestellt, an dem G. B. Shaw und Marx' jüngste Tochter Eleanor zwei Rollen übernahmen. (Michael Meyer, Henrik Ibsen, Seite 530 f.)

Henrik Ibsen an Hagbard Emanuel Berner

18. Februar 1882

HU XVII, Seite 458 ff. (Universitätsbibliothek Oslo)
Hagbard Emanuel Berner war 1869-1879 Redakteur der norwegischen Zeitung »Dagbladet« gewesen und wurde

1880 Venstre-Abgeordneter im Storting. Ibsen war am 27. März 1881 an ihn herangetreten, um eine Erhöhung seiner Dichtergage zu erreichen – Bjørnson und er erhielten 400 Speziestaler im Jahr, Ibsen seit 1866. Diese Summe entsprach natürlich in keiner Weise den Verlusten, die den durch keine literarische Konvention zwischen Ländern außerhalb Skandinaviens geschützten Dichtern entstanden. Berner bat Ibsen im April um nähere Angaben über die ihm entstandenen Verluste; gleichzeitig entstand in der norwegischen Presse das Gerücht, Ibsen habe in seinem Brief an Berner nicht nur um Erhöhung seiner Dichtergage gebeten, sondern sich auch nunmehr absolut einig mit der Politik der Linken in Norwegen erklärt. Diese Gerüchte beschäftigten Ibsen offenbar mehr als seine finanzielle Lage, denn in einem weiteren Brief an Berner vom 14. Juli 1881 bat er diesen nur um Veröffentlichung seines ersten Schreibens, um den Gerüchten die Nahrung zu entziehen, ging aber auf Berners Frage nach seinen finanziellen Verlusten nicht ein. Berner veröffentlichte beide Briefe im »Dagbladet« (22. Juli und 2. August 1881). Auf Berners Frage aus dem April 1881 antwortete Ibsen erst zehn Monate später mit dem in Auszügen übersetzten Brief vom 18. Februar 1882, nachdem er durch einen Artikel im »Dagbladet« erfahren hatte, daß am 1. Februar im Storting durch Berner ein die Erhöhung der Dichtergagen betreffender Antrag eingegangen war. Ibsens Brief kam zu spät: Das Storting hatte Berners Antrag bereits abgelehnt.

278. in Rußland – Im November 1881 spielte Helene Modrzejewska die Nora am Polnischen Theater in St. Petersburg.

278. in Warschau – Ab Februar 1882 wurde die Aufführung am Großen Theater in Warschau gegeben.

278. Geschichte mit »Stützen der Gesellschaft« – Ibsen hatte beim Theodor-Ackermann-Verlag in München eine eigene deutsche Ausgabe von »Stützen der Gesellschaft« veranstaltet. Emma Klingenfeld hatte das Stück übersetzt; das Buch kostete 2 Reichsmark. Wilhelm Lange übersetzte das Stück ebenfalls und gab es bei Reclam's Universal-

bibliothek in Leipzig heraus. Das Heft kostete 20 Pfennig. Beide Texte waren 1878 erschienen, Ibsens »Originalausgabe« wurde aber bald durch das Reclamheft verdrängt.

278. benutzte sofort die Gelegenheit – Aufgrund der Vereinbarung zwischen Ibsen und Lange befand sich der Reclam-Verlag im Besitz einer »autorisirten« Ausgabe. Dem Verkauf dieses Textes in Skandinavien stand juristisch nichts im Wege, denn das Urheberrechtsgesetz von 1870, das für Deutschland galt, und die entsprechende dänische Bestimmung von 1880 schützten Verlagsschriften nur in ihren Ursprungsländern.

278. 6-800 Exemplare – Ibsens Verleger Hegel hatte geschätzt, daß in Kopenhagen etwa 2000 Exemplare von »Nora« verkauft worden seien. (L. C. Nielsen, Frederik V. Hegel, II, Seite 343-344)

279. ca. 9000 Kronen – Diese recht hohe Summe war der Tatsache zu verdanken, daß Ibsen ein Drittel der Abendeinnahme aus nichtabonnierten Plätzen erhielt. Vor »Ein Puppenheim« hatte das Kgl. Theater »Bund der Jugend«, »Nordische Heerfahrt«, »Die Kronprätendenten« und »Stützen der Gesellschaft« aufgeführt, wofür Ibsen insgesamt 6400 Kronen erhalten hatte, da das »Regulativ« noch nicht in Kraft war. Seine sämtlichen Verluste in Dänemark vor dem »Regulativ« bezifferte Ibsen auf 21 600 Kronen. »Und nun stelle man sich vor«, schreibt Ibsen am Schluß seiner Ausführungen, »wenn Bjørnson und ich für unsere sämtlichen dramatischen Arbeiten gesetzlichen Schutz genossen hätten gegenüber Deutschlands 150 Theatern!« (HU XVII, Seite 463)

Henrik Ibsen an Bendix Edvard Bendixen

18. November 1882

HU XVII, Seite 489 (Universitätsbibliothek Bergen)

279. bei meinem Kommissionär – Nils Lund in Kristiania.

279. Frau Hennings – Betty Hennings, die Nora der Kopenhagener Uraufführung, befand sich in der Saison 1882/83 auf Tournee in Norwegen.

Henrik Ibsen an August Larsen

13. März 1884

HU XVIII, Seite 15 (Universitätsbibliothek Oslo)

279. Herrn Bernstein – nicht ermittelt

279. die Prinzessin von Wales – Alexandra, Tochter des dänischen Königs Christian IX., verheiratet mit dem späteren Edvard VII, war englische Königin von 1901 bis 1910.

279. in englischer Bearbeitung auf dem Princess-Theater – Nachdem Edmund Gosse »Ein Puppenheim« trotz Ibsens Genehmigung nicht übersetzt hatte, erschien 1883 das Stück »Breaking a Butterfly (founded on Ibsen's Norah)« von Henry Arthur Jones und Henry Herman, welches ab 3. März 1884 am »The Prince's Theatre« (heute: »The Prince of Wales' Theatre«) in der Coventry Street gespielt wurde. Die Bearbeitung verlegte Ibsens »Puppenheim« in eine englische Kleinstadt, versah die Figuren mit englischen Namen (Nora → Flora), und ließ »das Wunderbare« wirklich eintreffen: Humphrey (Torvald) schlug sich tatsächlich an die Brust und erklärte sich für den Schuldigen, und Nora mußte ihr Puppenheim nicht verlassen. (Michael Meyer, Henrik Ibsen, Seite 530 f.) (Siehe Harley Granville Barker, The Coming of Ibsen. In: The Eighteen Eightees, London 1930; Miriam Franc, Ibsen in England, Boston 1919)

Henrik Ibsen an Generalkonsul W. Christophersen

30. April 1889

HU XVIII, Seite 211 f.

Der norwegische Jurist Christophersen war seit 1882 Generalkonsul in Antwerpen. Der Venstre-Politiker setzte sich für ein eigenes, von Schweden unabhängiges Konsulatswesen für Norwegen ein. Ab 1908 war er norwegischer Außenminister.

280. »Gespenster« – Das Stück war 1887 von Moritz Prozor mit Hilfe seiner schwedischen Ehefrau übersetzt wor-

den (siehe Ibsens Brief an Prozor vom 17. April 1890, Seite 282).

280. »Ein Puppenheim« – Anschließend hatte Prozor »Ein Puppenheim« übersetzt. »Les Revenants« und »Maison de Poupée« erschienen 1889 bei Sâvine in Paris in »Henrik Ibsen. Théâtre.«

280. in Vorbereitung – Mit der Übersetzung von Ibsens Dramen ins Französische beschäftigten sich Rodolphe Darzens, Victor Barrucand und ein gewisser B. H. sowie Armand Ephraim und ein gewisser Lindenland. Mit Ausnahme von Darzens sind ihre Tätigkeiten nicht genau zu verfolgen.

280. teils in Paris – Wahrscheinlich ist hier Darzens gemeint. Seine Übersetzung von »Gespenster« wurde 1890 derjenigen Prozors am Théâtre libre in Paris vorgezogen.

280. einen in Berlin wohnhaften französischen Journalisten – In einen Brief an den schwedischen Dichter Carl Snoilsky, welcher der Cousin von Prozors Ehefrau war, hatte Ibsen zwei französische Literaten erwähnt, die sich mit einem seiner deutschen Übersetzer in Verhandlungen um französische Übersetzungsrechte befänden. Späteren Briefen Ibsens (1891) ist zu entnehmen, daß er dem französischen Journalisten Victor Barrucand und dessen Mitarbeiter »B. H.« die Veröffentlichung der »Wildente« untersagte. Eine Aufführung von »Die Wildente«, die im Mai 1891 in der Übersetzung von Armand Ephraim und Lindenland am Théâtre libre gespielt wurde, verbot Ibsen gleichfalls, sie wurde nicht weitergespielt.

Henrik Ibsen an William Archer

13. Juni 1889

Bjørn Tysdal, Ibsen-brev i British Museums Archer-Samling. In: Edda 66, Seite 247 ff.

Der englische Kritiker William Archer lernte das Werk Ibsens 1873 kennen und übersetzte 1878 »Stützen der Gesellschaft«. Mit einer Bearbeitung dieser Übersetzung hatte er im Dezember 1880 Ibsen auf der englischen Bühne eingeführt. Er machte im Winter 1881 George Bernard Shaw mit den Werken Ibsens bekannt, danach sorgten beide zusammen mit Edmund Gosse durch Artikel und Besprechungen in Zeitungen und Zeitschriften für das Bekanntwerden Ibsens in England. 1888 erschien Archers Übersetzung von »Stützen der Gesellschaft« und die von ihm überarbeitete Übersetzung von »Ein Puppenheim«, die Ibsen in seinem Brief erwähnt. Sie stammte von Henrietta Frances Lord. Nachdem Ibsen die Übersetzungen Archers für England autorisiert hatte, veröffentlichte Archer dreizehn Dramen Ibsens in fünf Bänden, wovon die ersten drei schon im November 1890 erschienen. Persönlich kennengelernt haben sich Ibsen und Archer im Winter 1881/82 in Rom. (Siehe Charles Archer, William Archer, London 1931)

280. Mr. Charrington – Am 7. Juni 1889 hatte die englische Erstaufführung von »A Doll's House« unter der Leitung von Charles Charrington am The Noveltry Theatre in London stattgefunden. Charringtons Ehefrau Janet Achurch, laut G. B. Shaw »the only tragic actress we now possess«, spielte die Nora. Die Aufführung bedeutete Ibsens Durchbruch in England und war dann auf einer großen Tournee in Sidney, Melbourne und Kairo zu sehen.

280. die Übersetzung – Die bereits genannte Übersetzung von Henrietta Frances Lord.

280. Ich kann so überzeugt sein – William Archers Großvater war schon 1825 nach Norwegen gegangen, und der 1856 geborene Enkel pflegte seine Ferien unter seinen norwegischen Verwandten in Larvik zu verbringen. Seine Kenntnisse des Norwegischen waren weit besser als die Edmund Gosses.

Henrik Ibsen an August Lindberg

14. Oktober 1889

HU XVIII, Seite 223 (Universitätsbibliothek Oslo)

Der schwedische Schauspieler und Regisseur August Lindberg hatte als erster Europäer den Mut besessen, »Gespenster« auf die Bühne zu bringen. Bei der europäischen Erstaufführung am 22. August 1883 spielte er den Osvald, und auf der anschließenden Tournee in Schweden, Dänemark und Norwegen brachte die Lindberg-Gesellschaft das Stück innerhalb eines halben Jahres 75mal zur Aufführung. 1890 sollte Lindberg die Leitung des »Stora Teatern« (»Großes Theater«) in Göteborg übernehmen, wo er die zweite Inszenierung von »Ein Puppenheim« an diesem Theater leitete. (Siehe Per Lindberg, August Lindberg, Stockholm 1943)

Henrik Ibsen an William Archer

3. November 1889

HU XVIII, Seite 229 f. (Dort nach »Breve fra Henrik Ibsen II, Seite 184 f.)

281. Ihre herrliche und kostbare Prachtausgabe – Der Verlag von T. Fisher Unwin in London hatte nach der Aufführung am Noveltry Theatre den von Archer überarbeiteten Text in einer pergamentgebundenen Prachtausgabe herausgegeben. Das Buch war in nur 115 vom Verleger signierten Exemplaren erschienen und enthielt Photographien der Charrington-Achurch-Aufführung.

Henrik Ibsen an August Lindberg

17. März 1890

HU XVIII, Seite 243 f. (Universitätsbibliothek Oslo)

Henrik Ibsen an Moritz Prozor

17. April 1890

HU XVIII, Seite 245 f.

Der aus Vilna in Litauen gebürtige Graf Moritz Prozor hatte in Frankreich und Deutschland studiert und trat 1880 in den russischen Staatsdienst. 1881-1884 war er Sekretär an der russischen Botschaft in Stockholm und sah dort 1883 »Gespenster« in der Inszenierung von August Lindberg. Unter dem Eindruck dieses Erlebnisses begann er sich mit Ibsens

Dichtung zu beschäftigen. Anschließend Botschaftssekretär in Bern, übersetzte er dort 1887 gemeinsam mit seiner Frau, der schwedischen Gräfin Ebba Bonde, »Gespenster« und danach »Ein Puppenheim« ins Französische. Nachdem Prozor durch den Cousin seiner Frau, Graf Snoilsky in Dresden, mit Ibsen in Verbindung gekommen war, erhielt er durch diesen das Exklusivrecht für Übersetzungen seiner Werke ins Französische. Obwohl Ibsen die Übersetzungen Prozors autorisiert hatte, griff er nicht ein, als im Frühling 1890 statt Prozors Übersetzung von »Gespenster« der Text Darzens' zur Aufführung kam – davon handelt dieser Brief hauptsächlich. Dagegen verbot Ibsen die Aufführung der Ephraim-Lindenland-Übersetzung von »Die Wildente« am selben Theater, die zunächst gespielt, dann aber durch Prozors Übersetzung ersetzt wurde (Mai 1891). André Antoine, der Leiter des Théatre libre, hat einem der Herausgeber der HU, Halvdan Koht, später mitgeteilt, Prozors Übersetzungen seien nicht gut sprechbar (HU XIX, Seite 534).

282. »Ein Puppenheim« am Odéon – Die geplante Aufführung am Théatre de l'Odéon kam nicht zustande. Die erste öffentliche Aufführung von »Ein Puppenheim« in Frankreich sollte noch vier Jahre auf sich warten lassen (siehe im Kapitel »Realisierung und Interpretation«, Seite 303).

Henrik Ibsen an Moritz Prozor

29. Januar 1891

HU XVIII, Seite 284 (Dort nach Abschrift)

282. Herrn Capuana – Der italienische Schriftsteller und Kritiker Luigi Capuana fertigte die zweite Übersetzung von »Ein Puppenheim« ins Italienische an. Zuvor war schon in der Zeitschrift »Gazetta d'Italia« »Casa della bambola« in der Übersetzung Alfredo Mazzas erschienen (1884, Nr. 357 ff.). »Casa di bambola« von Capuana erschien zuerst in der römischen Theaterzeitschrift »Carra di Thespi« (24. Januar 1891 ff.) mit Illustrationen, in Buchform erst 1895 in Mailand.

282. »Ein Puppenheim« aufzuführen – Das Stück wurde in

der Übersetzung Capuanas am 9. Februar 1891 am Teatro dei Filidrammatici in Mailand aufgeführt. Die Rolle der Nora hatte Eleonora Duse übernommen, die dann mit der Inszenierung auf Tournee ging. (Siehe Ibsens Brief an Moritz Prozor vom 23. Januar 1891 im Kapitel »Der zweite Schluß«, Seite 289).

282. Herrn Galletti – nicht ermittelt.

Henrik Ibsen an Madame Aubernon de Neuville

22. Mai 1891

HU XVIII, Seite 296. (Im Original französisch)

Der Brief ist von Ibsens Sohn Sigurd geschrieben, lediglich die Unterschrift stammt von ihm selbst.

Lydie Auvernon, geb. de Nerville, war in Paris Gastgeberin eines politischen und literarischen Salons unter dem Namen Madame d'Auvernon de Nerville. Ihr Salon galt als der bedeutendste der Zeit, verkehrten dort doch Berühmtheiten wie Alexandre Dumas fils und Marcel Proust. Ihre schriftstellerische Tätigkeit ist nicht genau zu verfolgen, da sie immer anonym schrieb. In ihrem Privattheater in der Rue d'Astorg wurde »Ein Puppenheim« in Form einer geschlossenen Vorstellung Ende Mai 1891 zum erstenmal dem französischen Publikum präsentiert. Man spielte die Übersetzung Prozors.

Henrik Ibsen an Jacob Hegel

12. Februar 1896

HU XVIII, Seite 380 (Kg. Bibliothek Kopenhagen)

Frederik Hegels Sohn Jacob hatte die Leitung des Gyldendalschen Buchhandels in Kopenhagen übernommen, als sein Vater 1887 verstorben war.

283. eine neue Auflage – 1896 erschien die 4. Auflage von »Et dukkehjem« und die 7. Auflage von »Digte«.

Henrik Ibsen an Julius Jacobsen

6. September 1896

HU XVIII, Seite 384 f. (Universitätsbibliothek Oslo)

283. Herr Rasmussen – Der bereits mehrfach erwähnte Provinztheaterleiter August Rasmussen, der 1880 mit »Ein Puppenheim« auf Tournee in der dänischen Provinz gewesen war.

283. nicht übertragen kann – Wie vielleicht bereits deutlich geworden, waren die Theatergewohnheiten der Zeit in rechtlicher Hinsicht von Unordnung geprägt. Bei den Tourneetheatern, bei den dänischen wie bei den norwegischen, ging es besonders chaotisch zu. So waren die für reisende Theaterunternehmen erforderlichen staatlichen Lizenzen durch eine Gesetzeslücke in Dänemark nicht personengebunden, sondern konnten vererbt, verkauft und verliehen werden. Rasmussen, der sich 1884-1887 als Leiter des Kopenhagener Casino-Theaters vom Tourneetheater zurückgezogen hatte, reiste nun mit der ausgeliehenen Lizenz einer Regisseurswitwe. Der dänische Schauspieler Julius Jacobsen und seine Frau Helvig Johansen, die 1880 bei Rasmussen die Nora gespielt hatte, hatten nun 1896 das Glück, von der Schauspielerin Maria Spiers deren Lizenz ausleihen zu können, die diese wiederum von ihrem verstorbenen Mann, dem Tourneetheaterleiter Camillo Spiers geerbt und mit der sie selbst von 1889-1896 ein Tourneetheater geleitet hatte. Helvig Johansen spielte nun ein zweites Mal die Nora, diesmal unter der Leitung ihres Mannes. Als er 1899 starb, führte sie das Theater allein weiter.

DER ZWEITE SCHLUSS

Der geänderte Schluß von »Ein Puppenheim« ist, oberflächlich betrachtet, nur eine Textvariante zu Seite 108, ab Zeile 13. Prüft man jedoch die Rezeptionsgeschichte des Schauspiels, wird der Eindruck ein anderer. Nicht nur, daß die deutsche Erstaufführung von »Nora« 1880 diesen geänderten Schluß benutzte, er wurde auch weiterhin gespielt, und noch zu Anfang der neunziger Jahre mußte sich Ibsen mit ihm auseinandersetzen, weil man dem Publikum nicht die Fähigkeit zutraute, einen unversöhnlichen, offenen Ausgang der Geschichte Nora Helmers zu verstehen. In Deutschland war der geänderte Schluß zu diesem Zeitpunkt verschwunden. Wenn es im »Litterarischen Echo« 1899/1900 heißt, in dieser doppelten Lesart sei der »feine Grenzpunkt zweier Litteraturepochen« zu sehen, trifft das jedoch nur zum Teil zu. Der Gedanke, daß eine Frau ihren Mann und ihre Kinder verläßt, war geläufiger geworden, umstritten blieb aber nach wie vor die Frage, wohin Nora ging, genauer: wohin sie hätte gehen können. In Skandinavien entstanden in den achtziger Jahren eine Reihe von Fortsetzungen und »4. Akten«, welche diese Frage – ernst oder unernst – zu lösen versuchten, ein deutscher »4. Akt« ist im Materialienteil wiedergegeben. Englische und amerikanische »Bearbeitungen« dieser Zeit erfanden Happy Ends unterschiedlicher Art, und auch aus späteren Jahren gibt es »Lösungsversuche«. Zwei Beispiele seien genannt, eines aus den zwanziger Jahren und eines aus jüngerer Zeit. Die Nora Helmer der Mejerchol'd-Inszenierung 1922 in Moskau verließ zwar ihren Mann, da sie »dem Gift der bürgerlichen Familie ein Leben in Arbeit vorzieht«, (Nils Åke Nilsson, Ibsen in Rußland, Seite 46), nahm aber ihre Kinder mit. In Ernst Bruun Olsens Fortsetzung aus dem Jahre 1968, die unter dem Titel »Wohin ging Nora?« 1970 auch in Deutschland zu sehen war, lebt Nora in den Slums weiter und lernt das Leben unter Proletariern kennen.

Das Kapitel »Der zweite Schluß« enthält die Pressenotiz, die Ibsen veranlaßte, öffentlich zum versöhnlichen Stückausgang Stellung zu nehmen, den problematischen Text selbst, Briefe Ibsens, eine Erklärung der »Erfinderin« des geänderten Schlusses und einen exemplarischen 4. Akt. In den folgenden Anmerkungen finden sich außer den gewöhnlichen Erläuterungen Angaben zu zeitgenössischen Fortsetzungen des Stückes.

Anmerkungen

Aus der »Nationaltidende«: 11. Februar 1880
Korrespondenz aus Flensburg
Breve fra Henrik Ibsen II, Seite 230.

Diese Korrespondenz aus Flensburg erschien in der Kopenhagener Zeitung »Nationaltidende« nach der deutschen Erstaufführung von »Nora«, die am 6. Februar 1880 in Kiel stattgefunden hatte. Am Flensburger Theater war die Aufführung zwei Wochen später zu sehen, darauf bezieht sich die Pressenotiz.

284. ein gewisser Herr v. Glotz – Von Glotz' Weg an den deutschen Bühnen des 19. Jahrhunderts konnte ich nicht durchgängig verfolgen. Er war Theaterleiter, 1870-1874 am Heidelberger, anschließend am Liegnitzer Stadttheater, 1880 in Kiel.

284. ein Herr W. Lange – Wilhelm Lange, dessen »Puppenheim«-Übersetzung unter dem von ihm »erfundenen« Titel »Nora« in Reclam's Universalbibliothek erschienen war, nachdem Ibsen mit ihm eine mit dem Original gleichzeitig erscheinende deutsche Ausgabe des Stückes vereinbart hatte.

284. mit der bestimmten Auflage – Was es mit der »bestimmten Auflage« auf sich hatte, ist Ibsens Brief an die »Nationaltidende« vom 17. Februar 1880 (Seite 284) zu entnehmen.

Henrik Ibsen an die »Nationaltidende«

17. Februar 1880

HU XIX, Seite 146 f. (Kgl. Bibliothek Kopenhagen)

Bei der deutschen Erstaufführung in Kiel und bei der Flensburger Aufführung wurde der geänderte Schluß gegeben.

284. eine zweite Übersetzung oder »Bearbeitung« – Von welcher Seite eine solche Gefahr drohte, konnte ich nicht ermitteln. Möglicherweise handelt es sich um einen Irrtum des Übersetzers Lange (siehe Hedwig Niemann-Raabes Erklärung Seite 287).

Henrik Ibsen an Heinrich Laube

18. Februar 1880

Litterarisches Echo, 2. Jahrgang 1899/1900, Seite 969. Im Original deutsch.
Heinrich Laube, Direktor des Wiener Burgtheaters von 1850-1868, gründete 1872 das Wiener Stadttheater, das er bis 1880 leitete. Er kam nicht mehr dazu, »Nora« zu inszenieren. Nach einer längeren wirtschaftlichen Misere des Theaters, als deren Ursache man Laubes anspruchsvollen Spielplan betrachtete, wurde er zur Kündigung bewogen. Das Theater wurde an den Sänger und Schauspieler Karl von Bukovics verpachtet mit der Auflage, ein erfolgversprechenderes Programm zu geben. Bukovics war genötigt, einige der vertraglichen Verpflichtungen, die Laube eingegangen war, zu übernehmen, darunter die Aufführung von »Nora«. Premiere war erst am 8. September 1881 mit Else Hofmann als Nora. Nachdem der am 8. September gegebene ursprüngliche Schluß von den Wienern mit Empörung aufgenommen worden war, gab man am 9., 10. und 12. September den versöhnlichen Schluß. Wie es heißt, hatte man auf diese »Zwangs-Vorstellung« keine besondere Sorgfalt verwandt. Vielleicht deshalb mußte sie nach vier Aufführungen abgesetzt werden, denn auch mit dem versöhnlichen Schluß war das Publikum nicht einverstanden.

286. eines norddeutschen Impresario » Der Gründer des Hamburger Thaliatheaters Charles Schwartzenberger Maurice, genannt Chéri Maurice (siehe Hedwig Niemann-Raabe über den geänderten Schluß, Seite 287).

286. einer Schauspielerin – Hedwig Niemann-Raabe, die bei der deutschen Erstaufführung und auf der anschließenden Tournee die Nora spielte.

Der geänderte Schluß

Litterarisches Echo, a.a.O., Seite 969, 970.
Der Text erschien in der Übersetzung von Wilhelm Lange »Nora oder Ein Puppenheim«, Leipzig 1879, auf Seite 91 als »Variante«.

Hedwig Niemann-Raabe über den geänderten Schluß
Litterarisches Echo, a.a.O., Seite 970.

287. Chérie Maurice – Charles Schwartzenberger Maurice hatte das Hamburger Thaliatheater gegründet und es mit Unterbrechungen bis 1885 geleitet.

287. ist mir nicht mehr erinnerlich – Hedwig Niemann-Raabe spielte die Nora in Flensburg, Kiel, am Thaliatheater in Hamburg, am Königlichen Theater in Dresden und am Residenztheater in Hannover mit dem geänderten Schluß. Ab 21. November 1880 gastierte sie in der Rolle am Residenztheater in Berlin. Nachdem man zunächst den versöhnlichen Schluß gegeben hatte, zeigten sich Presse und Publikum erbost über »eine solche theatralische Convenienzlüge«, aber auch mit dem bei der nächsten Vorstellung gespielten Originalschluß war man nicht zufrieden (Siehe »Über Land und Meer«, Dezember 1880). Als das Theater nun dazu überging, beide Schlüsse abwechselnd zur Aufführung zu bringen, sprach Oscar Blumenthal, der spätere Direktor des Lessing-Theaters, von »einer Art Durchhausdrama« mit zwei Ausgängen. (Wilhelm Friese, Ibsen auf der deutschen Bühne, Seite XIV)

287. der Erfolg – »Nora« erlebte am Residenztheater in Berlin bis 1890 90 Aufführungen.

Literatur: Herman Bang, Nora. In: Kritiske Studier og Udkast, Seite 219 ff.
Georg Brandes, »Et Dukkehjem« i Berlin. In: Samlede Skrifter, XIV, Seite 265 ff.

Henrik Ibsen an die »Neue Zeit« 21. März 1880

Dieser Brief wurde freundlicherweise von der Universitätsbibliothek in Oslo zur Verfügung gestellt. (Im Original deutsch)
Ibsen richtete diesen Brief an Redakteur Günther von der »Neuen Zeit« (Wochenschrift für Theater, Kunst und Literatur, Offizielles Organ der Deutschen Genossenschaft dramatischer Autoren und Komponisten, Leipzig 1871/72-1898/99).

287. Herrn Hauptmann Schubert – Nicht ermittelt.

288. Wittwe des Heinrich Marr – Elisabeth Sangalli, bis 1848 Schauspielerin am Leipziger Stadttheater, lernte dort den Schauspieler und Regisseur Heinrich Marr kennen, den sie 1849 heiratete. Ab 1849 war sie schriftstellerisch tätig (unter dem Pseudonym »Sankt Galli«). Sie schrieb einen Roman, »Arm und Reich – ein Arbeiterroman«, ein Theaterstück, »Macht der Vorurteile« und übersetzte einige Schauspiele Molières, während ihr Mann als künstlerischer Leiter des Thaliatheaters in Hamburg (ab 1849), des Hoftheaters in Weimar (ab 1852) und wiederum des Thaliatheaters (ab 1857) arbeitete. Nach seinem Tod 1871 gab sie zunächst seine Memoiren heraus und war 1880 Mitarbeiterin der »Bayerischen Zeitung« in München. Die Zeitungsartikel, die Ibsen an die »Neue Zeit« sandte, stammen wohl aus diesem Blatt.
(P. A. Merbach, Heinrich Marr 1797-1871. In: Theatergeschichtliche Forschungen, 35, Leipzig 1926)

J. B. Halvorsen über einen »vierten Akt« von »Ein Puppenheim« auf der deutschen Bühne

J. B. Halvorsen, Norsk Forfatter-lcxikon 1814-1880, III, Seite 64 f.

Diese kurze Beschreibung ist vor allem ihrer Kuriosität wegen übersetzt. Ich konnte nicht feststellen, wo »Ein Puppenheim« mit diesem »4. Akt« gespielt wurde. Aufgrund der zahlreichen Fortsetzungen und Bearbeitungen des Stückes scheint es jedoch nicht abwegig, diesen Text stellvertretend für viele zu bringen.

Eine Auswahl dieser Fortsetzungen:

M. J. Bugge: Hvorledes Nora kom hjem igjen (»Wie Nora wieder nach Hause kam«), Kristiania 1881.

F. Wahlberg: Det umulige muligt (»Nichts ist unmöglich«), aufgeführt am 1. März 1881 in Nya Teatern in Helsingfors.

Walter Besant: The Doll's House – and After. In: English Illustrated Magazine, Januar 1890.

Ednah D. Cheney: Nora's Return. A Sequel to »The Doll's House« of Henry Ibsen, Boston 1890.
Harald Schmidt: Det vidunderligste eller 4de Akt af Et Dukkehjem (»Das Wunderbarste oder 4. Akt von Ein Puppenheim«), aufgeführt im Theater der Studentersamfundet (»Studentenvereinigung«) Kristiania im Oktober 1880. Bei diesem Text handelte es sich um eine Parodie.
Literatur: Gerhard Gran, Henrik Ibsen, Der Mann und sein Werk, Seite 248 f.
J. B. Halvorsen, Biografiske Oplynsninger. In: Henrik Ibsen, Samlede Værker, VI, Seite XIV ff.
J. B. Halvorsen, Norsk Forfatter-lexikon III, Seite 62 ff.

Henrik Ibsen an Moritz Prozor

23. Januar 1891

HU XVIII, Seite 281 ff. (Dort nach Abschrift)

289. durch seinen Vorschlag – Der Vorschlag zur Änderung des Schlusses ging wohl nicht von Capuana aus, sondern von der Nora-Darstellerin der »Casa-di-bambola«-Inszenierung am Teatro dei Filidrammatici in Mailand, von Eleonora Duse, die sich dem Werk Ibsens zunächst nur zögernd genähert und es als »Verrücktheit« eines »eitlen Schattenspielers« (Olga Resnevic-Signorelli, Eleonora Duse, Seite 62 f.) abgetan hatte.

289. daß ich mich unmöglich darauf einlassen kann – Da es seit 1884 eine literarische Konvention zwischen Norwegen und Italien gab, konnte Capuana nicht eigenmächtig verfahren. Bei der Mailänder Inszenierung wurde dann der ursprüngliche Schluß gespielt, ebenso auf der sich anschließenden Tournee, die Eleonora Duse 1891 in St. Petersburg begann. Sie erntete ausnahmslos hymnische Kritiken und nahm auf ihren späteren Tourneen noch weitere Dramen Ibsens in ihr Repertoire auf. Die Nora spielte sie bis 1906. Eine Anekdote erzählt, sie habe ihr Nora-Kostüm an die französische Schauspielerin Suzanne Desprès verschenkt, als sie diese die Rolle an Lugné-Poes Théatre de l'Œuvre am 25. Mai 1906 in einer Inszenie-

rung von Herman Bang spielen sah, mit den Worten, nun werde sie die Nora nicht mehr spielen. (Olga Resnevic-Signorelli, Eleonora Duse, Seite 113 f.)

290. nicht lange auf dem Repertoire – Auch in der Inszenierung am Berliner Residenztheater war man schon am Ende der Saison 1880/81 dazu übergegangen, den ursprünglichen Schluß zu spielen.

REALISIERUNG UND INTERPRETATION

Das Kapitel »Realisierung und Interpretation« enthält Äußerungen Ibsens zur inhaltlichen Interpretation und zur szenischen Realisierung von »Ein Puppenheim«, soweit sie in die vorangegangenen Kapitel nicht einzuordnen waren, darüber hinaus Texte um die Uraufführung des Schauspiels, die Ibsens eigene und die Reaktion der Öffentlichkeit andeuten. Seine präzisen Ansichten zur Bühnengestaltung eines Schauspiels, die bis zur Wahl der Schauspieler und der Dekoration gehen, sind ebenso nachzulesen wie der innere Zusammenhang, den der Dichter in seinen Dramen sah. Außerdem ist einiger Aufschluß zu gewinnen über Ibsens Einschätzung bestimmter Schauspieler und Schauspielerinnen seiner Zeit. Übersetzt sind in diesem Kapitel Briefe Ibsens, Texte um die Kopenhagener Uraufführung und Schilderungen von John Paulsen und Bergliot Ibsen. In den folgenden Anmerkungen werden die Materialien nicht nur auf die bisher praktizierte Weise erläutert, sondern es werden auch Angaben zur Beurteilung von »Ein Puppenheim« durch Zeitgenossen gemacht.

Anmerkungen

Christian Molbech über »Ein Puppenheim«

8. November 1879

Robert Neiiendam, Det Kongelige Teaters Historie 1874-1922, Bd. 5, Seite 57. (Zuerst in: Edvard Agerholm,

Henrik Ibsen og Det Kongelige Teater. In: Gads Danske Magasin, 1910-1911, Seite 279)
»Ein Puppenheim« war im Oktober 1879 beim Kgl. Theater in Kopenhagen eingereicht worden, wie aus einer Notiz im »Dags-Telegrafen« vom 18. Oktober hervorgeht – die erste öffentliche Erwähnung des Stückes überhaupt. Der Zensor des Theaters, Christian F. K. Molbech, der 1874 »Die Helden auf Helgeland« (»Nordische Heerfahrt«) empfohlen, 1875 »Frau Inger auf Østråt« abgelehnt und 1877 dem Theater »Stützen der Gesellschaft« geradezu emphatisch ans Herz gelegt hatte, gab hiermit seine letzte Zensur über ein Schauspiel Ibsens ab. Auffällig ist, daß schon hier der Schluß des Stückes für problematisch gehalten wird. Der Chef des Theaters, Morten E. Fallesen erklärte sich am 12. November mit der Empfehlung des Zensors einverstanden.

Henrik Ibsen an Bendix Edvard Bendixen

12. November 1879

HU XVII, Seite 366 f. (Universitätsbibliothek Bergen)
Ibsen hatte auch an Bendixen, den Leiter von Bergens Theater »Den Nationale Scene« ein Exemplar seines neuen Schauspiels geschickt und noch keine Antwort erhalten.

291. Fräulein Reimers – Die junge norwegische Schauspielerin Sofie Reimers, die 1887 am Christiania Theater die Rolle der Rebekka West in »Rosmersholm« spielte – mit Ibsens Zustimmung. Am Christiania Theater spielte sie hauptsächlich komische Rollen.

Henrik Ibsen an das Christiania Theater

16. November 1879

Øyvind Anker, Henrik Ibsens brevveksling med Christiania Theater, Seite 20 f. (Universitätsbibliothek Oslo)

292. Frau Juel – Die norwegische Schauspielerin Johanne Juell (Reimers), seit 1870 am Christiania Theater.

292. Herr Reimers – Arnoldus Reimers, Bruder der im vorigen Brief genannten Sofie Reimers, Johanne Juells

Ehemann. Ibsen hielt ihn für »einen intelligenten Mann«.

292. Herr Gundersen – Sigvard Gundersen, der 1864 unter Ibsens Regie den Håkon in »Die Kronprätendenten« am Christiania Theater gespielt hatte.

292. Herr Hammer – Hjalmar Hammer, der »lyrische Liebhaber« des Theaters.

292. Fräulein Neelsen – Thora Hansson, geb. Neelsen.

292. Frau Gundersen – Sigvard Gundersens Ehefrau Laura Gundersen, die »grande dame« des Theaters, die schon einige Hauptrollen in den früheren Dramen Ibsens gespielt hatte. Laut Ibsen lag ihre »Stärke in der großen deklamatorischen Replik.«

292. Herr Isachsen – Andreas Isachsen, mit dem Ibsen gearbeitet hatte, als er Leiter des Norwegischen Theaters in Bergen war. Seine Einstellung zu diesem Schauspieler scheint sich gewandelt zu haben, denn später sprach er von »dem schrecklichen Isachsen« (1886).

292. Frau Wolf – Mit Lucie Wolf hatte Ibsen in Bergen ebenfalls schon gearbeitet. Sie hatte 1877 in der norwegischen Erstaufführung von »Stützen der Gesellschaft« die Lona Hessel gespielt.

292. Fräulein Parelius – Sophie Parelius hatte 1876 bei der Uraufführung von »Peer Gynt« am Christiania Theater die Aase gespielt.

293. besonders geteilte Meinungen – Das Christiania Theater akzeptierte am 25. November Ibsens Bedingungen und verteilte am 13. Dezember die Rollen gemäß Ibsens Vorschlag. Die Einstudierung leitete der Schauspieler Johannes Brun. Die Erstaufführung am 20. Januar 1880 war ein großer Erfolg. Das Theater telegraphierte Ibsen: »Tiefe Bewegung – stürmischer Jubel. Frau Juell 10 Vorhänge vor vollbesetztem Haus.« (Øyvind Anker, Henrik Ibsens brevveksling, Seite 22) Noch in der Saison 1879/80 gab es 25 Vorstellungen.

293. ein natürliches Spiel und einen raschen, aber durchgearbeiteten Dialog – Als Ibsen 1874 bei einem Besuch in Norwegen Vorstellungen des Christiania Theaters gesehen hatte, war er über die langsame, deklamierende Spiel-

weise entsetzt gewesen. Er hatte außerdem Einwände gegen »verkleidete Schauspielerinnen in Lockenperükken« (Øyvind Anker, Henrik Ibsens brevveksling, Seite 31). Edvard Brandes hatte auch an dieser von Ibsen so genau instruierten »Puppenheim«-Inszenierung seine Zweifel: Der Vorstellung habe es auf geradezu »unangenehme Weise an Genauigkeit gefehlt«, weder Arnoldus Reimers noch Johanne Juell hätten ihre Rollen beherrscht. (Øyvind Anker, Henrik Ibsens brevveksling, Seite 27 f., nach Edvard Brandes, Fremmed Skuespilkunst, Kopenhagen 1881, Seite 27 ff.)
(Siehe Edvard Brandes, Om Teater, Kopenhagen 1947.) Vom Theaterchef Schrøder dagegen wird die Aufführung überschwenglich gelobt. (Siehe Carl Just, Schrøder og Christiania Theater, Oslo 1948, Seite 213 ff.)

John Paulsen über den Abend der Uraufführung von »Ein Puppenheim«

22. Dezember 1879

John Paulsen, Samliv med Ibsen, Anden Samling, Seite 48 f.

293. Am Abend, an dem es Premiere hatte – Am 21. Dezember 1879.

293. das Telegramm von Kammerherr Fallesen – Nach der Uraufführung schickte der Chef des Kgl. Theater, Morten Edvard Fallesen, Ibsen ein Telegramm (siehe folgender Text).

293. Frau Hennings – Betty Hennings.

Edvard Fallesen an Henrik Ibsen

22. Dezember 1879

Robert Neiiendam, Det Kongelige Teaters Historie, Bd. 5, Seite 65. (Im Original französisch).

294. Durchgängig exzellente Interpretation – Neiiendam schildert die Leistungen der beteiligten Schauspieler als recht unterschiedlich. Das Niveau von Betty Hennings und Emil Poulsen habe von den übrigen Mitwirkenden

niemand erreicht, Peter Jerndorff habe als Rank besonders am Anfang nicht »bedeutend« genug gewirkt, und das Spiel von Sophus Petersen als Krogstad und von Agnes Dehn als Frau Linde sei ausgesprochen melodramatisch gewesen und habe sich vom Stil der Aufführung weit entfernt.

Henrik Ibsen an Erik af Edholm

3. Januar 1880

Dieser Brief wurde freundlicherweise von der Universitätsbibliothek in Oslo zur Verfügung gestellt.
Erik af Edholm war 1866-1881 Chef der Königlichen Theater in Stockholm. 1869 war er Hofmarschall bei König Carl geworden.

294. Schreiben vom 30. November vor. Jahres – Nachdem »Ein Puppenheim« beim Kungliga Dramatiska Teatern eingereicht worden und das Theater auf Ibsens Bedingungen eingegangen war, hatte Edholm Ibsen in einem Brief einige Fragen zur Interpretation des Schauspiels gestellt. Ibsens Antwort vom 3. Januar kann dem Theater nicht viel genützt haben, denn die schwedische Erstaufführung fand bereits am 8. Januar 1880 statt.

294. der Name meines Stückes – Der norwegische Titel »Et Dukkehjem« (»Ein Puppenheim«) wurde auf Schwedisch schließlich mit »Ett Dockhem« wiedergegeben, was dem Original entspricht.

294. Frau Hvasser – Elise Hvasser, schwedische Schauspielerin an den Kgl. Theatern in Stockholm, hatte die Rolle der Nora übernommen und Ibsen offensichtlich auch um einige Erklärungen gebeten.

295. Herr Fredrikson – Gustaf Fredrikson, der heute als wohl bedeutendster schwedischer realistischer Charakterschauspieler vor dem eigentlichen Realismus auf der Bühne gilt, spielte den Helmer.

295. diesen Auftritt – Gerade die von af Edholm problematisierte Stelle wurde z. B. bei der österreichischen Erstaufführung von »Nora« 1881 von der Zensur gestrichen.

John Paulsen über Henrik Ibsen nach der
Münchner Erstaufführung von »Ein Puppenheim«

3. März 1880

John Paulsen, Samliv med Ibsen, Seite 60 ff.

»Ein Puppenheim« wurde am Königlichen Residenztheater in München am 3. März 1880 zum erstenmal gespielt. Zur Aufführung kam die bis zu diesem Zeitpunkt einzige deutsche Übersetzung des Stückes von Wilhelm Lange, weswegen das Stück auch unter dem von Lange »erfundenen« Titel »Nora« lief. Die Einstudierung hatte der Schauspieler Ernst von Possart geleitet, 1878-1887 Direktor der Sprechbühne des Residenztheaters. Er spielte gleichzeitig den Rank. Außerdem sah man Hilmar Knorr als Helmer und Marie Ramlo als Nora. Sie gastierte mit der Rolle u. a. 1884 in Meiningen und spielte am 31. Januar 1891 die Hedda Gabler in der Uraufführung des Dramas am selben Theater, zu Ibsens großem Unbehagen. Die Münchner Inszenierung war die erste in Deutschland, die Ibsens ursprünglichen Schluß realisierte.

John Paulsen über den Tag nach der Münchner
Erstaufführung von »Ein Puppenheim«

4. März 1880

Samliv med Ibsen, Anden Samling, Seite 59 ff.

297. Sigurd – Ibsens Sohn, damals 20 Jahre alt.

297. am Nationaltheater in Kristiania – Das neue »Nationaltheatret« in Kristiania hatte im September 1899 das Christiania Theater ersetzt.

297. die Darstellerin der Nora – Möglicherweise Johanne Juells Tochter Johanne Dybwad, die im Herbst 1906 am Nationaltheater die Nora spielte. Sie hatte die Rolle ihrer Mutter von 1880 bereits 1890 am Christiania Theater gespielt. (Carla Rae Waal, Johanne Dybwad, Norwegian Actress, Oslo 1967)

298. der schon damals eine sehr kritische Natur war – Als Diplomat in der auch für Norwegen zuständigen schwedischen Außenpolitik beschäftigt, kritisierte Sigurd Ibsen

später die schwedische Haltung gegenüber Norwegen, für dessen Unabhängigkeit er sich einsetzte. Er schaffte sich sowohl in Schweden als auch in Norwegen viele Feinde. (Bergliot Ibsen, De tre.)

298. die rechte norwegische Prägung – Auch in der späteren Literatur über »Ein Puppenheim« wurde zuweilen behauptet, »Ein Puppenheim« sei ein besonders »dänisches« Stück, wenn nicht gar »Københavnsk« (»Kopenhagensisch«), was sowohl mit der Charakterzeichnung als auch mit der sprachlichen Gestaltung begründet wurde. (Siehe Valdemar Vedel, Ibsen og Danmark. In: Ibsen-Festskrift, Seite 85).

298. Stuart Mill – Der englische Sozialphilosoph John Stuart Mill, dessen Buch »The Subjection of Women« (1869) ein vieldiskutiertes Thema war. (Siehe »Henrik Ibsen und die Frauenfrage«)

Henrik Ibsen an Bendix Edvard Bendixen

26. März 1880

HU XVII, Seite 393 f. (Universitätsbibliothek Bergen)

298. die Aufführung von »Ein Puppenheim« – »Ein Puppenheim« hatte am 30. Januar 1880 auf Bergens Theater »Den Nationale Scene« Premiere.

298. eine junge vielversprechende Schauspielerin – Die Rolle der Nora war von der jungen Adelaide Johannesen gespielt worden. Daß diese nach allgemeinem Urteil sehr begabte Schauspielerin nicht bekannter wurde, begründet Theaterchef Schrøder in einer Anekdote. Nachdem Johanne Juell 1882 verstorben war, hatte man Adelaide Johannesen von Bergen an das Christiania Theater engagiert, wo sie in der Saison 1883/84 auch die Nora spielte, zum letztenmal am 28. Dezember. Kurz vor Weihnachten, erzählt Schrøder, sei in seinem Büro ein junger Engländer erschienen, der sich zu seinem Erstaunen als Fräulein Johannesens Verlobter zu erkennen gab und deren Freigabe aus dem Vertrag forderte, da eine solche Tätigkeit mit seinen moralischen Überzeugungen nicht zu vereinba-

ren sei. Adelaide Johannesen und das Christiania Theater lösten daraufhin ihren Vertrag zum Jahresende. (Siehe Carl Just, Schrøder og Christiania Theater, Seite 278 f.)

Henrik Ibsen an Valfrid Vasenius

30. März 1880

HU XVII, Seite 395 ff. (Universitätsbibliothek Helsinki)
Der finnische Philologe Valfrid Vasenius hatte 1879 mit einer Arbeit über Ibsens Werk bis »Die Kronprätendenten« promoviert (»Henrik Ibsens dramatiska diktning i dess første skede« – »Henrik Ibsens dramatische Dichtung in ihrem ersten Abschnitt«) und sandte Ibsen seine Dissertation zusammen mit einer von ihm verfaßten Broschüre »Om skaldens ställning till tidens brännande fragor« (»Über die Stellung des Dichters zu den brennenden Fragen der Zeit«). Ibsen äußert sich in diesem Brief dankbar und anerkennend zu den Schriften Vasenius'. Vasenius wurde 1880 Dozent für Ästhetik an der Universität in Helsingfors und verfaßte 1882 die zweite Ibsen-Biographie in der Literaturgeschichte »Henrik Ibsen – ett skaldeporträtt« (»Henrik Ibsen – ein Dichterporträt«).

298. in Helsingfors – Die finnische Erstaufführung von »Ein Puppenheim« hatte am 25. Februar 1880 auf dem Finnischen Theater in Helsingfors mit Ida Aalberg als Nora stattgefunden. Dieser ersten Inszenierung eines Ibsen-Schauspiels in Finnland überhaupt war in den Zeitungen heftige Polemik vorausgegangen und gefolgt.

299. Was mir von Ihrer Auslegung des Stückes bekanntgeworden ist – Vasenius veröffentlichte den Aufsatz »Henrik Ibsens tragedi Et Dukkehjem«, Helsingfors 1880.

Henrik Ibsen an Frederik Hegel

14. April 1880

HU XVII, Seite 397 f. (Kgl. Bibliothek Kopenhagen)

John Paulsen über Motive in »Ein Puppenheim«

Sommer 1880

Samliv med Ibsen, Anden Samling, Seite 97 f.

Im Sommer 1880 hielten sich Ibsen und Paulsen zusammen in Berchtesgaden auf.

299. Vilhelm Bergsøe – Bergsøe, anfänglich Zoologe, war mit Ibsen 1867 auf Ischia bekanntgeworden. (Siehe Vilhelm Bergøe, Henrik Ibsen paa Ischia og »Fra Piazza del Populo«, Kopenhagen 1907).

299. ohne ihm doch näherzukommen – Ibsen schrieb damals an »Peer Gynt« und soll recht unzugänglich gewesen sein.

299. ein Buch von ihm über die Tarantella – Ibsen meinte offensichtlich Bergsøes 1865 erschienene Studie über die Tarantel »Iagttagelser om den italienske Tarantel« (»Beobachtungen über die italienische Tarantel«). Der Zusammenhang ist für die Interpretation der Tarantella in »Ein Puppenheim« insofern von Interesse, als die Tarantella als ein Tanz galt, den von einer Tarantel gestochene Personen tanzten und der entweder deren Tod oder die Austreibung des Giftes aus dem Körper zur Folge hatte. (Siehe »Daniel Haakonsen, Das Tarantella-Motiv in »Ein Puppenheim« [»Nora«]. In: Henrik Ibsen, Wege der Forschung Bd. 487, Seite 197 ff.)

299. »Falls ich einen Zielgestein auf den Kopf kriegen sollte«, – Ibsens eigentümliches Verhältnis zum Tod wird von vielen Zeitgenossen erwähnt, der von Paulsen zitierte Satz entspricht fast wörtlich Helmers Äußerung im 1. Akt: ». . . und dann kriege ich Silvester einen Ziegelstein auf den Kopf . . .« (Seite 11).

John Paulsen über Henrik Ibsen und die »Puppenheim«-Kritik

Samliv med Ibsen, Seite 75 f.

John Paulsen über Henrik Ibsen und »Ein Puppenheim«

Winter 1880

John Paulsen, Nye Erindringer, Seite 130 f.

Henrik Ibsen an Frederik Hegel

18. Juni 1881

HU XVII, Seite 430 f. (Kgl. Bibliothek Kopenhagen)

301. Den Titel des Stückes – Ibsen schrieb an dem Schauspiel »Gespenster«.

301. Daß dieses Stück nicht das geringste mit »Ein Puppenheim« zu tun hat – Dieser Satz war eine Antwort an Ibsens Verleger Hegel, der Ibsen von Gerüchten geschrieben hatte, die in Kopenhagen in Umlauf seien: Ibsen arbeite im Augenblick an einer Fortsetzung von »Ein Puppenheim«. Bezeichnend ist dieses Gerücht deshalb, weil es bereits einige dramatische und erzählerische Fortsetzungen von »Ein Puppenheim« gab (Siehe »Der zweite Schluß«, Seite 389 f.). Daß ein innerer Zusammenhang zwischen beiden Stücken wohl insofern besteht, daß Ibsen in »Gespenster« u. a. das Leben einer Frau zeigt, die nicht weggegangen ist, ist eine andere Frage.

Henrik Ibsen an Sofie Adlersparre

24. Juni 1882

HU XIX, Seite 309 f. (Kgl. Bibliothek Stockholm)

Die schwedische Schriftstellerin Sofie Adlersparre, die unter dem Pseudonym »Esselde« schrieb, gab 1858-1885 in Stockholm das Blatt »Tidskrift för hemmet« (»Zeitschrift für das Heim«) heraus. 1882 veröffentlichte sie darin einen Ausschnitt aus einem Vortrag, den sie über »Gespenster« gehalten hatte unter dem Titel »Hvad är den etiska betingelsen för äktenskap?« (»Was ist die ethische Bedingung für die Ehe?«). Sie hatte sich positiv über das Stück geäußert, was in Hinblick auf die stürmischen Proteste, die »Gesepenster« überall hervorrief, als couragiert zu bezeichnen war. Weiter als mit »Gespenster«, hatte sie an Ibsen geschrieben, könne er jedoch nicht gehen. Der übersetzte Absatz aus dem Brief, den Ibsen ihr daraufhin schrieb, ist eine Antwort auf Sofie Adlersparres Einwand.

Henrik Ibsen an Rasmus B. Anderson

14. September 1882

HU XVII, Seite 482 f. (Dort nach »The Journal of English and American Philology 33, Seite 415.)
Rasmus Bjørn Anderson war Professor für skandinavische Sprachen an der University of Wisconsin in Madison. Er hatte im selben Jahr zwei Artikel über Ibsen geschrieben – eine Besprechung von »Brand« in »The Literary World« und einen Essay in »The American«. Diese Veröffentlichungen waren die ersten über Ibsen in der amerikanischen Presse. Anderson übersetzte eine Reihe von Bjønsons Erzählungen ins Englische, Texte von Ibsen übersetzte er nicht. (Siehe Rasmus B. Anderson, My Life Story, Madison 1915)

302. Herr Wm. M. Lawrence – Dem Volksschullehrer William Moore Lawrence war die erste englischsprachige Aufführung eines Ibsen-Dramas auf der amerikanischen Bühne zu verdanken. Zwei Wochen nach der Uraufführung von »Gespenster« durch eine Amateur-Theater-Gruppe von skandinavischen Einwanderern am 20. Mai 1882 in Chicago wurde am 2. Juni in Milwaukee ein Stück mit dem Titel »The Child Wife« (»Die Kindfrau«) auf die Bühne gebracht, das eine gewisse Ähnlichkeit mit »Ein Puppenheim« hatte. Lawrence hatte eine deutsche Übersetzung zu diesem Werk umgearbeitet, das in England spielte, musikalische Einlagen enthielt und ein Happy End hatte. Die Figuren waren umgetauft (Nora → Eva). Eines der Kinder sang im 2. Akt ein Lied, von dem das Publikum so entzückt war, daß ein Da Capo erforderlich wurde. Die Rezensionen waren von Unklarheit geprägt, eine Besprechung nannte Lawrence als Autor, eine weitere vermutete, »Henry Ibsen« heiße das Stück. (Siehe Einar Haugen, Ibsen i Amerika. In: Edda 35, Seite 553 ff.) Von alledem wußte Ibsen nichts.

302. drei Arbeiten, die Sie nennen – Anderson hatte für Lawrence um Erlaubnis gebeten, Übersetzungen von »Stützen der Gesellschaft«, »Ein Puppenheim« und »Gespenster« anfertigen zu dürfen.
Allem Anschein nach verzichtete Lawrence auf sein Übersetzungsvorhaben. Der Text, den er »The Child Wife« zugrunde gelegt hatte, war bereits 1881 erschienen (»Nora, a domestic drama in 3 acts«) und von Lawrence nach der deutschen Übersetzung Wilhelm Langes hergestellt und veröffentlicht worden, ohne daß er zu diesem Zeitpunkt schon Kontakt mit Anderson gehabt hätte. Die geplanten drei Übersetzungen nach dem Original erschienen nicht, ob sie jemals angefertigt wurden, ist angesichts der Aktivitäten der Übersetzerin Henrietta Frances Lord zu bezweifeln. Sie veröffentlichte 1882 »The Doll's House« und 1885 »Ghosts«. »Pillars of Society« kam erst 1888. Die amerikanische Erstaufführung von »Ein Puppenheim« fand in ihrer Übersetzung am 30. Oktober 1889 in Boston statt. (Siehe Annette Andersen, Ibsen in America. In: Scandinavian Notes and Studies, Menaska, Wis., 1935-37)

Henrik Ibsen an Frederik Hegel

11. Februar 1885

HU XVIII, Seite 56 f. (Kgl. Bibliothek Kopenhagen)

302. Alfred Mazza – Mazza hatte vor Luigi Capuana die erste italienische Übersetzung von »Ein Puppenheim« verfaßt. »Casa della Bambola« erschien in der Zeitschrift »Gazetta d'Italia« 1884, Nr. 358 ff.

303. mit einer Schauspielerin – Wie 1882 wurde die Nora von Helena Modrzejewska gespielt.

Henrik Ibsen an Frederikke Gossmann

19. März 1888

HU XVIII, Seite 157. (Dort nach »Politiken« vom 24. März 1888. Ursprünglich in »Neue Freie Presse Wien« vom 20. März 1888).

Die österreichische Schauspielerin Friederike Goßmann, verheiratete Gräfin Prokesch-Osten, war die zweite Nora auf den Bühnen Wiens, als sie die Rolle am 19., 20. und 21. März 1888 in drei Wohltätigkeitsveranstaltungen am Wiener Carltheater spielte. Nachdem sie unter Heinrich Laube am Burgtheater gearbeitet und sich nach ihrer Eheschließung aus dem Beruf zurückgezogen hatte, trat sie an Ibsens 60. Geburtstag wieder an die Öffentlichkeit. Den Helmer spielte der damals 30jährige Willy Gunz, der in dieser Rolle schon in München aufgetreten war. Friederike Goßmann war 50 Jahre alt. Die in der skandinavischen Forschung herrschende Ansicht, daß dieses Gastspiel den Durchbruch Ibsens in Wien bedeutet habe, ist zu bezweifeln, in der Presse machte man sich jedenfalls Gedanken darüber, ob Nora Helmers Mutter oder Großmutter gewesen sei. (Siehe »Über Land und Meer«, 1888; Margot Kuhn, Ibsens »Nora oder Ein Puppenheim« auf den Wiener Bühnen, Diss. Wien 1970)

Henrik Ibsen an Suzannah Ibsen

5. März 1889

HU XIX, Seite 356 (Universitätsbibliothek Oslo)
Dieser Brief wird in der Forschung gelegentlich auf das Jahr 1891 datiert. Dem Hinweis der Herausgeber der »Hundreårsutgave« folgend (HU XIX, Seite 555), muß man ihn wohl 1889 lokalisieren, was auch aus Ibsens Korrespondenz dieses Jahres hervorgeht. Ibsen war nach Berlin gekommen, um die deutsche Erstaufführung von »Die Frau vom Meer« zu erleben, die am Königlichen Schauspielhaus in Form einer Matinee zugunsten des Unterstützungsfonds der Berliner Presse am 4. März 1889 stattfand. In Oscar Blumenthals Lessing-Theater war im März 1889 »Nora« zu sehen. Sie wurde von Lili Petri gespielt. Die Inszenierung hatte bereits im März 1890 ihre 60. Vorstellung erreicht.

Henrik Ibsen an Gabrielle Réjane

20. April 1894

HU XVIII, Seite 348 (Dort nach J. B. Halvorsen, Biografiske Opplysninger in: Henrik Ibsen, Samlede Vaerker, Bd. 6, Seite XIX)

Die öffentliche Erstaufführung von »Ein Puppenheim« in Frankreich fand am 20. April 1894 am Pariser Vaudeville-Theater mit Gabrielle Réjane als Nora statt. An der Inszenierung war Herman Bang, der das Schauspiel später am Théatre de l'Œuvre auf die Bühne brachte, maßgeblich beteiligt. (Siehe Herman Bang, Menschen und Maksen, Berlin 1909, Seite 179 ff.)

Henrik Ibsen an Agnes Sorma

Februar 1895

HU XVIII, Seite 368 (Dort nach »Verdens Gang« vom 25. Februar 1895). Im Original deutsch.

Agnes Sorma spielte die Nora am Deutschen Theater in Berlin ab September 1894 bis 1897. Als eines Abends ihr Tambourin zerbrach, schickte sie es Ibsen mit der Bitte, es mit einer Widmung zu versehen. Die Ansichten zu Agnes Sormas Nora waren geteilt. Als sie mit der Rolle im September 1897 am Wiener Raimundtheater gastierte, erhielt sie eine im Vergleich zu Eleonora Duses Wiener Gastspiel 1892 katastrophale Presse. Als die Duse sie allerdings in Berlin die Rolle spielen sah, solle sie nach der Tarantella-Szene das Theater verlassen und gefordert haben, man solle das »Puppenheim« aus ihrem Repertoire streichen. (Siehe Wolfgang Drews, Die Großen des deutschen Schauspiels, Berlin 1941, Seite 188 ff.)

Jules Claretie über ein Gespräch mit Henrik Ibsen

Sommer 1897

HU XIX, Seite 208 ff. (Dort nach »Morgenbladet« Nr. 443 vom 24. Juli 1897. Ursprünglich in »Le Figaro« vom 20. Juli 1897.)

Der französische Schriftsteller Jules Clarétie veröffentlichte Novellen, Romane, Theaterstücke und schrieb kontinuerlich in der französischen Presse. Ab 1885 war er in der Leitung der Comédie Française und ab 1888 in der Académie Française. Er berichtete in mehreren Nummern des »Figaro« über die Eindrücke einer Nordland-Reise. Ibsen hatte er im Grand Hotel in Kristiania aufgesucht, der im Foyer wie gewöhnlich seine Zeitungen las.

304. Frau Reimers? – Wahrscheinlich Johanne Juell Reimers, die erste norwegische Nora am Christiania Theater 1880. Sie starb 1882 im Alter von 34 Jahren. Tatsächlich meinte Ibsen wahrscheinlich Constance Bruun, die er außerordentlich geschätzt hatte. Gegen die Leitung des Christiania Theaters setzte er durch, daß ihr die Rolle der Rebekka West in der Erstaufführung von »Rosmersholm« am Christiania Theater 1887 anvertraut wurde, die sie nur deshalb nicht spielte, weil sich schon die Lungenkrankheit bemerkbar machte, an der sie 1894 im Alter von 30 Jahren starb. 1891 und 1892 hatte sie als Hedda Gabler noch große Erfolge gehabt. Im Gegensatz zu Johanne Juell war sie blond.

304. Frau Duse – Eleonora Duse hatte im März 1891 in St. Petersburg eine Tournee begonnen, bei der mehrere Stücke zur Aufführung kamen, u. a. auch »Casa di Bambola«. Vom 19.-28. Februar, im Mai und vom 28. Oktober bis zum 18. November gastierte sie in Wien am Carltheater. »Ein Puppenheim« wurde am 25. Februar, am 24. Mai und am 15. November gegeben. Das Wiener Gastspiel war auf Initiative Hermann Bahrs zustandegekommen, der die Duse in St Petersburg gesehen hatte.

304. als er sie Nora in Wien spielen sah – Es erscheint kaum möglich, daß Ibsen eine der »Puppenheim«-Aufführungen gesehen hat. Er hatte sich anläßlich einer »Ibsen-Woche« im April 1891 in Wien aufgehalten, als sich Elonora Duse auf der genannten Tournee in der sibirischen Stadt Charkow befand. Als ihre weiteren Tourneen in den folgenden Jahren die Duse nach Deutschland, Österreich, Ungarn, England, Holland etc. führten, lebte Ibsen bereits

wieder in Norwegen und verließ es nur, um nach Schweden und Dänemark zu reisen. Daß er eines ihrer Gastspiele in Stockholm, Göteborg und Kopenhagen im Jahre 1895 gesehen hätte, ist nicht bekannt. Als die Duse im Februar 1906 in Kristiania gastierte, war Ibsen bereits zu schwach, um Besuche zu empfangen. (Siehe Aurélien Lugné-Poe, Ibsen, Paris 1936, Seite 101 ff.)

304. Mme. Réjane – Gabrielle Réjane gastierte im Oktober 1897 als Nora am Folketheatret (»Volkstheater«) in Kopenhagen, ohne daß Ibsen eine Vorstellung besuchte.

Bergliot Ibsen über Henrik Ibsen
Bergliot Ibsen, De tre, Seite 188.

Henrik Ibsen in einem Interview

11. Dezember 1899

HU XIX, Seite 225 f. (Dort nach »Verdens Gang« vom 12. Dezember 1899)

Ein Redakteur von »Verdens Gang« hatte Ibsen aufgrund eines Artikels in der Zeitung »Politiken« interviewt, wo behauptet wurde, Ibsen habe mit der Bezeichnung »Ein dramatischer Epilog«, mit der er sein Schauspiel »Wenn wir Toten erwachen« versehen hatte, andeuten wollen, daß dieses sein letztes Werk sei. Ibsen erläuterte die Bezeichnung anders und fügte hinzu, ob er noch einmal etwas schreiben werde, sei eine ganz andere Sache. Eventuelle weitere Arbeiten würden sich jedenfalls mit Zusammenhängen beschäftigen, die er bis jetzt noch nicht behandelt habe, und vielleicht auch in einer anderen Form geschrieben sein. »Wenn wir Toten erwachen« war Henrik Ibsens letztes Werk.

REGISTER

ADRESSATEN

In dieses Register sind nicht nur Adressaten der behandelten Ibsen-Briefe aufgenommen, sondern z. B. auch Journalisten, die ihn interviewt haben, Gruppierungen, vor denen er Reden gehalten hat, etc. Alle anderen Beiträge erscheinen im folgenden Register.

REGISTER DER ÜBRIGEN BEITRÄGE

WERKVERZEICHNIS

In dieses Register sind nicht nur Dramen Ibsens aufgenommen, sondern auch Werke anderer Autoren, die im Zusammenhang erwähnt werden.

PERSONENREGISTER

BIBLIOGRAPHIEN

AUSGABEN

Henrik Ibsen: Samlede verker (Hundreårsutgave). Hrsg. von Francis Bull, Halvdan Koht, Didrik Aarup Seip. I-XXI. Oslo 1928-1957 (HU)
– Samlede værker, I-X, København 1898-1902
– Efterladte skrifter, I-III, Hrsg. von Halvdan Koht und Julius Elias, Kristiania, København 1909
– Breve fra Henrik Ibsen, I-II, Hrsg. von Halvdan Koht und Julius Elias, København 1904
– Sämtliche Werke in deutscher Sprache. Hrsg. von Georg Brandes, Julius Elias, Paul Schlenther, I-X, Berlin 1892-1904. »Ein Puppenheim« in Bd. VI
– Nachgelassene Schriften (= Sämtliche Werke in deutscher Sprache. Zweite Reihe). Hrsg. von Julius Elias und Halvdan Koht, I-IV, Berlin 1909
– Werke in fünf Bänden. Volksausgabe. Hrsg. von Julius Elias und Paul Schlenther, Berlin s. a.
– Gesammelte Werke, I-IV, Leipzig 1889-1893. »Nora« in Bd. I
– Henrik Ibsens Werke. Hrsg. von Julius Hoffory, I-IV, Berlin 1890-1894
– Dramatische Werke. Übertr. von Wilhelm Lange. I-III, Berlin-Steglitz 1907. »Nora« in Bd. II
– Meisterdramen, I-II, Berlin 1909. »Ein Puppenheim« in Bd. I
– Dramatische Meisterwerke, Halle a. d. Saale 1911
– Dramen, I-II, Rostock 1965
– Schauspiele in einem Band, Hamburg 1968
– Dramen, I-II, München 1973 (nach Sämtliche Werke in deutscher Sprache)
– Henrik Ibsen, I-II (= Dichter über ihre Dichtungen 10). Hrsg. von Verner Arpe. München 1972

– Nora oder Ein Puppenheim. Übertr. von Wilhelm Lange. Leipzig 1879
– Ein Puppenheim. Übertr. von Marie von Borch. Berlin 1890
– Nora oder Ein Puppenheim. Übertr. von Ch. Kirschenstein. Leipzig und Wien 1891
– Ein Puppenheim. Übertr. von J. Engeroff. Halle a. d. Saale 1892

- Ein Puppenheim (Nora). Übertr. von M. Lie. Leipzig 1904
- Nora oder Ein Puppenheim. Übertr. von Richard Linder. Stuttgart, mehrere Aufl.
- Ein Puppenheim. Hrsg. von A. Gundlach, Frankfurt 1978

Außerdem etliche Bühnenmanuskripte.

- The Collected Works of Henrik Ibsen. Rev. und hrsg. von William Archer, I-XII, London 1906 ff.
- The Oxford Ibsen. Hrsg. von J. W. McFarlane und Michael Meyer, I-VII, London 1960-1966

AUSGEWÄHLTE BIBLIOGRAPHIE

Agerholm, Edvard: Henrik Ibsen og Det Kongelige Teater. In: Gads Danske Magasin, København 1910-1911

Agerholt, Anna Caspari: Den norske Kvinnebevegelses historie, Oslo 1937

Albrecht, H.: Frauencharaktere in Ibsens Dramen, Leipzig 1906

Andersen, Annette: Ibsen in America. In: Scandinavian Notes and Studies, Menaska, Wis., 1935-1937.

Anderson, Rasmus B.: My Life Story, Madison 1915

Andreas-Salomé, Lou: Henrik Ibsens Frauengestalten, Jena 1893

Anker, Øyvind: Henrik Ibsens brevveksling med Christiania Theater 1878-99, Oslo 1965

ders.: Henrik Ibsen og den Skandinaviske Forening i Roma. In: Edda 56, Seite 161-177

ders.: Utrykte brev mellem Bjørnson og Ibsen 1882-1898. In: Edda 38.

Anker, Herman: Ibsen om igjen, Oslo 1951

Anker, Peter: Ibsens »Dukkehjem« i Amalfi. In: Ibsenårbok 1955-56, Seite 181-185

Archer, Charles: William Archer, Life, Work and Friendships, London 1931

Archer, William: Ibsen as I Knew Him. In: Monthly Review, London, Juni 1906

Bang, Herman: »Et Dukkehjem« paa Nationaltheatret, Kjøbenhavn 1880

ders.: Kritiske Studier og Utkast, Kjøbenhavn 1880, Seite 204 ff.

ders.: Menschen und Masken, Berlin 1909

Bergsøe, Vilhelm: Henrik Ibsen paa Ischia og »Fra Piazza del Populo«, København, Kristiania 1907

ders.: Iagttagelser om den italienske Tarantel, Kjøbenhavn 1865

Bien, Horst: Henrik Ibsens Realismus, Berlin 1970
Bjørklund, Oddvar: Marcus Thrane, Oslo 1951
Brahm, Otto: Henrik Ibsen. Ein Essay. Berlin 1887
Brandes, Edvard: Fremmed Skuespilkunst, Kjøbenhavn 1881
ders.: Om Theater, København 1947
Brandes, Georg und Edvard: Brevveksling med nordiske Forfattere og Videnskabsmænd, I-VIII. Hrsg. von Morten Borup, Francis Bull, John Landquist, København 1939-42
Brandes, Georg: Samlede Skrifter I-XX, København 1899 ff., insbes. Bd. III, XII, XIV, XVII
ders.: Levned, I-III, København 1905-1908
ders.: Gesammelte Schriften, I-XX, München 1902 ff.
ders.: Henrik Ibsen, Berlin 1906
Bredsdorff, Elias: Den store nordiske krig om seksualmoralen, Oslo 1973
ders.: Sir Edmund Gosse's Correspondence with Scandinavian Writers, København 1960
Bull, Francis: Ibsen. The Man and the Dramatist. Oxford 1954
ders.: Nordsik Kunstlerliv i Rom, Oslo 1960
Collett, Camilla: Samlede Værker, I-III, Kristiania 1912
Delius, Ingeborg: Das Thalia-Theater in Hamburg unter der Direktion von Ch. S. Maurice 1843-1893, Leipzig 1931
Dietrichson, Lorentz: Svundne Tider, I-IV, Kristiania 1894-1917
Drews, Wolfgang: Die Großen des deutschen Schauspiels, Berlin 1941
Dukes, Ashley: A Doll's House and the Open Door, With Two Letters from G. B. Shaw. In: Theatre Arts Monthly, 12, Januar 1928, Seite 21-38
Duve, Arne: Ibsen – bak kulissene, Oslo 1971
Eller, W. H.: Ibsen in Germany 1870-1900, Boston 1918
Franc, Miriam: Ibsen in England, Boston 1919
Frenzel, Herbert A.: Ibsens »Puppenheim« in Deutschland, Diss. Berlin 1942
Friese, Wilhelm (Hrsg.): Ibsen auf der deutschen Bühne, Tübingen 1976
Friis, Aage und Munch, P. (Hrsg.): Johanne Louise Heiberg og Andreas Frederik Krieger. En Samling Breve 1860-89, I-II, København 1914-15
George, David E. R.: Henrik Ibsen in Deutschland. Rezeption und Revision. Göttingen 1968
Gosse, Edmund: Ibsen, London 1907
ders.: Studies in the Literature of Northern Europe, London 1879

Gran, Gerhard (Hrsg.): Henrik Ibsen. Festkrift i anledning af hans 70de fødselsdag. Bergen, Stockholm, København 1898
ders.: Henrik Ibsen. Liv og verker. I-II. Kristiania 1918
ders.: Henrik Ibsen. Der Mann und sein Werk. Leipzig 1928
Granville Barker, Harley: The Coming of Ibsen. In: The Eighteen Eighties, London 1930
Gravier, Maurice: D'Ibsen á Sigrid Undset. Le Féminisme et l'amour dans la litterature norvégienne 1850-1950. Paris 1968
ders.: Ibsen, Paris 1973
Grønvold, Markus: Fra Ulrikken til Alperne, Oslo 1925
Haakonson, Daniel: Das Tarantella-Motiv in »Ein Puppenheim« (»Nora«). In: Henrik Ibsen. Hrsg. von Fritz Paul. Darmstadt 1977
Haaland, Arild: Nora og Helmer. In: Samtiden, 80/1971, Seite 184-194
Halvorsen, J. B.: Biografiske Oplysninger. In: Henrik Ibsen, Samlede Værker, I-VIII, København 1898 ff. Bd. VI, Seite VII ff.
ders.: Henrik Ibsen. In: Norsk Forfatter-lexikon 1814-1880, Bd. III, Kristiania 1892
ders.: Henrik Ibsens liv og forfattervirksomhed, aktmæssig fremstillet. Kristiania 1889
Hansen, Peter: Den Danske Skueplads, I-III, København s. a., Bd. III
Haugen, Einar: Ibsen i Amerika. In: Edda 35, Seite 553 ff.
ders.: Language Conflict and Language Planning. The Case of Modern Norwegian. Cambridge 1966
Heiberg, Gunnar: Ibsen og Bjørnson paa scenen, Kristiania 1918
ders.: Salt og sukker, Kristiania 1924
Heiberg, Johanne Louise: Et Liv gjenoplevet i Erindringen, I-IV. Hrsg. von Aage Friis. 4. rev. Ausg. København 1944, Bd. III, IV
Høst, Else: »Nora«. In: Henrik Ibsen. Hrsg. von Fritz Paul. Darmstadt 1977
dies.: Veiledning. – Henrik Ibsen. Et Dukkehjem. 2. Ausg. Oslo 1969
Hurt, James: Catiline's Dream. Urbana, Chicago, London 1972
Ibsen, Bergliot: De Tre. Erindringer. Oslo 1948
Jæger, Henrik: Henrik Ibsen 1828-1888. Et literært livsbillede. Christiania 1888
ders.: Henrik Ibsen. Ein litterarisches Lebensbild. Dresden und Leipzig 1896
ders.: Henrik Ibsen og hans værker. Kristiania, København 1892
Johnston, Brian: The Ibsen Cycle, Boston 1975

Josephson, Ludvig: Ett och annat om Henrik Ibsen och Kristiania teater, Stockholm 1898
Just, Carl: Schrøder og Christiania Theater, Oslo 1948
Key, Ellen: Essays zur Frauenfrage. In: Die Wenigen und die Vielen. Teil II, Berlin 1901
Kieler, Laura: Silhouetter, Odense 1887
Kinck, B. M.: Henrik Ibsen og Laura Kieler. In: Edda 35, Seite 498 ff.
Koht, Halvdan: Henrik Ibsen. Eit diktarliv. I-II. Rev. Ausg. Oslo 1954
ders.: Innledning til »Et dukkehjem«. In: Henrik Ibsen, Samlede Verker, Hundreårsutgave, Bd. VIII, Seite 247 ff.
Kuhn, Margot: Ibsens »Nora oder Ein Puppenheim« auf den Wiener Bühnen, Diss. Wien 1970
Lie, Erik: Erindringer fra et dikterhjem, Oslo 1928
ders.: Jonas Lie, oplevelser, fortalt af Erik Lie. Kristiania 1908
Lindau, Paul: Nur Erinnerungen, I-II. 2. Aufl. Stuttgart, Berlin 1919, Bd. II.
Lindberg, Per: August Lindberg, Stockholm 1943
Lugné-Poe, Aurélien: Ibsen, Paris 1936
Marker, Frederick und Lise-Lone: The first Nora. Notes on the World Première of »A Doll's House«. In: Contemporary Approaches to Ibsen 2 = Ibsenårbok 1970/71, Seite 84 ff.
McFarlane, J. W.: Ibsen and the Temper of Norwegian Literature, London 1960
Merbach, Paul Alfred: Heinrich Marr 1797-1871 (= Theatergeschichtliche Forschungen 35), Leipzig 1926
Meyer, Hans Georg: Henrik Ibsen. = Friedrichs Dramatiker des Welttheaters Bd. 46. Velber 1967
Meyer, Michael: Henrik Ibsen. I-III, London 1967-1971
ders.: Henrik Ibsen. En biografi. Oslo 1971
Nag, Martin: Ibsen i russisk åndsliv, Oslo 1967
Neiiendam, Robert: Det Kongelige Teaters Historie 1874-1922, I-V, København 1921-1930, Bd. V
Nielsen, L. C.: Frederik V. Hegel: Et Mindeskrift, I-II, København 1909
Nilsson, Nils Åke: Ibsen in Rußland, Stockholm 1958
Noreng, Harald: Et dukkehjem. In: Edda 56, Seite 350 ff.
Northam, John: Ibsen's Dramatic Method. A Study of the Prose Dramas. London 1952
Østvedt, Einar: Et dukkehjem. Forspillet, Skuespillet, Etterspillet. Skien 1976

ders.: Henrik Ibsen, Oslo 1968
ders.: Henrik Ibsens pionér i England – Sir Edmund Gosse. In: Ibsenårbok 1960-62, Seite 36 ff.
Paulsen, John: Erindringer. In: Henrik Ibsen. Festskrift, a. a. O. Seite 33 ff.
ders.: Erinnerungen an Ibsen, Berlin 1907
ders.: Paa vandring. Skitser. Kjøbenhavn 1882
ders.: Mine erindringer, København 1900
ders.: Nye erindringer, København 1901
ders.: Erindringer. Siste samling, København 1903
ders.: Samliv med Ibsen. Nye erindringer og skitser. København, Kristiania 1906
ders.: Samliv med Ibsen. Anden samling. Sommeren i Berchtesgaden, København, Kristiania 1913
Plechanow, G. W.: Henrik Ibsen. In: Kunst und Literatur, Berlin 1955, Seite 875 ff.
Reich, Emil: Ibsen und das Recht der Frau. In: Ibsen auf der deutschen Bühne; a. a. O., Seite 67 ff.
ders.: Ibsens Dramen, Dresden 1894, viele Auflagen.
Resnevic-Signorelli, Olga: Eleonora Duse, Berlin s. a.
Rieger, Gerd-Enno: Madame Bovary und Nora. In: Edda 75, Seite 17 ff.
Sandfeld, Gunnar: Thalia i provinsen 1870-1920, København 1968
Shaw, George Bernard: Collected Letters. Hrsg. von Dan H. Laurence, I-II, London 1965-1972
ders. Shaw. An Autobiography 1856-1898. Selected from his writings by Stanley Weintraub. London, Sidney, Toronto 1969
ders.: The Quintessence of Ibsenism, London 1891
Spiers, Maria: Teaterminder, København 1923
Stein, Philipp: Henrik Ibsen. Zur Bühnengeschichte seiner Dichtungen. Berlin 1901
Stuyver, Clara: Ibsens dramatische Gestalten. Psychologie und Symbolik. Amsterdam 1952
Torgeirson, Reinert: Henrik Ibsen og John Paulsen. In: Ibsenårbok 1960-1962, Seite 231 ff.
Tysdal, Bjørn: Ibsen-brev i Britisk Museums Archer-samling. In: Edda 66, Seite 246 ff.
Vasenius, Valfrid: Henrik Ibsen. Ett skaldeporträtt. Stockholm 1882
ders.: Henrik Ibsens tragedi »Et dukkehjem«, Helsingfors 1880
Vedel, Valdemar: Ibsen og Danmark. In: Henrik Ibsen. Festskrift, a. a. O. Seite 55 ff.

Waal, Carla Rae: Johanne Dybwad. Norwegian Actress. Oslo 1967
Woerner, Roman: Henrik Ibsen, I-II, München 1900-1910
Zucker, A. E.: Ibsen. The Masterbuilder. London 1929

IBSEN-BIBLIOGRAPHIEN

Pettersen, Hjalmar: Henrik Ibsen. 1828-1928. Oslo 1920
Tedford, Ingrid: Ibsen Bibliography 1928-1957 (= Norsk bibliografisk bibliotek 20). Oslo 1961. Wird fortgesetzt in:
Ibsenårbok, Skien, Oslo 1952 ff.
Meyen, Fritz: Ibsen-Bibliographie (= Nordische Bibliographie. I. Reihe: 1. Heft). Braunschweig, Berlin, Hamburg 1928 (Nur für deutschsprachige Literatur)